T0270361

EL CASTILLO A TRAVÉS DEL ESPEJO

EL CASTILLO
A TRAVÉS
DEL ESPEJO

MIZUKI TSUJIMURA

Traducción de Tatiana Marco Marín

Argentina – Chile – Colombia – España
Estados Unidos – México – Perú – Uruguay

Título original: *KAGAMI NO KOJO*
Editor original: POPLAR Publishing Co., Ltd., Tokyo
Traductora: Tatiana Marco Marín

1.ª edición: septiembre 2023

KAGAMI NO KOJO
Copyright © Mizuki Tsujimura 2017, 2021, 2022.
© de la traducción 2023 *by* Tatiana Marco Marín
Publicado por primera vez en Japón en 2017
por POPLAR Publishing Co., Ltd., Tokyo.
Edición revisada publicada en Japón en 2021, 2022
by POPLAR Publishing Co., Ltd., Tokyo.
Los derechos de traducción al español fueron gestionados
por POPLAR Publishing Co., Ltd. a través de Japan UNI Agency, Inc.
y The Agency srl.
Esta traducción de *El castillo a través del espejo* se hizo a partir
del texto de la edición en inglés, *The Lonely Castle in the Mirror*.
All Rights Reserved
© 2023 *by* Urano World Spain, S.A.U.
Plaza de los Reyes Magos, 8, piso 1.º C y D – 28007 Madrid
www.mundopuck.com

ISBN: 978-84-19252-33-3
E-ISBN: 978-84-19699-36-7
Depósito legal: B-12.962-2023

Fotocomposición: Ediciones Urano, S.A.U.

Impreso por: Rodesa, S.A. – Polígono Industrial San Miguel
Parcelas E7-E8 – 31132 Villatuerta (Navarra)

Impreso en España – *Printed in Spain*

Castillo solitario: (1) Un castillo con una ubicación solitaria. (2) Un castillo rodeado por enemigos sin esperanza de que lleguen refuerzos.

Diccionario Daijirin

A veces, me descubro soñando.

Un nuevo estudiante de traslado ha comenzado las clases en nuestro instituto y todos quieren ser sus amigos. Es la persona más alegre, amable y atlética de nuestra clase. También es la más inteligente.

De entre todos mis compañeros de clase, el nuevo estudiante me escoge con una sonrisa generosa tan deslumbrante como el sol y dice:

—Kokoro-chan, ha pasado mucho tiempo.

Los otros estudiantes no se lo pueden creer.

—¿Qué? —dicen, mirándome de forma significativa—. ¿Ya os conocíais?

En otro mundo, ya éramos amigos.

Yo no tengo nada especial. No soy atlética ni soy inteligente. No tengo nada que alguien pudiera envidiar. Es solo que, en el pasado, tuvimos la oportunidad de conocernos y formar un vínculo especial.

Vamos juntos a todas partes: cuando nos cambiamos a un aula diferente, cuando tenemos el descanso y cuando cruzamos las puertas del instituto al final del día.

Puede que el grupo de Sanada se muera por entablar amistad con él, pero lo único que dice el estudiante es:

—Estoy con Kokoro-chan.

Así que ya no estoy sola.

Llevaba mucho tiempo deseando que ocurriese algo así.

Aunque sé que nunca ocurrirá.

I

PRIMER SEMESTRE: ESPEREMOS A VER QUÉ OCURRE

MAYO

Desde el otro lado de la cortina corrida le llegaba flotando el sonido de la camioneta del supermercado local que iba hasta allí a vender sus productos. «It's a Small World», la canción de la atracción favorita de Kokoro en Disneyland, retumbaba en el gran altavoz que llevaba en la parte trasera, recordándole el mundo de risas y esperanza que yacía justo al otro lado de su ventana. Desde que tenía uso de razón, siempre había sonado la misma canción.

La melodía se interrumpió de forma abrupta y, después, sonó un anuncio.

—Hola a todo el mundo. Este es el camión de productos del Mercado Mikawa. ¡Tenemos a la venta productos frescos, productos lácteos, pan y arroz!

El supermercado que había junto a la autopista estaba muy lejos y se necesitaba un automóvil para llegar, por lo que, desde que Kokoro era pequeña, la camioneta del Mercado Mikawa había ido hasta allí todas las semanas y había aparcado detrás de su casa. La melodía era la señal para que los ancianos del vecindario y las madres con hijos pequeños salieran y compraran sus provisiones.

Kokoro nunca había ido a comprar allí, aunque, al parecer, su madre sí lo había hecho.

—El señor Mikawa se está haciendo mayor, así que me pregunto durante cuánto tiempo seguirá viniendo —le había dicho.

En el pasado, antes de que el supermercado apareciese en la zona, había sido muy práctico que la camioneta fuese hasta allí y muchas familias habían comprado sus productos. Sin embargo, estaba empezando a perder clientela. Algunas personas incluso se quejaban del altavoz, diciendo que causaba contaminación acústica.

Kokoro no pensaba que fuese una molestia, pero, cada vez que oía la melodía, se daba cuenta, quisiera o no, de que ya era de día y de que era un día entre semana. Se veía obligada a ser consciente de ello.

Podía oír a los niños riéndose.

Había descubierto cómo transcurrían las once de la mañana en su barrio tras haber dejado de ir a clase. Mientras había estado en educación primaria, tan solo había visto la camioneta de Mikawa durante las vacaciones. Jamás le había prestado tanta atención como en la situación presente: un día entre semana, en su habitación, con las cortinas corridas y el cuerpo rígido. No hasta el año anterior.

Veía la televisión conteniendo la respiración, con el sonido silenciado y esperando que la luz del aparato no se filtrase a través de las cortinas. Incluso cuando la camioneta de Mikawa no estaba allí, siempre había madres y niños jugando en el parque que había enfrente de su casa. Cuando contemplaba las sillitas de bebé alineadas junto a los bancos del parque, con bolsas coloridas colgando de los manillares, le asaltaba un pensamiento: «Ya se ha pasado la mañana». Las familias que se reunían entre las diez y las once siempre desaparecían a mediodía y se dirigían a casa para comer.

Entonces, abría las cortinas un poco.

Al pasar tanto tiempo a solas en su habitación, que durante el día era lúgubre a pesar de las cortinas naranjas, empezó a acumular un sentimiento de culpa. Sentía que le culpaban por holgazanear y hacer el vago.

Al principio, había disfrutado de estar en casa, pero, aunque nadie le dijo nada, conforme fue pasando el tiempo, supo que no podía seguir así.

Había buenos motivos para que existiesen las normas fijas.

Normas como: «Debes abrir las cortinas por la mañana» y «Todos los niños deben asistir a clase».

Dos días antes, su madre y ella habían visitado una escuela alternativa privada (usaban el término *school*, en inglés) y había estado segura de que, aquel día, podría comenzar las clases allí.

Sin embargo, al levantarse, se había dado cuenta de que aquello no iba a ocurrir.

Como era habitual, el estómago la estaba matando.

No estaba fingiendo; le dolía de verdad. No tenía ni idea de por qué, pero, por las mañanas, el estómago y a veces incluso la cabeza le palpitaban de dolor.

—No te fuerces a ir —le había dicho su madre, así que, cuando bajó las escaleras hasta el comedor, no estaba preocupada por su reacción.

—Mamá, me duele el estómago.

Su madre estaba preparando leche caliente y una tostada y, cuando oyó aquello, el rostro se le puso blanco. No quiso mirar a su hija a los ojos. Como si no la hubiese escuchado, bajó la vista y llevó la taza de leche caliente hasta la mesa del comedor.

—¿Te duele mucho? —le preguntó.

Entonces, su madre se quitó de un tirón el delantal rojo que llevaba sobre la ropa de trabajo (un traje de chaqueta) y lo colocó sobre una silla.

—Igual que siempre —dijo Kokoro en voz baja.

Sin embargo, antes de que consiguiera terminar la frase, su madre la interrumpió.

—¿Igual que siempre? Pero, hasta ayer, estabas bien. La escuela que visitamos no es como el instituto público, ¿sabes? No tienes que ir todos los días, hay menos personas en cada clase y los profesores parecen muy amables. Dijiste que irías, pero ¿ahora me dices que no?

Era obvio que su madre quería que asistiera. Aquellas acusaciones repentinas lo dejaban bastante claro. Sin embargo, Kokoro no estaba fingiendo estar enferma. El estómago la estaba matando de verdad. Cuando no contestó, su madre lanzó una mirada irritada al reloj.

—Ay, voy a llegar tarde —dijo, chasqueando la lengua—. Entonces, ¿qué quieres hacer?

Kokoro sintió las piernas paralizadas.

—No puedo ir —dijo.

No se trataba simplemente de que no quisiera ir; realmente no podía.

Cuando, al fin, con mucho esfuerzo, fue capaz de farfullar una respuesta, su madre soltó un gran suspiro e hizo una mueca, como si ella también sintiese una punzada de dolor.

—¿No vas a poder ir solo hoy o no vas a ir nunca?

Kokoro no estaba segura. Aquel día no iba a ir, pero no sabía si, al día siguiente, iba a tener dolor de estómago una vez más.

—De acuerdo, entonces —dijo su madre y, después, se puso de pie. Tomó el plato del desayuno de Kokoro y lo tiró en el contenedor de basura triangular que había en la esquina del fregadero—. Así que tampoco querrás leche. Después de que te la he calentado… —añadió.

Vertió la leche por el desagüe sin esperar una respuesta. Una nube de vapor emergió del líquido caliente y desapareció rápidamente bajo el sonido del agua del grifo.

Kokoro había pensado en comérselo más tarde, pero, antes de que pudiera pronunciar una sola palabra, la tostada y la leche eran historia.

—¿Podrías moverte, por favor? —dijo su madre mientras pasaba junto a ella que, vestida con el pijama, estaba sentada y quieta. Desapareció en el salón. Tras unos instantes, la oyó hablar por teléfono—. Buenos días, soy la señora Anzai. —La actitud anterior había desaparecido y había sido sustituida por un tono formal y educado—. Sí, es correcto —oyó que decía—. Dice que le duele el estómago. Lo siento muchísimo. Cuando visitamos la escuela, parecía muy entusiasmada por empezar. Sí, es correcto. Le pido disculpas por cualquier inconveniente.

La escuela a la que le había llevado su madre se llamaba *Kokoro no kyoshitsu*, que, literalmente, significaba «Aula para el corazón». Era una especie de centro de asesoramiento juvenil y escuela alternativa. Sobre la entrada se leían las palabras «Apoyando el desarrollo de los jóvenes».

Estaba situada en un edificio antiguo que había sido un colegio o, tal vez, un hospital, y, durante la primera visita, Kokoro había oído voces de niños procedentes del piso superior. Por cómo sonaban, pensó que se trataba de niños de primaria.

—Kokoro, debes de estar un poco nerviosa, pero entremos —le había dicho su madre, sonriendo.

Parecía estar más al borde de los nervios que su hija pero, aun así, le había propinado una suave palmadita de ánimo en la espalda.

Kokoro se había sentido rara ante la idea de compartir el mismo nombre con la escuela: *kokoro*, «corazón».

Su madre también debía haberse dado cuenta de la coincidencia. No era como si le hubiese puesto ese nombre solo para poder llevarla allí. Incluso el simple hecho de pensar algo semejante le había producido una punzada de dolor.

Así había sido cómo Kokoro había descubierto por primera vez que los niños que no asistían a clase tenían otro sitio al que ir más allá del centro educativo habitual. Durante la educación primaria, nadie de su clase se había negado nunca a ir al colegio.

Puede que algunos hubiesen fingido uno o dos días de enfermedad, pero no había habido un solo alumno que hubiese tenido que asistir a una escuela como aquella.

Incluso todos los profesores que las habían recibido se refirieron a la escuela alternativa con el término inglés *school*.

Kokoro se había sentido un poco extraña con las zapatillas abiertas que le habían dado y, mientras esperaba, había doblado los dedos de los pies con nerviosismo.

—Así que, Kokoro, tengo entendido que eres estudiante del Instituto de Secundaria n.º 5 de Yukishina, ¿verdad?

La profesora le había sonreído con amabilidad mientras comprobaba que toda la información fuera correcta. Era joven y a Kokoro le había recordado a aquellas chicas mayores alegres y siempre sonrientes que bailaban y cantaban en los programas de televisión infantiles. En la blusa, había llevado una chapa identificativa en forma de girasol con un pequeño retrato suyo que, sin duda, habría dibujado alguno de los niños de la escuela y con el nombre «Kitajima» escrito en ella.

—Sí —había dicho Kokoro.

A pesar de sus esfuerzos, la voz le había sonado débil y amortiguada. Se había preguntado por qué, pero, en aquel momento, había sido la única voz que había conseguido que le saliera. La señorita Kitajima le había dedicado una amplia sonrisa.

—Yo también fui allí —le había dicho.

—Oh.

Después, la conversación se había detenido.

En realidad, la señorita Kitajima era una mujer joven y hermosa. El pelo corto le daba una imagen vivaracha y tenía unos ojos muy amables. A Kokoro le había gustado de inmediato y no había dejado de envidiarla por el hecho de que ya se hubiera graduado y no tuviera que volver a ir al instituto.

En realidad, costaba afirmar que Kokoro fuese al instituto. Había empezado en abril, al comienzo del nuevo curso escolar, había asistido a las clases durante el primer mes y, después, había dejado de ir.

—Les he llamado para que lo supieran.

Cuando reapareció en el comedor, el tono de irritación de su madre había regresado. Miró a Kokoro que, en todo aquel tiempo, no se había movido ni un milímetro, y frunció el ceño.

—Mira, si todavía te duele el estómago, deberías volver a la cama. Te dejo la comida que te había preparado para que comieras en la escuela, así que, si tienes ganas de comer, adelante.

La mujer le habló sin lanzarle siquiera una mirada y empezó a prepararse para salir.

Kokoro pensó con pena que, si su padre hubiese estado allí, él la habría defendido. Sus dos padres trabajaban y, dado que el puesto de su padre estaba más lejos, salía muy pronto por la mañana. La mayoría de los días, cuando se levantaba, él ya se había marchado.

Si se limitaba a quedarse allí, lo más probable era que le regañase todavía más, así que empezó a subir las escaleras. A su espalda, como si fuese una última puñalada, oyó a su madre soltar un fuerte suspiro.

Antes de que se diera cuenta, eran las tres de la tarde.

Había dejado la televisión encendida y, en aquel momento, estaban emitiendo un programa de entrevistas. Tras un segmento en el que comentaban escándalos y noticias sobre famosos, dieron paso a un publirreportaje y, finalmente, Kokoro se levantó de la cama.

¿Por qué tenía tanto sueño? Cuando estaba en casa, siempre se sentía mucho más somnolienta que cuando estaba en clase.

Se frotó los ojos para desprenderse del polvo del sueño, se limpió los restos de saliva de la comisura de los labios, apagó la televisión y bajó las escaleras. Mientras estaba de pie frente al fregadero de la cocina, lavándose la cara, se dio cuenta de lo hambrienta que estaba.

Fue al comedor y abrió el *bento* que su madre le había preparado con el almuerzo. Mientras desataba el lazo que sujetaba la tela a cuadros con la que estaba envuelto, pensó en cómo su madre se la habría imaginado mientras lo preparaba, en cómo la habría visualizado disfrutando de la comida en la escuela. Ante aquel pensamiento, el pecho se le encogió y deseó poder disculparse con ella por no haber asistido.

Encima del *bento* también había un recipiente de plástico y, cuando lo abrió, encontró trozos de kiwi, una de sus frutas favoritas. El propio almuerzo consistía en algo que le encantaba: arroz con *soboro* tricolor, un picadillo a base de bacalao cocido, pollo y huevo que formaba un diseño muy colorido.

Tomó un bocado y agachó la cabeza.

La primera vez que habían visitado la escuela, le había parecido un lugar divertido, así que ¿por qué no podía obligarse a ir? Aquella mañana había pensado que el dolor de estómago solo le impediría ir aquel día, pero, tras haber desaprovechado toda la mañana, había perdido cualquier interés por asistir.

Los niños que había visto en la escuela alternativa tenían edades tanto de primaria como de secundaria. Todos le habían parecido normales y ninguno le había resultado del tipo que no puede asistir a un centro público. Ninguno de ellos estaba especialmente gordo o particularmente deprimido, y tampoco ninguno le había parecido un perdedor con el que nadie quisiera estar. La única diferencia era que los alumnos de instituto que estaban allí no llevaban uniformes escolares.

Dos chicas algo mayores que Kokoro habían juntado sus pupitres, colocándose una frente a la otra, y los fragmentos de conversación que había oído («Eso es una mierda absoluta», «Desde luego, pero, ya sabes…») no le habían parecido diferentes a las charlas que había oído en su instituto. Al oír aquella pequeña escena, el estómago había empezado a dolerle de nuevo, aunque también le había parecido extraño que chicas como aquellas, que se veían tan normales, hubiesen dejado el instituto.

Mientras la señorita Kitajima les enseñaba el lugar, un niño se había acercado a ellas quejándose de que Masaya le había golpeado. El chico tenía encanto y Kokoro se había imaginado a sí misma jugando con él si llegaba a asistir a aquella escuela. Lo había podido visualizar con claridad.

Su madre le había dicho que, mientras hacía un pequeño recorrido por el centro, ella se quedaría en la oficina del piso de abajo con la directora de la escuela.

Nunca lo había mencionado, pero Kokoro había tenido la clara sensación de que su madre había estado en la escuela varias veces antes de que hicieran aquella visita. La forma en la que los profesores la habían saludado dejaba claro que ya se habían conocido. Había recordado lo rara e incómoda que se había mostrado su madre la primera vez que había mencionado el asunto de visitar la escuela, y se había dado cuenta de que, a su manera, estaba esforzándose por ser sensible con respecto a sus sentimientos.

Fuera de la oficina en la que le esperaba su madre, había oído lo que le pareció la voz de la directora de la escuela diciendo:

—El colegio de primaria es un lugar muy agradable y cómodo para la mayoría de los niños, por lo que no es en absoluto extraño que muchos tengan problemas para adaptarse cuando hacen el cambio al instituto. Especialmente en el caso de uno como el n.º 5 de Yukishina, que ha crecido mucho gracias a la fusión de otros centros tras la reestructuración. Ahora tienen uno de los números de alumnos más grande.

Kokoro había respirado hondo. *Al menos, no están tratando temas dolorosos*, había pensado.

Además, era cierto. Cuando había ingresado al instituto, de pronto había pasado de un centro con dos clases en cada curso a otro en el que había siete y, definitivamente, eso le había desconcertado. Apenas conocía a nadie de su clase.

Sin embargo, no se trataba de eso.

Aquel no era el motivo por el que había tenido «problemas para adaptarse».

Esta mujer no tiene ni idea de por lo que he tenido que pasar, pensó.

La señorita Kitajima, que estaba de pie junto a Kokoro, se había mostrado totalmente impertérrita ante lo que habían escuchado y había llamado a la puerta con firmeza.

—Discúlpenme —había dicho.

La directora, que era mayor, y la madre de Kokoro se habían girado hacia ellas a la vez. Su madre había tenido un pañuelo en la mano, y Kokoro había deseado que no hubiese estado llorando.

Si dejaba la televisión encendida, acababa viéndola.

Y, si lo hacía, sentía que había conseguido algo, incluso aunque hubiese desperdiciado todo el día.

Se había dado cuenta de que, incluso cuando veía un programa con una trama como, por ejemplo, un *dorama*, no podía recordar la historia. *¿Qué estoy haciendo?,* se preguntaba y, de pronto, se daba cuenta de que el día estaba llegando a su fin.

En la pantalla, estaban entrevistando a un ama de casa en la calle y, cuando, de forma casual, comentó que había salido «mientras los niños están en el colegio», Kokoro sintió como si aquello fuese una reprimenda cruel dirigida directamente a ella.

El tutor de la clase de Kokoro, el señor Ida, era un hombre joven que, de vez en cuando, seguía pasando por su casa para ver cómo se encontraba. A veces, se dirigía al piso de abajo para verle y, a veces, no.

—El señor Ida está aquí —le anunciaba su madre—. ¿Quieres verle?

Sabía que, en realidad, debería hablar con él, pero, los días en los que le decía a su madre que no quería verle, ella nunca se enfadaba.

—Está bien. Hoy hablaré yo con él —le decía y, después, conducía al profesor al salón—. En realidad, hoy no está siendo un buen día para ella —se disculpaba su madre.

—Está bien; no hay problema —contestaba el señor Ida.

Kokoro no había esperado que le dejasen salirse con la suya y eso la dejaba confusa. Siempre había creído que tenía que hacer lo que sus profesores, sus padres u otros adultos le dijeran, pero la facilidad con la que le daban la razón en aquel momento le había hecho comprender al fin que aquello era una emergencia de verdad.

Todo el mundo va con pies de plomo por mi culpa, había pensado.

De vez en cuando, Satsuki-chan y Sumida-san, sus compañeras de primaria, también iban a ver qué tal estaba. En aquel momento, estaban en clases diferentes y, tal vez, su profesor les había pedido que fuesen a visitarla. Sin embargo, Kokoro se sentía avergonzada por faltar a clase y, cuando se pasaban por allí, se negaba a ver a aquellas amigas de toda la vida.

En realidad, sí quería verlas, pues sentía que había muchas cosas que quería decirles, pero el hecho de que se sintieran obligadas a ir a su casa le incomodaba. Así habían acabado las cosas.

Mientras se comía el *bento,* sonó el teléfono. Justo cuando estaba preguntándose si contestar o no, saltó el contestador.

—¿Hola? ¿Kokoro? Si estás ahí, ¿puedes contestar?

Era la voz de su madre, amable y calmada. Se apresuró a descolgar el aparato.

—¿Dígame?

—¿Kokoro? Soy yo. —En aquel momento, a diferencia de la mañana, su voz era amable. Escuchó cómo se reía. ¿Dónde estaba? No había ruido a su alrededor, así que tal vez hubiese salido de la oficina—. Me he preocupado cuando no has contestado. ¿Estás bien? ¿Te estás comiendo el *bento*? ¿Cómo tienes el estómago?

—Estoy bien.

—¿De verdad? Estaba pensando que si todavía te sentías enferma, tal vez podríamos ir a visitar a un médico.

—Estoy bien.

—Hoy volveré pronto a casa. Todo va a salir bien, Kokoro. Es solo que aún estamos aprendiendo a lidiar con esto, así que, vamos a hacer todo lo posible para superarlo, ¿de acuerdo?

Su madre sonaba muy alegre, pero lo único que Kokoro consiguió decir como respuesta fue un «claro» en voz baja.

Aquella mañana, su madre había estado muy enfadada. ¿Qué había pasado desde entonces? Tal vez había recibido algún consejo sobre aquella situación de parte de alguno de sus compañeros de trabajo. O, tal vez, se había arrepentido de su arrebato anterior y había pensado en llamarla.

«Vamos a hacer todo lo posible». Kokoro no tenía ni idea de si sería capaz de cumplir con las expectativas de su madre pero, de todos modos, siguió adelante y le dio la razón.

Ya eran pasadas las cuatro y no podía quedarse en el piso de abajo.

Como por la mañana, las cortinas de su habitación seguían cerradas. Mientras esperaba a escuchar aquel sonido que ahora le resultaba tan familiar, empezó a ponerse tensa. Jamás podría acostumbrarse a él. Intentó ver la televisión sin sonido para distraerse pero, de todos modos, se quedó sentada en la cama, esperando ansiosamente.

Pasaría en cualquier momento.

Ahí estaba. Escuchó el sonido metálico que hacía el buzón que había enfrente de su casa al abrirse cuando alguien dejó caer una carta dentro.

—Ah, Tojo-san ya está aquí —se dijo a sí misma.

Moe Tojo-san, una chica de su instituto.

Tojo-san era una estudiante trasladada que se había unido a su clase a finales de abril, cuando el semestre ya había comenzado. Al parecer, había llegado tarde a causa de algunas formalidades relacionadas con el trabajo de su padre.

Era una chica guapa a la que también se le daban bien los deportes y cuyo pupitre estaba al lado del de Kokoro, que se había quedado sin aliento ante la complexión atlética y las pestañas largas de Moe, que le recordaba a una de aquellas hermosas muñecas francesas que a la gente le gustaba coleccionar. Al parecer, Tojo-san no tenía sangre extranjera, aunque sí los rasgos atractivos que suelen tener los euroasiáticos.

El profesor le había asignado el asiento que había junto al suyo por un motivo: eran vecinas. La casa de Tojo-san estaba tan solo dos puertas más allá de la de Kokoro. Al ser vecinas, el objetivo del hombre había sido que se conocieran, y ella había deseado que así fuera. De hecho, dos semanas después del comienzo de las clases, Tojo-san le había preguntado si podía llamarla «Kokoro-chan», que era más informal. Además, habían ido juntas de casa al instituto y viceversa. Moe también la había invitado a que fuera a su casa.

La casa tenía el mismo plano base que la de Kokoro, aunque había tenido la impresión de que la habían diseñado pensando específicamente en la familia de Tojo-san. Los materiales de construcción que habían usado para las paredes y los pilares eran los mismos, así como la altura de los techos, pero los adornos del vestíbulo, los cuadros que colgaban de la pared, las lámparas y el color de las alfombras eran diferentes. El hecho de que la construcción y la distribución fuesen idénticas hacía que esas diferencias resaltasen todavía más.

La casa de Tojo-san era muy elegante y estilosa, y tenía unos cuadros justo en la entrada basados en cuentos de hadas por los que, al parecer, su padre estaba fascinado.

El padre de Tojo-san era profesor de universidad e investigaba la literatura infantil. En la pared, había dibujos originales enmarcados de libros ilustrados que había conseguido mientras estaba en Europa. Se trataba de escenas de historias con las que Kokoro estaba familiarizada: *Caperucita Roja*, *La bella durmiente*, *La sirenita*, *El lobo y las siete cabritillas* o *Hansel y Gretel*.

—Son escenas bastante raras, ¿verdad? —le había dicho Tojo-san. Por aquel entonces, Kokoro también se había dirigido a ella de un modo más familiar, llamándola «Moe-chan»—. Papá colecciona dibujos de este artista, incluyendo las ilustraciones de los libros de los hermanos Grimm y de las historias de Hans Christian Andersen.

A Kokoro, las escenas no le habían parecido especialmente raras. La que pertenecía a *El lobo y las siete cabritillas* era la conocida escena en la que el lobo irrumpe en la casa de las cabritillas y ellas intentan escapar. El dibujo de Hansel y Gretel también era de una de las más conocidas, en la que Hansel va caminando por el bosque mientras lanza migas de pan. Había una bruja en el cuadro pero, lo otro, por sí solo, ya indicaba a qué historia pertenecía.

Por dentro, sus casas eran del mismo tamaño pero, por algún motivo, la casa de Tojo-san le había parecido mucho más espaciosa.

En el salón, había estanterías repletas de libros en inglés, alemán y otros idiomas. Tojo-san había sacado uno.

—Este está en danés —le había señalado.

—Guau —había dicho Kokoro. Podía entender algo de inglés, pero el danés le era totalmente ajeno.

—Andersen era un escritor danés —le había explicado Tojo-san con timidez—. Yo tampoco puedo leerlo. Pero, si te interesa, puedes tomarlo prestado. —Kokoro se había emocionado. Puede que no fuese capaz de leer danés, pero, por la ilustración que había en la cubierta, había sabido que debía de tratarse de *El patito feo*—. También hay muchos libros en alemán, ya que los hermanos Grimm eran alemanes y todo eso.

Aquello había logrado que Kokoro se emocionase todavía más. Conocía muchos de los cuentos de hadas de los hermanos Grimm y aquellos libros ilustrados extranjeros parecían muy elegantes y estupendos.

—La próxima vez, deberías venir a mi casa —le había dicho Kokoro—. Aunque no tenemos nada tan bonito como esto…

Realmente, había creído que aquello ocurriría. Al menos, había considerado que debía de ser así.

Entonces, ¿cómo era posible que las cosas hubiesen salido de ese modo?

Tojo-san había acabado dándole la espalda a Kokoro.

Kokoro se había dado cuenta enseguida de que Sanada y su pequeño séquito le habían contado a Tojo-san algo sobre ella.

Un día, en clase, Kokoro se había acercado a su amiga.

—¿Moe-chan? —le había dicho.

Ella había alzado la vista, evidentemente molesta. Su gesto había dicho: «¿Qué quieres?». Había quedado claro que Tojo-san pensaba que Kokoro era una molestia. Ya no deseaba estar con ella, especialmente delante de Sanada y su grupo.

Ambas habían estado debatiendo sobre a qué club extraescolar unirse. Sin embargo, cuando llegó el momento de reunirse, tal como se habían prometido la una a la otra, Tojo-san había salido del aula con Sanada y sus amigas. Cuando se encontraron en el pasillo, Sanada había hablado lo bastante alto como para que Kokoro la oyese.

—Siento tanta lástima por esos marginados…

Mientras guardaba lentamente los libros de clase, lista para marcharse a casa, Kokoro se había dado cuenta de las miradas de los otros alumnos y, al fin, lo había comprendido: el comentario había estado dirigido a ella.

«Marginada, marginada». La palabra le había dado vueltas en la cabeza mientras salía del instituto. Había evitado de forma intencionada mirar a los ojos al resto de los estudiantes. Que aquel grupo fuese a estar allí había sido motivo más que suficiente para que perdiera cualquier deseo de echar un vistazo a ninguno de los clubes.

¿Por qué se meten conmigo de ese modo?, se había preguntado.

Le hacían el vacío.

Cuchicheaban sobre ella a sus espaldas.

Le decían a otras chicas que no se relacionaran con ella.

Se reían.

Se reían sin parar.

Se reían de ella.

Había sentido dolor en el estómago y se había encerrado en uno de los cubículos del baño. Había oído a Sanada riéndose al otro lado. El descanso casi había acabado, pero, como las demás seguían allí fuera, no había sido capaz de salir. Se había encontrado al borde de las lágrimas, pero, de todos modos, se había serenado y había salido. Entonces, había escuchado una pequeña exclamación procedente del cubículo adyacente mientras Sanada salía de él. Había mirado a Kokoro directamente y había sonreído.

Más tarde, cuando una compañera de clase le había contado lo que había hecho, Kokoro se había sonrojado de vergüenza. Preguntándose por qué estaba tardando tanto, Sanada se había agachado en el cubículo adyacente y la había observado desde abajo. Cuando había imaginado la escena que debía de haber presenciado la otra chica (ella en cuclillas, con la ropa interior en torno a los tobillos), había creído escuchar claramente algo desmoronándose en su interior.

La compañera de clase que le había informado al respecto, aunque se había lamentado de lo horrible que había sido todo, también le había hecho prometer que nunca desvelaría que había sido ella quien se lo había contado.

Kokoro se había quedado allí de pie, congelada, aturdida y totalmente destrozada.

Se había quedado sin ningún sitio al que escapar y donde poder sentirse en paz.

Aquello había sucedido una y otra vez hasta que había ocurrido «el incidente» y Kokoro había tomado la fatídica decisión.

Había dejado de ir al instituto.

Incluso después de que Kokoro hubiese abandonado, Tojo-san pasaba por allí para dejarle folletos y avisos del instituto.

Lo hacía con mucha naturalidad.

Kokoro había esperado que siguiesen siendo amigas, pero Tojo-san se limitaba a dejar los papeles en el buzón y no llamaba al timbre ni una sola vez. Kokoro lo había presenciado en numerosas ocasiones desde la ventana del piso superior: Tojo-san dejando los folletos, como si estuviera cumpliendo con un deber, y marchándose después con prisa.

En aquel momento, observó distraída cómo aparecía la figura vestida con un uniforme escolar de cuello azul verdoso y un pañuelo rojo oscuro. Era el mismo uniforme que ella había llevado en abril.

Al menos, se sentía aliviada de que Tojo-san hiciese sola la ruta de reparto, probablemente porque las demás chicas vivían en otras zonas.

Era posible que su tutor le hubiese pedido que se pasara a verla y Kokoro decidió no pensar en la posibilidad de que estuviera ignorando aquellas instrucciones a propósito.

El buzón se cerró con un sonido metálico y Moe-chan se marchó.

En la habitación de Kokoro había un espejo de cuerpo entero.

Había hecho que sus padres lo colgasen tan pronto como había elegido su habitación. Era un espejo de forma ovalada con un marco de piedra rosa. En aquel momento, cuando se miraba en él, se veía con un aspecto enfermizo y sentía ganas de llorar. Ya no podía soportar seguir mirándolo.

Con cuidado, subió una de las esquinas de la cortina para asegurarse de que Tojo-san se hubiera marchado y, después, a cámara lenta, se derrumbó de nuevo sobre la cama. El resplandor de la televisión, que tenía el volumen bajo, le pareció excesivamente brillante.

Pensó en cómo, ahora que había dejado de ir a clase, su padre le había quitado la videoconsola.

—Si no va a clase pero sigue teniendo videojuegos, nunca estudiará nada —le había dicho a su madre.

Al parecer, el siguiente paso había sido quitarle también la televisión, pero su madre se lo había impedido. El veredicto había sido:

—Esperemos a ver qué ocurre.

En aquella ocasión, Kokoro había odiado a su padre, pero ya no estaba tan segura. Tenía la sensación de que tal vez tuviera razón, de que si tuviera los videojuegos a mano, eso sería lo único que haría todo el día. Desde luego, en aquel momento, no estaba estudiando demasiado.

Estar al día con las tareas de aquel nuevo centro que era el instituto no iba a resultarle fácil. Se sentía perdida y sin saber qué hacer.

El resplandor que había en su habitación se estaba volviendo realmente brillante. Alzó la cabeza del almohadón con desinterés, pensando en que debería apagar la televisión, y soltó un grito ahogado.

La televisión no estaba encendida. Debía de haberla apagado sin darse cuenta.

La luz procedía del espejo de cuerpo entero que había junto a la puerta.

—¿Qué demonios...?

Salió de la cama y se dirigió hacia él sin pensarlo. La luz parecía irradiar desde el interior del espejo y se había vuelto tan cegadora que tan apenas podía mirarlo.

Extendió una mano para tocarlo.

Se dio cuenta un segundo tarde de que podría estar caliente, pero, aun así, la superficie estaba fría al tacto. Con la palma de la mano plana, empujó un poco más fuerte.

—¡Oh, Dios mío! —exclamó para sí misma.

El espejo estaba absorbiéndole la palma de la mano. La superficie era suave, como si estuviese tocando agua. Estaban tirando de ella hacia el otro lado del espejo.

En un instante, la luz se había tragado su cuerpo, que se movía a través de un túnel de aire frío. Intentó llamar a su madre, pero no le salió la voz.

La estaban arrastrando hacia algún sitio lejano. Si estaba avanzando hacia arriba o hacia delante, no lo tenía claro.

—Ey, tú, ¡despierta!

La primera sensación que tuvo fue la de un suelo frío bajo la mejilla.

Tenía un dolor de cabeza tremendo y la boca y la garganta secas. Kokoro volvió a oír la misma voz, pero no podía levantar la cabeza.

—Venga, despierta.

Era la voz de una chica. Por cómo sonaba, se trataba de una chica de los primeros años de primaria. Kokoro no conocía a nadie de esa edad.

Sacudió la cabeza, parpadeó y se incorporó. Se giró para mirar en la dirección de la voz y se quedó sin aliento.

Allí de pie, con una mano apoyada en la cadera, había una niña de aspecto extraño.

—¿Ya estás despierta, Kokoro Anzai-chan?

Estaba contemplando el rostro de un lobo. La niña llevaba el tipo de máscara que solía verse en los festivales de los santuarios.

Además de la máscara de lobo, llevaba un atuendo sorprendente: un vestido rosa con ribetes de encaje como el que una niña se pondría para un recital de piano o una boda. Era como la versión viviente de una muñeca Rika-chan.

Además, sabe cómo me llamo. Kokoro miró alrededor rápidamente. *¿Dónde estoy?*

El suelo verde brillante le recordaba a algo salido de *El mago de Oz*. Sintió como si, tal vez, estuviera dentro de un anime o una obra de teatro. Entonces, se dio cuenta de que una sombra oscura se cernía sobre ella. Alzó la vista y respiró hondo. Se llevó la mano a la boca.

Parecía como si estuviese en algún tipo de castillo. Un castillo sacado de un cuento de hadas occidental con una verja magnífica.

—¡Felicidadeeeeeees! —canturreó una voz. Oculta tras la máscara, Kokoro no podía interpretar el gesto de la niñita ni ver cómo se le movían los labios—. Kokoro Anzai-san, tienes el honor de ser una invitada en este castillo.

Extendió mucho los brazos y se dio la vuelta. La magnífica verja de hierro comenzó a abrirse con un chirrido.

La mente se le quedó en blanco por el miedo. Tenía que salir de allí.

La niña lobo seguía contemplándola de manera inescrutable. Kokoro tenía la esperanza de que, si aquello era algún tipo de sueño, entonces, cuando volviera a mirar, la niña habría desaparecido.

Captó algo en el borde de su campo de visión. Poco a poco, se dio la vuelta. Un espejo colgado de la pared estaba brillando. No era el mismo espejo de forma ovalada que el que había en su habitación, aunque parecía de un tamaño similar. El marco estaba rodeado de piedras multicolores con forma de gota de agua. Se acercó corriendo hasta allí. Estaba segura de que aquel espejo conectaba con su habitación y, si podía atravesarlo, tal vez fuera capaz de regresar.

De pronto, sintió el peso de la niñita lobo colgándose de su espalda, derribándola desde atrás con sus extremidades flacuchas. La fuerza de la embestida hizo que Kokoro cayera de bruces sobre el suelo de color esmeralda.

—¡No te atrevas a escapar! —le gritó la niña al oído—. Llevo todo el día entrevistando a otros seis y tú eres la última. ¡Ya son las cuatro en punto y casi me he quedado sin tiempo!

—¡No me importa en absoluto! —Kokoro había recuperado la voz.

Estaba segura de que a aquella niña, que era mucho más pequeña que ella, le había sonado extremadamente dura, pero estaba asustada.

Tumbada en el suelo, intentó quitarse de la espalda a la niña, que se aferraba a ella. Giró la cabeza hacia los lados para echar otro vistazo a los alrededores.

El castillo era como el de la Cenicienta de Disney, sacado de alguna fantasía.

Esto tiene que ser un sueño, pensó. Sin embargo, la chica que la estaba inmovilizando contra el suelo con las piernas en torno a la cintura tenía un peso y una sustancia tangibles.

Siguió arrastrándose hacia el espejo resplandeciente y sintió cómo la niña lobo comenzaba a darle golpes con los puños.

—¿Qué problema tienes? ¿No quieres saber dónde estás? Podrías estar a punto de vivir una aventura y ¿me dices que no te importa en absoluto? ¡Usa la imaginación por una vez en tu vida!

—¡No pienso hacerlo! —le gritó Kokoro, al borde de las lágrimas, como respuesta.

En su interior, estaba pensando que todavía podía volver y fingir que aquello nunca había ocurrido.

Sin embargo, cada vez estaba más segura: no se trataba de un sueño.

La niña se le aferró aún más a la cintura, apretándole los costados con tanta fuerza que apenas podía respirar.

—Como iba diciendo, te concederemos un único deseo. Se hará realidad incluso para una lerda como tú, ¡así que escúchame!

Había dicho «Como iba diciendo», pero aquella era la primera vez que Kokoro escuchaba algo sobre un deseo. No tenía suficiente aliento como para responder. Intentó con todas sus fuerzas quitársela de encima, apartándole el hocico del hombro, donde le rozaba el cuello. Visible por encima de la máscara, el pelo de la niña era tan suave y la cabeza que había apartado tan diminuta que le sorprendió lo mucho que, en realidad, parecía una niña muy pequeña.

De todos modos, apretó los dientes y la sacudió hacia el suelo por un costado. Se arrastró un poco más, se puso en pie con dificultad y se estiró para tocar el espejo brillante. En cuestión de segundos, la superficie estaba absorbiendo su mano como si estuviera atravesando agua.

—¡Espera! —gritó una voz y ella contuvo la respiración. Cerrando los ojos, apretó todo el cuerpo contra el espejo y saltó hacia la luz—. ¡Ey! ¡Será mejor que vuelvas mañana!

La asaltó un ruido ensordecedor y distorsionado. Después, se desvaneció.

Pestañeó varias veces y se encontró de vuelta en su habitación, en el suelo. La televisión, la cama, los animales de peluche alineados frente a la ventana, la estantería con libros, el escritorio, la silla, el tocador con un cepillo para el pelo, horquillas y un peine. Todo estaba en su lugar.

Miró hacia atrás. El espejo de cuerpo entero seguía en la pared, pero ya no brillaba. Tan solo reflejaba su gesto aturdido. Tenía el corazón acelerado.

¿Qué demonios había pasado? De forma instintiva, se estiró hacia el espejo y, después, apartó el brazo rápidamente. Tal vez alguien la estuviese observando desde el otro lado. Tal vez saliera de allí la mano huesuda de la niña lobo y le diera un pellizco. Se estremeció.

Sin embargo, el espejo siguió quieto y con aspecto de espejo.

Miró el reloj de pared que había sobre la televisión y tomó aire de forma repentina. Su telenovela favorita ya había empezado; había pasado más tiempo de lo que creía.

Tal vez fuese tan sencillo como que el reloj estuviese adelantado. Pero, cuando encendió la televisión, la novela llevaba un buen rato en emisión. En definitiva, el reloj no funcionaba mal.

¿Qué está pasando?

Se mordió los labios en silencio. Después, se apartó del espejo para tener una perspectiva mejor y lo miró fijamente.

¿Es real?

Llevaba el pijama puesto y todavía notaba cómo alguien le apretaba los costados.

Con los pies a cierta distancia, pero con los brazos extendidos y doblándose por la cintura, le dio la vuelta al espejo para que estuviera de cara a la pared. Los dedos le temblaban.

—¿Qué está pasando? —dijo en voz alta.

Recordaba cómo gritar con todas sus fuerzas. No hablaba demasiado con la gente, por lo que, habitualmente, tenía la voz un poco ronca, pero recordaba que la tenía muy clara, como si fuese una campana.

¿Es esto lo que denominan «soñar despierto»? ¿O me estoy volviendo loca?

Tras haberse calmado lo bastante como para pensar, se dio cuenta de lo que era una posibilidad clara. *¡Oh, no! ¡Oh, no! ¿Qué pasa si quedarme en casa está haciendo que tenga alucinaciones? Entonces ¿qué?*

Tu sueño se cumplirá.

La niña había dicho: «Como iba diciendo, te concederemos un único deseo. Se hará realidad incluso para una lerda como tú».

Recordó aquellas palabras, fuertes y claras, demasiado nítidas para que fuesen algún tipo de alucinación.

—¡Hola! He vuelto.

Era la voz de su madre, procedente de la puerta principal. Si la encontraba viendo la televisión, se enfadaría, así que agarró el mando a distancia y la apagó.

—¡Hola, mamá! —dijo.

Por teléfono, ella le había dicho que volvería pronto a casa y, desde luego, así había sido.

Kokoro estaba a punto de ir al piso de abajo cuando lanzó otra mirada al espejo. Sin embargo, ya no estaba brillando.

Su madre estaba de buen humor.

—Sé que te gustan las *gyoza*, así que ¿te gustaría ayudarme a hacerlas desde cero?

Dejó en el suelo las bolsas de la compra, que estaban llenas de latas de café con leche, yogur y pastel de pescado. Su madre se había quejado de que, dado que Kokoro pasaba tanto tiempo en casa, tenía que rellenar el frigorífico más a menudo.

—¿Mamá?

—¿Sí?

La mujer, que iba ataviada con ropa de negocios, se quitó los zapatos, se soltó el pasador plateado que llevaba en el pelo y se dirigió a la cocina.

Quería contarle lo que le había ocurrido antes, pero, mientras observaba la espalda de su madre, supo que no podía hacerlo.

Probablemente, eso acabaría con su buen humor y, de todos modos, tampoco le creería. Ella misma seguía sin poder creérselo.

—Hum… No importa.

Se deslizó por el suelo hasta la cocina para ayudar a guardar la compra.

—No te preocupes —le dijo su madre. Después, le dio una palmadita cariñosa en la espalda—. No estoy enfadada porque no hayas ido hoy a la escuela. —Con un sobresalto, Kokoro se dio cuenta de que creía que se sentía culpable—. Después de todo, hoy era tu primer día. Sin embargo, sí creo que es un lugar encantador, así que, cuando te sientas con ganas, avísame. Cuando he llamado esta mañana, la profesora que conociste me ha dicho que fueras cuando estés preparada. De verdad, creo que es muy agradable.

Lo ocurrido antes había agitado tanto a Kokoro que se había olvidado por completo de que había abandonado las clases. Ahora, estaba claro que su madre de verdad albergaba la esperanza de que decidiera asistir, así que empezó a sentirse extremadamente culpable.

—Me ha dicho que la próxima sesión es el viernes —dijo su madre.

—De acuerdo —consiguió contestar ella.

Probablemente, su madre había llamado a su padre, porque él también volvió a casa antes de lo acostumbrado, a tiempo para cenar. No mencionó la escuela.

—¡Guau, *gyoza*! —dijo mientras se dejaba caer en la silla en la que solía sentarse en la mesa del comedor.

—Cariño —comenzó su madre—, ¿te acuerdas de que, cuando Kokoro era pequeña y comíamos *gyoza*, lo único que se comía era la masa?

—¡Sí! Sacaba todo el relleno y yo acababa comiéndome lo que sobraba.

—Así que he empezado a hacerlas desde cero. He pensado que, ya que no se come el relleno, al menos puedo preparar una masa deliciosa para ella.

Kokoro dio unos bocados de su cuenco de arroz.

—¿Te acuerdas de eso, Kokoro? —le preguntó su padre.

Claro que no. Lo único que conocía era la historia que ellos contaban al respecto y que repetían cada vez que comían *gyoza*.

—No me acuerdo —dijo.

Le había dicho a su madre muchas veces que no podía comerse una porción tan grande, pero, aun así, ella insistía en llenarle el cuenco de arroz hasta el borde.

¿Acaso sus padres querían que siempre fuese la niña que solo se comía la masa de las *gyoza*?

Quieren que sea como era antes de convertirme en la chica que no va a clase.

Kokoro se preguntó qué debería hacer si el espejo empezaba a brillar de nuevo, pero, ahora que estaba girado hacia la pared, no parecía desprender ninguna luz.

Sintió una oleada de alivio y, aun así, mientras lo veía por el rabillo del ojo, acechándole, seguía resultándole una carga. Incluso después de haberse marchado a la cama y haber cerrado los ojos, se giró un par de veces para echar un vistazo.

Debo de estar esperando algo, pensó vagamente mientras empezaba a quedarse dormida.

«Podrías estar a punto de vivir una aventura y ¿me dices que no te importa en absoluto?», le había dicho la niña lobo. En realidad, sí estaba esperando que pasase algo. Al menos un poco. Esperaba que aquello fuese el comienzo de algo especial.

Se acordó de *Las crónicas de Narnia*, que estaba en la biblioteca que tenían en el piso de abajo. ¿Cómo podría un portal a otro mundo no resultar tentador?

Tal vez no tendría que haber escapado. Puede que hubiese perdido una oportunidad. Por supuesto, habría preferido que le enseñase el camino un conejo, tal como ocurría en *Alicia en el país de las maravillas,* antes que una niña chillona con una máscara de lobo.

Estaba empezando a sentirse expectante. De todos modos, ¿qué era lo que quería que ocurriera? De pronto, ahora que el espejo ya no estaba brillando, comenzó a arrepentirse de lo que había hecho.

¿Y si...?

¿Qué pasaría si el espejo brillaba de nuevo?

En tal caso, tal vez decidiera atravesarlo una vez más.

Con aquel pensamiento en mente, se quedó dormida.

A la mañana siguiente, el espejo seguía sin brillar.

Sintiéndose un poco más atrevida, lo giró con cuidado para tenerlo de frente, pero lo único que podía ver era su propio reflejo en pijama y con el pelo despeinado de alguien recién levantado.

Como siempre, desayunó con su madre antes de que se marchara a trabajar. Después, antes de volver al piso de arriba, se aseó. A menudo, pasaba todo el día en pijama pero, aquel día, decidió cambiarse e incluso intentó arreglarse el cabello.

A las nueve en punto, el espejo empezó a brillar.

Resplandecía como un charco de agua reflejando la luz del sol.

Respirando lentamente, se acercó y deslizó la mano hacia el interior. Empujó un poco más hasta que todo su cuerpo fue absorbido.

Mientras cruzaba al otro mundo, su visión se volvió de un amarillo deslumbrante y después de color blanco.

En lugar del suelo verde esmeralda y la majestuosa verja de la visita anterior, lo que vio cuando la visión se le fue aclarando poco a poco fueron dos escaleras y, sobre ellas, un gran reloj de pie.

Pestañeó lentamente.

Parecía el escenario de una película europea: el gran vestíbulo de una mansión con unas escaleras cubiertas de alfombras gruesas como las que Cenicienta bajaba corriendo en la película.

Las escaleras conducían a un rellano con un reloj de pie alto a medio camino. En el interior, un gran péndulo oscilaba suavemente adelante y atrás, revelando un diseño con un sol y una luna.

Kokoro supo que aquel era exactamente el mismo castillo en el que había estado el día anterior.

Al pie de las escaleras, había un grupo de gente reunida. Parpadeó asombrada. Ellos le devolvieron la mirada en silencio.

Incluyendo a Kokoro, eran siete. Parecían tener edades similares.

—Así que has venido.

La chica lobo se acercó hacia ella saltando, ataviada como la vez anterior con una máscara y un vestido elegante. Se quedó de pie frente a ella con las piernas separadas a la altura de las caderas y un gesto indescifrable.

—Ayer te fuiste corriendo, pero hoy has vuelto, ¿eh?

—Bueno, la cosa es que…

Con los demás allí, una mezcla de chicos y chicas, se sentía menos intimidada. Se dio cuenta de que uno de los chicos, que tenía la cabeza agachada, sujetaba lo que parecía una videoconsola. A su lado, había una chica con gafas y un chico regordete. Otro chico, que estaba apoyado contra la pared del reloj, le pareció bastante guapo a primera vista. Incluso con ropa deportiva, se parecía un poco a un famoso.

Mientras Kokoro los contemplaba, empezó a sentir como si hubiese visto algo que no debería y bajó la mirada rápidamente.

—Hola —le dijo una voz. Ella alzó la mirada. Una chica alta con coleta le sonreía—. Nosotros también acabamos de llegar. Ayer te oímos salir corriendo, así que esta niña nos ha pedido que te esperásemos aquí para que no volvieras a escaparte.

—¿Esta niña?

—Llamadme Reina Lobo —anunció la niña con frialdad.

—De acuerdo, de acuerdo —dijo la otra chica—. La Reina Lobo nos ha dicho que te esperásemos, que seríamos siete.

—Fuiste la única que salió corriendo —dijo la niña, o, más bien, la Reina Lobo—. He pensado que sería demasiado caótico si todos llegaseis a la vez, así que os he traído de uno en uno.

—Pero... ¿qué es este lugar?

La niña soltó una carcajada altiva.

—Bueno, estaba intentando explicarte las cosas cuando saliste corriendo como una tonta.

—Todos estamos en el mismo barco —le dijo la chica de la coleta. Kokoro había pensado que tenían más o menos la misma edad, pero aquella chica sonaba como si fuera mayor; más calmada y más adulta.

—Nos dijo que estamos en un castillo que puede concedernos un deseo.

Aquello lo dijo otra persona, alguien con una voz clara y aguda. El tono que había empleado parecía esa especie de voz en *off* actuada que, normalmente, a Kokoro le hubiera parecido desagradable.

Se giró y vio a la chica de las gafas, que estaba sentada en el último escalón de una de las escaleras. Llevaba el pelo cortado estilo tazón e iba vestida con unos *jeans* y una parka color *beige*.

—¡Eso es! —canturreó la Reina Lobo en voz alta.

A Kokoro le pareció oír un aullido lejano resonándole en los oídos. Aquello hizo que se quedara helada.

Con los ojos muy abiertos, alarmados, miraron a la Reina Lobo. Despreocupada, ella continuó hablando.

—En las profundidades de este castillo hay una habitación a la que ninguno tenéis permitido entrar. Es una Sala de los Deseos. Al final, solo una persona tendrá acceso. Tan solo uno de vosotros verá su deseo cumplido. Tan solo una de las Caperucitas Rojas.

—¿Caperucita Roja?

—Todos vosotros sois Caperucitas Rojas perdidas —dijo la niña—. Desde ahora hasta el próximo marzo, tendréis que buscar la llave que abrirá la Sala de los Deseos. La persona que la encuentre tendrá derecho a entrar en ella y que se le conceda un deseo. Mientras tanto, todos debéis buscarla. ¿Me seguís? —Kokoro no sabía qué decir. Los demás intercambiaron miradas silenciosas—. ¡No esperéis a que otro responda! —gritó de pronto la Reina Lobo—. Si tenéis algo que decir, ¡decidlo!

—Yo quiero decir algo. —Se trataba de la chica de la coleta que había sido la primera en dar la bienvenida a Kokoro—. Querría saber algo más sobre esto —dijo—: ¿Cómo puede cumplirse un deseo? Además, tampoco lo entiendo: ¿por qué nos has hecho venir aquí? ¿Dónde estamos? Quiero decir… ¿Es esto real? Y ¿quién eres tú?

—¡Ay! —La Reina Lobo se cubrió las orejas ante aquella lluvia repentina de preguntas. No las orejas de lobo, sino sus propias orejas humanas—. Gente, no tenéis imaginación. Ni una pizca. ¿No podéis contentaros simplemente con el hecho de que habéis sido elegidos para ser los héroes de una historia?

—No tiene nada que ver con contentarnos.

Aquello no lo dijo la chica de la coleta, sino uno de los chicos. Desde que Kokoro había llegado, un muchacho había estado sentado en la escalera de la izquierda, absorto en su videoconsola. Tenía una voz estruendosa y una mirada defensiva oculta tras unas gafas gruesas.

—Yo tampoco lo entiendo —dijo—. Ayer, el espejo de mi habitación empezó a brillar de repente y, al final, hemos acabado aquí. Tienes que contarnos de qué va todo esto.

—Ah, por fin uno de los chicos ha recuperado el habla —dijo la Reina Lobo con una carcajada—. A los chicos les cuesta más abrirse, así que, ahora, espero grandes cosas de ti. —El chico frunció el ceño y la fulminó con la mirada, pero ella ni se inmutó—. Hacemos selecciones de forma periódica —dijo, tratando de sonar como una gerenta. Tosió de forma forzada—. No sois los únicos que habéis entrado al castillo. En varias ocasiones, hemos invitado a otras Caperucitas Rojas perdidas. Y, en el pasado, bastantes de ellas han conseguido que se cumplieran sus deseos. Deberíais sentiros afortunados por haber sido seleccionados.

—¿Puedo marcharme a casa?

Un chico que estaba en lo alto de las escaleras y que había permanecido callado hasta ese momento se había puesto de pie. Era un chico esbelto y tranquilo. A Kokoro, su rostro pálido y la nariz llena de pecas le recordaron a Ron de *Harry Potter*.

—¡No, no puedes! —chilló la Reina Lobo. Otro aullido perturbó el aire. De pronto, el chico se inclinó hacia atrás, como si le hubiese golpeado una ráfaga de viento—. Dejadme terminar —añadió la niña, mirándole con furia—. Escuchadme antes de tomar una decisión. En primer lugar, efectuaréis las entradas y salidas a través de los espejos en vuestros dormitorios o en el castillo. A partir de ahora, vendréis aquí directamente, a este vestíbulo. Para evitar que cualquiera intente huir. —La Reina Lobo miró de forma significativa a Kokoro, que sintió los ojos de todos sobre ella. Le recorrió una oleada de vergüenza—. El castillo estará abierto desde ahora hasta el 30 de marzo. Si, para entonces, no habéis encontrado la llave, todo el castillo se desvanecerá y no tendréis acceso a él nunca jamás.

—Entonces, ¿qué pasa si la encontramos? —Aquella era una voz nueva, y la Reina Lobo se giró hacia ella. El chico soltó un gritito y se escondió tras la barandilla de la escalera. Tan solo se le veían los dedos regordetes—. Si alguien encuentra la llave y se le concede el deseo, ¿los espejos ya no conectarán con este lugar? —continuó con valentía desde el lugar de su escondite.

—En el momento en el que se abra la Sala de los Deseos, se acabará el juego. El castillo se cerrará de inmediato. —La Reina Lobo asintió con gesto sabio ante sus propias palabras—. Debo añadir que el castillo estará abierto todos los días de nueve de la mañana a cinco de la tarde, hora japonesa. Así que es absolutamente necesario que hayáis cruzado los espejos antes de que den las cinco. Si permanecéis en el castillo hasta más tarde, os enfrentaréis a un castigo verdaderamente horrible.

—¿Un castigo?

—Un castigo muy sencillo: el lobo os comerá.

—¡¿Qué?! —El grupo se quedó boquiabierto ante la Reina Lobo.

Estás bromeando, ¿verdad?, quería preguntar Kokoro, pero no pudo.

—¿Nos comerá? ¿Quieres decir que tú nos comerás?

Sobre ellos, cayó un silencio helador.

Dado que tenía un momento para pensar, Kokoro se dio cuenta por primera vez de una posibilidad. El día anterior, la Reina Lobo le había dicho: «¡Ya son las cuatro en punto y casi me he quedado sin tiempo!». Cuando había regresado a casa, su telenovela favorita ya había empezado. Las manillas de su reloj habían avanzado, lo que quería decir que, mientras habían estado en el castillo, el tiempo también había pasado en el mundo real.

El castillo estaba abierto de nueve a cinco y hasta el 30 de marzo. Se parecía mucho al horario del instituto.

Kokoro escudriñó los rostros de sus compañeros.

El chico guapo vestido con ropa deportiva.

La chica de la coleta, que parecía tener las cosas claras.

La chica que llevaba gafas y que tenía la voz aguda propia de un anime.

El chico atrevido que estaba absorto en su videoconsola.

El chico tranquilo que tenía pecas y le recordaba a Ron.

El chico tímido y regordete que se había escondido tras las escaleras.

En total, eran siete.

Pensó en la pregunta que había hecho la chica de la coleta. «¿Por qué nos has hecho venir aquí?». No conocía la respuesta, pero estaba segura de que todos los presentes tenían una cosa en común: ninguno de ellos asistía a clase.

—Sobre ese castigo que has mencionado... —dijo la chica de la coleta—. Lo de que nos comerá el lobo... —Parecía mucho más tranquila que los demás—. Cuando dices que nos comerá, ¿lo dices en un sentido literal?

La Reina Lobo asintió de forma exagerada.

—Así es. Seréis devorados enteritos. Pero, no caigáis en la tentación de hacer algo que hayáis leído en un cuento, como llamar a vuestras madres para que vengan a abrir el estómago del lobo y llenarlo de piedras. Únicamente tenéis que aseguraros de tener mucho, mucho cuidado.

Sus palabras tan solo les confundieron más.

—¿Tú vas a devorarnos?

—Dejaré eso a vuestra imaginación, pero, en efecto, aparecerá un lobo enorme y una fuerza poderosa os castigará. Además, una vez que se pone en marcha, no se puede hacer nada para detenerlo. Ni siquiera yo. —La Reina Lobo les miró de uno en uno—. Y si uno de vosotros recibe el castigo, a todos y cada uno de vosotros se os hará igualmente responsables. Si a uno de vosotros se le prohíbe volver a casa, entonces ninguno podrá marcharse. Así que, tened cuidado.

—¿Estás diciendo que también se comerá a los demás?

—Supongo que sí —dijo de forma vaga y haciendo un gesto pequeño con la mano—. De todos modos, limitaos a las horas de apertura. No os coléis aquí cuando el castillo esté cerrado para buscar la Llave de los Deseos.

Mientras la niña seguía sermoneándoles, cada vez parecía más que los labios del lobo de la máscara se movían de verdad.

—Acabamos de conocernos, pero ¿se supone que tenemos que responsabilizarnos los unos de los otros? —dijo la chica de las gafas y el corte de pelo estilo tazón con su voz aguda—. En realidad no sabemos nada sobre los demás, pero ¿tenemos que confiar en todos?

—Exacto, así que haced todo lo posible por llevaros bien. Lo dejo en vuestras manos.

Silencio.

—¿Estarás aquí mientras el castillo esté abierto?

Por primera vez, Kokoro se armó de valor para hacer una pregunta. La Reina Lobo se dio la vuelta y la miró fijamente. Ella se estremeció.

—Sí y no. No estaré aquí todo el tiempo. Si me llamáis, apareceré. Consideradme vuestra cuidadora y supervisora.

Una supervisora algo arrogante, pensó Kokoro.

Alguien hizo otra pregunta.

—El 30 de marzo es un error, ¿verdad? Marzo tiene treinta y un días.

Aquello lo dijo el chico de la ropa deportiva, el único que no había hablado todavía; el chico que, en secreto, Kokoro había pensado que eran tan guapo, como si fuese un personaje de un manga para chicas.

La Reina Lobo sacudió la cabeza varias veces.

—No; lo habéis oído bien. El castillo estará abierto hasta el 30 de marzo.

—¿Por qué? —preguntó el chico—. ¿Hay alguna razón?

—En realidad, no. En todo caso, el 31 de marzo es cuando el castillo cierra por mantenimiento. A veces, se ven esas cosas, ¿no? «Cerrado por mantenimiento».

El castillo era el hogar de la Reina Lobo y, aun así, no parecía muy apegada a él. El chico guapo no había quedado muy convencido y estaba a punto de añadir algo, pero, entonces, apartó la vista y murmuró:

—De acuerdo.

—¿De verdad es real lo de que se cumplirá un deseo?

El que habló aquella vez fue el chico que estaba jugueteando con su videoconsola. Malhumorado, giró el cuerpo hacia la niña. Kokoro miró la videoconsola con curiosidad, ya que no la reconocía. Aunque, desde el lugar en el que se encontraba, no podía asegurarlo. El tono del muchacho tenía un deje mordaz.

—¿Estás diciendo que, si encontramos la llave, se puede cumplir cualquier deseo? ¿Podemos usar esa especie de poder sobrenatural raro que nos ha traído hasta aquí para hacer que se cumpla? Por ejemplo: ¿podemos convertirnos en magos y entrar en un videojuego o algo así? ¿Es eso lo que nos estás diciendo?

—Sí, aunque no os lo aconsejaría. No conozco a nadie que sea feliz y haya deseado cualquiera de esas cosas. Entra en el mundo de un videojuego y puede que el enemigo te mate en un instante. Pero, si eso es lo que quieres, adelante.

—Eres muy pesimista, ¿no? Si entro en Pokémon, no seré yo el que luche, sino un monstruo.

Aferrando todavía su consola, el chico dijo aquello con tanta naturalidad que era difícil decidir hasta qué punto hablaba en serio. Asintió para sí mismo.

—Además, hay varias cosas que tenéis que tener en cuenta mientras estéis en el castillo —continuó la Reina Lobo, observando al grupo con mayor atención—. Tan solo vosotros siete tenéis permiso para entrar, así que no intentéis traer ayuda externa para encontrar la llave.

—¿Qué hay de hablarles a otras personas del castillo?

Una vez más, aquella pregunta la hizo el chico guapo. La Reina Lobo se giró para mirarle. Había respondido a todas sus preguntas con mucha soltura, pero aquella pareció dejarla perpleja.

—Si crees que puedes contárselo a otras personas, adelante, inténtalo. —Hizo una pausa—. Si supones que alguien te creerá en algún momento. El problema es que la gente pensará que eres raro. Vosotros sois los únicos que podéis entrar, así que os resultará muy difícil demostrar que existe.

—Pero podemos atravesar los espejos delante de cualquiera, ¿no? Si alguien viera a su hijo desaparecer de verdad dentro de un espejo brillante, se preocuparía lo suficiente como para creer que es cierto —dijo el chico de la videoconsola.

La Reina Lobo suspiró.

—Has dicho «hijo», así que estás hablando de hacer que te ayuden tus padres. ¿No tus amigos, sino adultos?

—Sí.

—En tal caso, cuando volvieras a casa, los adultos probablemente destruirían el espejo. O, por el contrario, te prohibirían atravesarlo. Y, si lo hacen, entonces, se acabó para todos vosotros; ninguno podrá venir aquí de nuevo y la búsqueda de la llave se dará por acabada. Por mi bien, no estoy a favor de que uséis el portal delante de otras personas. Como medida de seguridad.

—¿Estás diciendo que, cuando haya otras personas delante, no deberíamos cruzar el espejo?

—Bien dicho. —La Reina Lobo asintió enérgicamente ante la pregunta del chico guapo. Las grandes orejas de lobo se agitaron—. Mientras sigáis las reglas, podéis hacer lo que queráis durante el tiempo que estéis aquí: hablar, estudiar, leer libros o jugar a videojuegos. Y os permitiré que traigáis el almuerzo y otros aperitivos.

—¿Quieres decir que aquí no hay nada para comer?

A Kokoro le sorprendió oír hablar al chico regordete que estaba escondido tras las escaleras. Daba la impresión de que la comida le gustaba mucho, pero le asombró que fuera lo bastante valiente como para preguntar al respecto.

—No, no hay nada —dijo la Reina Lobo—. Lo cierto es que todos vosotros sois comida para los lobos, así que, comed y poned algo más de carne en vuestros huesos. —La niña les miró en silencio un instante y, después, alzó la barbilla—. Presentaos —les ordenó—. A lo largo del próximo año, os vais a ver muy a menudo. Así que, vamos, id conociéndoos.

Eso es fácil de decir, pensó Kokoro mientras todos intercambiaban una mirada. Le daba miedo que la Reina Lobo volviera a gritarles que no esperasen a que otro respondiera. Agachó la cabeza, temiendo que la niña soltara otro aullido.

—Reina Lobo, ¿crees que podrías dejarnos solos un momento? —preguntó la chica de la coleta—. No te preocupes, nos trataremos bien. A todos nos han metido aquí, así que, por supuesto, queremos llevarnos bien. Pero, ahora, nos gustaría resolver todo este asunto por nuestra cuenta.

—Bueno… está bien. —La niña no parecía especialmente irritada. Inclinó la cabeza enmascarada hacia un lado—. Tomaos vuestro tiempo; volveré dentro de un rato.

Alzó los brazos como si fuese a alejarse flotando, los agitó suavemente hacia arriba y hacia abajo y, después, en un abrir y cerrar de ojos, desapareció.

Los siete se quedaron sin palabras.

—¿Habéis visto eso?

—Sí, ha desaparecido.

—¿Qué demonios…?

—¡Vaya!

Entre ellos, las exclamaciones se sucedieron con fuerza y rapidez. Por suerte, su ausencia hizo que Kokoro fuese capaz de hablar.

—Empezaré yo. Soy Aki —dijo la chica de la coleta.

Estaban sentados formando un círculo en el vestíbulo, entre las dos escaleras y con el reloj de pie vigilándoles desde las alturas.

El tono de la chica resultaba un poco incómodo y Kokoro la observó con más atención. Había dicho su nombre, pero no su apellido.

—Estoy en noveno curso. Encantada de conoceros.

—Es un placer conocerte —dijo Kokoro en tono cortés, ya que se sentía un poco maravillada por aquella chica un poco mayor.

Nunca antes había experimentado algo así: un grupo de jóvenes presentándose de una manera tan formal.

Normalmente, cuando se hacían las presentaciones, siempre estaba presente el tutor de la clase u otro adulto. Aquel abril, justo después de haber empezado el instituto, cuando los estudiantes se habían presentado, un chico que estaba casi al principio de la lista había anunciado su nombre y se había vuelto a sentar con prisa. Su tutor, el señor Ida, había bromeado con él.

—Venga —le había dicho—, puedes decirnos algo más que eso, ¿no es así? Dinos tu nombre y de qué colegio de primaria vienes. Y algo sobre lo que te gusta hacer en tu tiempo libre.

Después de aquello, los demás estudiantes habían hablado de béisbol, baloncesto y otras cosas de las que disfrutaban. En su turno, Kokoro había dicho que le gustaba el karaoke. Había pensado que, si decía que le gustaba leer, los demás la tacharían de introvertida, así que, después de que varias de las chicas que habían hablado antes que ella hubieran dicho que les gustaba el karaoke, ella había seguido su ejemplo.

En aquel momento, dado que la Reina Lobo, que era su supuesta cuidadora, estaba ausente, nadie instaba a nadie a añadir detalles. La única que parecía que pudiese hacerlo era Aki, la chica que ya se había presentado. Sin embargo, dado que tan solo les había dicho su nombre y nada más, todos la imitaron. Aquello era suficiente.

—Yo soy Kokoro —dijo con valentía. Pensó que tal vez no sería capaz de recordar los nombres de todos de inmediato. El simple hecho de tener que presentarse ante un grupo tan íntimo era suficiente para hacer que se le revolviera el estómago—. Estoy en séptimo curso. Un placer conoceros a todos.

—Soy Rion —dijo a continuación el chico guapo—. La gente me dice que parece un nombre extranjero, pero soy japonés. Se escribe con el *ri* de *rika* o «ciencia», y el *on* que significa «sonido». Me gusta el fútbol y voy a séptimo curso. Encantado de conoceros.

Séptimo curso. Como ella.

Kokoro escuchó un puñado de saludos y se dio cuenta de que la situación era bastante incómoda. ¿Tendrían todos que explicar con qué caracteres se escribían sus nombres, así como sus aficiones y esas cosas?

Aki no parecía querer añadir nada a su presentación, y ella tampoco estaba dispuesta a tomar la iniciativa. Mencionar a aquellas alturas de forma despreocupada que le gustaba el karaoke sería sin duda contraproducente.

—Hola, soy Fuka. Estoy en octavo.

La que dijo aquello fue la chica de las gafas. Una vez que te acostumbrabas a su voz aguda, no estaba tan mal; cada palabra que decía sonaba ligera y nítida. Mientras parecía estar pensando, durante unos segundos se hizo el silencio, pero al final lo rompió con un directo: «Encantada de conoceros a todos».

—Soy Masamune. Estoy en octavo curso —dijo el chico de la videoconsola. Prosiguió a trompicones, sin mirar a nadie a los ojos—. Estoy harto de que todo el mundo diga siempre que «Masamune» parece el nombre de un samurái, o de una espada famosa o de una marca de sake o algo así. Es mi nombre real.

Fue el único que no añadió un «encantado de conoceros». Los demás perdieron la oportunidad de responder y el chico alto que estaba sentado a su lado tomó aire, listo para hablar. Se trataba del que se parecía a Ron de *Harry Potter*, el que antes se había levantado y había preguntado si podía irse a casa.

—Mi nombre es Subaru, ¿de acuerdo? Encantado de conoceros. Estoy en noveno curso.

A Kokoro le dio la impresión de que era un bicho raro. Podría decirse que parecía alguien de otro mundo. Jamás había escuchado a ninguno de los chicos que conocía acabar una frase de aquel modo, con un «¿de acuerdo?» desafiante. Sin embargo, Subaru parecía el tipo de persona que podía decir algo así y salirse con la suya. No era como ninguno de los chicos que había conocido antes.

—Ureshino —dijo en voz baja el chico regordete que se había preocupado por si había algo para comer.

—¿Eh? —preguntaron los demás.

Él repitió lo que había dicho.

—Ureshino. Es mi apellido. Es un poco inusual. Encantado de conoceros.

Su timidez le tocó la fibra sensible a Kokoro. De inmediato, se descubrió deseando preguntarle con qué caracteres se escribía su nombre, pero se contuvo.

—¿De verdad? Entonces, ¿cómo se escribe? —preguntó una voz relajada.

Kokoro tragó saliva. Se trataba de Rion.

Ureshino respiró hondo. No parecía importarle aquella pregunta en absoluto.

—La parte de *ureshi* se escribe con el carácter de *ureshii*, el que significa «feliz». Y el *no* es el carácter que se encuentra en *nohara* o «campo».

—¡Vaya! Hay que hacer muchos trazos para escribir esos caracteres. Ni siquiera sé cómo se escribe el primero. ¿En qué curso escolar se supone que aprendes a escribir *ureshii*? Debe de ser un incordio cuando, en los exámenes, tienes que escribir tu nombre en la parte superior.

—Sí. Cuesta tanto escribirlo que, a veces, tengo menos tiempo para hacer el examen. —Ureshino sonrió. Era la viva imagen de la felicidad. El ambiente se relajó—. Estoy en séptimo curso —añadió—. Encantado de conoceros.

—Así que todos estamos en secundaria —dijo Aki, mirando alrededor y asintiendo. Parecía que estaba al mando—. Sé que es posible que la Reina Lobo nos esté escuchando, pero ¿tenéis alguna idea de por qué nos ha traído aquí?

La voz de la chica estaba empezando a sonar algo tensa y le temblaba un poco.

—No —contestó Masamune sin perder tiempo—. Ni idea.

—Eso pensaba.

Aki asintió y Kokoro sintió una oleada de alivio.

Una vez acabadas las presentaciones, se quedaron en silencio y apartaron la mirada, incómodos.

Todos habían hablado de maneras diferentes, pero Kokoro estaba segura de que habían llegado a la misma conclusión: ninguno de ellos iba a clase. Nadie se había atrevido a abordar el tema, pero, aunque no lo dijeran con palabras, estaba claro que aquello pesaba en la mente de todos.

El silencio se prolongó hasta que...

—¿Habéis acabado?

Era la Reina Lobo, que estaba de pie en lo alto de las escaleras con las manos en las caderas. Nadie sabía cuánto tiempo llevaba observándolos. Mientras se giraban para mirarla, hubo un par de gritos de asombro.

—Vamos, no os comportéis como si acabaseis de ver un monstruo. —Aquella era la sensación que tenían, pero nadie lo dijo—. Entonces, ¿estáis todos listos? —preguntó.

¿Listos? ¿Se refería a si estaban listos para la búsqueda de la llave y hacer que se cumpliera un deseo? Tan solo había una llave. Tan solo se podía cumplir el deseo de una persona. Kokoro sabía que todos estaban pensando lo mismo.

Como si pudiera ver a través de todos ellos, la Reina Lobo dijo:

—Bueno, entonces, eso es todo por hoy. Ahora, podéis hacer lo que queráis: quedaros en el castillo, dar un paseo, iros a casa... Vosotros decidís. ¡Ah! Y una cosa... —añadió. Las palabras que dijo a continuación, con tanta suavidad y delicadeza, calmaron a Kokoro—. Cada uno de vosotros tiene una habitación individual en el castillo, de modo que no dudéis en utilizarla. Encontraréis una placa con vuestro nombre en el exterior, así que id a comprobarlo más tarde.

JUNIO

Mayo se había acabado y junio había dado comienzo. Kokoro se despertó con el sonido de las gotas de lluvia golpeando su ventana. Aquel era un clima que no le molestaba en absoluto.

Cuando asistía a clase, solía ir en bicicleta y, en los días lluviosos, se ponía el chubasquero aprobado por el instituto. Le gustaba el olor húmedo que desprendía cuando lo extendía para que se secara por la noche. Puede que a algunas personas no les gustase ese olor que, al parecer, era una mezcla entre agua y polvo, pero a ella le encantaba.

Un día, el abril anterior, mientras desataba su bicicleta al acabar el horario escolar y tomaba aire bajo la lluvia, se había girado hacia los demás estudiantes que regresaban a casa y, sin pensarlo, había dicho: «Huele a lluvia». Más tarde, había visto a Sanada y su pequeño séquito llevándose los chubasqueros a la nariz de forma teatral, diciendo: «Oh, huele a lluvia». Kokoro se había quedado helada, horrorizada. Debían de haber estado espiándola.

¿Qué había de malo en que te gustase la lluvia?

El instituto no era un lugar en el que pudieras hablar de forma sincera.

Salió de la cama y fue al piso de abajo. Aquel día, cuando volvió a decirle a su madre que no quería ir a la nueva escuela, la mujer no se mostró frustrada. En el exterior, al menos, mantuvo la voz calmada.

—Es el dolor de estómago otra vez, ¿no? —le preguntó.

A Kokoro le dolía el estómago de verdad y no podía entender por qué su madre tenía que usar aquel tono de voz, como si estuviera fingiendo la enfermedad.

—Sí —dijo en voz baja.

—Bueno, entonces será mejor que vuelvas a la cama —le contestó su madre, que no parecía capaz de mirarla.

El mes anterior, no había conseguido ir a la escuela ni una sola vez.

Había muchas cosas que quería decirle: que no estaba fingiendo estar enferma y que no odiaba la escuela en absoluto. Sentía que tenía que abrirse con respecto a sus sentimientos y explicárselos con detalle, pero temía que si seguía en compañía de su madre mucho más tiempo, ella fuese a explotar. No quería escuchar cómo llamaba por teléfono a la escuela para explicarles otra ausencia, así que, soportando el dolor en solitario, volvió a subir las escaleras.

Acurrucada en la cama, oyó el sonido de la puerta principal al cerrarse cuando su madre se marchó a trabajar. Siempre solía decirle «¡Hasta luego!» de forma alegre cuando se iba, pero, aquel día, se marchó sin decir una sola palabra. Kokoro cerró los ojos lentamente. En medio del silencio de la casa vacía, apenas podía respirar.

Al cabo de un rato, bajó las escaleras y se asomó al comedor. En la mesa le estaban esperando el *bento* y la botella de agua habituales.

Cuando volvió al piso de arriba, con la lluvia golpeando todavía la ventana e inundando la habitación con su aroma húmedo, el espejo había comenzado a brillar.

La entrada al castillo estaba abierta, invitando a Kokoro al interior, y ella se descubrió recordando lo que había ocurrido el último día que había estado allí.

Tal como había sugerido la Reina Lobo, todos estaban ansiosos por ver la habitación que les habían asignado. Cuando Kokoro encontró la suya, se quedó boquiabierta.

Era mucho más espaciosa que la que tenía en casa. Tenía una gruesa moqueta de felpa, un escritorio con la tapa enrollable decorada con flores talladas y una cama muy amplia.

—¡Guau! —chilló.

Le dio una palmadita suave a la cama antes de sentarse en el borde. El colchón era suave y acogedor. En un lado había una ventana saliente con cortinas de terciopelo y una celosía blanca. Era una ventana que se parecía a una jaula para pájaros vacía y que solo había visto en los cuentos de hadas occidentales.

Contra la pared había una estantería para libros enorme.

Recobró el aliento. Le pareció percibir un olor a papel viejo. Era aquel aroma mohoso que te asalta la nariz cada vez que te aventuras a los rincones más recónditos de una librería diminuta, aquel lugar al que pocas personas se aventuran nunca. Era un olor que le encantaba.

La estantería cubría toda una pared y llegaba casi hasta el techo. Sentada en la cama contemplando la habitación, se sintió un poco mareada.

¿Todos tendrían una estantería como la suya?

En ese momento le pareció escuchar el sonido de un piano y aguzó el oído.

En algún lugar, alguien estaba tocando una melodía de forma vacilante. Se trataba de una pieza que reconocía. *Alguien debe de tener un piano en su habitación.* Escuchó un golpe repentino, como si ese alguien hubiese golpeado las teclas con frustración. Kokoro se sobresaltó. Era evidente que la actuación se había acabado.

En la parte superior de la cama, acurrucado entre unos almohadones enormes, había un osito de peluche. Lo tomó y se acercó hasta los libros. Pasó los dedos por los lomos, preguntándose si algún día llegaría a leerlos. Sacó un par. Para su sorpresa, todos estaban escritos en lenguas extranjeras. Tal vez fuese capaz de leer un poco de los que estaban en inglés, pero los demás estaban en francés, alemán u otros idiomas. La mayoría de los libros eran cuentos de hadas. Miró con atención las cubiertas: *Cenicienta*, *La bella durmiente*, *Blancanieves* y *El lobo y las siete cabritillas* de los hermanos Grimm. Una de las cubiertas mostraba a un anciano y a una mujer alzando una zanahoria enorme, así que supuso que debía de ser el cuento tradicional *La zanahoria*. La Reina Lobo les había llamado a todos ellos Caperucitas Rojas, así que cuando vio lo que parecía una edición en alemán del libro, sintió un escalofrío recorriéndole el cuerpo.

Pensó en tomar un libro prestado para llevárselo a casa. Tal vez, con la ayuda de un diccionario, fuese capaz de terminar uno en inglés.

Continuó echando un vistazo detenidamente.

Ya había visto algunas de las cubiertas más llamativas. Puede que no fueran exactamente iguales, pero le recordaron a las imágenes de la pared y a la cálida sensación que había rezumado desde su interior cuando había pasado tiempo en casa de Tojo-san. Sintió una punzada de dolor en el corazón. «Puedes tomar prestado el libro que quieras», le había dicho su amiga. Ahora, sabía que aquello nunca ocurriría.

No pudo evitar sentirse un poco decepcionada por el hecho de que no hubiese un piano en su habitación. Aunque tuviera uno, no podría tocarlo demasiado bien. Sin duda, el piano había sido para alguien que pudiera tocarlo decentemente; probablemente para Aki, la de la coleta, o para Fuka, la chica de las gafas.

Volvió a tumbarse en la cama y alzó la vista hacia el techo, recorriendo el intrincado diseño floral. *Esto es estupendo*, pensó. Respiró hondo y cerró los ojos.

Tras unos instantes, se sintió impaciente por ver el resto del castillo y se levantó de un salto para explorar.

A lo largo de las paredes del pasillo estaban colgados los cuadros paisajísticos más grandes que hubiese visto jamás, iluminados por las llamas diminutas de unos candelabros. Tras deambular durante unos minutos, encontró una especie de salón con una chimenea apagada. Más allá, había muchas habitaciones y, al parecer, estaba totalmente sola. Al cabo de un rato, decidió volver a las escaleras del vestíbulo. Allí, apoyada lánguidamente contra la pared, estaba la Reina Lobo, totalmente sola.

—¿Dónde están todos? —preguntó Kokoro.

—Se han ido a casa —contestó la niña.

Kokoro se quedó sorprendida. No había pasado demasiado tiempo y, aun así, todos se habían marchado sin decir nada.

—¿Todos ellos? ¿Juntos?

—Cada uno se fue a casa por su cuenta. Aunque imagino que algunos podrían volver más tarde.

Cuando Kokoro supo que no la habían abandonado, suspiró de alivio. Eran jóvenes que hacían las cosas por su cuenta. Pensó que debería seguir su ejemplo y volver a casa también. Sin embargo, allí no tenía nada que hacer. Se planteó comenzar la búsqueda de la llave de inmediato, pero no le gustó lo codicioso que aquello podía parecer. Realmente, no tenía ni idea de si los otros se lo tomaban muy en serio o no.

Al cabo de un rato, extendió las manos hacia el espejo brillante. Mientras se deslizaba a través de la membrana de luz, miró hacia atrás brevemente. Las escaleras seguían allí, pero la Reina Lobo había desaparecido.

Kokoro no había vuelto a aventurarse a través del espejo en una temporada.

Se colocó frente a él, mordiéndose el labio.

—¿Debería? —susurró, anclada al suelo, a un metro de distancia.

Tal vez estuviese siendo una cobarde pero, tras las cinco de la tarde, cuando el espejo dejó de brillar, una oleada de alivio le recorrió el cuerpo. Sin embargo, también se dio cuenta de que tenía la esperanza de que alguien, cualquiera, la invitase a atravesarlo.

¿Habría vuelto a reunirse el grupo? Si lo habían hecho, entonces Kokoro sería una extraña. Tras las presentaciones, había pensado que podría entablar amistad con algunos de ellos, pero con cada día que pasaba, se sentía menos inclinada a visitar el lugar. *Esto es exactamente lo mismo que ser incapaz de ir a clase*, pensó. Y un poco como sentirse incapaz de asistir a la escuela alternativa que tanto le gustaba a su madre.

Sin embargo, no podía quitarse de la cabeza aquella habitación preciosa y cómoda.

También le gustaba que nadie del grupo hubiera mencionado el hecho de que todos ellos se negaban a ir a clase. Jamás se había unido a una de esas reuniones *offline* de internet, pero tenía la sensación de que aquello era similar, dado que ninguno de ellos había dado detalles sobre sí mismo. Habían compartido sus nombres, pero eso era todo. Realmente, nadie había contado nada sobre quiénes eran o de dónde procedían.

Aquello facilitaba las cosas, pero la cuestión era que seguía sintiendo cierto dolor en algún lugar de sus entrañas.

Tan solo podía abrirse realmente sobre lo que había pasado y cómo eso le hacía sentir con gente de su edad que hubiese atravesado experiencias similares, pero había cerrado la puerta a aquella oportunidad, y eso le resultaba doloroso.

A pesar de que solo se habían reunido una vez, Kokoro sentía una extraña cercanía con todos ellos.

Guardó el *bento* y la botella de agua que su madre le había preparado en una bolsa de tela y se la colgó del hombro. Se cambió y se puso ropa limpia, se lavó la cara a fondo y se colocó frente al espejo brillante.

Empezó a sentirse un poco ansiosa. ¿Qué pasaba si uno de ellos ya había encontrado la llave? En un murmullo, deseó que ninguno la hubiese encontrado todavía, dado que ella tenía su propio deseo y ansiaba con desesperación que se cumpliera.

Que Miori Sanada desapareciera de la faz de la Tierra.

Qué maravilloso habría sido si aquella chica, que la había humillado por el hecho de que le gustase el olor de la lluvia, no hubiese nacido jamás.

Con las palmas de las manos, tocó con cuidado la superficie fría del espejo y lo atravesó.

La sensación era como si el cuerpo se alzase hacia un charco de luz. Aguantó la respiración.

Se atrevió a volver a abrir los ojos y se encontró con el mismo enorme reloj de pie flanqueado por las escaleras. Frente a ellas, había una vidriera brillante.

Agarró la bolsa de tela y escudriñó la habitación. Habían sido siete, pero, en aquel momento, no había nadie. Se sintió ligeramente aliviada de estar sola.

Se dio la vuelta y miró el espejo por el que acababa de cruzar y que, en ese momento, resplandecía con una gama de colores del arcoíris, como si el sol se estuviese reflejando en un charco de aceite. Dos de los otros siete espejos, que estaban alineados, también brillaban de aquel modo. El que estaba más a la derecha y el segundo empezando por la izquierda. Los cuatro que quedaban tenían el aspecto de un espejo normal que reflejaba las escaleras y, con un sobresalto, se dio cuenta de que también la reflejaban a ella.

Quizá los espejos solo brillan cuando esa persona está en el castillo.

Le pareció que, tal vez, la Reina Lobo fuese a aparecer de pronto para explicarle las cosas, pero cuando volvió a darse la vuelta, todavía estaba sola.

Se sintió un poco desanimada pero, de pronto, se le ocurrió algo. El espejo por el que había salido era el que estaba en el centro de la fila de siete. No había placas con sus nombres para recordarles a quién pertenecía cada espejo, así que pensó que sería mejor que recordara cuál era el suyo, algo en lo que no había pensado antes.

En medio del silencio, le pareció oír un ruido.

Así que sí que había gente en el castillo.

Con precaución, se encaminó en dirección al sonido. Parecía proceder de las entrañas del castillo y parecía fuera de lugar. No era el sonido del piano de la vez anterior ni el murmullo de voces. No era un sonido que encajase allí. Si no se equivocaba, sonaba como el pitido electrónico de un videojuego.

El sonido la condujo hasta otra habitación con una chimenea, un sofá y una mesa. Era el tipo de estancia que en una casa normal podría llamarse «sala de estar». En un castillo, tal vez fuese más apropiado llamarlo «sala» o «salón». No estaba segura del todo de cuál era la palabra adecuada, pero le pareció el tipo de habitación a la que llevas a los invitados o en la que la gente se reúne.

La puerta estaba abierta, así que entró directamente.

Posó los ojos sobre dos chicos a los que ya conocía: Masamune, el que era brusco y llevaba gafas, y Subaru, el esbelto que desprendía un aire poco usual.

Había una televisión antigua, voluminosa y pesada, que supuso que debían de haber llevado con ellos. En la pantalla se reproducía un videojuego que Kokoro reconoció: un juego de acción basado en los Tres Reinos de China, en el que rebanabas y cortabas a tus enemigos.

—Guau —dijo en voz baja.

Dado que pasaba mucho tiempo en casa, había tenido ocasión de buscar por todas partes todos los juegos que su padre le había quitado de las manos (en el estudio, en el dormitorio de sus padres, en la cocina, en el patio..., por todas partes), pero el hombre había hecho un buen trabajo al esconderlos.

Yo también tendría que haberme traído alguna de mis cosas, pensó. Se quedó allí de pie, con la bolsa de tela en la mano, contemplando la habitación. Los dos chicos parecieron sentir su presencia y miraron en su dirección. Sin embargo, Masamune volvió a girarse rápidamente hacia la pantalla de televisión.

—¡Mierda! —dijo—. Me ha bajado la barra de salud. Voy a morir —añadió, como si hablase consigo mismo.

Kokoro se dio cuenta de que la había visto, pero había fingido que no. No conseguía decidir qué decirles y no le salían las palabras.

Fue Subaru el que salió al rescate.

Como siempre, le pareció un poco de otro mundo y, mientras Masamune mascullaba que iba a morir, Subaru aprovechó la oportunidad para dejar el mando y girarse hacia Kokoro.

—Así que has venido, ¿eh? ¡Bienvenida! —Después, añadió—: No me parece bien decir eso. En realidad, esta no es mi casa y todos tenemos el mismo derecho a estar aquí.

—Ho... Hola —dijo ella, un poco vacilante.

—¡Oye, Subaru! —le gritó Masamune.

La forma en la que le había llamado usando solo su nombre propio, sin añadir un *san* o un *kun,* hizo que Kokoro se tensara. Había ocurrido justo lo que había sospechado: en su ausencia, se habían vuelto lo bastante amigos como para dirigirse el uno al otro de una forma tan despreocupada. Masamune la ignoró.

—No te rindas a medio camino. ¿Qué se supone que debo hacer si me matan por tu culpa, eh?

—Lo siento, lo siento. —Subaru le lanzó una mirada al otro chico—. ¿Quieres sentarte? —le preguntó a Kokoro—. ¿Quieres jugar con nosotros?

—¿Habéis traído vosotros los juegos?

—Sí, son de Masamune.

Ni siquiera oír su nombre era suficiente para que el chico se apartase del juego. Mantuvo los ojos pegados a la pantalla mientras sopesaba el mando. Entonces, habló.

—Si hablamos de cosas pesadas... esta televisión era la que mi padre había guardado en el cobertizo —dijo—. Se había olvidado por completo de ella y supuse que no se daría cuenta de que ya no estaba, así que la traje hasta aquí. Pero, jolín, de verdad que quise darle una patada. Pesa una maldita barbaridad. La consola también es vieja, ni siquiera la usábamos ya.

Dijo aquello como un flujo monótono de palabras y Kokoro no estaba segura de con quién estaba hablando. Consiguió decir un sencillo:

—Oh, ya veo. —Después, añadió—: ¿Sois los únicos que han venido hoy?

—Por ahora, sí, aunque puede que alguien venga más tarde. Nosotros hemos venido todos los días, pero los demás vienen unas veces sí y otras, no. —Subaru sonrió y a Kokoro le pareció una sonrisa elegante—. Tú hacía tiempo que no venías, ¿verdad, Kokoro-chan? Pensaba que tal vez no estuvieses interesada.

—Bueno, yo...

No sabía por dónde empezar. Sintió que había una crítica implícita en sus palabras por el hecho de que hubiera aparecido de repente. Estaba a punto de decir algo, pero el muchacho se le adelantó.

—Lo siento —dijo—. Te he llamado Kokoro-chan de forma repentina. He sido un poco descarado.

—No, no pasa nada.

Hasta el momento, tan solo les había dado su nombre de pila, así que era comprensible. Después de todo, sí que era un muchacho poco usual. No era que le gustase la forma en la que

Masamune le ignoraba, pero le parecía una reacción más habitual para un chico.

Miró la habitación con más atención.

De la pared colgaba un cuadro de un lago azul claro y un bosque escarpado, así como una poderosa armadura de caballero, lo cual le sorprendió. También le sorprendieron la cabeza y la cornamenta de un ciervo disecado que, por un segundo, le recordaron a la máscara de la Reina Lobo. Había visto y leído sobre cosas así en los animes y los cuentos de hadas, pero jamás lo había visto con sus propios ojos.

Los dos chicos parecían haberse acomodado sobre la gruesa alfombra estampada y estaban absortos en el juego. Subaru se dio cuenta de su silencio.

—¿Te encuentras bien? —le preguntó.

Masamune ya había vuelto a empezar la partida y estaba pegado a la televisión.

—¡Sí! —gritó hacia la pantalla. Después, añadió—: ¿Me estás tomando el pelo?

—¿No vais a buscar la llave? —preguntó Kokoro.

—¿Mmm?

A aquel ritmo, sin importar cuánto esperase, Masamune no hablaría jamás. Así que se decidió a hablarle ella primero.

—Masamune-kun, el otro día parecía como si quisieras encontrar la llave de la Sala de los Deseos. Pensé que, durante el tiempo que no he estado aquí, tal vez todos hubierais estado buscándola y quizá ya la hubierais encontrado.

—Pero, si la hubiese encontrado, no podríamos volver porque, en tal caso, el castillo cerraría. —Masamune había empezado a hablar más, aunque seguía sin mirarla—. Eso quiere decir que nadie la ha encontrado todavía, ¿no? —continuó—. Yo la he buscado bastante, pero, por ahora, nada.

Habló de forma brusca pero, al menos, había respondido a su pregunta.

—Ya veo…

—La has buscado con bastante empeño, ¿verdad, Masamune? —dijo Subaru, soltando una risita.

—Cállate —murmuró el otro.

—Yo también le ayudé, pero todavía no hemos encontrado nada. Así que, en su lugar, decidimos jugar a videojuegos. Empezamos a hacerlo en el dormitorio de Masamune, pero, entonces, Aki-chan sugirió que, en vez de encerrarnos en una habitación, jugásemos donde todos pudieran unirse.

—Ya veo —dijo Kokoro de nuevo.

—Hoy no han venido todavía, pero Aki-chan y los demás han estado viniendo de vez en cuando.

—Subaru-kun, ¿a ti no te interesa la Sala de los Deseos?

A Kokoro le había llamado la atención lo que el chico había dicho sobre «ayudar» a Masamune.

—¿A mí? Realmente, no —dijo—. Para ser sincero, no me interesa en absoluto que me concedan un deseo. Buscar la llave suena divertido, como solucionar un acertijo, pero, en realidad, me interesan más los videojuegos de Masamune. —Hizo un gesto hacia el otro chico, que se estaba peleando con la pantalla de la televisión—. Yo no tengo videojuegos propios —continuó—. Apenas he tratado de jugar a alguno y, cuando él me dejó probar, me sorprendió lo divertido que era. Además, ¿no crees que este castillo es estupendo?

—Eso es lo que te estoy diciendo. Podríamos encontrar la llave y guardarla. Entonces, no pasaría nada siempre y cuando no abriésemos la Sala de los Deseos hasta el próximo marzo. —Masamune había alzado la mirada por fin, aunque se estaba dirigiendo a Subaru—. En tal caso, el castillo no cerraría y podríamos seguir usándolo hasta el último momento. A mí eso me viene bien, pero puede que los otros quieran que su deseo se cumpla de inmediato y, si consiguen la llave primero, entonces, se acabó. Por eso sería mejor que la encontrase yo y por eso hice que Subaru me ayudase. De ese modo, podremos jugar a videojuegos aquí hasta marzo.

—Entonces, aparte de ti, Masamune-kun, ¿los demás están buscando la llave?

Kokoro estaba confundida. Nunca lo había pensado de aquel modo: encontrar la llave, pero mantener el castillo abierto hasta el último día en marzo. El chico le lanzó una mirada irritada.

—Eso parece —dijo Subaru—. Nadie lo dice en voz alta, pero parece que todo el mundo la quiere. Aunque nadie la ha hallado. Nosotros dos miramos en todos los sitios más obvios: en los cajones, en los candelabros, bajo las alfombras, detrás de los cuadros… por todas partes. Pero, hasta ahora, no hay señal de ella. Todavía tenemos que mirar en todos nuestros dormitorios. Lo consultamos con la Reina Lobo, ¿verdad? Nos dijo que no podía hacer nada que le diese ventaja a alguien. Cada habitación es un espacio totalmente privado, aunque puede que haya alguna pista en alguna parte. Nos dijo que eso tendríamos que hablarlo los unos con los otros.

—¿Una pista? —preguntó Kokoro.

—Hay pistas ocultas por todo el castillo, y nos explicó que deberíamos «esforzarnos para encontrarlas» —dijo Masamune, imitando a la Reina Lobo.

Ahora, Kokoro sabía que, desde la última vez, la niña había vuelto a hablar con los demás.

—¿Tú también quieres buscar la llave que hará que se cumpla un deseo, Kokoro-chan?

—Bueno, yo…

Después de que Subaru hubiese afirmado con tanta calma que a él no le interesaba demasiado, dudó al responder. No quería parecer una rival en la búsqueda de la llave. Por eso, cuando contestó, lo hizo de forma un poco vaga.

—Tan solo había pensado en ello.

Justo en ese momento, Masamune dijo algo sorprendente.

—Estoy pensando algo. Ella no ha venido al castillo durante una temporada porque es una de esas estudiantes que todavía va al instituto. Entonces, ¿por qué ha aparecido hoy? ¿Está fingiendo estar enferma? ¿Se ha tomado el día libre?

—¿Eh?

A Kokoro se le abrieron los ojos por la sorpresa, ya que el chico parecía estar dirigiéndose a ella. Al decir «ella», estaba hablando de Kokoro.

Él la miró por primera vez. Había pausado el juego y en la televisión se veía la pantalla de inicio.

—El instituto —repitió Masamune en tono monocorde—. Supuse que todavía debías asistir al instituto. ¿Es así?

Su primera reacción fue preguntarse: *¿Por qué?* ¿Acaso no habían prometido de alguna manera que no iban a mencionar el instituto? A ella le parecía reconfortante.

¿Y si alardeo un poco?, pensó Kokoro. «*Sí, voy a clase, pero soy un poco enfermiza, así que algunos días puedo ir y otros no. Además, paso algún tiempo en el hospital haciéndome pruebas...*». Ahora que lo pensaba, le gustaba la idea. Sería increíble si fuese verdad. En tal caso, sus padres no lo verían como un problema emocional. Definitivamente, preferirían que fuese de aquel modo.

—Yo... Eh... —comenzó a decir. Si dejaba pasar otros diez segundos, sabía que diría una mentira.

Sin embargo, Masamune seguía hablando de manera muy informal.

—No, solo lo pregunto porque supuse que, si ibas al instituto, no tendríamos muchas cosas en común. No te preocupes.

—¿Qué?

Kokoro miró al muchacho. Como era habitual, él no le devolvió la mirada.

—Porque, ya sabes, es lo normal. La educación obligatoria implica ir al instituto y dejar que los profesores te digan lo que tienes que hacer sin quejarte. Es mucho más que horrible: es una pesadilla.

—Masamune, ahí te has pasado —dijo Subaru, sonriendo con ironía. Después, miró a Kokoro—. Creo que la has asustado.

—Pero es cierto —insistió el chico—. Mis padres tuvieron una discusión enorme con mi tutor cuando estaba en séptimo. Pensaron que no merecía la pena ir a un instituto tan patético como aquel y renunciaron al asunto.

—Entonces, ¿tus padres te dijeron que no tenías por qué ir? A Kokoro le costaba creerlo.

—¿Eh? —dijo Masamune, lanzándole una mirada rápida. Después, asintió—. Así es; aunque yo hubiera dicho que quería ir, mis padres me lo habrían impedido porque desprecian ese tipo de centros. —A Kokoro se le abrieron los ojos de par en par—. Pero es cierto, ¿no? —continuó él—. Los profesores son muy engreídos aunque, al fin y al cabo, son humanos. Puede que tengan certificados de enseñanza, pero, en la mayoría de los casos, ni siquiera son tan inteligentes como nosotros. Todo ese asunto me da ganas de vomitar.

—Ese es el principio que parece seguir la familia de Masamune —añadió Subaru, que seguía teniendo una sonrisa irónica en el rostro—. Creen que lo que se estudia en el instituto no es del todo útil, por lo que es mejor trabajar por tu cuenta en casa. No creen que el hecho de que sienta que no encaja en el instituto sea culpa suya, ya que algunas personas lo hacen y otras, no.

—No es que no pudiera encajar o algo así —dijo Masamune, lanzándole una mirada a Subaru—. En realidad, mis notas no son tan malas. Fui al colegio de primaria, pero donde estudiaba de verdad era en la academia privada y durante las clases en línea. No prestaba demasiada atención a las lecciones del instituto. Aun así, cuando hice los exámenes de prueba para los exámenes nacionales, mis notas y mi clasificación fueron buenas.

—Así que, incluso ahora, ¿solo vas a la academia y recibes clases en línea?

—Solo voy a la academia. Pero no es una de esas que hay por ahí en las que los profesores son una mierda. Mis padres encontraron una con mejor reputación y es allí donde voy. —Les explicó que las clases eran por la tarde y que, por lo tanto, durante el día, estaba libre—. Ya sabéis, los centros educativos son sistemas reglamentados para la gente que prefiere seguir a la muchedumbre y que asiste porque los demás también lo hacen. Yo conozco al tipo que desarrolló este videojuego y apenas iba a clase porque se aburría. Me dijo que los profesores y los otros alumnos eran una panda de idiotas.

—¡Guau! Imagínate eso… Desarrollar videojuegos…

Kokoro miró el videojuego al que estaban jugando. Era un juego muy popular, un superventas en todo el mundo.

—¿Lo dices en serio? —preguntó—. ¿Conoces al hombre que creó esto?

—Sí.

—¡Guau!

En aquel momento, recordó que la videoconsola portable que había llevado el primer día era un modelo que no había reconocido.

—También me preguntaba si, quizá, aquella videoconsola que tenías la otra vez era algo que todavía no había salido a la venta.

—¿Eh? Ah… Esa videoconsola. —Masamune le sostuvo la mirada a Kokoro un segundo—. Debes de referirte a la que me dio para que hiciese de *tester*.

—¿Qué quieres decir con *tester*? —preguntó Kokoro.

—Es como una prueba de conducción. Me dio una consola nueva para que jugara al videojuego, a pesar de que todavía la están desarrollando. Quería ver qué piensan de ella los jóvenes y los adultos, o si nos damos cuenta de algún fallo o algo así.

Kokoro no pudo evitar decir:

—¡Guau! Tienes mucha suerte.

Masamune era un estudiante de instituto como ella y, aun así, tenía conocidos adultos. De pronto, eso le hacía parecer más sofisticado.

—Es estupendo —dijo Subaru—. Cuando me lo contó, me quedé de piedra.

—Así que, creo que ir al instituto no tiene mucho sentido. Quiero decir… Algún día, yo mismo voy a trabajar en la industria del videojuego, así que no voy a seguir el camino ordinario. Mi amigo me dijo que valoraba mi opinión e incluso me invitó a trabajar para su compañía en el futuro.

—¿Te invitó…?

«En el futuro». Aquello dejó a Kokoro todavía más perpleja. Masamune estaba en racha.

—La que he traído hoy es la versión dos. En casa, tengo la versión tres, por supuesto. Me pidieron que probara la versión cuatro, pero no funciona con esta televisión vieja. El terminal es diferente.

Kokoro no comprendía la parte técnica pero, de todos modos, se sintió maravillada. Masamune parecía bastante satisfecho con aquella reacción exagerada.

—La versión cuatro te volará la cabeza —comentó, riéndose—. Entonces, ¿juegas a videojuegos a pesar de que eres una chica?

—Sí —dijo Kokoro—. Muchas chicas lo hacen.

Le vinieron a la cabeza un par de amigas de educación primaria.

—¿De verdad? —le preguntó el chico.

Sí, pero, guau…, pensó Kokoro. Todo aquello era tan sorprendente que se había quedado sin palabras. ¿Unos padres diciéndole a su hijo que no había necesidad de ir al instituto? ¿O, más bien, que no tenía que ir y que si no conseguía encajar en clase era culpa de los profesores? Sus padres jamás pensarían eso.

«Solo lo pregunto porque supuse que, si ibas al instituto, no tendríamos muchas cosas en común».

Él le estaba diciendo que no pasaba nada por no asistir a clase. Sin duda, había usado una forma un poco indirecta y descortés de decirlo, pero aquella había sido la primera vez que alguien se mostraba positivo sobre el hecho de que no fuese a clase.

—Subaru-kun, ¿tu caso es el mismo que el de Masamune-kun?

No había pretendido preguntarlo, pero lo hizo de todos modos.

—Sí, algo así —dijo Subaru, asintiendo. No profundizó más en el asunto, pero su gesto afligido le indicó que prefería que no indagase más.

Se moría por saber más de aquellos dos chicos y de los demás, que todavía no se habían presentado aquel día, así como de las situaciones por las que estaban pasando.

Kokoro se dio cuenta de que se había equivocado. Había estado segura de que todos estaban preocupados porque no iban a clase y, por lo tanto, habían evitado el tema. Pero no parecía que se tratara de eso. Al menos en el caso de Masamune y Subaru, acababan de mencionarlo porque no pensaban que fuese algo tan importante.

—¿Quieres jugar con nosotros?

Subaru, con el mando en la mano, se giró hacia Kokoro. Masamune, que estaba sentado con las piernas cruzadas, la estaba mirando.

—Claro —dijo, y, después, tomó el mando de Subaru.

Aquel día, nadie más visitó el castillo.

Lo que, siendo sinceros, fue un alivio. Kokoro nunca había experimentado aquello, jamás se había divertido con dos chicos sin que hubiese otras chicas presentes. Imaginar lo que hubieran pensado Aki y Fuka si hubieran aparecido en algún momento le había hecho ponerse nerviosa.

—Mañana deberías venir también —dijo Subaru.

El tiempo había pasado en un abrir y cerrar de ojos. Kokoro y los chicos habían estado jugando hasta que había llegado el momento de que el castillo cerrara a las cinco de la tarde. De vez en cuando, se habían tomado un descanso para ir a casa para comer, tomar algún tentempié o para usar el inodoro, ya que, por algún motivo, en el castillo había baños pero no inodoros. Pero, más allá de eso, habían pasado todo el tiempo inmersos en el videojuego. Hasta el día en el que su padre le había confiscado los videojuegos, Kokoro había jugado todos los días y era bastante buena. Incluso el sarcástico Masamune parecía haberla aceptado como una más de la pandilla.

—Probablemente estaremos aquí, así que, si estás libre, deberías venir —le dijo de nuevo.

—Gracias —contestó ella.

Sinceramente, se sentía tan feliz que no estaba segura de cómo contestar. Sin contar a sus padres, hacía mucho tiempo desde la última vez que había hablado así con alguien. Ya no tenía miedo de volver allí.

Justo en ese momento, oyó un aullido agudo. Muy probablemente se tratara de la Reina Lobo, aunque no se la veía por ninguna parte.

—Siempre se oye cuando faltan quince minutos para las cinco. Es la Reina Lobo aullando —le explicó Subaru—. Creo que es la señal para que nos vayamos a casa.

—¿Acaso la Reina Lobo no está aquí todos los días?

—A veces, sí, pero, a veces, no. Como dijo la joven dama aquel primer día, si la llamamos, aparece. Y, en ocasiones, incluso cuando no la llamamos, aparece de la nada. ¿Quieres llamarla?

Kokoro negó con la cabeza rápidamente. Recordaba la vez que había salido corriendo y la Reina Lobo la había derribado. La niña todavía le daba miedo. También estaba impresionada por lo refinado que sonaba Subaru al referirse a ella como «la joven dama», a pesar de que, en realidad, parecía una niña.

Cuando estuvieron otra vez en el vestíbulo frente a la fila de espejos, de pronto, recordó algo.

—De todos modos, ¿dónde está la Sala de los Deseos? ¿La habéis visto ya?

Aquella estancia, capaz de conceder un único deseo, estaba en algún lugar del castillo. Estaba segura de que ya la habrían localizado.

Los dos chicos intercambiaron una mirada. Tras las gafas, Masamune entornó los ojos.

—No la hemos encontrado todavía.

—Entonces, ¿queréis decir que…?

—No solo tenemos que encontrar la llave, sino la ubicación de la sala —añadió Subaru.

Kokoro suspiró ligeramente.

—Ya veo.

—¡Venga ya! Esa mocosa, doña Reina Lobo, tendría que habérnoslo dicho desde el principio.

Las palabras de Masamune le resultaron tan divertidas que Kokoro no pudo evitar reírse.

—¿Qué? —le preguntó él.

—Nada.

Pero, de todos modos, era gracioso.

De alguna manera, era adorable que aquel chico, con su manera tosca de hablar, añadiese un trato de cortesía como «doña» al título cuando hablaba de la Reina Lobo. Si se lo hubiese señalado, probablemente a él le habría irritado. Aun así, era divertido.

Ya veo, pensó.

El uso del trato de cortesía de Masamune no llegaba exactamente al nivel del «joven dama» de Subaru, pero, en aquel momento, Kokoro estuvo segura de algo: aquellos dos chicos eran unos auténticos caballeros.

—Ya nos veremos.

Masamune metió la videoconsola en su mochila y se despidió con un pequeño gesto de la mano mientras se colocaba frente a su espejo brillante, que era el último de la fila.

—Chao.

Subaru hizo un gesto con la cabeza mientras tocaba su propio espejo, que era el segundo empezando por la izquierda. La superficie pareció derretirse bajo su dedo mientras le atrapaba la mano. Era como poner la mano bajo una cascada y detener el flujo del agua. A Kokoro todavía le sorprendía, pero era evidente que los dos chicos estaban acostumbrados.

Era la primera vez que veía a otra persona entrar en un espejo, lo cual hizo que se sintiera un poco rara.

Con un simple toque de la palma de la mano, aquellos espejos también conectarían con las habitaciones de los demás, tal como lo hacía su espejo con la suya. ¿Podría visitar sus habitaciones? ¿Tal vez incluso sin que ellos lo supieran?

No era que deseara especialmente hacerlo. Aquello sería peor que echar un vistazo a escondidas al diario de otra persona. Se estremeció ante la idea de que hubiera un intruso en su habitación. Sin embargo, Masamune y Subaru, que estaban de pie, con una mano dentro del espejo mientras se despedían con la otra, eran personas en las que podía confiar. Imaginó que podía decir lo mismo de los demás.

—Adiós.

Tras despedirse de ellos, extendió una mano hacia el espejo y cruzó a través de un velo de luz.

Kokoro visitó el castillo al día siguiente.

Descubrió que no tenía ningún problema en ver a los demás de nuevo y se preguntó por qué eso le había preocupado tanto anteriormente.

Acababan de dar las diez de la mañana. Estaba jugando a videojuegos con Masamune y Subaru en la sala de estar, que se había transformado por completo en una habitación para jugar a videojuegos, cuando Aki entró a toda prisa, diciendo:

—Hola, gente. —Hacía bastante tiempo que no la veía, pero eso se le olvidó cuando ella añadió—: Hola, Kokoro-chan, ¿cómo te ha ido todo?

Aki les había dicho que estaba en noveno, el último año de secundaria y, cuando estaba con ella, definitivamente sentía que era su *senpai*, su sénior. Le alegraba que Aki la tratase de una forma familiar, añadiendo *chan* a su nombre, pero no estaba segura de cómo tratarla a ella.

—Hola, Aki-senpai —dijo.

Ante aquello, Masamune estalló en carcajadas.

—¡Caray! No estamos en una especie de club escolar, así que ¿a qué viene el *senpai*?

—Está bien, está bien. Entonces, ¿cómo debería llamarte?

Kokoro no pensaba que se mereciera que se rieran de ella. Sin embargo, Aki dijo:

—Ey, no me importa. Me gusta que me llamen así. No me importa cómo me llames: solo Aki o Aki-chan… Todo me parece bien. Me resulta bastante adorable que seas tan educada, Kokoro.

Aki dijo aquello en tono de broma, pero escuchar cómo la llamaban solamente «Kokoro» en apenas unos minutos le sorprendió. Le maravillaban las habilidades comunicativas de Aki y cómo cambiaba hábilmente la forma de dirigirse a la gente. Estaba claro que tampoco había nada de incomodidad en su relación con los dos chicos.

Entonces, ¿cómo era posible que alguien como ella no pudiese lidiar con el instituto? Podría ser una de las chicas populares con facilidad.

—Eres muy dulce, Kokoro. Me imagino que cualquier *senpai* te trataría bien.

—Ah… Bueno… Dejé de ir bastante pronto, así que no conozco a la mayoría de los estudiantes mayores. Además, tampoco estoy en ningún club o cosas así.

A pesar de que Masamune y los demás insistían en que no era algo de lo que sentirse avergonzado, había dicho «dejé de ir», sin mencionar el instituto. Cuando recordó que ni siquiera había ido a la orientación de ninguno de los clubes, se sintió miserable.

Aunque estaba bromeando, el gesto de Aki se volvió frío cuando Kokoro mencionó los clubes. Tanto Masamune como Subaru abrieron la boca por la sorpresa y, para cuando Kokoro se hubo dado cuenta de la atmósfera, Aki se había dado la vuelta para marcharse.

—Ya veo. Así que no pertenecías a ningún club. Entonces, como yo —dijo.

—¿Eh?

—Hoy estaré en mi habitación —añadió—. Parece que Fuka también está aquí, así que ¿por qué no la invitáis?

Recorrió con grandes zancadas el pasillo hacia los dormitorios individuales. El pasillo tenía una moqueta roja que estaba iluminada por los candelabros que había en ambas paredes y Kokoro contempló cómo la alta Aki desaparecía en la distancia a través del resplandor.

Coincidiendo con la marcha de la chica, Subaru se acercó a ella.

—Deberías saber una cosa —le susurró.

—¿Mmm?

Estaba confundida. ¿Acaso había dicho algo que molestase a Aki?

—Ese es un tema delicado. A Aki-chan no le gusta demasiado hablar del instituto.

—Oh.

Podía comprenderla, ya que ella se sentía igual. El problema era que Masamune y Subaru hablaban de ello de una manera tan desenfadada que había adoptado esa misma forma de hacerlo.

—No creo que sea algo por lo que tengamos que preocuparnos —dijo Masamune con tono de desdén. Sin embargo, permaneció con los ojos pegados a la pantalla.

Kokoro recordó cómo, cuando se habían presentado, tan solo habían dicho sus nombres y el curso en el que estaban porque aquello era lo que había hecho Aki, que había sido la primera.

Miró hacia el pasillo por donde había desaparecido la chica. Definitivamente, tal como Subaru había dicho, era un tema delicado.

—Entonces, ¿Fuka-chan también está aquí? —murmuró.

Estaba intentando recordar qué aspecto tenía Fuka. Estaba en el segundo curso del instituto, así que también era una *senpai* para Kokoro, ya que iba un año por delante de ella.

—¿Qué, también vas a llamarla *senpai*? —dijo Masamune con cierto sarcasmo.

No estaba acostumbrada a que le tomaran el pelo y empezó a sentirse un poco nerviosa. Sacudió la cabeza enérgicamente.

—No, es solo que… Lo he usado con Aki-chan porque… No sé… Parece muy… *senpai*.

—Bueno, de hecho, Subaru y yo también somos tus *senpai*. —Masamune estaba haciendo el tonto, bromeando con ella. Estaba intentando decidir cómo responderle cuando él la interrumpió—. Fuka viene mucho; casi todos los días. Aunque no se relaciona demasiado con nosotros.

—Entonces, ¿se queda en su habitación?

—Sí. Una vez la invité a jugar a videojuegos, pero me dijo que no jugaba. Pensé que estaba bromeando. Lo que quiero decir es que… parece muy *otaku*.

—Masamune… —El tono de Subaru era mordaz.

—¿Qué? —protestó el otro chico. Sin embargo, cuando vio la mirada asesina en los ojos de Subaru, dejó escapar un suspiro exagerado—. Parece que se queda mucho tiempo encerrada en su habitación —dijo, cambiando de tema—. No sé qué hace allí, pero, básicamente, es una chica solitaria. —Cambiando de tema de nuevo, añadió—: Ayer no estuvo aquí, pero Ureshino suele aparecer después de la una en punto.

—Ya veo —dijo Kokoro, asintiendo.

Para ella, tenía sentido que apareciese por la tarde. Parecía el tipo de persona que tomaría el almuerzo en casa antes de ir hasta allí.

Como Kokoro, Ureshino estaba en el primer año de instituto y, mientras lo pensaba, recordó al otro chico que también estaba en séptimo curso.

—¿Y qué hay del otro chico? —preguntó.

Masamune se giró perezosamente para mirarla.

—¿Quién?

—Rion-kun.

—Ah, el caramelito.

Sus palabras sonaron mordaces. Kokoro no había preguntado porque fuese guapo, pero no tenía ni idea de cómo explicarlo.

—¿Qué es un «caramelito»? —murmuró Subaru—. ¿Es algo malo? —Cuando Masamune no respondió, Subaru se giró hacia Kokoro y alzó las cejas—. Viene siempre por la tarde —contestó en lugar de Masamune—. Y siempre lleva una camiseta de deportes, lo cual me hace pensar que tal vez asista a alguna academia o esté estudiando en algún sitio durante el día. A menudo me encuentro con él cuando el castillo está cerrando.

—También juega a videojuegos con nosotros —añadió Masamune.

Las manecillas del reloj de pie marcaban las doce.

Kokoro se fue a casa, se comió el *curry* que le había preparado su madre, se cepilló los dientes y se dirigió de nuevo al castillo. Cuando se trataba del almuerzo, al parecer, todos tenían hábitos diferentes: algunos volvían a casa para comer y otros se llevaban sus *bentos*.

A Kokoro, el hecho de ir a casa a almorzar y después regresar al castillo le parecía como vivir con el horario del instituto de nuevo.

Pensando que todos podían compartirla, se llevó con ella una manzana (su madre había insistido en que se pelara las manzanas ella misma) y la metió en la bolsa de tela junto con un cuchillo pequeño para fruta con la hoja cubierta por papel de aluminio para que fuera seguro.

Cuando atravesó el espejo y apareció en el castillo, el espejo que había al lado del suyo también estaba brillando. Se trataba de Fuka, que iba en la dirección contraria, volviendo a casa.

—Oh —dijo Kokoro.

Fuka, que ya tenía la palma de la mano dentro del espejo, se giró con el rostro inexpresivo.

—Ah, ho... hola.

—Hola.

A pesar de que su cara lucía imperturbable, su voz seguía teniendo aquella naturaleza suave y brillante. Tras un instante, la chica se giró hacia el espejo, se deslizó dentro y desapareció.

Cuando volvió a la sala de los juegos, Kokoro se dio cuenta de que Ureshino había llegado, tal como le había indicado Subaru.

Estaba inmerso en el videojuego y acurrucado justo en el lugar en el que a ella le gustaba sentarse. La televisión siempre le había parecido bastante grande, pero, con Ureshino sentado frente a ella, parecía haber encogido. Así de corpulento era.

El día anterior, mientras estaba en la sala de los juegos con Masamune, Ureshino la había ignorado, pero aquel día, cuando la vio, alzó la vista de inmediato.

—Ah... Veamos... ¿Tú eras... Kokoro?

—Sí, es Kokoro-chan —dijo Subaru.

Ureshino ya había desechado cualquier sufijo *chan* o *san*, así que Subaru había intervenido para ayudarle.

—Kokoro-chan —repitió el chico con cierto pudor. Le lanzó una mirada—. No pensé que fueras a venir.

—Empezó a venir ayer —dijo Masamune—. Se le dan bastante bien los videojuegos.

—Me alegro de verte de nuevo, Ureshino-kun —dijo ella.

Dado que solo estaban unos pocos, le resultaba más fácil hablar de lo que nunca le había resultado en el instituto.

—Yo también me alegro de verte. Así que ahora tengo una rival más —replicó él de un modo desenfadado.

Kokoro se tensó. En realidad, parecía estar diciendo de forma indirecta: «No quiero tener otra persona molestándome».

Con lo preocupado que estaba por la comida el primer día..., pensó. *Y yo creyendo que era tan adorable y achuchable...*

Mientras Kokoro se sentaba frente a la televisión, Ureshino, con el mando en la mano, parecía nervioso ante la idea de que otra persona pudiera unírseles. Comprendiéndolo de inmediato, Subaru dijo:

—Si estás esperando a Aki-chan, dudo que vaya a venir. —Ureshino se enderezó mientras Subaru continuaba hablando—. Ha estado aquí por la mañana, pero, probablemente, ahora mismo esté en su habitación.

—Oh. —A Ureshino se le hundieron los hombros en señal de decepción.

—Eso es una tontería —farfulló Masamune. Soltó el mando, algo raro en él, y miró a Kokoro con una sonrisa—. ¿Sabes cuál es el deseo de Ureshino?

Kokoro se encogió de hombros. Al decir «deseo», debía de referirse a lo que esperaba que la Sala de los Deseos cumpliera. *Pero, si acabo de llegar, ¿cómo iba a saberlo?*, pensó.

Masamune le hizo una mueca al otro chico y dijo:

—Quiere tener una cita con Aki.

—¿Oh? —consiguió decir Kokoro antes de que Ureshino soltase un grito.

—¡Ey! ¿Por qué se lo cuentas?

La cara se le puso roja como un tomate y, aunque insistió en que Masamune se mordiera la lengua, el tono de su voz no sonaba demasiado molesto. Subaru no dijo nada.

—Ureshino-kun, ¿eso quiere decir que te gusta Aki-chan? —le preguntó Kokoro.

El chico no contestó. Ella pensó que no debería insistir, pero, tras un instante, él dijo en voz baja.

—Sí, eso es. ¿Algún problema?

—En absoluto.

—Fue amor a primera vista —añadió él—. Le dije a Aki lo que sentía, pero ella me rechazó. Eso pasó más o menos una semana después de que empezáramos a venir. Fui bastante rápido, ¿verdad?

—Aki-chan también estaba bastante confusa por todo el asunto —le dijo Subaru a Kokoro con una sonrisa cómplice en los labios. Bajó la voz—. Aki se siente un poco rara cuando Ureshino la mira.

—Ah…

Conocía a otras personas que estaban cautivadas por el mismo tipo de enamoramiento, pero casi siempre eran chicas. Era bastante inusual que un chico mostrara sus sentimientos tan abiertamente. De hecho, para ella, era la primera vez.

—Masamune, Kokoro-chan no sabía nada, ¿por qué has tenido que contárselo?

Ureshino sonaba enfadado, pero también parecía un poco complacido. Kokoro sentía que tenía que decir algo.

—Pero Aki-chan es estupenda —dijo—. Es inteligente e intrépida. Entiendo perfectamente por qué te gusta.

El chico pareció sorprendido, pero, después, dibujó una sonrisa.

—¿Verdad? —dijo.

Aun así, Kokoro jamás habría imaginado que nacería el amor en las dos semanas que no había estado en el castillo. Decían que

Aki no estaba especialmente contenta al respecto, pero, suponiendo que el chico encontrase la llave de la Sala de los Deseos, ¿correspondería Aki sus sentimientos? ¿Qué sentiría ella de verdad sobre todo aquello? La cabeza le daba vueltas.

Supongamos que un extraño poder entrase en juego y Aki se enamorase de Ureshino. ¿Sería la Aki original de la que él se había enamorado? Si alguien manipulase tus pensamientos y sentimientos, ¿seguirías siendo la misma persona que antes?

Sacó la manzana que había llevado y la dejó sobre la mesa. En lugar de tomar un mando, se dejó caer sobre el sofá.

—He traído una manzana. ¿Alguien quiere un poco?

El rostro de Ureshino se iluminó.

—¿Puedo?

Su reacción exagerada hizo que Kokoro se sintiera algo confusa, pero había una cosa que sí sabía del chico: no era una mala persona. Sonrió ante aquel pensamiento.

Masamune y Subaru miraron la fruta con incertidumbre.

—¿No vas a quitársela?

Le costó un segundo darse cuenta de que se referían a la piel de la manzana.

—Ah, claro.

—Hum —dijo Masamune, pero no añadió nada más.

Aquella respuesta no le pareció extraña y fue a buscar el cuchillo para pelar la fruta. Se dio cuenta de que se había olvidado de llevar una tabla de cortar o un plato, así que lo hizo sobre la bolsa de plástico.

—Eres increíble, Kokoro-chan —dijo Ureshino con los ojos fijos en sus manos—. Eres verdaderamente buena pelando manzanas. Lo haces como mi madre.

Masamune no hizo ningún comentario, pero, mientras seguía jugando a su videojuego, masticó felizmente unas cuantas rodajas de manzana.

Al caer la tarde, Kokoro decidió explorar el castillo.

La ausencia de un plato para la manzana le hizo pensar que debería intentar localizar la cocina, si es que había una. La Reina Lobo había dicho que no había nada para comer allí, pero, aun así, era posible que hubiera platos.

Definitivamente, el castillo era cavernoso, aunque no tan absurdamente amplio como aquellos con mazmorras que había visto en los videojuegos.

El vestíbulo con las escaleras y los siete espejos estaba situado en un extremo. Desde allí, se extendía el largo pasillo enmoquetado que conducía a sus habitaciones individuales y, más allá, había una zona común que incluía la sala de los juegos en la que pasaban el rato. También había un comedor, que había visto antes.

Entró con cautela y dejó escapar un grito de sorpresa. A través de aquella ventana en concreto podía ver el exterior. Las ventanas del resto del castillo estaban hechas con cristales opacos.

La vegetación se veía claramente. Cuando miró con más detenimiento, vio que había un patio interior y, más allá, estaba el ala de las escaleras y los espejos, dibujando la forma de una «U» en torno al patio.

Kokoro se moría por aventurarse al exterior, pero la ventana no tenía manilla para poder abrirla. Al parecer, el patio solo estaba ahí para que lo admirasen. Bajo un cedro, había un parterre de caléndulas y salvia en plena floración.

En el centro del comedor había una mesa extravagantemente larga. A menudo, Kokoro veía *doramas* en los que los padres se sentaban uno a cada lado de la larga mesa. La estancia también contaba con una chimenea y, sobre ella, colgaba un cuadro al óleo de un jarrón lleno de flores.

La habitación estaba tranquila y hacía un frío persistente, como si allí no hubiese habido ninguna presencia humana en mucho tiempo. La mesa estaba cuidadosamente cubierta por un mantel impecable.

Vio una puerta en el otro extremo del comedor. Conducía directamente a la cocina, que resultó ser más magnífica de lo que había esperado.

Se dirigió hacia el fregadero e intentó subir y bajar la manilla del grifo, pero no salió agua. En un rincón, había un potente frigorífico de acero inoxidable, pero resultó estar completamente vacío. Metió una mano dentro para comprobar si estaba encendido. No lo estaba. Los estantes que recorrían la pared estaban repletos de platos, cuencos de sopa y juegos de té de cerámica blanca que nadie parecía haber tocado nunca.

¿Por qué existirá este castillo si nadie vive aquí?, se preguntó Kokoro.

Las ollas y sartenes habituales estaban a la vista, pero no había gas ni agua. En el baño, había bañeras elegantes, pero no había inodoro. Se preguntó de dónde procedería la electricidad que hacía que pudieran jugar a los videojuegos.

Mientras se daba la vuelta para continuar el paseo por el castillo, pensó en lo incómodo que resultaría si se topase con alguien, tal como se había encontrado con Fuka cerca de los espejos un poco antes.

Perdida en sus pensamientos, miró a través de la puerta hacia la chimenea de ladrillo del comedor.

De pronto, recordó la llave de la Sala de los Deseos.

¿Habría mirado alguien ya dentro de la chimenea? Debía de abrirse hacia arriba. O, tal vez, igual que los baños o la cocina, no fuese realmente funcional.

Echó un vistazo dentro de la chimenea y soltó un grito.

No se trataba de la llave, pero sí encontró una «X» borrosa, más o menos del tamaño de la palma de su mano. Parecía llevar allí un tiempo, dado que había una fina capa de polvo sobre ella. ¿Podría ser simplemente un defecto de los ladrillos? No. Al mirarla con más atención, era evidente que alguien había dibujado la «X».

Justo cuando estaba por ponerse de pie nuevamente, escuchó un fuerte «¡Vaya!» a sus espaldas. Kokoro gritó y se dio la vuelta.

Un rostro con una máscara de lobo. La Reina Lobo en persona, a la que hacía bastante tiempo que no había visto.

—¡Reina Lobo!

—¿Estás buscando la llave tú sola? Impresionante.

—No me des esos sustos.

El corazón le latía con fuerza. Se dio cuenta de que la niña llevaba un atuendo diferente: un vestido verde con el dobladillo bordado.

—¿Has encontrado la llave?

—No —contestó ella.

Anunciando que iba a unirse a los demás, emprendió el camino hacia la sala de los juegos antes de que la Reina Lobo pudiera hacer ningún comentario.

Cuando había recorrido la mitad del pasillo, vio que alguien se acercaba a ella. Redujo el paso hasta que pudo ver de quién se trataba.

Era Rion (el «caramelito», en palabras de Masamune).

—Hola —dijo él.

Aquel día no llevaba un chándal, tan solo pantalones deportivos y una camiseta. Sin embargo, los pantalones no eran anchos, tal como requerían los centros educativos, sino la versión negra y más elegante de Adidas. En la camiseta aparecía un villano de *Star Wars*. Nunca había visto ninguna de las películas, pero reconocía al personaje.

Se preguntó si debería intentar explicarle por qué no había ido al castillo antes, pero él se le adelantó.

—Hacía mucho que no te veía —dijo de forma despreocupada.

—Ah… Soy Kokoro —dijo.

Él se rio.

—Venga ya, eso ya lo sabía.

Entonces, sabe cómo me llamo. Aquel pensamiento la hizo feliz. Rion llevaba puesto un reloj que no creía haberle visto anteriormente. Vio que llevaba el logotipo de Nike.

—¿Qué pasa? —le preguntó él cuando vio que le estaba mirando el reloj.

—Oh, tan solo me estaba preguntando qué hora era.

Él señaló hacia el otro extremo del pasillo.

—Hay un reloj allí, ¿sabes?

Claro que lo había: el alto reloj de pie que había en medio del rellano con sus escaleras y sus espejos.

—Ah, sí —dijo ella, fijándose en cómo el cabello castaño claro le colgaba suelto justo por encima de los ojos sonrientes.

Así que Subaru tenía razón: Rion iba allí sobre todo por las tardes. El chico había especulado que, probablemente, pasase el resto del día en una academia o recibiendo clases en algún sitio. Kokoro creía que era extraño que tanto Rion como Aki pareciesen tan despreocupados y capaces de ir a una academia o a clases externas y, aun así, hubieran dejado el instituto. Ambos parecían el tipo de persona que sería bastante popular.

Cuando llegaron a la sala de los juegos, habían aparecido más miembros del grupo. Fuka estaba sentada en el sofá enfrente de la mesa, sobre la que todavía estaba la bolsa de plástico en la que Kokoro había llevado la manzana, y estaba leyendo un libro.

—Vaya, vaya, hoy estáis todos —dijo la Reina Lobo, diminuta, apareciendo en la puerta.

Fuka apartó la vista del libro y los chicos del videojuego. Ellos saludaron a Rion con un rápido «Hola» y «¿Qué tal?». Fuka no dijo nada. Miró a la Reina Lobo y, rápidamente, bajó la vista de nuevo hacia el libro.

—Oye, Kokoro-chan —dijo Ureshino.

—¿Sí?

—¿Tienes novio, alguien que te guste o algo así?

—¿Eh?

A Kokoro se le abrieron los ojos de par en par ante aquella pregunta repentina. Se preguntó si acaso tenía muchas ganas de hablar con alguien sobre sus sentimientos por Aki. Miró a los otros que estaban a su alrededor y se dio cuenta de que había algo raro en el ambiente.

Masamune había dejado de jugar al videojuego y estaba sonriendo. Subaru tenía una sonrisa incómoda en el rostro. Kokoro, que se había atascado buscando una respuesta, se puso rígida. En tono de broma, Masamune le dijo:

—Mis condolencias.

En ese instante, incluso ella entendió a qué se refería.

—Dime, Kokoro-chan, ¿estarás aquí mañana? ¿A qué hora crees que vendrás?

No respondió y él volvió a preguntarle.

—No lo sé —fue lo único que consiguió decir.

Por el rabillo del ojo, pudo ver la mirada burlona de la Reina Lobo cuando le preguntó a Masamune:

—¿Qué ocurre? ¿A Ureshino ya le gusta otra chica? —Soltó una risita.

El aludido le hizo una mueca a la niña. Después, su gesto cambió. Alzó la vista hacia Kokoro.

—¿Has oído lo que ha dicho?

Parecía a punto de llorar. Ella no tenía ni idea de qué responder. Rion le lanzó una mirada rápida y cambió de tema de conversación.

—¿Qué tipo de juegos has traído hoy, Kokoro?

Entonces, se oyó una voz aguda.

—¿Cuán tonto puedes llegar a ser?

Aquella era Fuka, dirigiéndose a Ureshino. Su tono era cortante y cáustico. Kokoro se mordió el labio, confundida. Aki, Rion y los demás parecían muy normales y todavía se preguntaba por qué no iban a clase. Sin embargo, en el caso de Ureshino, sabía exactamente por qué. Era uno de esos chicos enamorados de la idea del amor, de amar por amar. Todo el mundo sentía lástima por él, y no era de extrañar que no fuese a clase.

JULIO

Cuando llegó julio, Kokoro se sentía todavía más incómoda al ir al castillo y era todo por culpa de Ureshino.

—He traído galletas, Kokoro-chan, ¿quieres unas pocas? Kokoro-chan, ¿cuándo te enamoraste por primera vez? En mi caso, fue cuando estaba en la guardería.

Ella disfrutaba en la sala de los juegos, pero Ureshino aparecía por la tarde y empezaba a molestarla con preguntas personales. Masamune sonreía, algo que ella odiaba, así que comenzó a pasar más tiempo a solas en su habitación del castillo.

Incluso cuando estaba allí encerrada, Ureshino llamaba a la puerta: «Kokoro-chan, ¿estás ahí?» y ella se daba cuenta de que no tenía escapatoria.

Cada vez que decidía ir a buscar la Llave de los Deseos, el chico también estaba allí para acompañarla.

—¿Puedo ir contigo, Kokoro-chan?

Él era el que había dicho que eran rivales en la búsqueda, así que ¿cómo podía parecerle bien?

De algún modo, por la forma en la que se comportaban los demás, Kokoro se dio cuenta de que, cuando no estaba presente, Ureshino se tomaba la libertad de llamarla solamente por su nombre propio, sin duda describiéndola como «no es del todo mi tipo, sino más bien del tipo hogareño…».

Es un poco retorcido, pensó.

Sin embargo, no se trataba de que le gustase Kokoro realmente. Lo que le gustaba era resaltar lo mucho que disfrutaba de estar enamorado.

Kokoro se dio cuenta de que no podía decirle directamente que quería que dejase de comportarse así. Si actuaba con frialdad, de inmediato él se lanzaría a hablar mal de ella frente a los demás.

—Kokoro-chan, ¿qué tipo de deseo esperas que se cumpla?

Cuando Ureshino le preguntó aquello con tanta tranquilidad, ella contestó:

—Todavía no lo he decidido.

Sabía que si le contaba lo que quería de verdad, que una chica de su clase desapareciera para siempre, solo lograría que él le hiciera más preguntas.

—¿Ah, sí?

Mientras recorrían el pasillo, el chico no dejó de lanzarle miradas. Parecía que quería preguntarle algo más.

En los manga, los héroes a menudo utilizaban objetos extraños para que los demás hiciesen lo que ellos querían o para manipularlos. Se dio cuenta de que debían resultar tan ridículos como el asunto con el que estaba lidiando ella en ese momento.

Cuando Ureshino le había hecho saber a Aki que Kokoro había pasado a ser el objeto de sus afectos, la otra chica había hecho una mueca.

—Va a ser duro para ti —le había dicho, simpatizando abiertamente con ella.

Después de aquello, Aki había empezado a pasar menos tiempo en su habitación.

A diferencia de Masamune, que bromeaba con Kokoro, Rion y Subaru nunca mencionaban temas relacionados con el amor cuando ella estaba presente, lo cual era un alivio.

Oyó a Ureshino preguntándole a Rion dubitativamente:

—¿Tienes novia? ¿No estarás pensando en hacer que una de las chicas de aquí sea tu novia, verdad?

—Realmente, no —respondió Rion.

Sin duda, Ureshino les había preguntado lo mismo a los otros. Aquello significaba que Kokoro no tenía que preocuparse por Aki o Rion, y, en cuanto a las bromas de Masamune, podía soportarlas. Pero, lo que de verdad le preocupaba era la reacción de Fuka. Solo eran tres chicas y, cuando se habían presentado, había creído que podrían hacerse amigas rápidamente. Sin embargo, no habían tenido la oportunidad de abrirse la una a la otra y las palabras que había dicho todavía le dolían.

«¿Cuán tonto puedes llegar a ser?».

Fuka había estado hablando del hecho de que Ureshino pasase de una chica a otra y no la había mencionado a ella en particular. Kokoro se repetía aquello a sí misma cada vez que cruzaba el espejo para ir al castillo, así como por las noches, cuando se iba a dormir. Pero, de algún modo, aquellas palabras todavía le molestaban.

Sin embargo, cada vez que Fuka visitaba el castillo, o bien se quedaba encerrada en su habitación o, las pocas veces en las que se unía a ellos, se quedaba sentada en silencio, leyendo un libro.

En una ocasión en la que Ureshino no estaba presente y Kokoro estaba sentada con Masamune y los demás en la sala de los juegos, todos le habían sonreído y le habían dicho: «Vaya lío, ¿eh?». Fuka había estado presente. Kokoro no había tenido ni idea de qué responder.

—Hum… —había asentido vagamente.

Fuka, con los ojos todavía pegados al libro, había dicho lo que había dicho anteriormente: «¿Cuán tonto puedes llegar a ser?».

Kokoro se había quedado helada.

Fuka había continuado hablando.

—Los chicos como ese, que no son populares, siempre se enamoran de la chica guapa de la clase o de alguien que está totalmente fuera de su alcance. Cada vez que veo algo así, me irrita mucho.

—¡Vaya! Eso es bastante duro... Me estás asustando —había dicho Masamune, fingiendo encogerse de miedo.

Para Kokoro, era difícil soportar que Fuka evitase mirarla todo el tiempo. Se había mordido el labio, frustrada. ¿Habría ido dirigido a ella aquel comentario sobre «la chica guapa»? No tenía ni idea. Había querido replicar, pero le había parecido inútil.

Había intentado ser cuidadosa. También se había esforzado mucho cuando estaba con Masamune y Subaru para no hacer nada que hiciera que las otras chicas se sintieran incómodas.

Entonces, ¿por qué habían tenido que acabar las cosas de aquel modo?

Incapaz de arreglar las cosas con Fuka, Kokoro se sintió desanimada y se tomó un día libre de visitar el castillo.

Llamarlo «día libre» era extraño, pero, desde principios de julio, había sentido como si el castillo fuese el instituto: un lugar complicado al que se veía obligada a ir.

Un día después de aquel día libre, fue a comprobar la sala de los juegos como siempre, y lo que escuchó hizo que se quedara sin aliento.

—Aki-chan, ya sé que crees eso, pero la secuela de esa película es mucho mejor.

—¿Qué? ¿Hay una secuela?

—¿Bromeas? ¡La secuela es fantástica!

Fuka y Aki estaban sentadas la una al lado de la otra en el sofá. Ninguna de ellas notó la presencia de Kokoro, que estaba de pie junto a la puerta. No sabía de qué estaban hablando, pero se fijó en algunas galletas en forma de flor que había sobre una servilleta frente a ellas. Eran del tipo que a Kokoro le encantaban: galletas con forma de caléndula con crema de chocolate en el centro. En cuanto vio el montón, sintió que se moría por comerse una. Sin embargo, no podía decirles eso. Se dio la vuelta antes de que se dieran cuenta de que estaba allí y se apresuró a dirigirse hacia su habitación, deseando en contra de toda esperanza que las dos chicas no la hubiesen visto.

¿Cuándo se habían hecho tan amigas? Hablaban de cosas que ella no entendía, charlaban y se divertían. La invadió una sensación de dolor y cansancio.

Se centró en poner distancia con ellas, recorriendo el pasillo a toda prisa. Cuando llegó al vestíbulo, su espejo estaba brillando. Se trataba de la luz con los colores del arcoíris que la conduciría a casa, donde estaban sus padres y su habitación de verdad. Deseando poder escapar, tocó con cuidado la superficie del espejo.

Aquella era la primera vez que volvía del castillo a casa corriendo.

Se había esforzado al máximo con la esperanza de obtener un deseo, pero, tal vez, había llegado a su límite. *Quizá no esté hecha para esto*, pensó.

El deseo de Kokoro era borrar del mapa a Miori Sanada.

Miori Sanada no había hablado nunca con ella. Ni una sola vez.

Su primera impresión había sido que era una chica activa y tenaz y, cuando había anunciado que iba a presentarse a delegada de la clase, Kokoro se había dicho a sí misma: *Así que tenía razón; es ese tipo de chica.*

Parecía predestinado que Miori estuviese en el equipo de voleibol, y Kokoro había escuchado a sus amigas hablando de ello. El hecho de que hubiese escogido sin ningún tipo de duda un deporte de equipo como actividad extraescolar debía significar que era atlética. Desde primaria, siempre eran los estudiantes atléticos, en lugar de los que mejores notas sacaban, los que se convertían en delegados de la clase.

Aquellas eran las cosas que había pensado en abril, al comienzo del nuevo curso escolar.

Miori y ella estaban en la misma clase y, después de que todos se hubiesen presentado, Kokoro todavía no había relacionado todos los nombres con las caras.

Estaban en el Instituto de Secundaria n.º 5 de Yukishina porque vivían en el mismo distrito escolar, pero a ese centro asistían alumnos de seis colegios de primaria diferentes. Era un instituto gigantesco. Incluso los adolescentes de un distrito vecino recibían un permiso especial para concurrir al n.º 5. Kokoro había encontrado muy pocos rostros conocidos en su nueva clase, que era una mezcolanza de gente de todas partes.

Tan solo había tres chicos y dos chicas de su colegio de primaria.

Miori, que procedía de un colegio de primaria bastante grande, había tenido muchas amistades desde el principio. También asistía a una academia privada y, allí, parecía haber entablado amistad con gente que procedía de otros centros de primaria.

Miori nunca había sido tímida o dubitativa, e incluso en aquella clase nueva, siempre había dicho lo que pensaba. Kokoro y quienes procedían de su mismo colegio eran más reservados. Parecía como si Miori y su grupo fueran los dueños del lugar y Kokoro y sus conocidos, meros inquilinos. No entendía cómo las cosas habían acabado de aquel modo, pero habían sido así desde el principio.

Todos tenían la misma edad, pero era como si Miori y las demás chicas de su grupo hubiesen tenido todo el poder dentro de la clase. Parecía que tenían derecho a ser las primeras en elegir el club que querían y, cuando otras chicas habían intentado unirse a él, Miori y su pandilla habían tenido el poder de esparcir el rumor de que no estaban a la altura y evitar que se unieran o de decidir quién encajaba. También habían tenido la libertad de escoger qué chicos les gustaban y de enamorarse.

El chico que le gustaba a Miori Sanada y con el que había empezado a salir era Chuta Ikeda, un chico que había ido a clase con Kokoro en primaria.

Kokoro y Chuta habían sido solo amigos, nada más. Cuando habían preparado la tradicional cena de agradecimiento para sus profesores justo antes de terminar primaria, Chuta se había quejado de que todo era una tontería y una pérdida de tiempo, pero Kokoro se había sentido impresionada por cómo, a pesar de las quejas, cuando habían necesitado hacer las cosas, él se había puesto manos a la obra. No era como si le hubiese gustado o hubiese pensado que era guapo o algo así. Sencillamente, le había parecido que sus opiniones anteriores sobre él habían sido irresponsables.

—Siempre había pensado que los chicos no podían hacer estas cosas de la forma correcta —había comentado ella de pasada.

—¿Eh? Es solo que no queremos complicar las cosas —había contestado Chuta—. Pero creo que cualquier chico se pondría manos a la obra y haría su parte. No somos tan fracasados, ¿sabes? No está bien que digas eso.

Después de aquello, la conversación había terminado.

—¿Sabes qué?

Aquello había ocurrido a mediados de abril, en el aparcamiento para bicicletas del instituto.

Kokoro se había dado la vuelta al oír una voz. Allí estaba Chuta, de pie frente a ella.

—Las chicas feas como tú sois lo peor.

—¿Qué?

La palabra le había subido por la garganta, pero se le había atascado a medio camino. Su campo de visión, con Chuta en el centro, había parecido temblar y darle vueltas frente a los ojos.

El rostro del chico había resultado inescrutable.

Kokoro había sentido la presencia de otras personas, como si hubiese habido alguien agazapado tras ellos, esperando con la respiración contenida.

Se había quedado clavada en el suelo mientras Chuta comenzaba a alejarse con las manos en los bolsillos. Cuando hubo llegado cerca del escondite donde sabía que acechaban sus compañeras de clase, había oído una risita.

—¿Estás tomándome el pelo?

—¿No te ha parecido que, por un segundo, ha creído que, en realidad, Chuta iba a decirle que le gustaba?

—Ay, Dios mío, sí que se equivocaba con eso…

Voces de chicas. Una figura alta se había puesto en pie. Miori Sanada.

—Entonces, ¿lo he hecho bien? —le había preguntado Chuta de forma brusca.

Kokoro había sentido que Miori miraba en su dirección y había apartado la vista rápidamente. Entonces, la chica había dicho:

—¡Chuta, de verdad que no me gustas! —Lo había enunciado de forma clara y a Kokoro le había costado un instante darse cuenta de que pretendía que ella escuchase aquellas palabras. Después, había añadido—: No finjas que no me has escuchado, zorra estúpida. —Kokoro se había tambaleado. Nadie le había hablado así nunca—. Eres muy tonta —había insistido Miori—. Por lo que a mí respecta, puedes morirte.

Durante la educación primaria, a Chuta Ikeda le había gustado Kokoro. Una de sus amigas lo había descubierto y se lo había contado. Ella se había sorprendido por completo pero, al parecer, todos los chicos lo habían sabido.

Era evidente que, una vez que se había hecho amigo de Miori, la había puesto al corriente de su pasado en común.

Kokoro evitó el castillo los siguientes tres días.

Gracias al fin de semana, eso significaba que había estado fuera cinco días seguidos.

No había sido capaz de ir al instituto o a la escuela alternativa y, hasta entonces, el castillo le había parecido un refugio seguro, lo que significaba que sus sentimientos con respecto a él eran todavía más complicados. Todos los programas de televisión que tanto había disfrutado ahora le parecían insípidos y sosos.

Todo le resultaba muy aburrido.

Le afectaba ver el espejo de su habitación, girado hacia la pared y brillando. Brillando como si la estuviera invitando, como si le estuviera haciendo señas para que se acercara.

No tenía ni idea de si el resto del grupo quería que ella estuviera allí. Finalmente, decidió que, en realidad, les daba igual una cosa o la otra. Aunque sí se preguntó cómo estarían. Desde aquel lado del espejo, no tenía forma de ponerse en contacto con ellos.

Digamos que, aunque ellos quisieran que volviera, no tenía manera de saberlo.

El sábado, sus padres la invitaron a ir de compras, pero ella contestó:

—Estoy bien así. Id vosotros dos.

A lo cual, sus padres no supieron qué decir. Se miraron el uno al otro y, más tarde, su padre le preguntó:

—Entonces, ¿qué piensas hacer? ¿Cómo vas a arreglártelas si nunca sales de casa?

Kokoro no tenía ni idea. Deseaba tener una respuesta. Sin embargo, la idea de encontrarse con alguien a quien conociera la paralizaba.

¿Qué estaban haciendo los otros adolescentes que también habían dejado de ir a clase?

Tengo que hacerle saber a Ureshino que su actitud me está inquietando de verdad.

Todavía no le había confesado sus sentimientos de forma directa, pero odiaba pensar que los demás pudieran saberlo. También necesitaba hablar con Fuka.

El lunes, atravesó el espejo y apareció en el castillo por primera vez en seis días. Justo cuando salió, se fijó en un sobre azul claro que estaba pegado a la parte superior de su espejo y que cayó revoloteando hasta la alfombra.

En el sobre no había ninguna dirección ni el nombre del remitente. Lo recogió con curiosidad. Estaba abierto y, dentro, había una hoja de papel a juego con el sobre.

«Querida Kokoro-chan:

La próxima vez que vengas, por favor, pásate por la sala en la que jugamos a los videojuegos. Es posible que presencies algo bastante increíble.

Subaru».

Kokoro sintió el corazón latiéndole con fuerza.

Estaba encantada de que hubiese pensado en ella. Recordó cómo había huido tras haber visto a Aki y a Fuka sintiéndose tan cómodas la una con la otra y los ojos se le llenaron de lágrimas.

Se dirigió con paso ligero hacia la sala de los juegos, donde todos, a excepción de Rion, estaban reunidos. Cuando vio a Ureshino, titubeó.

—Kokoro —la llamó Aki.

—Hola. —Ureshino habló en voz baja.

Ella había esperado que se lanzase a la habitual versión empalagosa de sí mismo que la saludaba con un «Hola, Kokoro-chan», pero, en aquella ocasión, no lo hizo. Por algún motivo, evitó mirarla a los ojos.

Le costó explicar su ausencia de seis días y miró a Subaru para que la rescatara. Sin embargo, él se limitó a sonreírle ampliamente y dijo:

—Ha pasado un tiempo desde que te vimos por última vez, Kokoro-chan.

Masamune, con el mando de la videoconsola en la mano, contemplaba los acontecimientos con su habitual sonrisa de suficiencia. Había algo que parecía raro.

—Bueno… —comenzó a decir Ureshino. Kokoro se preparó para lo que se avecinaba, pero él tenía los ojos puestos en Fuka—. Fuka-chan, ¿cómo te llaman tus amigos íntimos? ¿Alguna vez te llaman «Fuchan» o algo así?

La chica estaba leyendo un libro y habló sin apartar los ojos de las páginas.

—No. Incluso mi madre suele llamarme «Fuka». —Alzó la vista y le fulminó con la mirada—. ¿Por qué lo preguntas?

—Por nada. Solo me preguntaba cómo te llamarían otras personas.

Fuka volvió a abrir el libro y sus ojos se encontraron con los de Kokoro. Parecía como si quisiera decir algo, pero, en su lugar, frunció los labios y continuó leyendo.

A pesar de la respuesta fría de Fuka, Ureshino siguió mirándola fijamente. De forma instintiva, Kokoro miró a Subaru. Después de todo, él había sido el que le había escrito una nota diciéndole que había algo «increíble» en marcha. Sin embargo, tan solo estaba contemplando la escena con una amplia sonrisa en el rostro.

No tenía ni idea de qué era lo que lo había provocado, pero quedaba claro que, ahora, Ureshino estaba embelesado con Fuka. Entre todos ellos, solo había tres chicas, y él ya había pasado por todas, en orden.

—¿Quieres que nos juntemos a tomar el té solo nosotras, las chicas?

Era Aki la que le estaba invitando. Kokoro estaba en su habitación. Habían llamado a la puerta de forma vacilante y ella se había sobresaltado, pero, al abrir, había visto que era Aki con Fuka rondando tras ella.

—Eh… Bueno…

Aún no había charlado de verdad con Fuka y todavía le dolía cuando recordaba cómo las dos habían parecido estar llevándose tan bien sin ella. Sin embargo, si era sincera, estaba encantada de que la invitaran.

—Dadme un segundo —dijo, y fue a buscar unas galletas que había llevado desde casa.

Aki las condujo hasta el comedor en el que Kokoro había estado la semana anterior.

—He preparado té —les dijo.

No se podía hervir agua en la cocina, así que ¿cómo lo había conseguido? Vio cómo sacaba un termo de una bandolera de tela vaquera decorada con chapas en forma de corazón, estrellas y lamé. Desenroscó la parte superior del termo y una pequeña voluta de vapor se alzó hacia el aire. Aki llevó hasta allí tres tazas y tres platillos de la cocina y sirvió el té.

—Gracias. Tomad unas pocas si queréis —dijo Kokoro, dejando sobre la mesa la caja de galletas.

—Gracias —contestó Aki, sonriendo—. Aquí hay cocina, pero no podemos usarla ya que no hay agua corriente ni gas, lo cual es muy extraño, dado que el castillo tiene luz en el interior y nunca parece que esté demasiado cálido o demasiado frío. Me pregunto por qué será.

Vaya, tiene razón, pensó Kokoro, alzando la vista hacia el techo, de donde colgaba una araña con cristales en forma de lágrimas, aunque no parecía que fuese a encenderse con electricidad.

—Pero sí hay electricidad. Los chicos juegan a videojuegos, ¿no? —señaló Fuka.

—Sí, tienes razón. —Kokoro estaba desconcertada.

—Les pregunté dónde conseguían la electricidad, pero me dijeron que, como siempre, habían usado el enchufe de la pared.

—Entonces, ¿hay un enchufe en la sala de los juegos?

No había agua corriente ni gas, pero, definitivamente, había electricidad. Oyó cómo Aki se reía.

—Eso me gusta —dijo la chica—. El nombre que le has dado: «Sala de los juegos».

—Oh…

—Realmente, eso es lo único que hacen esos chicos: jugar a videojuegos. Yo también voy a llamarla así.

—La sala de los juegos no es la única que tiene electricidad. ¿Qué hay de esta araña?

Aki pulsó el interruptor de la pared. Una luz de tono anaranjado inundó la estancia. La próxima vez que la Reina Lobo apareciera, tal vez podrían preguntarle.

Fuka unió las manos frente a la taza de forma educada para dar las gracias.

—Gracias —dijo, y, después, agachó la cabeza un poco.

Qué educada es, pensó Kokoro.

—Por favor, adelante —dijo Aki.

Kokoro imitó a Fuka al inclinar la cabeza y dio las gracias en voz alta. Alzó la taza y olisqueó el aroma afrutado que desprendía.

—Es té de manzana —añadió Aki—. También es raro que los platos y las tazas que usé estuviesen fregados.

—¿Qué? —preguntó Kokoro.

—El otro día, usé la vajilla y no pude fregarla porque no hay agua corriente. Cuando regresé más tarde, todo estaba colocado y ordenado en los estantes, como si alguien lo hubiese fregado.

—¿De verdad?

—Les pregunté a los demás, pero nadie había tocado la vajilla. Tal vez la Reina Lobo haga la limpieza después de que nos marchamos.

—Un gesto bastante dulce si lo piensas.

—Cierto.

Kokoro se imaginó a la Reina Lobo limpiando con la máscara y el vestido. Resultaba bastante divertido. Acababa de volver a levantar la taza para dar otro trago cuando Aki dijo:

—Ese Ureshino es un poco irritante, ¿verdad?

Directa al fondo de la situación por la que Kokoro se había estado estresando.

Se tragó el té y el líquido amargo y dulce le calentó la boca del estómago con una sensación deliciosa.

—Es una molestia absoluta —replicó Fuka.

—Es como si pensara que cualquier chica le sirve, como si se riera de nosotras.

Entonces, Fuka añadió:

—Habló conmigo. Kokoro-chan, después de que llevaras un tiempo sin venir al castillo, vino a preguntarme si debería comprobar que estuvieses bien. Se preguntaba si podría llegar a tu casa si atravesaba tu espejo del vestíbulo. Le dije: «No puedes aparecer en su habitación sin más. Además, va contra las normas». Y, después de eso, cambió a mí sin más.

—Al decir eso, Fuka le metió un buen corte —dijo Aki.

La idea de que Ureshino cruzase el espejo e invadiese su habitación hizo que le diera un escalofrío, pero jamás habría imaginado que Fuka fuese a defenderla de ese modo.

—Gracias —le dijo.

Intentó ser sincera al respecto y la otra chica respondió de forma incómoda.

—No pasa nada. De todos modos —continuó—, no puedes atravesar el espejo de otra persona. Intenté detenerle, pero él ya había extendido la mano para intentarlo…

—¿Qué?

—Pero no lo atravesó. Dijo que parecía un espejo normal, solo una superficie de cristal duro.

Kokoro había pensado en lo horrible que sería si uno de ellos atravesase el espejo de otro por error, pero ahora ya sabía que no tenía que preocuparse. Soltó un suspiro, tremendamente aliviada, y Aki se rio.

—Fuka se pasó un poco cuando habló con él. Se emocionó bastante y le dijo que estaba loco si creía que el amor lo era todo. Le dijo: «Puedes vivir sin él, así que deja de comportarte como un niño malhumorado». Sin embargo, esas palabras se quedaron grabadas en el extraño radar que tiene ese chico.

—¿Radar?

—Le dijo: «Fuka, cuando dices que puedes vivir sin amor, me hace pensar que nunca has estado enamorada. ¡Eso es adorable!».

—Es una broma, ¿no?

La imitación de Aki de la forma de hablar del chico era idéntica. Kokoro estaba más que sorprendida, incluso conmocionada. No podía adivinar en absoluto qué cualidades eran las que buscaba Ureshino.

—Pensó que vosotras dos, Aki-chan y Kokoro-chan, estabais fuera de su alcance, pero que a mí me podría conquistar. Ureshino... no hace más que dejarnos en ridículo.

Fuka dijo aquello último para sí misma y suspiró profundamente. Sin embargo, en secreto, Kokoro se sintió encantada de que la hubiese llamado «Kokoro-chan» por primera vez. *Así que, después de todo, no le desagrado*, pensó, y sintió como si las piernas estuvieran a punto de doblársele.

—Sé que ya lo he dicho, pero gracias —le dijo.

—¿Qué?

Las dos chicas se giraron hacia ella al unísono.

—Porque... no se me da bien lo de salir con chicos y esas cosas. Tuve una experiencia horrible.

Al decirlo, se dio cuenta de lo mucho que había deseado contarle a alguien lo que había ocurrido cuando se había visto atrapada en el romance de Miori Sanada con Chuta Ikeda.

El incidente con Chuta en la zona para aparcar las bicicletas.

El acoso en el instituto que había comenzado gracias a eso.

Mientras les contaba su historia, sintió que el sudor le corría por las axilas y que las orejas le ardían.

En realidad, no conocía a aquellas dos chicas. Ni siquiera sabía dónde vivían, así que le sorprendió el deseo que sintió de abrirse con ellas de aquel modo.

—Esas chicas vinieron a mi casa. Estaba haciendo las tareas para clase, esperando a que mi madre regresara...

Había sonado el timbre.

¿Quién puede ser tan tarde? Probablemente un repartidor.

—¡Ya voy! —había dicho.

—¡Kokoro Anzai! —había rugido una voz.

No había sido la voz de Miori, sino la de una chica que no había reconocido. Había reconocido su cara y sabía que era delegada de una clase, pero eso había sido todo. La chica era amiga de Miori.

De pronto, le había parecido extraño que supieran que estaba en casa. Había sentido cómo le recorría un escalofrío desde los tobillos. La puerta principal había estado cerrada con llave, tal como siempre le insistía su madre cuando estaba sola en casa, y, al otro lado, había sentido la presencia no solo de una o dos chicas, sino de una multitud. Alguien había empezado a golpear la puerta.

—¡Sal! Sabemos que estás ahí.

—Id por la parte trasera; podemos verla por la ventana.

Se le había empezado a erizar la piel.

—Vamos a enseñarle una lección —había dicho alguien.

«Vamos a enseñarle una lección». Kokoro no sabía realmente lo que eso significaba. Sin embargo, al entrar al instituto, ella y una amiga se habían sentido preocupadas al respecto y habían hablado sobre qué deberían hacer para evitar que los mayores les «enseñaran una lección».

¿Se trataría de una lección como las del instituto o, más bien, sería algo así como un castigo? Las dos ideas habían empezado a darle vueltas en la cabeza de forma dolorosa y absurda, y había comenzado a temblar. Además, aquellas chicas ni siquiera eran del grupo de los mayores, sino chicas de su misma edad.

Chicas que no eran diferentes a ella.

Había regresado corriendo al salón. Había cerrado las cortinas de todas las habitaciones tan rápido como había podido. No había estado segura de si lo lograría a tiempo. En el exterior, todavía había bastante luz como para poder ver varias siluetas y las sombras de las bicicletas.

Tojo-san. Debía de haber sido ella.

Uno tras otro, se le habían pasado por la cabeza varios escenarios horribles.

«Me pone totalmente enferma. Es una llorona, vamos a darle una lección».

«Moe-chan, tú vives cerca de aquí, ¿verdad? Enséñanos dónde vive».

Kokoro no sabía si Tojo-san había estado con ellas. Una parte de ella quería saberlo con desesperación, pero otra deseaba evitar descubrirlo a toda costa. Tojo-san era tan adorable como una muñeca, una chica a la que admiraba y de la que deseaba ser amiga. El mero hecho de imaginársela allí fuera, con a saber qué gesto en el rostro, había sido suficiente para que Kokoro se ahogase.

—¡Sal, gallina!

Aquella había sido la voz de Miori Sanada.

Kokoro había contenido la respiración y se había tumbado en el suelo, junto al sofá.

Al otro lado de la ventana estaba la hierba del jardín, bordeada por una valla baja. Había permanecido tumbada, conteniendo la respiración.

¡Pum, pum, pum, pum, pum! Habían golpeado la puerta trasera.

Había muchas voces y había supuesto que debía de haber unas diez personas, repitiendo los gritos de las otras.

Había sentido que, si la puerta no hubiera estado cerrada, Miori y sus amigas habrían marchado sobre el interior de la casa. De verdad había sentido que, si eso hubiera ocurrido, la habrían encontrado, la habrían arrastrado al exterior y la habrían matado.

Había estado tan aterrada que no había sido capaz de emitir ni un solo sonido.

En la luz menguante, había podido distinguir más sombras acechando detrás de las cortinas y extendiendo las manos hacia la ventana. Había escuchado varios chasquidos mientras alguien la sacudía.

Había abierto los ojos y, con una oleada de alivio, se había dado cuenta de que la ventana seguía cerrada. Después de todo, estaba bloqueada.

—No se abre —había oído que decía alguien. Había sido la voz de una de sus compañeras de clase y no había sonado diferente de cuando hablaban durante las horas lectivas.

Se había hecho un ovillo, colocando la cabeza entre las rodillas y temblando, más como una tortuga que como un conejo.

Mientras había estado allí sentada, había rogado en silencio que sus padres la perdonaran. Aquellas chicas a las que no conocía habían entrado sin permiso en los terrenos de su casa mientras ellos estaban fuera y habían pisoteado el precioso jardín de su madre.

Lo siento mucho, lo siento mucho, lo siento mucho.

—No va a salir. —La voz de Miori había sonado menos salvaje. Había empezado a sonar como si fuese a llorar—. Es una gallina absoluta, eso es lo que es —había añadido en un tono débil y lloroso.

—Venga, Miori, no llores —le había dicho otra de las chicas.

Lo único que les había preocupado eran ellas mismas.

—Le hace ojitos al novio de otra y le encanta cuando la tocan —había dicho otra chica.

Nunca me tocó, había pensado Kokoro. Sin embargo, había tenido la lengua pegada a la boca y ni siquiera había podido susurrar.

En aquella habitación cada vez más oscura, todavía vestida con el uniforme del instituto, el suelo helado le había enfriado las piernas.

—No puedo perdonarla —había dicho una voz.

Para entonces, había sido incapaz de distinguir si la que había hablado era Miori.

No me importa si no me perdonas, había pensado, *porque yo nunca jamás os voy a perdonar a ninguna de vosotras*.

No había sido consciente de cuánto tiempo había transcurrido. Le había parecido que había pasado una eternidad.

Al final, al parecer, Miori y su grupo se habían cansado del juego y había escuchado cómo se despedían las unas de las otras.

—¡Hasta mañana!

Kokoro había permanecido clavada en el sitio, temiendo que fuese una trampa.

El sonido de las llaves de su madre abriendo la puerta principal había reverberado en la oscuridad.

—¿Kokoro? —la había llamado, en tono inseguro.

Había sentido un pequeño dolor entre los dientes y los ojos se le habían llenado de lágrimas. *Mamá, mamá, mamá.*

Había querido llorar, lanzarse a los brazos de su madre y llorar desconsoladamente, pero no se había movido. Su madre había entrado en el salón y había encendido la luz. Ella había alzado la vista por primera vez.

—Kokoro.

Su madre había aparecido allí de pie, vestida con su traje gris.

—Mamá —había dicho ella, con la voz ronca.

—¿Por qué está la luz apagada? —le había preguntado la mujer—. Me has sorprendido. Pensaba que no habías vuelto a casa todavía y estaba preocupada.

—Ya...

«Estaba preocupada». Aquellas palabras habían tocado una fibra sensible en su interior. ¿Por qué? No lo sabía.

—Es solo que me he quedado dormida —había añadido.

Kokoro había intentado convencerse a sí misma de que, aquel día, no había estado en casa.

Miori y las demás simplemente habían golpeado la puerta de una casa vacía, habían pisoteado el jardín y habían dado vueltas por el exterior de la casa. Pero, en realidad, no había pasado nada. Nada en absoluto.

En ningún momento habían estado a punto de matarla.

Aun así, al día siguiente, había dicho:

—Me duele el estómago.

Y había sido así; no había sido una mentira

—Realmente pareces pálida. ¿Estás bien? —había intervenido su madre.

Aquel había sido el momento en el que Kokoro había dejado de ir a clase.

Mucho tiempo después, Kokoro se había dado cuenta de que se estaba aferrando a una pequeña esperanza.

¿Acaso sus padres no iban a darse cuenta de que habían pisoteado el jardín?

Incluso aunque ella no dijera nada, ¿no les contaría algún vecino que la casa de los Anzai había sido rodeada por una turba de adolescentes rebeldes? Tal vez incluso habían llamado a la policía.

Sin embargo, nada de eso había ocurrido.

Quizás habría tenido más impacto que ella les hubiera contado de inmediato lo que había pasado, pero si lo mencionaba ahora (aquel evento que había cambiado la vida de estudiante de secundaria de Kokoro para siempre), puede que no la escucharan.

Lamentaba no haberse lanzado de inmediato a los brazos de su madre, llorando.

Desesperanzada, se daba cuenta de que, si ponía el incidente en palabras, quedaría reducido a una tontería. Puede que hubiesen ido a propósito hasta allí para pelearse con ella, pero, al final, no lo habían hecho. Así era como reaccionarían los adultos y, de ese modo, se olvidarían del asunto.

Aquellas chicas no habían roto nada ni le habían hecho daño físicamente.

Sin embargo, la experiencia que Kokoro tenía del incidente iba mucho más allá; era algo mucho más decisivo e intenso. ¿Qué ocurriría si volvía al instituto, indefensa? ¿Sería capaz de protegerse a sí misma?

El único lugar al que ahora podía ir libremente desde su habitación era el castillo.

Si estoy en el castillo, entonces, estaré a salvo, había empezado a pensar.

Tan solo el castillo al otro lado del espejo podía ofrecerle una protección total.

Aki y Fuka escucharon a Kokoro hasta el final, con los ojos fijos en ella.

No se le daba bien hablar durante mucho rato. Hablaba despacio, eligiendo las palabras de forma deliberada, y, cuando iba por la mitad, se dio cuenta de que no podía seguir mirándolas a los ojos.

En algunos momentos se le quebró la voz y se quedó sin palabras.

Aki y Fuka no la apresuraron, sino que la escucharon pacientemente.

—¿Sigues teniendo el mismo problema actualmente? —le preguntó Aki tras un instante.

Kokoro no les explicó que aquel era el motivo por el que había dejado de ir a clase. Era consciente de que Aki no quería que tratasen ese tema. De hecho, no sabía cómo reaccionaría a su historia. Tal vez la descartara como algo sin importancia.

—Sí, todavía tengo el mismo problema —contestó.

Tan pronto como lo hizo, Aki se levantó de la silla y le dio una palmadita en la cabeza, despeinándola.

—¿Qué haces? —le preguntó Kokoro con el pelo revuelto.

—Estoy orgullosa de ti —contestó Aki, con la mirada amable y reconfortante—. Estoy orgullosa de ti; debió de ser algo muy difícil de soportar.

Fuka, que había estado callada, le tendió un pañuelo. Sus ojos tenían el mismo resplandor suave que los de Aki. Kokoro aceptó el pañuelo, contuvo la respiración y, después, inhaló en silencio, larga y profundamente.

AGOSTO

Incluso desde el interior de su habitación, Kokoro podía sentir que el mundo estaba sumido en las vacaciones de verano.

Jamás había esperado pasar sus primeras vacaciones del instituto de aquel modo, pero agosto había llegado para todos.

Durante el día, como no salía, podía oír a los niños hablando entre ellos mientras paseaban en bicicleta. Sus sombras cruzaban bajo su ventana. Eran niños que asistían al mismo colegio al que había ido ella.

Un día, justo después de que empezasen las vacaciones de verano, a principios de agosto, estaba cenando cuando su padre dijo:

—Me alegro por ti.

Durante un segundo, no supo con quién estaba hablando. Desde que había dejado el instituto, pensaba que nada lograría jamás que su padre dijese algo así. Sin embargo, él continuó de forma calmada:

—Porque, ahora, podrás ser como todos los demás —dijo. La mano de Kokoro se congeló a medio camino de la comida. Su padre parecía estar de un humor desenfadado—. Son las vacaciones de verano, así que puedes ir adonde quieras sin que te detengan por faltar a clase. ¿Por qué no vas a la biblioteca? Debe de ser sofocante quedarse en casa todo el tiempo.

—Cariño —intervino su madre—, eso es demasiado para ella. No te sientes cómoda saliendo durante el día y encontrándote con tus amigos del instituto, ¿verdad? ¿No se trata de eso?

—Eh...

Entre las cejas de su madre se formaron unas arrugas.

—Kokoro —dijo—, ya te lo he dicho antes, pero si hay un motivo por el que no quieras ir a clase, puedes hablar conmigo en cualquier momento.

—Está bien.

Bajó la vista y mordió suavemente las puntas de los palillos.

En algún momento, su madre había dejado de insistirle para que fuera a la escuela alternativa. Aun así, Kokoro sentía que seguía en contacto con los profesores. No se atrevía a mencionar el tema, ya que no quería que volviera a presionarla para que fuese allí.

Sin embargo, los sentimientos de su madre habían cambiado. En lugar de señalar que su hija, sencillamente, estaba apática, se había vuelto más habitual que le preguntase de forma indirecta si había pasado algo para hacer que dejase de ir a clase.

Antes de que comenzasen las vacaciones, sus padres habían intentado persuadirla para que asistiera a un curso especial de verano en una academia privada.

«No una cercana —le habían dicho—, sino una que esté a cierta distancia. Tal vez, podrías ir desde casa de tu abuela. Una academia en la que nadie te conozca. Podrías ponerte al día con todo lo que te has perdido en el primer semestre. ¿Qué opinas?». Aquella noche, Kokoro había empezado a sentir el estómago terriblemente pesado y no había podido dormir.

Apenas había abierto los libros de texto del instituto, que había guardado en un cajón. Los demás estudiantes se habían pasado un semestre entero estudiando ese material, pero ella no había hecho nada. Estaba convencida de que jamás se pondría al día.

No quería volver a clase nunca más y, aun así, ahí estaba, preocupándose por si nunca se pondría al día.

Había intentado imaginarse a sí misma asistiendo al curso de verano de la academia, pero, tal como le ocurría con la idea de acudir a la escuela alternativa, no le había gustado.

—Si no quieres ir, no pasa nada —le había dicho su madre.

Al comienzo del curso escolar, el tutor de su clase, el señor Ida, había ido muy a menudo a visitarla, pero ya no lo hacía con tanta frecuencia. Kokoro pensó que, tal vez, se había dado por vencido con respecto a ella.

Satsuki-chan, una amiga de primaria, le había llevado a casa los folletos del instituto en lugar de Tojo-san, pero también había dejado de hacerlo. Había veces en las que Kokoro lamentaba no haberla visto cuando se había pasado por allí, pero su alivio era mayor que el arrepentimiento.

Lo que le hacía más feliz y le hacía sentirse más aliviada era cuando todos la dejaban en paz. Aun así, seguía preguntándose si las cosas serían así para siempre.

—Sé cómo es sentir pánico cuando no consigues estar al día con los estudios.

Al día siguiente, en el comedor, Fuka le habló en voz baja.

En aquel momento, se sobreentendía que había una regla por la que los chicos se juntaban en la sala de los juegos mientras que las chicas se reunían en el comedor. Cuando llegaba al castillo, Kokoro dejaba sus cosas en su habitación y se dirigía directamente al comedor. Lo que más ilusión le hacía era ver a Aki y a Fuka.

Incluso Ureshino había dejado de perseguir a las chicas como antes.

Y, cuando Aki no estaba con ellas, poco a poco, siempre muy poco a poco, Fuka había empezado a abrirse sobre el asunto de no ir a clase.

—¿Quieres decir que hay momentos en los que no puedes seguir el ritmo de las clases, Fuka-chan? Cuesta creerlo...

Fuka, con las gafas y el corte de pelo al estilo tazón, parecía una estudiante de notas perfectas. Sin embargo, sonrió y dijo:

—¿No lo esperabas, verdad? Ya sé que parezco un poco cerebrito, pero, en realidad, saco unas notas bastante malas. Hay muchas tareas que, sencillamente, no comprendo. Muchas veces, siento que me quedo atrás.

—Entonces, tal vez podrías ir a una academia, o... —comenzó a decir Kokoro, pero una voz la interrumpió.

—¡Bueeeeenos días, Fuka y Kokoro!

Aki entró. Sonaba alegre, así que la conversación de las dos chicas terminó ahí. Fuka estaba dispuesta a abrirse más con respecto al instituto, pero, en el caso de Aki, seguía siendo un tema delicado.

—Aquí se está muy fresquito. Me siento aliviada —murmuró.

Sacó el termo y preparó el té. Kokoro y Fuka buscaron las galletas que había aportado cada una. Aquel día, Aki había llevado servilletas de papel estampadas y comenzó a extenderlas. Cuando vio las servilletas, que tenían un diseño de rosales y pájaros en el borde, Fuka declaró:

—¡Qué bonitas! —No era el tipo de comentario que solía hacer. Tocó una con un dedo con cuidado y preguntó—: ¿Dónde las venden?

—Son preciosas, ¿verdad? —dijo Aki, y después sonrió—. El fin de semana fui a una papelería que tengo cerca y las vendían allí. También tenían otros diseños y fue muy difícil escoger. ¿Te gustan, Fuka? Te las doy.

—¿Que si me gustan? Sí, supongo que sí.

—Son maravillosas —intervino Kokoro. Fuka la miró.

—¿Aki-chan?

—¿Sí?

—¿Puedo darle una también a Kokoro?

—Claro, por supuesto.

—¿De verdad? —preguntó ella.

Con un «aquí tienes», Fuka le tendió la que estaba sujetando. Aki vertió el té, cuyo vapor ascendente desprendía un fragante olor a manzana. Las servilletas y el té combinaban a la perfección.

—Gracias —dijo Kokoro.

Fuka extendió otra servilleta y colocó las galletas encima. Justo entonces, como si hubiera estado esperando a que llegara aquel momento, el mismísimo Ureshino se plantó ante la puerta del comedor.

Aquello era poco habitual, dado que, normalmente, nunca aparecía por el castillo hasta después de la hora de comer.

Se quedó ahí de pie, inquieto, como si esperara a que Kokoro y las chicas se fijaran en él.

—Hola, Ureshino —dijo Aki.

—Buenos días —dijo en voz baja y con los ojos fijos en Fuka, el actual objeto de sus afectos.

La chica le lanzó una mirada indiferente, dejó la taza y se miró las manos fijamente.

—¿Qué ocurre? —preguntó Kokoro.

Era bastante raro que apareciese de aquel modo. Se dio cuenta de que estaba ocultando algo a la espalda. Ureshino colocó la mano extendida frente a él y Kokoro dio un pequeño gritito de sorpresa.

—Hoy es tu cumpleaños, ¿verdad, Fuka-chan? Así que te he traído flores.

Había dos flores, una rosa y otra blanca, ambas con largos tallos. Kokoro no sabía qué tipo de flores eran. Estaban envueltas como si fueran un ramo.

—¿Qué? ¿Es tu cumpleaños?

Aki y Kokoro miraron a la otra chica fijamente. Ella alzó la vista y murmuró:

—Me sorprende que te hayas acordado.

Ureshino pareció complacido.

—Me enteré por casualidad. No me olvido de las cosas así.

—Deberías habérnoslo dicho —comentó Aki.

—Realmente, no merece la pena mencionarlo —dijo Fuka, con la voz aguda como siempre, aunque, tal vez, un poco avergonzada.

—Entonces, vamos a celebrarlo. ¡Salud!

Aki alzó su taza de té y la chocó con la de Fuka. La chica aceptó el ramo de flores tímidamente, consiguió decir un torpe «gracias» y Ureshino se rio, feliz.

—Aki-chan, ¿puedo tomar un poco de té? —preguntó.

Al parecer, estaba planeando quedarse con ellas. Aki hizo que su disgusto resultase evidente.

—¿No lo entiendes? Esta es una fiesta solo para chicas —dijo—. Así que ¡largo!

—¿No queréis que esté aquí? —replicó Ureshino, manteniéndose firme con descaro.

La escena era tan cómica que Kokoro no pudo evitar reírse.

—¿No son casi las doce? —preguntó Aki.

Aquella era la señal que haría que todos regresaran a casa para comer.

—¡Vaya! Tengo que volver a casa —dijo el chico, saliendo por la puerta a toda prisa por delante de ellas.

Kokoro miró las flores que había sobre la mesa. Habían florecido bien, aunque parecía que ya se había pasado su mejor momento.

—Me apuesto algo a que las ha arrancado de su jardín —dijo Aki—. Y me apuesto algo a que ha reutilizado papel viejo. En mi opinión, es un poco hortera.

—¿De verdad? —dijo Fuka, que parecía no estar segura. Agarró el ramo en silencio y se puso de pie, lista para salir del comedor.

—¿Sabes qué? —dijo Aki con torpeza, dirigiendo su pregunta hacia Fuka, que ya se estaba retirando—. Si quieres poner las flores aquí, buscaré algo que podamos usar como jarrón.

—No pasa nada —contestó la otra chica sin darse la vuelta—. De todos modos, aquí no hay agua corriente. Me las voy a llevar a casa.

—Ah, claro…

Después de que Fuka se marchara, Aki y Kokoro no siguieron hablando. Finalmente, incapaz de soportar el silencio, Kokoro dijo:

—Bueno, nos vemos por la tarde.

—Sí, ya nos veremos.

Su gesto parecía tan alegre como siempre, pero justo cuando Kokoro estaba a punto de marcharse, oyó que murmuraba:

—Si se comporta así, me apuesto algo a que no tiene amigos.

Kokoro oyó aquellas palabras mientras se dirigía a la puerta y le hicieron estremecerse. No había oído mal. Parecía como si Aki estuviese hablando consigo misma, pero probablemente no le había importado que Kokoro la hubiese escuchado.

Una vez que llegó a casa, metió al microondas el gratín congelado que había preparado su madre y reflexionó sobre lo mucho que le disgustaban aquellos nuevos acontecimientos.

Tanto Fuka como Aki le caían bien, y le preocupaba que, incluso en el castillo, las cosas pudieran ponerse tan tensas e incómodas.

Pensó que, tal vez, ambas se mantendrían lejos del castillo aquella tarde, pero, cuando regresó pasada la una, las dos estaban ya en el comedor. Parecían estar esperándola.

—Ureshino ha venido, pero le he mandado a paseo —dijo Aki, riéndose—. Sigamos con la fiesta de cumpleaños. Aquí tienes, una cosita de mi parte.

Aki extendió la palma de la mano, donde tenía tres pinzas para el pelo. Eran unas pinzas elegantes, hechas de madera y decoradas con las figuras en cerámica de una sandía, un limón y una fresa. Estaban dentro de una bolsa pequeña y transparente, cerrada con un lazo azul a cuadros.

—Las he envuelto con cosas que teníamos en casa, así que es un poco improvisado —dijo Aki.

Sin embargo, en opinión de Kokoro, no era así en absoluto. Le parecía tan bonito como algo que hubieses comprado en una tienda y que te hubiesen envuelto para regalo. Fuka sujetaba el paquete entre las manos, contemplándolo.

—Gracias —dijo—. Es muy bonito.

—Me alegro de que te guste. —Aki sonrió—. Feliz cumpleaños, Fuka —dijo de nuevo.

A la mañana siguiente, Kokoro se sintió emocionada.

Sola en casa, después de que sus padres hubieran terminado de desayunar y se hubieran marchado al trabajo, respiró hondo un par de veces.

Las tiendas abrían a las diez. Iba a salir y a comprarle un regalo a Fuka.

En la casa tranquila y silenciosa, nadie más sabía lo que Kokoro estaba planeando.

Lo único que tenía que hacer era escabullirse en secreto y, después, volver a hurtadillas.

Se miró en el espejo (no en el que brillaba y que conducía al castillo, sino en el que había junto a la puerta principal) y respiró hondo. Se planteó ponerse un sombrero, pero decidió que, si bien un niño de primaria podría pasar desapercibido, una estudiante de secundaria destacaría todavía más.

Se puso una camiseta y una falda, se lavó la cara dos veces y se cepilló la larga melena hasta que estuvo brillante.

Con el corazón latiéndole con fuerza, empujó la puerta principal y la abrió.

El sol de verano iluminó directamente el oscuro pasillo y ella entrecerró los ojos ante aquel resplandor. El sol estaba alto en el cielo, los pájaros ya habían salido y, cuando pisó el asfalto, el calor irradió a través de sus pies.

Estaba en el exterior.

En un mundo que hacía siglos que no pisaba.

El aire era fresco y vigorizante, y se sintió aliviada de que no le resultase agobiante en absoluto. Las cigarras cantaban a la distancia y la gente paseaba a sus perros mientras los niños jugaban.

Kokoro salió por la puerta de la valla en silencio.

Tenía buena idea de lo que quería comprarle a Fuka como regalo. Iba a ir a Careo, un centro comercial que estaba lo bastante cerca como para llegar andando. Lo habían abierto cuando ella había empezado primaria y tenía tiendas de todo tipo, incluido un McDonald's y un Míster Donut.

Salir le resultó estimulante y se sintió llena de una esperanza trémula. No se había dado cuenta de lo bien que se sentía estando sola.

Salió a la calle principal. Al hacerlo, dos bicicletas pasaron zumbando a su lado. Cuando las vio, se quedó petrificada. Por las camisetas, supo que aquellos chicos asistían al mismo instituto al que había ido ella: el Instituto de Secundaria n.º 5 de Yukishina.

—¡No puede ser! ¡Hola! —se llamaron el uno al otro, entablando conversación.

Cada curso del instituto tenía un color diferente para las camisetas de deporte, y aquellos chicos no llevaban el azul del primer año, sino un rojo oscuro, lo cual significaba que estaban en octavo.

Sintió como si pudiera oír su propia emoción apagándose.

Bajó la vista, evitándolos mientras pedaleaban alejándose de ella. Sin embargo, no pudo evitar mirar. Quería oír las voces de los chicos. ¿Acaso iban a girarse y a cuchichear sobre ella?

Claro que no. El n.º 5 de Yukishina era un centro gigante y no la reconocerían.

Aun así, no consiguió librarse de la sensación horrorosa que le recorrió el cuerpo. ¿Qué pasaría si eran amigos de Miori? De pronto, quiso agacharse y esconderse. Se giró de nuevo hacia la calle y, de repente, le pareció como si el calor del asfalto la estuviese agarrando por los tobillos. Lejos, al final de la larga calle, vio la señal del centro comercial. No podía creer que, cuando sus padres la habían llevado en automóvil, hubiese parecido que estaba tan cerca.

La idea de caminar hasta tan lejos hizo que le temblasen las rodillas.

Llevaba tanto tiempo parada en el mismo lugar que sintió como si hubiera dejado unas débiles huellas. Obligó a sus pies a que se movieran.

¿Cuánta distancia había recorrido?

Tras un rato, empezó a sentirse enferma y paró en un minimercado.

En el interior, se sintió cegada.

La iluminación que había sobre las filas de *bentos* y bebidas era demasiado potente y no podía mantener los ojos abiertos. Había estado allí en varias ocasiones y creía haber estado acostumbrada, pero, en aquella ocasión, los colores le parecieron mucho más deslumbrantes. Además, ¡había tantas cosas! Fila tras fila de los dulces y zumos que le solía pedir con pena a su madre que le comprara, colocados como un mural que cubría toda una pared. Todo le resultaba terriblemente malo. Tantas opciones hacían que la cabeza le diera vueltas.

Se estiró para tomar una botella de agua de plástico, pero la dejó caer con torpeza.

—Lo siento —murmuró, recogiéndola del suelo.

Mientras la sujetaba contra el pecho, de pronto sintió el rostro sonrojado y ardiente. No había necesidad de disculparse y era posible que hubiese hablado demasiado alto.

Un hombre que parecía un oficinista pasó en silencio por detrás de ella y, aunque no le rozó la espalda, Kokoro se encogió de todos modos. Tan solo tenía contacto con los habitantes de su casa y los visitantes del castillo, así que le costaba creer que alguien a quien no conocía pudiera acercarse tanto.

Todo se reducía a una cosa: miedo.

Estaba totalmente aterrorizada del minimercado.

Mientras sujetaba la botella de agua, que le resultó agradablemente fría contra el pecho, se dio cuenta de algo.

Aquello era imposible. Jamás conseguiría llegar al centro comercial.

Cuando fue al castillo durante las últimas horas de la tarde, Fuka no estaba allí.

Ni Aki ni ella estaban en el comedor, así que fue a mirar a la sala de los juegos.

—Fuka ha estado esta mañana, pero creo que es posible que no vuelva por aquí en una temporada —le informó Masamune.

Kokoro había salido del minimercado a toda prisa, como si estuviera corriendo por su vida, agarrando una caja de chocolatinas de forma aleatoria. Ahora, estaba allí de pie, con los dulces en la mano y sin saber qué decir.

—Ha dicho que tenía que ir a una escuela de verano que habían elegido sus padres. Durante una semana más o menos. Un curso corto e intensivo. Quieren que se ponga al día con las clases.

Kokoro sintió como si alguien le hubiese golpeado en la cabeza.

Una escuela de verano, para ponerse al día con las clases. Era la misma sugerencia que le habían hecho sus padres y que, desde entonces, le había estado pesando en la mente.

Había pretendido preguntarle a Fuka y a los demás qué era lo que planeaban hacer con respecto a las tareas escolares. Le pareció como si, de pronto, Fuka se le hubiese adelantado. El estómago comenzó a dolerle de nuevo y se sintió ansiosa.

—¿Qué hay de Aki-chan?

—No lo sé. Puede que esté en su habitación.

Aquel día, de forma poco habitual, Masamune estaba solo en la sala de los juegos. Ni Ureshino ni Subaru estaban presentes.

—Ureshino no aparece a menudo y Subaru dijo algo de irse a un viaje con sus padres —le explicó el chico—. Ya que son las vacaciones de verano y todo eso.

—Ya veo. —Recordó lo mal que se había sentido aquella mañana en el minimercado. Subaru le pareció extrañamente maduro, ya que era capaz de irse de viaje—. ¿Qué vas a hacer con las tareas, Masamune-kun?

—¿Qué? ¿Le preguntas a este genio? —Su tono de voz era despreocupado—. ¿No te he hablado ya de la academia? Sigo sacando buenas notas.

—¿De verdad?

Kokoro salió de la habitación. Mientras observaba cómo se marchaba, Masamune la llamó.

—Oye, ¿sabes qué? Solo para que lo sepas: todas esas cosas que estudias en el instituto no te servirán para nada en el mundo real.

—Supongo que no —contestó ella, y se dirigió al comedor.

Dejó el regalo para Fuka sobre la mesa del comedor.

Había envuelto la caja de chocolatinas con una página de un periódico en inglés que su madre había llevado a casa por casualidad, lo había asegurado con cinta adhesiva y lo había cubierto con pegatinas pequeñas de dibujos animados. Mientras lo envolvía, había reunido todo lo que había podido para hacer que el regalo resultase lo más atractivo posible, pero, en aquel momento, le pareció patético.

Tal vez fuese algo bueno que no se lo hubiera podido entregar.

Con aquel pensamiento, los acontecimientos de ese largo día regresaron a ella como un recuerdo doloroso.

A pesar de todos los meses que hacía que no iba al instituto, a ella le parecía que llevaba fuera muy poco tiempo. Y, sin embargo, ya había desarrollado un miedo a aventurarse al exterior.

¿Se sentiría mejor si lo sacara todo llorando? Pero, si alguien la viese llorando, pensarían que era molesta, y no quería eso.

—¿Oh?

Escuchó una voz y se giró para mirar en dirección a la puerta. Parpadeó un poco, ya que se trataba de alguien que hacía mucho tiempo que no veía: Rion.

—¿Estás sola? —le preguntó él—. ¿Dónde están las chicas?

—Creo que Aki-chan está en su habitación. Fuka-chan empezaba hoy un curso de verano.

—¿Un curso de verano? ¿Qué es eso?

Rion entró en la habitación con grandes zancadas. Tenía la nariz bonita y alargada y los ojos de aspecto adormilado con largas pestañas. Volver a verlo de cerca le recordó lo guapo que era. *Está muy bronceado*, pensó. *Probablemente, no tenga problemas para salir a la calle.*

—¿No sabes lo que son los cursos de verano? Los hacen en las academias y repasan un semestre entero de clases.

—Ah, tiene sentido, ya que son las vacaciones de verano. Aunque eso de estudiar debe de ser duro.

Rion no parecía tener el mismo sarcasmo que Masamune. Kokoro se puso de pie sin darse cuenta de que le estaba mirando fijamente.

—¿Qué? —preguntó él.

—¿Quieres decir que no estudias?

—No me gusta, así que no me esfuerzo demasiado. Pero tú pareces el tipo de persona estudiosa, Kokoro.

—En realidad, no.

Realmente no lo era, y eso le hacía sentirse asfixiada por la ansiedad, pero Rion le había llamado por su nombre (sin añadirle un *chan*) y eso le había sorprendido.

—Ya veo —dijo Rion, que no parecía demasiado interesado. Se dio cuenta de que estaba mirando la parte superior de la mesa—. ¿Es un regalo? —preguntó.

—Sí.

—¿Para Fuka?

—Sí. ¿Sabías que era su cumpleaños?

—Era inevitable, dado que Ureshino estaba muy emocionado al respecto. Es todo un personaje. Hasta hace poco, también te tuvo en el punto de mira.

—No me lo recuerdes.

Se sentía avergonzada por el envoltorio deforme y deseaba poder desaparecer. Sin embargo, Rion dijo:

—Es una pena. Te has tomado la molestia de traerle un regalo y no puedes dárselo.

Al parecer, no había querido decir nada con eso, pero Kokoro sintió algo cálido presionándole el pecho.

Un regalo no muy bueno, torpemente envuelto.

Algo que podrías comprar en cualquier minimercado.

Una caja de chocolatinas que había agarrado mientras salía corriendo.

—Sí —dijo ella—. Realmente, quiero dárselo.

Cuando descubrió que Subaru estaba de viaje con su familia, que Fuka estaba en una academia de verano y que, uno tras otro, los demás habían dejado de ir al castillo, empezó a pensar que ir allí ya no era tan maravilloso.

Sus padres la habían instado para que asistiera a una academia de verano y había desaprovechado la oportunidad.

—Voy a retrasarme en las clases —murmuró.

—¿Hum?

Rion la miró y, rápidamente, cambió el gesto. Se rio para no parecer tan desanimada.

—Nada —contestó, pero él la había oído.

—¿Estás preocupada por las tareas? —le preguntó—. Dijiste que estabas en el primer año de instituto, ¿no es así, Kokoro? Yo también.

—Sí.

—Entiendo.

Con eso, acabó la conversación.

Era muy probable que Rion estuviese en la misma situación que ella. Eso le hacía sentirse un poco aliviada, aunque también sentía lástima por él.

Me asusta no ser capaz de ir al día con las tareas de clase, pensó, *pero tengo el mismo miedo de ir a una academia. Entonces, ¿qué debería hacer?*

Solo había una respuesta. Tenía que encontrar la llave de la Sala de los Deseos.

A la semana siguiente, Aki no regresó al castillo.

Según la información que tenían Ureshino y Masamune, se había ido a casa de su abuela y había dejado de ir al castillo.

Los padres de Kokoro estaban siempre ocupados con el trabajo y les resultaba difícil tomarse tiempo libre, y dado que ella se había negado a ir al instituto o a la escuela alternativa, parecía que la idea de que pudieran enviarle a algún sitio era improbable a aquellas alturas. Por eso, se sentía incómoda ante la idea de pedírselo.

Masamune, al igual que ella, mantuvo sus visitas al castillo. Durante los fines de semana, Kokoro no podía ir, ya que sus padres estaban en casa, pero tal vez Masamune siguiera apareciendo cuando el resto del mundo quedaba en suspenso. Las ideas sobre los centros educativos de los padres de Masamune eran tan completamente diferentes a las de los suyos que se preguntaba qué tipo de personas serían y qué clase de trabajos tendrían.

A menudo, el chico estaba completamente solo y, cuando ella entraba en la sala de los juegos, le lanzaba una mirada y ni siquiera le decía «hola».

Cuando Subaru y los demás no estaban allí, Masamune no jugaba a videojuegos en la televisión, sino que pasaba la mayor parte del tiempo absorto en su consola portátil.

—Oh, ¿es eso...? —le preguntó Kokoro un día.

—¿Sí?

Masamune alzó la vista. Kokoro tenía los ojos fijos en sus manos.

Aquel era el dispositivo de juego portátil que Masamune había llevado el primer día. Había dicho que su amigo le había pedido que hiciera de *tester* del equipo. Kokoro sentía mucha envidia, pero, dado que, al parecer, tenía un permiso especial para usarlo, debía tratarse de alguna especie de secreto corporativo, por lo que no estaba segura de si podía pedirle que se lo enseñara.

Masamune se dio cuenta de lo que estaba mirando y bajó la vista hacia la consola que tenía en la mano. Kokoro podía escuchar una música suave.

—¿Quieres que te la preste? —le dijo Masamune, y a ella se le abrieron los ojos de golpe.

—¿Estás seguro?

—Dijiste que tus padres escondieron todos tus videojuegos, ¿no? No te preocupes, tengo muchos juegos nuevecitos en casa. ¿Te gustan los RPG? —le preguntó mientras se inclinaba para sacar algo de su mochila.

Cuando se trataba de juegos para dispositivos portátiles, Masamune parecía preferir juegos de rol con historia antes que los de carreras o de acción a los que jugaba con los demás.

—No he jugado a muchos RPG —dijo Kokoro—; parecen muy largos.

Dijo aquello sin pensarlo realmente. Masamune, que seguía rebuscando en su mochila, la fulminó con la mirada como diciendo: «¿Qué demonios...?». Después, suspiró fuerte y de forma deliberada.

—Pensé: «Guau, juega a videojuegos y, generalmente, a las chicas no les gustan», pero, ¿qué quieres decir con que son muy largos? —La miró con desdén—. ¿Quieres decir que casi nunca has jugado a un juego que tenga una historia? ¿Crees que los videojuegos son solo de esos primitivos en los que disparas una vez y eso es todo?

—Es que parecen muy difíciles —le explicó ella.

—¿Difíciles? —Él frunció el ceño—. Dame un respiro. En mi opinión, tienes que haber jugado a un RPG para comprender de verdad qué es lo que hace tan estupendos a los videojuegos. La primera vez que lloré en mi vida fue por la historia de un videojuego.

—¿Qué? ¿De verdad lloraste por un juego? —Aquel fue el turno de Kokoro de sentirse sorprendida—. ¿Te sentiste frustrado cuando se acabó?

—No, me pareció muy conmovedor. No me hagas decir eso, ¿de acuerdo?

Masamune sonaba irritado. A Kokoro le sorprendió su reacción. Sí, la mayoría de los videojuegos que había visto en los anuncios de televisión jugaban con las emociones del mismo modo que las películas, pero... ¿llorar por eso?

—Esto es una pérdida de tiempo —gruñó el chico. Kokoro no respondió—. ¿Alguna vez has llorado por una novela o un manga? —le preguntó—. ¿O por un anime o una película?

—Sí, por supuesto.

—¿Y en qué se diferencia eso de un videojuego? ¿Tal vez te falte imaginación?

Kokoro se dio cuenta de que le había molestado y de que aquel comentario le había sentado verdaderamente mal.

—Entonces, no hace falta que me lo prestes —le dijo ella.

Masamune, que evidentemente estaba de mal humor, entrecerró los ojos. Estaba a punto de pasarle el dispositivo cuando dijo:

—Ah, de acuerdo. —Se apartó—. Entonces, tampoco te gustan tanto en realidad, ¿no?

Ella se quedó en silencio, pues no quería seguir discutiendo. Masamune era tan duro que, probablemente, pronto se olvidaría de aquella pequeña disputa.

Al menos, eso fue lo que pensó, pero cuando regresó al castillo después de la comida, el chico no estaba por ninguna parte.

No solo eso, sino que no apareció durante el resto del día. Kokoro se sentó a solas en la sala de los juegos, murmurando: «¡Estúpido *otaku*!». Golpeó el sofá con un cojín, frustrada.

—Estúpido gallina —gritó, golpeando el cojín tres veces y soltando el aire.

Miró la videoconsola que Masamune había dejado detrás de la televisión. *¿Debería romperla mientras no está?*, pensó. Por supuesto, jamás habría hecho algo así en realidad, pero el mero hecho de pensarlo la calmó un poco.

A Masamune debían de encantarle los juegos RPG, esos en los que podías hacerlo todo tú solo. Sin embargo, se dio cuenta de que, mientras estaba allí, siempre jugaba a los juegos de acción en los que podías jugar con otras personas.

Al día siguiente, por primera vez en un tiempo, Subaru apareció.

Masamune todavía no había llegado y el chico estaba solo junto a la ventana de la sala de los juegos, escuchando algo con unos auriculares. El cable estaba conectado con el interior de su mochila.

—Subaru-kun —le llamó Kokoro, aunque él no la oyó. Le dio una palmadita suave en el hombro y, al fin, él alzó la vista y se quitó los auriculares.

—Oh, lo siento —dijo—; no me había dado cuenta de que estabas aquí.

—No, soy yo la que siente haberte molestado. ¿Masamune…?

—Parece que no está. Es una lástima, porque esperaba verle a él también. Ha pasado un tiempo.

El chico guardó los auriculares y la miró con su rostro pálido y sus pecas.

—Subaru-kun, ¿te han dicho alguna vez que te pareces a Ron de *Harry Potter*? La primera vez que te vi, me pareció que había un claro parecido.

—¿*Harry Potter*?

—Los libros.

Al decirlo, se dio cuenta de que la imagen que tenía era más la del personaje de la película que la del personaje del libro. Sin embargo, él se encogió de hombros.

—Es la primera vez que alguien me dice algo así —dijo, sacudiendo la cabeza—. Te gustan mucho los libros, ¿verdad?

A Kokoro, los gestos que Subaru hacía al hablar le parecían muy adultos. *Ojalá hubiese un chico como él en mi clase…*, pensó.

—«Subaru» es el nombre de una constelación de la galaxia, ¿no es así? —le preguntó—. Supongo que es como si fuera un nombre de fantasía y tal vez por eso hice esa conexión.

—¿De verdad? Aunque es cierto. De todas las cosas que me dio mi padre, el nombre es la que más me gusta.

—¿Eh?

Lo que la sorprendió no fue tanto el origen de su nombre, sino la facilidad con la que había utilizado el término formal para «padre». Él sonrió y bajó la vista hacia los auriculares que había en su mochila.

—También fueron un regalo de mi padre. Me los dio cuando le vi este mes.

¿Cuándo le vio este mes? Aquello le pareció extraño. Era su padre y, aun así, había dicho «le vi este mes». Un segundo... ¿Acaso no vivía con su padre de forma habitual?

Subaru alzó la vista hacia ella, tal vez dándose cuenta de lo atenta que le estaba escuchando. Sintió que él quería que le hiciera más preguntas.

—Entonces, Subaru-kun...

De pronto, sintió la mirada de alguien desde la puerta. Subaru la debía de haber sentido antes y ya estaba mirando en aquella dirección. Se trataba de Fuka.

—Kokoro-chan, gracias por el regalo.

—No es nada.

Kokoro había apoyado el regalo contra el espejo de Fuka, de modo que lo viera cuando decidiera regresar. Le había añadido una tarjeta que decía: «Siento que sea tarde, pero ¡feliz cumpleaños!».

La chica estaba sujetando el paquete. Lo abrió en la mesa y miró fijamente la caja de dulces.

Kokoro se había esforzado mucho para comprarlo, pero, en aquel momento, no pudo evitar pensar que parecía como si se hubiese limitado a envolver algo que había encontrado en su casa.

Subaru se puso de pie.

—Voy a volver a casa un rato.

—Sí, claro —dijo Kokoro mientras contemplaba cómo se marchaba.

Fuka continuaba mirando la caja de chocolatinas. Kokoro pensó que, tal vez, debería disculparse por un regalo tan trivial. Pero, en ese momento, la otra chica levantó la vista.

—¿Te gusta este tipo de chocolate? —le preguntó.

—¿Qué quieres decir?

—Es solo que... nunca he probado esta marca. Estaba pensando que debías de haber elegido tu favorita de todos los tiempos.

—Sí; está bueno.

Era cierto que le gustaba, pero no estaba segura de que hubiera dicho que era su marca «favorita de todos los tiempos». Fuka había dicho que no lo había probado nunca, lo cual podía significar que no iba a los minimercados muy a menudo. Era una chica respetuosa y bien educada, así que, tal vez, sus padres fueran del tipo que no permite que sus hijas coman cosas así.

Fuka sonrió.

—Estoy encantada con estas chocolatinas; quiero probarlas.

Sonaba genuinamente emocionada. *Es una chica bastante increíble*, pensó Kokoro. Normalmente, no mostraba abiertamente sus sentimientos, por lo que era difícil adivinar qué estaba pensando.

—Me gustaría comérmelas ahora contigo, Kokoro-chan, pero ¿te parece bien si me las llevo a casa y me las como allí? —Le sorprendió que pensara que necesitaba preguntárselo—. Nunca antes las he probado, así que me gustaría tenerlas para mí sola.

—Claro, no hay problema.

Al parecer, aquel día, Fuka disfrutó las chocolatinas en casa, ya que, más tarde, informó fielmente a Kokoro de que «estaban deliciosas».

La asistencia al castillo había disminuido, aunque había una persona a la que, ahora que habían empezado las vacaciones de verano, veía más a menudo: Rion.

Su primera impresión no había cambiado: era un chico extrovertido y, definitivamente, popular entre las chicas. Poco a poco, se había bronceado más y, al parecer, también estaba más alto. Se sorprendió cuando vio que la piel de las mejillas se le estaba pelando. ¿Acaso lo único que hacía era saltarse el instituto y estar al aire libre? No parecía el tipo de chico que pasa el tiempo con un grupo de amigos que ha dejado las clases.

—¿Dónde está todo el mundo? —preguntó él.

—Hoy solo estamos nosotras dos: Kokoro-chan y yo —contestó Fuka—. Subaru ha estado por la mañana, pero todos tienen algo que hacer en verano.

Kokoro miró el reloj. Eran pasadas las cuatro.

Rion echó un vistazo en torno a la sala de los juegos, que estaba desprovista de chicos, y murmuró:

—Mmmm. Así que Masamune tampoco está. Qué raro. Esperaba que me dejase jugar con sus videojuegos.

—Creo que le molesté —dijo Kokoro, y Rion la miró.

—¿De verdad? ¿Por qué?

Le explicó lo que había pasado.

—Le dije que pensaba que los juegos RPG eran muy largos y complicados, y él se enfadó. Me habló bastante mal y, para ser sinceros, yo también me irrité bastante. —*Aun así…*—. Pero me dijo que todavía podía jugar con sus videojuegos.

Masamune le había dicho que estaba dispuesto a prestarle alguno de sus juegos. Había sido su propia testarudez lo que le había hecho declinar la oferta.

—Ya veo… Yo no sé mucho sobre juegos, pero creo que deberías disculparte. Creo que Masamune debe de estar preocupado también. Preocupado de haberse pasado demasiado con lo que dijo.

Afirmó aquello de forma tan despreocupada que Kokoro movió la cabeza en asentimiento.

—Definitivamente, me disculparé con él tan pronto como le vea.

Aquella noche, cuando llegó la hora de la cena, el padre de Kokoro seguía en el trabajo, así que comió con su madre, que llegó a casa justo cuando el arroz que había enjuagado y vertido en la arrocera estuvo listo. La madre se cambió de ropa y se puso un delantal. El trabajo la mantenía muy ocupada, así que había comprado ensalada y *gyoza* en una tienda que había en el centro comercial Careo.

—Lo siento por esto —dijo.

Sin embargo, a ella le gustaba la comida de aquella tienda. La ensalada que vendían llevaba frutos secos y era más interesante que la que solía preparar su madre. Mientras se encargaba de la comida, la mujer dijo:

—¿Kokoro?

Tenía la voz calmada, con un toque detectable de firmeza.

—¿Qué? —preguntó ella, preparándose para lo que se avecinaba.

—¿Has ido a algún sitio durante el día?

El corazón empezó a latirle con fuerza.

—¿Qué? —dijo, un segundo demasiado tarde.

Su madre había estado colocando los platos en la mesa, pero se detuvo y miró a su hija, que estaba agarrando los palillos.

—No estoy enfadada ni nada. Si te sientes con ganas de salir, me parece bien. Además, por suerte, ahora son las vacaciones de verano.

Kokoro se quedó atascada en la expresión «por suerte» y, por lo tanto, no comprendió el resto de las palabras de su madre.

«Por suerte, ahora son las vacaciones de verano».

Si no fuera así, su madre jamás habría querido que alguien viese a su hija saltándose las clases y dando vueltas por la ciudad.

—No pensaba decírtelo, pero, el otro día, volví a casa del trabajo a la hora de comer. —Los sentidos de Kokoro se desvanecieron, como si hubiera recibido un golpe invisible en la parte trasera de la cabeza—. Descubrí que no estabas.

—¿Por qué viniste a casa? —le recriminó ella.

Sabía que no tenía sentido enfadarse, pero no pudo evitarlo. El tiempo que pasaba en casa durante el día era suyo y de nadie más. *¿Acaso mamá no confía en mí?*, se preguntó. *¿Volvió para comprobar qué era lo que estaba haciendo?*

Era consciente de una forma incómoda de los músculos de su rostro y de cómo se le movían los ojos.

—Entiende que no estoy enfadada, Kokoro —dijo su madre—. De verdad que había pensado en no decirte nada.

—Entonces, ¿por qué lo hiciste?

—¿Por qué? —En su ceño apareció un nudo de inquietud, y su voz, que hasta ese momento había permanecido calmada, se agudizó un tono—. Porque estaba preocupada, ¡por eso! Tus zapatos todavía estaban en la entrada y, al principio, pensé: «¡Oh, Dios mío! ¿La habrán secuestrado?».

—Mis zapatos...

No había esperado que su madre se diera cuenta de ese tipo de cosas. Por supuesto, también había entrado en su cuarto. El espejo no habría estado brillando, ¿verdad? No tenía ni idea de qué aspecto tenía el espejo cuando ella no estaba allí, aunque tal vez estuviera pensado para que, una vez que lo hubiese atravesado, no brillase.

No tenía ni idea de cómo interpretaba su madre el hecho de que los zapatos hubiesen estado allí. Podría haber pensado perfectamente que se había puesto un par diferente y había salido.

—Kokoro... —Los ojos de su madre parecían perplejos. Los vio y se dio cuenta con horror de que ya no confiaba en ella—. Ya te dije que no te culpo, ¿no? Si eres capaz de salir de casa, creo que es estupendo. Pero ¿dónde...?

—Tan solo salí un momento, ¡eso es todo!

No era cierto. Mientras decía aquella mentira, sintió que no podía respirar. No había querido decirla. La verdad era que ya no podía salir de casa.

En la calle principal, bajo el sol abrasador, e incluso donde la iluminación de la tienda le había resultado demasiado deslumbrante, el mero hecho de haber visto las camisetas de unos chicos mayores de su instituto había sido suficiente para que se quedara congelada. Deseaba realmente que su madre pudiera entender la angustia que había sentido en aquel momento. Sin embargo, lo único que podía decirle era que había salido. Aquello le hizo sentirse mal, verdaderamente mal.

Le daba mucho miedo salir de casa y no quería que su madre pensara que era como los demás estudiantes, capaces de salir siempre que les apetecía.

Le había dicho que no estaba enfadada, pero, entonces, ¿por qué había soltado aquel largo suspiro?

—¿Quieres intentar ir a la escuela alternativa una vez más? —Aquello fue suficiente para que Kokoro sintiese un peso en la boca del estómago. Al notar su silencio, su madre continuó—: ¿Te acuerdas de la señorita Kitajima, de aquella vez que fuimos a visitar la escuela?

Era la profesora joven que le había enseñado el centro. La que había dicho: «Así que, Kokoro, tengo entendido que eres estudiante del Instituto de Secundaria n.º 5 de Yukishina, ¿verdad?». Recordó la chapa identificativa que llevaba en el pecho con su nombre y un retrato suyo dibujado por uno de sus alumnos.

«Yo también fui allí», le había dicho y, después, le había sonreído amablemente. En aquel momento, había sentido mucha envidia de ella, pues era una adulta que no tendría que volver a ese instituto nunca más. El pelo corto de la mujer le había dado un aspecto de seguridad y Kokoro había decidido que «no, no se parece a mí en absoluto».

—La señorita Kitajima me dijo que le encantaría volver a hablar contigo. —Su madre le lanzó una mirada. Tal como había imaginado, parecía seguir en contacto con la profesora a pesar de que Kokoro no estaba asistiendo a clase. Tras un silencio, su madre continuó—: Me dijo que no es culpa tuya que no puedas ir a clase. Le preocupa que te haya pasado algo. —Los ojos de Kokoro se abrieron ligeramente—. A menudo me recuerda: «No es culpa de Kokoro-chan. Como su madre, no debería enfadarse o culparla jamás». Por eso, aunque hay cosas que me gustaría preguntarte, me he estado reprimiendo. —Si estaba reprimiéndose, entonces, ¿por qué le estaba contando todo aquello? Su madre la miró con seriedad—. El día después de descubrir que no estabas, me escabullí del trabajo y vine a casa de nuevo y tampoco estabas aquí, ¿verdad? Vine a casa varias veces. —Kokoro permaneció en silencio y su madre le lanzó una mirada cansada—. Me preocupé, pensando en qué iba a hacer si no habías vuelto por la noche. Volví al trabajo y, cuando regresé, estabas aquí, como si no hubiera pasado nada. Y yo pensaba: «Así que, todos los días, va a algún sitio y después cena conmigo tan tranquila». Y cuando pensé eso...

—De acuerdo, lo entiendo. No volveré a ir a ningún sitio. Me quedaré quieta en casa —dijo, casi escupiendo aquellas palabras. Escuchó a su madre jadear.

—Eso no es lo que estoy diciendo —contestó la mujer—. Me parece bien que salgas, pero me gustaría saber a dónde vas. ¿Al parque? ¿A la biblioteca? No estás yendo a Careo, ¿verdad? El centro recreativo que hay allí...

—¡Es imposible que vaya tan lejos!

Lo cual no era mentira. Realmente, no sentía deseos de ir tan lejos. Aun así, le costaba soportar la ridícula confusión de su madre.

Dejó los palillos y el cuenco sobre la mesa con un estruendo. Se puso de pie y salió corriendo del comedor.

—¡Kokoro! —la llamó su madre.

Sin embargo, ella ya estaba en el piso de arriba, en su dormitorio. Cayó sobre la cama boca abajo.

En aquel momento, el espejo no estaba brillando, y eso la hizo sentirse resentida. Imaginó que iba al castillo por la noche, que entraba y desaparecía de su habitación. Por el contrario, su madre estaba subiendo las escaleras tras ella.

—Escucha, Kokoro.

Oyó los pasos en el rellano. No tenía escapatoria. Pensó en la profesora de la escuela alternativa, la señorita Kitajima, y en lo que había dicho.

«No es culpa de Kokoro-chan que no pueda ir a clase».

—Kokoro.

Su madre estaba al otro lado de la puerta. Se puso de pie. La servilleta estampada que le había dado Aki estaba sobre el escritorio. Si su madre la veía, se preguntaría de dónde había salido. La agarró y la escondió bajo la ropa de cama, haciendo que se arrugara.

Se acordó de las chicas: de Aki, de Fuka y de lo contenta que se había puesto con el regalo. La inundó el arrepentimiento y sintió ganas de gritar.

¿Por qué no podían dejar de interferir en su vida y permitirle que fuese adonde quisiera?

—Kokoro, voy a entrar.

Y su madre abrió la puerta.

El día después de que su madre y ella hubieran discutido, Kokoro no fue al castillo.

Su madre se disculpó con ella en un tono exageradamente amable.

—Siento mucho lo de ayer —le dijo—. No tenía intención de criticar cómo empleas tu tiempo. No pretendía que venir a casa durante el día fuese una inspección sin aviso. Lo siento si te ha parecido que era así.

Kokoro la escuchó, intranquila.

—Hum… —dijo.

—No volveré a venir a casa durante el día. No haré nada para ponerte a prueba.

¿Tal vez estuviese actuando conforme a los consejos de la señorita Kitajima o de alguna otra persona de la escuela? Sonaba muy comprensiva, muy maternal.

Pensando que tal vez se tratase de una trampa, Kokoro pasó el día en casa. Dijera lo que dijere su madre, todavía podía estar monitorizándola.

Cerró las cortinas para bloquear la luz del sol y encendió el aire acondicionado. Leyó un libro y vio la televisión para pasar el rato. Fuera, oyó a los niños que estaban de vacaciones de verano, jugando en el parque que había detrás de su casa.

Se comió la comida que le había preparado su madre y echó un vistazo al otro lado de la cortina. Se hizo de noche, pero, aun así, seguía sin haber señales de su madre.

Se había molestado en quedarse en casa, pero no había habido ninguna visita sorpresa. Aquello le resultó decepcionante y frustrante. Si lo hubiese sabido, habría ido al castillo.

Al día siguiente, todavía seguía dudando: ¿debería ir o no? Esperó hasta medio día y, aun así, su madre no regresó, así que, a las tres en punto, cruzó hacia el castillo.

Solo un ratito, se dijo a sí misma. Solo para ver brevemente a la pandilla y regresar a casa antes de que su madre volviera para ver cómo estaba. Aquello fue lo que pensó mientras atravesaba el espejo.

Lo que se encontró la sorprendió.

La primera vez que visitaron el castillo, les había parecido vacío, pero, en aquel momento, después de tres meses, estaba repleto de los aparatos y aperitivos que habían llevado y había empezado a parecerse mucho más a un hogar. Alguien había colocado placas con sus nombres escritos sobre papel de dibujo recortado frente a cada uno de los espejos que conectaban con sus hogares: «Kokoro», «Aki», «Masamune»…

Aquel día, de forma inusual, cada espejo resplandecía con un brillo arcoíris. Kokoro fue la última en llegar.

Cuando entró en la sala de los juegos, la escena que se desarrollaba en el interior la sorprendió.

—Oh, Kokoro-chan.

Masamune y Subaru, que, como siempre, estaban absortos en un videojuego, se giraron hacia ella.

Todo el grupo estaba allí. Fuka y Aki estaban sentadas en el sofá y los chicos junto a la televisión.

Pero fue uno de ellos en particular el que captó su atención: Subaru.

La última vez que le había visto, le había hablado de su padre (no había terminado la historia), pero, ahora, llevaba el pelo teñido de un castaño claro. No como el de Rion, que estaba aclarado de forma natural por el sol, sino teñido de forma artificial.

—Subaru-kun.

—Hola.

—Tu pelo.

El grupo estaba en silencio, claramente siguiendo la conversación.

—Ah, ¿esto? —dijo, agarrándose un mechón que tenía junto a la oreja. El gesto dejó a Kokoro todavía más atónita pues, definitivamente, Subaru había cambiado. Parecía todavía más maduro. Bajo el mechón de pelo, vio que tenía un pendiente pequeño y redondo en el lóbulo de la oreja—. Me lo hizo hacer mi hermano —añadió—. «Son las vacaciones de verano, así que tienes que hacer algo nuevo». Casi me obligó.

—¿Te has teñido el pelo?

—No; me lo he decolorado. Cuando lo tiñes por primera vez, el color no se agarra bien, pero si lo decoloras, sí.

—Ya veo. —El corazón le latió con fuerza. El que habló fue Masamune, que estaba jugando con Subaru a un videojuego. No tenía su habitual sonrisa de superioridad—. Así que tienes un hermano mayor... —dijo. Kokoro se sorprendió. Aquella era la primera vez que oía hablar del hermano mayor de Subaru, pero ¿ni siquiera Masamune lo sabía, cuando eran tan buenos amigos?—. ¿Y qué hay del pendiente? ¿También te obligó a hacértelo tu hermano?

—Mi hermano y su novia. Al principio, el agujero se me cerró, así que me dijo que tenía que dejármelo puesto cuando me fuera a dormir. Anoche, había sangre por toda la almohada en las zonas en las que me había apoyado sobre él.

—¿De verdad? —Masamune asintió, pero mantuvo la mirada agachada incluso más de lo normal.

Kokoro no podía adivinar cómo se sentía. Todo aquel asunto debía de haberle desconcertado. Claramente, teñirse el pelo y hacerse un pendiente no eran cosas que la gente hiciese en el mundo de Masamune, pero parecía decidido a fingir que estaba tranquilo al respecto. Ella se sentía igual, y estaba segura de que los demás también.

—¿De verdad? —dijo una voz. Kokoro se giró y vio que se trataba de Aki. Había cierta incomodidad en el aire. Aki fue la única que se enfrentó a Subaru por lo que había hecho—. Pero ¿no te regañarán los profesores? Siempre se estresan al final del semestre, gritándonos que no regresemos de las vacaciones de verano con el pelo teñido. ¿No tienes miedo de que te echen la bronca?

—Claro, pero no voy a dejar que eso me afecte.

—¡Qué suerte! ¿Sabes? Tal vez yo debería probar a hacerme lo mismo en el pelo.

—Estupendo. Te sentaría muy bien, Aki-chan.

—Tal vez convenza a Fuka y a Kokoro para que lo hagan también. Aunque hay alguien que se molestaría mucho si logro que Fuka cambie.

Aki miró directamente a Ureshino y soltó una carcajada. El chico parpadeó con sus ojos pequeños y la observó fijamente, sorprendido. Fuka, sencillamente, lo ignoró todo.

Bajo el pelo decolorado, las mejillas de Subaru parecían transparentes; todos sus rasgos faciales parecían haber cambiado. Era el mismo chico y a Kokoro le sorprendió que algo tan pequeño como aquello pudiera hacerle sentirse tan inquieta. Viendo cómo Aki hablaba con él tranquilamente, sintió algo que no había experimentado antes. Algo que hacía que le resultase más difícil acercarse a ella.

«Mi hermano y su novia», había dicho Subaru.

Kokoro sabía que eran diferentes a ella, que eran el tipo de gente con la que, normalmente, ella no habría buscado pasar el tiempo. Eran el tipo de chicos descarados que abandonaban el instituto y que, en su lugar, pasaban el rato despreocupadamente en salones de videojuegos y centros comerciales.

Justo en ese momento, se escuchó una voz fuerte:

—¡Ey, escuchad! —Se trataba de Ureshino—. Tengo algo que decir.

—¿De qué se trata? —le preguntó Aki, bromeando.

Con el rostro rojo como un tomate, Ureshino frunció el ceño.

—A partir del próximo semestre, voy a volver a clase. —Aki abrió los ojos de par en par. El chico no podía parecer más serio y, en aquel momento, su rostro se había vuelto de un escarlata oscuro—. Me preocupaba decíroslo, por eso he esperado hasta ahora —añadió—. Ninguno de vosotros va a clases. No sois capaces de ir, ¿verdad?

Un poco tarde para sacar ese tema, ¿no?, pensó Kokoro. ¿Acaso no era bastante obvio? Pero, en ese momento, se le ocurrió algo. Cada vez que Masamune y Subaru hablaban de cómo no valía la pena ir al instituto, y cuando Aki se unía y todo se volvía un poco incómodo, habitualmente era por la mañana, cuando Ureshino no estaba allí. En realidad, nunca había hablado sobre el instituto con él. Probablemente porque era un chico glotón que creía en el amor por encima de todo y le recordaba a un animal de dibujos animados. Además, en realidad, no habían hablado con todo el mundo para saber si era cierto que no iban a clase.

Los demás estaban en silencio y Ureshino continuó.

—Es una estupidez. Todos habéis abandonado las clases y, aun así, aquí actuáis como si fueseis gente normal. Pero os engañáis. No tenéis intención de volver a ir.

Kokoro estuvo a punto de gritar, pero se reprimió.

Aki estaba en silencio. Era su turno para ponerse de un rojo brillante y fulminó al chico con una mirada que podría haberle matado. Puede que tuviera las mejillas de un rojo escarlata, pero, por debajo del cuello, estaba pálida como un fantasma.

—Pero yo sí voy a ir —declaró Ureshino, señalándose el pecho. Miró a su alrededor, a cada uno de ellos—. Volveré a las clases tras las vacaciones. Por mí, vosotros podéis quedaros aquí para siempre.

—Eso es un poco fuerte, ¿no? —dijo Rion. Se puso de pie y se colocó frente a Ureshino—. ¡Esto es muy divertido!

—¡No! ¡Para mí no! —De pronto, el muchacho alzó la voz y torció el gesto. Rion se sobresaltó y Ureshino, viendo la oportunidad, habló de forma apresurada—: Lo que quiero decir es que siempre os estáis burlando de mí, ¿no? Siempre lo habéis hecho. Siempre. No sé por qué, pero nadie me toma en serio. Y creéis que podéis saliros con la vuestra de todos modos porque se trata de mí.

—Eso no es cierto —le interrumpió Kokoro.

Sin embargo, en el fondo, estaba sorprendida. Lo que había dicho era cierto. *Como no es más que Ureshino, está bien burlarse de él.* Ella misma creía que estaba permitido. Cambiaba de interés amoroso muy fácilmente, pasando de una a otra. A las chicas eso les resultaba cómico y les había ayudado a estrechar su relación. Jamás se habían tomado a Ureshino en serio.

En cierto sentido, lo sabía, pero no podía admitirlo. Ahora, lo único que puedo hacer es disculparme.

—Si te hemos hecho sentir así, lo siento mucho, pero...

—¡Ja, ja, ja! ¡Déjame en paz! —exclamó él y ella dio un paso atrás—. ¡Tú también! —Miró a Aki furioso y, después, se giró hacia Subaru—. ¡Y tú! ¡Y tú! ¡Y tú! —Les lanzó una mirada de odio de uno en uno y, finalmente, se giró hacia Rion—. Tú también, con ese gesto de «esto no va conmigo» en la cara. Todos sois como yo: la gente os odia y os acosa. No tenéis amigos.

—Ureshino, ¿puedes calmarte? —dijo Rion, poniéndole una mano en el hombro.

Cada uno de nosotros tiene sus propios motivos, pensó Kokoro.

Ureshino se quitó de encima la mano de Rion. Estaba a punto de estallar en lágrimas. A pesar de su tono de voz agresivo, parecía estar suplicando ayuda. Era algo duro de ver y, aun así, Kokoro no podía apartar los ojos.

—Entonces, ¿quién te crees que eres? —dijo el chico, intentando provocar a Rion—. ¿Qué te pasó para que no puedas ir al instituto, eh? Suéltalo.

Rion abrió los ojos de par en par. Todos estaban atentos, esperando a escuchar su respuesta. Pareció dudar un segundo. Frunció los labios y miró a Ureshino directamente.

—Yo sí voy a clase.

—¿Qué? —Los demás habían ahogado un grito, pero Ureshino no se lo creía—. ¡Estás mintiendo! Mentir de esa manera a estas alturas del juego… ¿no te parece asqueroso? Yo estoy hablando en serio.

—Y yo no estoy mintiendo —dijo Rion. Hizo una mueca y sacudió la cabeza varias veces, como si estuviera librándose de sus pensamientos—, pero no es un instituto japonés. Voy a un internado en Hawái.

Ureshino le miró sin comprender.

La misma mirada de asombro se extendió por todo el grupo.

Hawái.

Una isla lejana en el sur, brisas suaves, el mar, danzas *hula* y palmeras. Aquellas imágenes encajaban perfectamente con el bronceado Rion. Tenía sentido.

—En Hawái ahora es de noche, no de día. Vengo aquí cuando acabo las clases. Vivo solo en una residencia, lejos de mi familia.

Kokoro recordó que Rion siempre llevaba un reloj. Recientemente, no lo había visto, así que no había pensado en ello antes, pero siempre parecía demasiado preocupado por la hora. Además, en ese momento, también estaba usando un reloj.

En una ocasión, Kokoro le había preguntado qué hora era. Él había mirado su reloj, había señalado el reloj de pie del gran vestíbulo y le había dicho: «Hay un reloj allí, ¿sabes?». En ese momento, había sido consciente de que la hora de su reloj no iba a ser de ayuda, ya que mostraba la hora de Hawái.

—¿Hawái? —Fue Masamune el que dio voz a la sorpresa que todos ellos sentían. En su rostro apareció una sonrisa torcida—. ¿Te refieres a ese Hawái? ¿Vienes hasta aquí desde tan lejos?

—El espejo de mi habitación estaba brillando —explicó Rion con el ceño fruncido—, probablemente como os pasó a todos vosotros, y lo atravesé. La distancia es irrelevante.

—Ahora que lo mencionas… —Una voz aguda y clara habló. Kokoro se giró. Se trataba de Fuka. Miró a Rion atentamente—. La primera vez que la Reina Lobo nos explicó las cosas, dijo que el castillo estaba abierto de nueve a cinco, «hora japonesa». —¡*Ah!*, pensó Kokoro, *tiene razón*—. En aquel momento me sorprendió. ¿Por qué dijo «hora japonesa»? Lo dijo por ti, ¿verdad?

—No creo que ese sea el único motivo.

—Entonces, ¿por qué?

—Porque eres un elitista, por eso.

Masamune no se anduvo con rodeos y, claramente, eso hizo que Rion se sintiera incómodo. Se quedó callado. Cuando al fin alzó la mirada, Kokoro no pudo evitar fijarse en el dolor que cruzó sus ojos por un instante. Sacudió la cabeza.

—No. No soy un elitista en absoluto. Los exámenes de acceso para el internado fueron fáciles y, probablemente, las clases no son tan avanzadas como en las instituciones de Japón. El lema del centro es: «Juega al fútbol rodeado por la belleza de la naturaleza».

—¿Así que has ido allí para jugar al fútbol? —Incluso Subaru, cuyo proceso mental siempre había sido un misterio para Kokoro, se inclinó hacia delante—. Eso es increíble. Tu familia debe de ser muy rica para enviarte a un instituto en Hawái, como si fueses famoso o algo así.

—Eso no es cierto; no se trata de eso.

Sin importar cuánto lo negase Rion, Kokoro sabía que los demás tenían la misma impresión que ella.

Rion no es el tipo de chico que es incapaz de ir a clase. Probablemente, no fuera más que un chico normal que, por casualidad, iba al instituto en Hawái.

Aun así, Kokoro estaba sorprendida ante aquella revelación.

Rion no es como nosotros. ¿Qué hace un chico como él aquí? Tiene un sitio al que volver.

—¿Qué demonios…? —murmuró Ureshino. Le lanzó a Rion una mirada acusatoria—. Entonces, ¿por qué lo has estado ocultando? —le preguntó—. ¿Te estás burlando de nosotros o algo así?

—De eso nada.

Rion sacudió la cabeza, pero su gesto incómodo lo dejaba claro. Tal vez no se estuviera burlando de ellos, pero estaba claro que se sentía culpable. Quizá no les hubiese ocultado nada de forma intencional, aunque, al parecer, no había tenido intención de contárselo a menos que alguien preguntase.

—Os digo que, al principio, no sabía qué estaba pasando. Pensaba que todos vosotros también estabais estudiando en algún lugar del extranjero. Pensé que, tal vez, todos asistieseis a clases en Hawái. Pero me di cuenta de que todos parecíais operar con los horarios de Japón y, cuando escuché que el castillo solo estaría abierto hasta marzo, al fin lo comprendí. —Rion continuó—. Pero, aunque lo adiviné, estamos hablando del horario diurno en Japón, no me di cuenta de que no ibais a clase hasta que alguien lo mencionó e, incluso entonces, no le di demasiadas vueltas.

—Bueno, perdónanos —dijo Masamune. Kokoro no creyó que pretendiese sonar tan indignado, pero Rion pareció sorprendido. Masamune suspiró de forma teatral—. Perdónanos por no asistir a clases en Hawái, pero no te preocupes por eso.

—No pretendía ofenderos —insistió Rion—. Siento no haber hablado de ello. Pero esto me gusta de verdad. No tengo demasiados amigos japoneses. —Bajó la mirada—. Si me decís que no vuelva a venir, no lo haré.

—Nadie dice que no puedas venir —dijo Kokoro, rompiendo finalmente un silencio de asombro.

Desde luego, la situación de Rion era una sorpresa. Sinceramente, sabiendo que asistía a un instituto en Hawái, ahora se sentía más intimidada en su presencia que en la de estudiantes normales. Y, naturalmente, se sintió traicionada al descubrir de pronto que no era como el resto de ellos.

Aun así, no le parecía que Rion se estuviese burlando de ellos. Él pensaba lo mismo que ella: que sería estupendo si todos pudieran llevarse bien sin más.

Así que ¿por qué habían salido las cosas de aquel modo?

—Ureshino —dijo Rion con énfasis.

El chico, que hasta entonces había permanecido en silencio, se negó a mirarle.

—¿Qué hay de malo en volver al instituto? —dijo de pronto una voz cortante. Era Aki—. Deberías ir a clase. ¿Por qué no? Aquí nadie está tan interesado en ti; haz lo que quieras.

Ureshino no contestó a Rion. Sin decir una sola palabra, pasó de largo y salió de la sala de los juegos. Nadie le detuvo.

De pronto, la habitación se quedó en calma, hasta que, finalmente, Fuka rompió el silencio.

—Oye —le dijo a Rion, mirándole el reloj—. Con tu edad, ¿ya vives solo en el extranjero? ¿Significa eso que fuiste reclutado por el centro? ¿Por un entrenador o algo así?

—No. El entrenador de mi equipo en Japón me escribió una carta de recomendación, pero eso es todo. El instituto lo eligieron mis padres.

—¿Cuál es la diferencia horaria con Hawái?

—Diecinueve horas. —Finalmente, una sonrisa cansada apareció en el rostro de Rion. El reloj de la pared marcaba las cuatro—. Así que, ahora, son las nueve. Hemos acabado de cenar y, pronto, será la hora de apagar las luces.

—¿De ayer o de hoy?

—Ayer. Hawái está casi un día entero por detrás. —Tras aquello, la habitación volvió a quedarse en silencio—. Yo voy a volver también —añadió—. Siento no habéroslo contado.

No había hecho nada y, aun así, se disculpó.

Durante un tiempo, todos se comportaron como si el incidente con Ureshino no hubiese ocurrido.

Aun así, definitivamente, la ira del muchacho había creado una grieta en el castillo normalmente tranquilo.

Se había roto un tabú, y eso había generado cierta tensión en la atmósfera pacífica.

Una semana después, cuando Kokoro ya se había acostumbrado al cabello teñido y al pendiente en la oreja de Subaru, una nueva sorpresa sacudió al castillo.

En aquella ocasión, fue Aki la que apareció con el pelo teñido.

II

SEGUNDO SEMESTRE: TODO ENCAJA

SEPTIEMBRE

Se habían acabado las vacaciones de verano y, por todo el
país, los centros educativos habían vuelto a abrir.

No era que tuviese que ver con el incidente de Ureshino,
pero, desde entonces, Aki había vuelto a dejar de ir al castillo y,
el día que apareció, llevaba el pelo de un color rojo oscuro.

Subaru había optado por un tono rubio oscuro, pero ella
había elegido el rojo.

—¡Lo he hecho! —Aki se rio cuando se dio cuenta de que
Kokoro la estaba mirando fijamente—. ¿Querrías probarlo
también, Kokoro? He encontrado un tinte increíble. ¿Te lo en-
seño?

—No, estoy bien así —contestó ella.

A medida que Aki se acercaba, Kokoro captó el aroma de
su perfume y eso la dejó todavía más perpleja. No se trataba
solo del cabello rojo; también había abandonado su característi-
ca coleta y llevaba las uñas pintadas de color rosa. No debía de
estar acostumbrada a hacerse la manicura, ya que Kokoro vio
lugares en los que el esmalte le manchaba los dedos. Se sintió
como si hubiese visto algo que no debía y apartó los ojos rápidamente.

Si yo hiciera eso…, pensó. *Si me tiñera el pelo así… Mi madre
se desmayaría; le estallaría la cabeza y me obligaría a volver a teñirme.*

¿De verdad aquello les parecía bien a los padres de Subaru y de Aki?

Después de lo ocurrido, Ureshino había dejado de ir al castillo. Había dicho que iba a asistir a clase y que sería bueno para él. Tal vez ya no estuviese en su instituto original y le hubiesen transferido a uno diferente.

Kokoro lamentó no haber hablado con él más a menudo. Tenían que disculparse. Seguro que había sentido que se reían de él con sus burlas y sus bromas, y lo había odiado.

El espejo de Ureshino en el vestíbulo estaba justo al lado del de Kokoro. No estaba brillando, y ella volvió a sentirse llena de arrepentimiento una vez más.

Tendríamos que haber mantenido una conversación sincera, pensó. *No deberíamos habernos separado de aquel modo, enfadados. Tendríamos que habernos despedido adecuadamente, ahora que va a volver al instituto.*

—Ureshino no va a venir, ¿verdad? —le preguntó Rion un día mientras estaba frente al espejo. A pesar de su incómoda confesión, seguía visitando el castillo de forma habitual. A Kokoro, eso le resultaba reconfortante.

—No.

—Quiero decir... A nadie le importa, ¿no? Vayas o no a clase, deberías venir aquí a divertirte. Tal como hago yo —murmuró, sonando un poco triste.

A mediados de septiembre, Kokoro y los demás seguían sintiéndose igual.

Hasta que Ureshino volvió a aparecer en el castillo con gasas en el rostro, el brazo vendado y el rostro hinchado. Regresó cubierto de cortes y moraduras.

Ureshino, cubierto de cicatrices de guerra, apareció un día por la sala de los juegos sin decir una sola palabra.

No parecía haberse roto nada, no arrastraba una pierna ni llevaba el brazo en cabestrillo. Aun así, tenía un aspecto lamentable.

Se coló en la habitación de forma silenciosa.

Aquel día, todos estaban presentes. Había un videojuego en la televisión, aunque nadie estaba jugando, y la música de fondo siguió sonando alegremente.

«Volveré a las clases tras las vacaciones». Kokoro recordó las palabras de Ureshino. El segundo semestre había empezado apenas dos semanas antes.

Todos los ojos estaban fijos en el chico, pero nadie pronunció una sola palabra. Él mismo parecía no saber qué decir. Evitaba sus miradas y se dispuso a dejarse caer sobre un sofá vacío. Kokoro no tenía ni idea de si debían preguntarle qué había pasado. Justo en ese momento, alguien habló.

—Ureshino —dijo Masamune. Se acercó hasta él y le dio un apretón suave en el hombro. El gesto resultó extraño, pero era evidente que se estaba esforzando por parecer despreocupado—. ¿Quieres jugar? —le preguntó.

El chico se mordió el labio, como si estuviera reprimiendo algo. Hubo un silencio momentáneo en la habitación mientras todos les observaban.

—Sí —contestó Ureshino—, me encantaría.

Y de ese modo, acabó la pequeña conversación.

Había una cosa que todos los presentes comprendían sin necesidad de preguntar.

Kokoro no conocía los detalles de la situación de ninguno de ellos, pero sabía muy bien que, fuera lo que fuere lo que hubiesen experimentado, debía de haberles parecido como saltar al centro de una tormenta o un tornado que te destroza y mutila. Era exactamente la misma sensación que tenía ella, que creía que, si volvía al instituto, Miori Sanada la mataría.

Ureshino debía de haber sido muy valiente para regresar, y a ella le angustiaba pensar en lo mucho que había deseado volver incluso después de haber saltado dentro de la tormenta.

Sabía exactamente cómo se sentía.

Estaba claro que, en silencio, incluso Masamune, que había renunciado a su habitual bombardeo de insultos, comprendía todo aquello demasiado bien.

Cuando Ureshino había respondido «Sí, me encantaría», sus ojos habían brillado con una débil transparencia. Como si hubiese sido incapaz de soportar su propio peso, una única lágrima le había corrido por la mejilla y él no se la había enjugado.

Se acomodó con ellos frente a la pantalla. Nadie le preguntó por las heridas de aquel día.

Pasaron veinticuatro horas antes de que Ureshino mencionara el tema de cómo se había hecho las heridas.

Normalmente, aparecía después de comer, pero, aquel día, llegó por la mañana con un *bento* bajo el brazo.

Rion también estaba allí a pesar de que casi nunca estaba en el castillo por las mañanas y, cuando alguien le preguntó, contestó que tenía unas «vacaciones temporales». No dio más detalles y Kokoro pensó que, tal vez, había ido antes porque estaba preocupado por Ureshino.

Sobre las once en punto, Ureshino ya tenía el almuerzo esparcido frente a él y estaba masticando. Parecía dolerle el interior de la boca, ya que masculló un «¡ay!» e hizo una mueca, pero su apetito parecía tan sano como siempre.

—¿Cómo es que te has traído un *bento*? —le preguntó Masamune.

—Le dije a mi madre que iba a ir a la *school* y me lo preparó. Pero hoy no quería ir, así que me he saltado las clases. —Continuó masticando.

La mención de la escuela, en inglés, sorprendió a Kokoro y a Subaru, que con mirada dubitativa le preguntó:

—¿Una *school*? ¿Por qué usas el término en inglés?

—Se refiere a una escuela libre —dijo Masamune.

Kokoro se había acostumbrado un poco más al cabello castaño teñido de Subaru. Aunque Masamune y él habían vuelto a jugar juntos a videojuegos, las cosas seguían un poco raras entre ellos. Las raíces del pelo se le estaban volviendo negras de nuevo, lo cual no hacía sino aumentar la sensación de que las cosas no estaban del todo bien y Kokoro tendía a apartar la vista.

—¿No hay ninguna cerca de donde vives? ¿Para estudiantes que han abandonado el instituto?

—Sí, hay una cerca.

A Kokoro le latió con fuerza el corazón cuando la conversación se dirigió hacia ella.

Masamune les lanzó una mirada de sabelotodo.

—Es el tipo de lugar al que primero vuelven la vista los padres cuando sus hijos dejan de ir a clase y no saben qué hacer. Hay uno de esos grupos de apoyo privados cerca del instituto al que iba. Sin embargo, cuando dejé de ir a clase, mis padres no hicieron nada realmente. Tan solo dijeron: «Probablemente, Masamune no querría asistir a ese sitio». Eso fue todo.

—Ya veo —dijo Aki, que sonaba impresionada—. Yo no tengo ninguna cerca. Nunca había oído hablar de algo así.

—Hum… —murmuró Fuka—. Me pregunto si habrá una cerca de mi instituto. Nunca me he fijado.

—¿Nunca intentaron tus padres que fueras a una? —preguntó Masamune.

—Mi madre está… ocupada, por decirlo de alguna manera —contestó ella, agachando la vista por algún motivo.

Kokoro no podía mencionar su propia experiencia. Recordaba que la escuela se llamaba *Kokoro no kyoshitsu*, «Aula para el corazón», con su propio nombre incluido, así que guardó silencio. No era más que una coincidencia que compartieran el nombre, pero sabía que, si alguien lo mencionaba, se moriría de vergüenza.

Sin embargo, estaba impresionada por Masamune y su forma de llamarla «escuela libre» y de usar la expresión «grupo de apoyo privado». Ella nunca lo había considerado en esos términos.

Masamune miró a Ureshino.

—Entonces, te estás saltando la escuela. ¿Has estado yendo allí todo este tiempo?

—Sí, pero solo por las mañanas —contestó el chico, tragando un bocado de comida. Alzó la vista, dudó durante un segundo y dijo—: Nadie me ha preguntado hasta ahora, así que os lo contaré. —Hizo que sonara como si fuese una tontería—. Esto me lo hicieron los chicos de mi clase. No es que me estuvieran acosando ni nada así. —Se oyó un jadeo, pero él no pareció darse cuenta—. Cada vez que golpean a alguien, la gente dice de inmediato que ha sido acoso, y eso no me gusta.

—Entonces, ¿por qué te pegaron? —preguntó Rion.

Ureshino contestó sin levantar la mirada.

—Eran unos tipos con los que hice amistad en el instituto. Nos llevábamos bien; venían a mi casa a jugar a videojuegos e íbamos juntos a la academia. Pensaba que éramos amigos, pero, entonces, las cosas se pusieron un poco raras.

Lo dijo de forma despreocupada, pero la dureza en su tono de voz dejaba claro que no estaba en absoluto tranquilo al respecto. *Si le resulta doloroso*, pensó Kokoro, *no tiene por qué hablar de ello*. Sin embargo, parecía que el chico quería echarlo fuera.

Kokoro no tenía ni idea del tipo de personas que eran aquellos compañeros de clase, pero si pensaba en sus propios compañeros, se hacía una vaga idea. Había conocido a chicos como aquellos desde primaria; chicos que hablaban de ti a tus espaldas, que se metían contigo y, a veces, llegaban demasiado lejos.

Sin embargo, tal como Ureshino había dicho, jamás había pensado que aquello fuera acoso.

Quizás él pensase lo mismo. Había dicho que «las cosas se pusieron un poco raras», pero era posible que tampoco considerase aquello un caso de acoso.

—Cuando venían a mi casa, les daba bebidas, helado y cosas así. Sentía lástima por ellos ya que sus padres no les daban una paga, así que, cuando salíamos, yo pagaba la comida. Y, tras un tiempo, empezaron a esperar que yo pagara siempre. Sin embargo, cuanto más lo hacía, más me respetaban y más intentaban complacerme. No era como si me estuvieran obligando a hacerlo, ¿no? Pero el profesor de la academia lo descubrió y se lo contó a mis padres. Mi padre se enfadó muchísimo. —Relató todo aquello con naturalidad y, por primera vez, se detuvo—. «¿No te da vergüenza intentar comprar amigos de ese modo?», me preguntó. —Sus ojos reflejaban el dolor que sentía. Agarró los palillos con el puño y pareció como si no pudiera sujetarlos adecuadamente—. Mi madre se enfadó con mi padre. Le dijo: «¿Por qué te enfadas con él? Son los otros chicos los que tienen la culpa por hacer que les compre bebidas y cosas así». Yo pensaba lo mismo, pero odiaba verlos pelear. Estaba harto y, cuando hablaron de ello con los otros padres, parece que esos chicos recibieron una reprimenda. Entonces, las cosas se pusieron muy raras y resultaba demasiado estresante ir a clase.

—Sí, debió de serlo —dijo una voz clara como una campana. Se trataba de Fuka, que le pidió que continuara—. Entonces, ¿qué pasó?

—Mi madre me llevó a la escuela libre y yo me matriculé. Se tomó tiempo libre por las mañanas. Sinceramente, era muy molesto, como si me estuviera espiando. No era que fuera a morirme ni nada.

—¿A morirte?

Subaru pareció dubitativo. Ureshino soltó una risa pequeña.

—Vaya broma, ¿eh? Según mis padres, sufría acoso, y los niños que sufren acoso se culpan a sí mismos y, a menudo, piensan en el suicidio. Habían leído libros al respecto y estaban muy preocupados por mí. Es una estupidez, porque en ningún momento pensé que quisiera morir. Ellos lloraban y me decían: «Haruka-chan, vas a estar bien».

—¿Haruka? —exclamó Masamune ante la revelación del nombre de Ureshino que, normalmente, era un nombre de chica. La mitad del rostro que no estaba cubierta de gasas se le crispó, como si se hubiera arrepentido de inmediato—. ¿Quién demonios es Haruka? —insistió Masamune.

—Soy yo. —Ureshino alzó la vista—. ¿Y qué? —añadió de forma cortante—. Resulta que mi nombre es Haruka. Olvídalo.

—Qué nombre tan dulce, como el de una chica —dijo Aki.

No parecía tener segundas intenciones al decir aquello, pero el rostro de Ureshino se puso rojo como un tomate.

—De todos modos, no me pega en absoluto —dijo él.

Eso lo explica todo, pensó Kokoro.

Cuando se habían presentado, todos habían dado su nombre de pila, excepto Ureshino, que solo les había dicho su apellido. No parecía querer revelarlo. Debían de haberse burlado de él sin piedad durante años.

—Como iba diciendo, mis padres fueron una auténtica molestia. Mi padre dijo que era patético por no ir al instituto solamente por eso. Los profesores de la escuela intentaron convencerles de que me dieran algo más de tiempo para solucionar las cosas, pero mi padre dijo que habían sido demasiado blandos conmigo y que, por lo tanto, tenía que volver al instituto normal durante el segundo semestre.

—¿Y qué hay de tu madre? ¿No te defendió?

Ureshino solo alzó la vista cuando le habló Fuka, pero, entonces, volvió a agachar la cabeza rápidamente.

—Lo hizo, pero, al final, acató lo que le dijo mi padre.

—Oh.

—Pero no fue como esperaba. Había oído que nuestro tutor decía que los chicos estaban preocupados de que hubiese dejado de ir a clase por su culpa, pero, cuando volví, no lamentaban ni un poco lo que había sucedido. Eso me estresaba, así que intenté hablar con ellos. Les dije que mi padre debía de haberles dicho de todo y que lo lamentaba.

—No creo que tuvieses que disculparte por nada —dijo Masamune de forma brusca. Sonaba un poco enfadado.

Ureshino no respondió. Puede que dijera que él y sus compañeros de clase seguían teniendo una buena relación, pero él había tenido que disculparse. Y, aunque decía que, en realidad, no le habían hecho nada, seguía esperando que mostrasen algo de arrepentimiento. Su historia estaba repleta de contradicciones, como si expresase perfectamente su propia confusión. Sin embargo, no estaba mintiendo. Las emociones que había sentido en cada momento eran, sin duda, tal como las describía.

—Uno de los chicos me dijo: «Oye, si no vas a invitarnos más, entonces, no quiero salir contigo». Los demás sonrieron con superioridad y se rieron, así que perdí los nervios y le golpeé, por lo que ellos me devolvieron los golpes. Y así fue como acabé herido. —El grupo no dijo nada y Ureshino continuó con su historia—. Según ellos, fui yo el que dio el primer golpe. Ahora, las cosas se han agravado mucho. Mis padres están hablando de demandarles, y no tengo ni idea de cómo va a acabar todo. Los profesores de la escuela también están preocupados por mí. ¿Sabéis? Son los únicos que me han dicho algo como: «Ureshino, ¿qué quieres hacer ahora?». Así que… —La voz se le volvió un poco inestable. De pronto, se giró hacia Masamune—. No te pongas en plan petulante y ridiculices a los grupos de apoyo privados como si estuvieras por encima de todo eso. Los profesores que están allí son los únicos que de verdad me han escuchado.

Masamune apartó la mirada, incómodo. Fuka fue la que habló.

—¿Qué les dijiste? —preguntó.

—¿Cuándo?

—Cuando te preguntaron qué querías hacer. ¿Qué les dijiste?

—Les dije que no quería hacer nada —contestó Ureshino—. Les dije que quería quedarme en casa, solo; que ni siquiera quería que mi madre estuviera allí. Dije que me parecía bien ir a la escuela de vez en cuando, pero que, principalmente, quería relajarme en casa. Y, dadas mis heridas, me permitieron hacerlo.

—Pero tú querías venir al castillo —señaló Fuka.

—¿Acaso eso está mal? —preguntó él.

—No, claro que no —contestó Masamune en lugar de la chica. Todos se giraron para mirarle—. Ha sido duro para ti, ¿verdad? —dijo de forma seca, con una mirada inusualmente seria.

Tras escuchar la historia de Ureshino, casi era la hora de que el castillo cerrase aquel día. Se quedaron de pie frente a los espejos en el vestíbulo y se despidieron.

—Bueno, nos vemos mañana —dijo Aki.

—Sí. Ahora, adiós —se dijeron los unos a los otros, como si fuese la cosa más normal del mundo.

No todos estaban allí todos los días. Tras haberse teñido el pelo, Aki y Subaru se ausentaban a menudo. No estaba segura de cómo expresarlo, pero, para Kokoro, en los últimos tiempos, ambos parecían hablar de asuntos más superficiales.

Se sorprendió especialmente cuando Aki les contó que tenía novio. Fuka y Kokoro no estaban acostumbradas a hablar de novios y Aki parecía disfrutar viéndolas sonrojarse.

—No es el primero que tengo —añadió, y las dos chicas más jóvenes se retorcieron de vergüenza todavía más.

Kokoro sintió que tenía que preguntar algo, así que dijo:

—¿Cómo es?

A lo que Aki respondió sencillamente:

—Es mayor. Tiene veintitrés años. La próxima vez me va a llevar en su moto.

—¿Cómo os conocisteis?

—Bueno, es una larga historia.

Evitó la pregunta, probablemente de forma intencional.

Aki no se guardó la historia solo para las chicas, sino que también la mencionaba delante de los chicos.

—Es raro —dijo Masamune en una ocasión, cuando ella no estaba—. ¿Una chica que está en el último año de secundaria y un hombre de veintitrés años? ¿En qué está pensando ese tipo?

—Ya lo sé —dijo Subaru—, pero Mitsuo, el amigo de mi hermano, tiene diecinueve años y una novia que está en el segundo año del instituto.

Masamune se calló, indignado. A diferencia de Aki, Subaru no decía las cosas solo porque disfrutara haciendo que se sintieran incómodos; sin embargo, Kokoro se sentía tan incómoda como él.

Después de que Subaru se hubiese decolorado el cabello, entre él y Masamune había una distancia evidente que antes no existía.

Subaru no acudía al castillo tan a menudo y, cuando lo hacía, casi siempre se sentaba solo en un sofá de la sala de los juegos, escuchando música con los auriculares.

—¿Qué escuchas? —le preguntó Kokoro en una ocasión.

—Cuando estoy en casa, la mayor parte del tiempo escucho la radio —contestó él—, pero aquí no consigo encontrar señal. —Así fue como Kokoro descubrió que no había señal de radio en el castillo. Si lo pensaba, excepto cuando la usaban para jugar a los videojuegos, tampoco podían ver la televisión—. Este reproductor se rompió en una ocasión y fui a Akihabara para ver si podía conseguir que me lo arreglaran, pero me dijeron que sería mejor que lo cambiara. No sabía qué hacer, así que busqué por los callejones y encontré una tienda que podía arreglármelo.

Claramente, el reproductor de música que le había regalado su padre era una posesión preciada.

—Ya veo —dijo Kokoro, asintiendo.

Masamune apartó la vista del videojuego y murmuró:

—Entonces, ¿has estado en Akihabara?

Kokoro sentía curiosidad. No tenía ni idea de dónde vivían Subaru y Masamune. Sin embargo, dado que Subaru había ido a Akihabara, eso debía significar que vivía en Tokio. Por lo tanto, debía de vivir lo bastante cerca como para ir solo. ¿O le había llevado alguien?

Más allá de Rion hablando de Hawái, aquella era la primera vez que mencionaban el nombre de un lugar en una conversación. Ella se preparó para descubrir más detalles sobre dónde vivía cada uno, pero Subaru se limitó a asentir.

—Sí —dijo.

Sobre ellos descendió un silencio antinatural y la charla se apagó.

Subaru no era el único que había empezado a mencionar cosas de fuera del castillo. Aki también lo hacía a menudo.

Ahora, se vestía diferente. Tras el verano, a menudo llegaba vestida con pantalones cortos diminutos y provocativos de color blanco o de un color neón deslumbrante. Incluso Kokoro se sentía un poco incómoda ante la visión de sus piernas largas y esbeltas.

—El sábado pasado casi nos detienen a mi novio y a mí por estar por la calle —anunció Aki—. Cielos, menudo susto. El tipo nos alcanzó y mi novio le dijo: «Oh, tiene diecisiete años. Ya se ha graduado del instituto». ¿Qué creéis? —les preguntó a Fuka y a Kokoro—. ¿Paso por una chica de diecisiete? ¿Tal vez con demasiada facilidad? —Desde luego, con el pelo teñido y la ropa brillante, parecía algo mayor, lo que a Kokoro le resultaba abrumador—. Perdonad —añadió Aki—, vosotras sois bastante sensatas, así que, probablemente, todo esto os parezca aburrido.

—No, no diría eso.

La palabra «sensatas» hizo que sonara como si se estuviese burlando de ellas y ni Kokoro ni Fuka supieron cómo responder. No era como si Kokoro tuviese celos, pero ese asunto le inquietaba. ¿Qué tipo de relación tenían Aki y aquel hombre? El hecho de que la chica tuviese una vida en el mundo exterior le pesaba y le hacía sentirse ansiosa.

Las circunstancias de todos eran diferentes.

Ya lo había pensado anteriormente, pero, tras escuchar la historia de Ureshino, lo tuvo más claro y empezó a preguntarse qué era lo que pensaba de todos ellos Rion, aquel chico normal que estudiaba en Hawái.

—Rion-kun, ¿a qué se dedican tus padres? —se aventuró a preguntarle un día.

—¿Hum?

—Estaba pensando que, dado que tuvieron la idea de enviarte a Hawái, tal vez trabajasen en algo relacionado con ese centro.

—Oh. —Rion asintió. Tomó aire y contestó—: Bueno, mi padre trabaja en una gran compañía y mi madre no trabaja. Me han contado que solía trabajar en la misma compañía que mi padre, pero que renunció cuando nací yo. ¿Qué hay de tu familia, Kokoro?

—Tanto mi padre como mi madre trabajan.

—¿De verdad?

—¿Tienes hermanos o hermanas? Yo soy hija única.

—Tengo una hermana mayor.

—¿Ella también está en Hawái?

Por alguna razón, el rostro de Rion pareció un poco triste.

—Japón —contestó—. Ella está en Japón. —De pronto, se puso serio—. Quería preguntarte… ¿Tú también has dejado las clases?

El pecho le dolió ante aquella pregunta. Incluso aunque había sido ella la que había sacado el tema, era la primera vez que alguien le preguntaba de forma tan directa. Sobre todo porque, entre todos ellos, lo había hecho Rion, que sí iba a clase.

—Sí —consiguió decir.

—¿También te pasó algo como a Ureshino? —le preguntó.

—Eh… Más o menos.

Le asaltó un deseo repentino de contarle todo, de hablarle sobre Miori Sanada y todo lo que le habían hecho. Sin embargo, él no le preguntó.

—Vaya —dijo—, debe de ser duro.

Y, así, la conversación terminó.

Tras llegar a casa desde el castillo, notó que fuera ya había oscurecido y se dirigió a comprobar el buzón.

Lo mejor de ir al castillo era que podía evitar escuchar el sonido metálico del buzón y el susurro del papel cuando Tojo-san dejaba dentro los folletos del instituto. Dicho esto, tampoco podía esperar justo hasta que su madre hubiese vuelto a casa para mirar el buzón. Si su madre veía todos aquellos papeles, volvería a recordar que su hija no estaba asistiendo a clase. Así que, como norma, Kokoro vaciaba el buzón ella misma antes de que su madre llegase a casa.

Y estaba a punto de hacerlo cuando ocurrió algo.

El timbre de la puerta principal, que rara vez sonaba, resonó por toda la casa.

Kokoro echó un vistazo al exterior desde la ventana de su habitación. Estaba bastante segura de que no era así, pero le hubiera resultado muy incómodo si se tratase de Tojo-san o de otro compañero de clase. Tal vez Miori y las otras estuviesen irrumpiendo en su casa de nuevo.

Había pasado tiempo desde entonces, pero el miedo seguía siendo parte de ella. Ante el sonido, se quedó paralizada y el estómago empezó a dolerle. Sin embargo, no se trataba de un compañero de clase. No había bicicletas por los alrededores. En su lugar, había una mujer. Giró la cabeza levemente y Kokoro pudo ver su perfil. Se dio cuenta de quién era.

—¡Ya voy! —dijo, bajando las escaleras a saltos. Abrió la puerta y se encontró con la señorita Kitajima del «Aula para el corazón». Parecía tan amable como siempre. Sonrió a Kokoro—. Hola —dijo.

Acababa de regresar del castillo y no iba vestida con el pijama o con ropa informal de estar por casa, por lo que no tendría que haberse sentido incómoda. Sin embargo, le resultó difícil mirarla a los ojos.

—Me alegro mucho de verte —dijo la señorita Kitajima.

Kokoro se quedó allí de pie, conteniendo la respiración. Aquella era la primera vez que la señorita Kitajima iba a su casa.

Tras su reciente disputa, la madre de Kokoro no había vuelto a interrogarla sobre su paradero durante el día. Tal vez la señorita Kitajima le hubiese dicho que era mejor no presionarla o algo similar. Su madre parecía seguir en contacto con ella.

El tono de voz de la señorita Kitajima era amistoso y ligero.

—Ha pasado algún tiempo —dijo—. ¿Cómo estás? A pesar de que ya es septiembre, todavía hace mucho calor, ¿verdad?

—Sí.

Kokoro no creía que su rostro revelase lo que estaba pensando de verdad, pero la mujer se rio y dijo:

—No he venido por ningún motivo en particular. Tan solo pensé que, si venía durante el día, tal vez estuvieras en casa. Tenía muchas ganas de volver a verte, Kokoro-chan.

—Sí.

No consiguió nada más que repetirse a sí misma. También se sintió aliviada de que hubiese elegido un momento en el que ya había vuelto a casa. De lo contrario, tal vez hubiese informado a su madre. Había dicho que hacía tiempo que no la veía, pero lo cierto era que tan solo se habían visto una vez, cuando Kokoro había ido a conocer la escuela. Aun así, aquella visita también debía de ser parte de su trabajo.

Kokoro se quedó en el umbral de la puerta, preparándose en silencio para aquello. Aun así, en el interior, sentía el cosquilleo cálido de las palabras que la señorita Kitajima le había dicho a su madre; unas palabras a las que deseaba aferrarse. «No es culpa de Kokoro-chan que no pueda ir a clase». No creía que la mujer hubiese investigado lo que le había ocurrido, pero sí sabía que no se estaba perdiendo las clases solamente porque fuese vaga. Ella la entendía.

—¿Señorita Kitajima?

Aquellos pensamientos le permitieron hablar al fin.

—¿Sí? —le preguntó la mujer, mirándola.

—Lo que usted le dijo a mi madre... ¿es cierto de verdad? —Los ojos almendrados de la señorita Kitajima vacilaron un poco y Kokoro, incapaz de sostenerle la mirada, apartó la vista—. Le dijo que no era culpa mía que no pudiera ir a clase.

—Así es —contestó ella, con un asentimiento claro y empático. Su certeza hizo que Kokoro abriera los ojos de par en par y volviera a mirarla con más atención—. Sí que dije eso.

—Pero ¿cómo...?

Un centenar de pensamientos le dieron vueltas en la cabeza mientras tenía la vista fija en la señorita Kitajima y, entonces, en un instante, lo comprendió. *En realidad, no quiero preguntarle cómo sabe que no es culpa mía, sino, más bien, decirle que ese era mi deseo.* El deseo de que se diera cuenta de todo lo ocurrido. Sin embargo, no podía decirlo.

Estas personas son adultas y están atadas por las normas. Sabía que, sin duda, la amabilidad de la señorita Kitajima se extendería de igual forma a cualquiera. Si Miori Sanada estuviera en problemas y afirmase que no podía ir a clase, seguramente la mujer sería igual de amable con ella.

Sabía que, si le preguntase algo más, probablemente acabaría contándoselo todo. En sus entrañas, Kokoro deseaba que la señorita Kitajima le preguntase: «¿Qué ha pasado en el instituto? Tiene que haber algún motivo por el que no vas, ¿no?». Esperaba aquellas preguntas con impaciencia.

Sin embargo, lo que dijo la mujer a continuación fue completamente diferente.

—Lo que quiero decir es que estás luchando cada día, ¿verdad? —dijo.

Kokoro tomó aire en silencio. *Luchando.* No tenía ni idea de qué quería decir con aquello. Sin embargo, en cuanto lo oyó, la parte más vulnerable de su interior se contrajo y comenzó a arderle. No porque le doliese, sino porque se sintió feliz.

—¿Luchando?

—Sí. Me parece que, hasta ahora, lo has pasado muy mal y que, incluso ahora, sigues luchando.

La mujer debía pensar que se pasaba el día durmiendo o viendo la televisión y debía malinterpretar su ausencia de casa como que había salido a divertirse. Y, si no hubiese estado yendo al castillo, eso podría haber sido verdad. Sin embargo, a pesar de todo, seguía afirmando que estaba luchando.

Kokoro se dio cuenta de que estaba temblando.

La idea de que los jóvenes luchan para seguir adelante podría ser una generalización. Después de todo, aquel era el trabajo de la señorita Kitajima. Así que, tal vez, solo estaba diciendo algo que se podía aplicar a todo el mundo.

Sin embargo las palabras llegaron directamente al centro del corazón de Kokoro. No había pensado en ello de aquel modo hasta entonces, pero, ahora que lo había hecho, se daba cuenta de que, sí, había estado intentando luchar para superar cada día. Incluso en aquel momento, ya que no iba al instituto para que no la matasen.

—¿Te parece bien si vengo otro día?

De pronto, recordó las palabras de Ureshino: «Los profesores que están allí me escucharon de verdad».

—Claro.

Fue lo único que consiguió decir como respuesta.

—Gracias —dijo la señorita Kitajima—. Aquí tengo un detallito para ti. —Le tendió un paquete pequeño. *¿Qué podrá ser?*, se preguntó Kokoro mientras lo observaba sin tomarlo—. Es té. Bolsas de té. —Estaban dentro de un bonito sobre azul claro con fresas silvestres dibujadas—. Es un tipo de té negro. Por favor, pruébalo si te apetece. ¿Lo aceptas?

—Claro. Gracias —consiguió decir.

—De nada. Entonces, te veré pronto.

La conversación se había acabado, pero Kokoro descubrió que deseaba más; que, de algún modo, quería evitar que se marchase.

Tras despedirse de la mujer, se dio cuenta de que sentía una extraña cercanía con ella. Le recordaba a alguien, a pesar de que apenas conocía a nadie de su edad.

¿O el motivo por el que trabajaba en aquella escuela sería precisamente porque se le daba bien ganarse a los adolescentes?

Abrió el sobre del té. No estaba cerrado. Dentro, había dos bolsas de té a juego con el color del sobre. En casa, sus padres tomaban té negro, pero nunca le habían preguntado si le apetecía beber un poco. Le hacía feliz que, por fin, la tratasen como a una adulta.

OCTUBRE

Ocurrió en algún momento a principios de aquel mes. Como siempre, Kokoro se estaba preparando para marcharse del castillo antes de que cerrase cuando Aki le preguntó:

—¿Piensas venir mañana?

Era poco usual que preguntase aquello.

—Sí, pero, ¿qué ocurre? —contestó Kokoro.

—Hay algo que quiero decir; algo que quiero deciros a todos. Si lo hiciera cuando faltase uno de nosotros, no sería justo —contestó Aki de forma significativa.

Su forma de actuar dejó a Kokoro inquieta. *¿Se trata de mí?*, se preguntó. *¿He hecho algo?* Preocuparse tan solo le haría sentirse enferma, pero Aki se limitó a decir:

—Bien, entonces, te veo mañana.

Y se escabulló de vuelta a casa a través del espejo.

La tarde siguiente, se reunieron todos y Rion fue el último en llegar.

Resultó que Aki ya les había comentado a todos que tenía algo que decirles. A Kokoro le sorprendió que no solo ella tuviese algo que contarles, sino que Masamune también. Se asombró ante aquella pareja improbable. Masamune fue el primero en hablar.

—Oíd, quería saber… Poniéndonos serios, ¿cuánto estáis buscando la Llave de los Deseos?

El grupo pareció sorprendido. Dado que solo se cumpliría el deseo de una persona, todos se veían como rivales, al menos con respecto a aquello. Lo cual podría explicar por qué apenas habían hablado de ello. La Reina Lobo había dejado claro que, si alguien localizaba la llave, encontraba la Sala de los Deseos y veía su deseo cumplido, entonces el castillo cerraría de forma permanente, incluso antes de la fecha límite del 30 de marzo.

Dado que el castillo seguía abierto, eso significaba que aún no se había concedido ningún deseo, pero Kokoro podía sentir que todos seguían siendo conscientes de que todavía tenían que ubicar la llave.

—La he buscado, pero no recientemente. No he tenido tiempo. Además, esto es divertido.

Aquello lo dijo Ureshino, que ya no llevaba las vendas. La gasa de la mejilla había sido sustituida por un apósito y parecía sentir mucho menos dolor. Masamune le miró y continuó.

—Es lo mismo en mi caso. Pero todos la hemos buscado un poco, ¿me equivoco? Sin importar cuál sea el deseo.

—Supongo —dijo Subaru. Cuando habían mencionado el tema anteriormente, había dicho que no tenía ningún deseo en particular y que ayudaría a Masamune a buscarla. Pero, al parecer, incluso él la había buscado por su cuenta—. Después de que la Reina Lobo lo explicara, claro que pensé en ello. Algo así como que, tal vez, apareciese sola. Pero no ha sido así.

Aki asintió.

—Masamune y yo tenemos una propuesta. Creemos que es totalmente probable que alguien haya encontrado ya la llave y que, tal vez, tenga la intención de ocultarla hasta el último momento posible en marzo o, por el contrario, esté teniendo problemas para localizar la Sala de los Deseos. Así que pensamos en preguntaros a todos.

—¿Una propuesta?

Masamune y Aki intercambiaron una mirada.

—Casualmente, el otro día estábamos los dos solos en el castillo y empezamos a hablar de ello. He de admitir que Masamune y yo hemos buscado la llave con mucho empeño. Hemos mirado por todas partes.

—Nos dijeron que estaría en algún espacio público, no en ninguna de las habitaciones individuales y, aunque se trata de un espacio grande, hay un número limitado de lugares en los que mirar. Y, creedme, he buscado por todas partes.

—Yo también —dijo Aki. Suspiró y miró alrededor—, pero no hemos podido encontrarla. Sinceramente, no se me ocurre ni un solo lugar en el que no haya buscado. Me estaba exasperando bastante y Masamune, que también la estaba buscando desesperadamente, se topó conmigo en el comedor.

—¿De qué hablas? ¿«Desesperadamente»? —le interrumpió Masamune, que sonaba un poco frustrado—. ¿Cómo puedes decir eso sobre mí? ¿Tú, que finges que no te importa un bledo cuando estamos todos juntos, pero que, aun así, vas por ahí lamiendo los platos uno por uno en su búsqueda con más desesperación que yo?

—Y tú, ¿qué? ¿Acaso no te quedas aquí sentado todo el tiempo, fingiendo que pasas cada minuto en la sala de los juegos, pero, en cuanto no hay nadie, te lanzas a la acción? Creo que tú eres el que está desesperado.

Masamune y Aki se fulminaron con la mirada hasta que intervino Subaru.

—Chicos, ¡venga ya! Entonces, ¿qué es lo que proponéis?

—Que trabajemos todos juntos —dijo Aki.

—Ya es octubre —añadió Masamune—. Ha pasado bastante tiempo desde que nos trajeron aquí el pasado mayo y todavía no la hemos encontrado. Creo que la Sala de los Deseos también debe de tener alguna entrada secreta. Recordad que solo nos queda medio año.

—Puede ocurrir que llegue el último día y no se haya cumplido el deseo de nadie —dijo Aki—. Creo que no deberíamos vernos como rivales, sino buscarla juntos y, después, debatir a quién se le debe conceder el deseo. O, si no, echarlo a suertes o decidirlo con «piedra, papel o tijera». —Hizo una pausa, esperando una reacción—. Es que no hemos podido encontrarla —se lamentó—. De verdad que nos hemos dejado la piel. Sería una lástima que se acabase el tiempo sin que la hayamos encontrado. Tan solo tenemos que hacerlo y no preocuparnos por lo desesperados que parezcamos.

—Tiene sentido —asintió Fuka, que había estado callada hasta ese momento—. Aki, no tenía ni idea de que tuvieras un deseo que anhelases tanto que se cumpliera. También cuesta creer que Masamune se haya mostrado tan entusiasta.

Aki pareció molesta, tal vez sorprendida de que Fuka la confrontase de forma tan directa, y apartó la vista.

—Si te dicen que se cumplirá con total certeza, entonces todo el mundo tiene uno o dos deseos —dijo Masamune.

Sin embargo, las siguientes palabras de Fuka sorprendieron a todos todavía más.

—¿Tener uno o dos deseos? Yo no tengo ninguno. —Kokoro no estaba segura de si lo decía en serio o no. Entonces, la chica añadió—: No pasa nada; os ayudaré. Estoy de acuerdo con la idea de que busquemos la llave todos juntos. Por cierto, yo no la he encontrado. Aunque no es que la haya buscado demasiado.

Era cierto que, cuando Fuka estaba en el castillo, pasaba más tiempo encerrada en su habitación que los demás. Puede que no estuviese demasiado interesada en buscar la llave de verdad.

Kokoro no tenía ni idea de qué decir. Por supuesto, ella también tenía un deseo que quería que se cumpliera. Sin embargo, era un deseo más o menos cuestionable y no estaba segura de querer revelarlo. Especialmente a los chicos, que, probablemente, empezarían a evitarla si se lo contaba. Entonces, si localizaban la

llave, ¿cómo decidirían qué deseo hacer realidad? Decidirlo por
«piedra, papel o tijera» funcionaría, pero, si tenían que explicar
su deseo uno por uno frente a los demás como si fuera el discur-
so de unas elecciones, intentando convencer a los otros de la intensidad de tal deseo, Kokoro, que no era muy buena oradora,
estaría en desventaja. Sin duda, Aki o Masamune se saldrían con
la suya.

Sin embargo, todavía tenían que encontrar la llave y no había ninguna garantía de que eso fuese a ocurrir nunca.

La propia Kokoro, cuando había tenido ganas, había buscado a escondidas, pero había acabado con las manos vacías. Tal
como había dicho Aki, sería una verdadera lástima si todo ter-
minase sin que se hubiese cumplido el deseo de nadie.

—A mí me parece bien buscarla entre todos —dijo Rion.

Ureshino hizo un gesto con la cabeza, asintiendo.

—A mí también, claro.

Desde que Ureshino había dejado el castillo para volver al
instituto y había regresado lleno de golpes, la atmósfera del lugar había cambiado definitivamente. Todos parecían más cómo-
dos al abrirse con los demás.

Nosotros dos todavía no hemos contestado, pensó mientras se
encontraba con los ojos de Subaru. Ella fue la primera en asentir.

Si se cumplía su deseo, sin duda eso la haría la más feliz del
mundo, pero disfrutar del tiempo en el castillo hasta marzo era
igualmente importante. Fue en ese momento, cuando escuchó
que solo les quedaban seis meses, que se dio cuenta de la realidad. Había sido muy inconsciente. ¿Qué ocurriría si, cuando el
castillo desapareciese, todavía era incapaz de ir a clase?

Había estado pensando que el siguiente curso escolar quedaba muy lejos, pero se acercaba de forma inexorable. Cuando
pensaba en sí misma como estudiante de segundo año en el
instituto, sentía que se le escapaba la sangre y el estómago empezaba a dolerle.

En su caso, tampoco había otra opción: tenían que hallar la llave sí o sí.

—Estoy de acuerdo. Busquémosla juntos —asintió.

Subaru, que estaba a su lado, esbozó una sonrisa.

—De acuerdo —dijo—. Ahora, vamos a empezar a buscarla adecuadamente. Así que, hagamos las cosas de forma sistemática. ¿Qué os parece si dibujamos un mapa del castillo y tachamos las áreas que ya hayamos cubierto?

—Creo que he hecho una búsqueda exhaustiva en el comedor —dijo Aki, levantando una mano rápidamente—. He mirado en todas partes: desde el frigorífico vacío hasta justo detrás de las cortinas. Por supuesto, querría que vosotros también lo comprobaseis.

—Yo he mirado aquí cinco o seis veces —dijo Masamune, echando un vistazo a la sala de los juegos. Señaló la cabeza de reno y la chimenea.

Subaru también asintió.

—Yo he buscado en la cocina y los baños. Me preguntaba por ellos, dado que no hay agua corriente, así que revisé los grifos y los desagües, pero no encontré nada. Tampoco he podido dar con la entrada a la Sala de los Deseos.

—¿De verdad? —Masamune le lanzó a Subaru una sonrisa cómplice.

—¿Tienes algún problema? —contraatacó él.

—No, es solo que no había creído que fueses a buscarla con tanto empeño. Pero ahora veo que, en realidad, estás muy interesado. Eres malo, ¿lo sabías?

—¿Y tú no?

Aquel intercambio hizo que Kokoro se sintiera un poco ansiosa, pero ambos estaban sonriendo. Parecían complacidos de poder bromear así al fin, de poder abrirse libremente el uno con el otro.

—Tengo una petición. —Aquel fue el turno de Rion de levantar la mano. Esperó hasta que tuvo la atención de todos—.

La Reina Lobo dijo que el castillo estaría abierto hasta marzo, pero también dijo que si encontrábamos la llave y se cumplía un deseo, cerraría de inmediato.

—Eso dijo —asintió Aki.

—Entonces —continuó Rion—, me uniré, pero, dado que lo vamos a hacer todos juntos, ¿podéis prometerme una cosa? Que, aunque encontremos la llave, no la usaremos hasta marzo y mantendremos el castillo abierto para pasar el tiempo aquí hasta el final.

Kokoro contuvo la respiración y le miró.

Ella había estado deseando lo mismo. El próximo abril comenzaría el nuevo curso escolar y, aunque pudiera cambiarse de clase en el instituto, la idea de volver la deprimía tanto que quería esconderse. Ya hacía un tiempo que se ausentaba y ni siquiera la perspectiva de una clase nueva era suficiente para persuadirla de regresar. Además, Sanada seguiría estando en el mismo curso que ella. No creía que fuese capaz de sobrevivir hasta marzo encerrada a solas en su habitación. Estaba demasiado asustada. Quería que el castillo siguiera tal como estaba. Ella y Rion estaban en sintonía.

Él dijo:

—Sin importar de quién sea el deseo que se cumpla, ¿podemos ceñirnos todos al acuerdo? Que nadie vaya por su cuenta.

—Por supuesto —dijo Masamune. Miró a los demás, intentando leerles los pensamientos—. Todos queremos quedarnos aquí todo el tiempo que podamos.

Nadie se opuso a aquello.

Ni Subaru, con el pelo descolorido y su manera de hablar educada; ni Aki con su novio mayor que ella; ni Fuka, que no tenía ningún deseo; ni Ureshino, que había regresado tras haber recibido una paliza y, aun así, no creía haber sufrido acoso.

Permanecieron en silencio.

—Bien —dijo Rion. Sonrió ampliamente—. Me alivia que sea así.

—Así que vais a unir fuerzas… ¡Qué absolutamente maravilloso que hayáis ideado una estrategia!

Fue entonces cuando oyeron la voz. Procedía justo de detrás de Kokoro, que soltó un grito. Se apartó de un salto y miró a su alrededor. Se trataba de la Reina Lobo, que hacía su primera aparición después de bastante tiempo.

—¡Reina Lobo!

Les había sorprendido. La miraron fijamente, con los ojos muy abiertos. Llevaba un vestido que no habían visto antes, pero la máscara era tan desconcertante como siempre.

—Bueno, bueno, me alegro de veros a todos, mis Caperucitas Rojas —dijo, pavoneándose hasta colocarse en el centro del grupo.

—¿Qué haces, dándonos semejante susto? —dijeron Masamune y Rion.

—Mis disculpas —replicó la niña agitando la mano y con el gesto, como siempre, oculto tras la máscara—. Parecía que mis Caperucitas Rojas se lo estaban pasando muy bien, así que desaparecí un tiempo. Pero me he dado cuenta de que no os había dicho algo importante.

—¿Algo importante? —preguntó Aki con la cabeza inclinada—. No va contra las reglas que trabajemos todos juntos para buscar la llave, ¿verdad?

—En absoluto —dijo la Reina Lobo—. De hecho, es excelente. Es espléndido veros cooperando de forma tan eficiente. Ayudarse unos a otros es muy bonito, así que esforzaros mucho.

—Bien.

—Pero hay algo que se me olvidó contaros, así que hoy he venido a decíroslo. —Se encaramó torpemente sobre la mesa que había frente al sofá—. Que se os conceda un deseo está muy bien, por supuesto, pero debéis comprender que, en cuanto uséis la llave y entréis en la Sala de los Deseos para que se cumpla, perderéis todos los recuerdos de este castillo.

—¡¿Qué?!

Aquella fue una respuesta colectiva. La Reina Lobo decidió ignorarla.

—En el instante en el que se os conceda el deseo, os olvidaréis de todo: del castillo y de todo lo que haya ocurrido entre sus paredes. Os olvidaréis los unos de los otros y, por supuesto, os olvidaréis de mí. Es un poco triste, ¿no? —añadió, mirándoles a los ojos fijamente—. Si no se cumple el deseo de nadie antes del 30 de marzo, vuestra memoria permanecerá intacta. El castillo se cerrará, pero recordaréis todo lo que ha ocurrido. Así es como funciona. —Se encogió de hombros suavemente y se bajó de la mesa, deslizándose. Kokoro no podía imaginar el tipo de expresión que mostraba bajo la máscara—. Siento mucho haberme olvidado de contároslo —añadió la niña con ligereza.

El grupo estaba perplejo.

Kokoro también necesitaba tiempo para digerirlo. Iban a olvidar «todo lo que haya ocurrido entre sus paredes». Aquellas palabras habían sido un golpe.

—¿Estás... bromeando? —dijo una voz finalmente. Era Rion, desconcertado—. No es que no te crea, pero ¿estás hablando en serio?

Kokoro podía entender la confusión del chico. Comprendía lo que quería decir la niña, pero sus emociones lo rechazaban. Además, quería asegurarse. Kokoro se sentía igual y, probablemente, los demás también.

—Hablo totalmente en serio —dijo con serenidad la Reina Lobo—. ¿Tenéis alguna otra pregunta?

—Entonces, ¿qué pasa con los recuerdos del tiempo que hemos pasado aquí? —Fue Masamune el que preguntó aquello. Había una pizca de agresividad en su tono de voz—. Van a pasar varios meses, así que ¿qué habremos estado haciendo todo ese tiempo?

—Vuestros recuerdos se irán completando según convenga —contestó la niña—. Se llenarán con una repetición de las cosas que hacíais antes: dormir, ver la televisión, leer libros y manga, ir de compras de vez en cuando, jugar en los salones recreativos… Supongo que serán recuerdos de ese tipo de cosas.

—¿Estás diciendo que los recuerdos de leer cualquier libro o jugar a videojuegos aquí serán sustituidos por otra cosa? Entonces, ¿no me acordaré de cualquier cosa nueva que haya leído, como una historia manga, por ejemplo? Vaya pérdida de tiempo…

—Tal vez, pero ¿acaso es un problema tan grande? —El tono de la Reina Lobo fue brusco—. ¿Tan importante es para ti almacenar nuevas historias manga?

—Claro que lo es; no seas idiota.

Masamune hizo un mohín, mostrando finalmente su irritación. Por su parte, Kokoro estaba pensando en cómo, en su habitación, con las cortinas naranjas y ligeras, día tras día disfrutaba viendo en la televisión su novela favorita y cómo, de todos modos, cuando llegaba la noche, la trama se había medio desvanecido de su memoria. No solo le ocurría con los *doramas*, sino que también le sucedía con los programas de entrevistas y de variedades: se olvidaba rápidamente de todo su contenido.

Sin embargo, para Masamune, que se emocionaba hasta llorar con los videojuegos tanto como con los manga y las películas, ser incapaz de acumular nuevos conocimientos gracias a sus contenidos podía ser de verdad una pérdida colosal. La Reina Lobo se limitó a sacudir la cabeza.

—Entonces, renuncia a ellos. Puede que, para ti, sean importantes, pero esa es la energía que se ha de gastar para que un deseo se haga realidad. Si no te gusta, entonces, si encuentras la llave, no la uses. —Mientras observaba fijamente a todos a la cara, la Reina Lobo tenía una mirada severa—. Sin embargo, Caperucitas Rojas, lo que hayáis hecho al otro lado del espejo permanecerá. Ya sea jugar al fútbol, encontrar un novio, teñiros el pelo o volver a clase y recibir una paliza.

Kokoro pudo sentir a Ureshino poniéndose rígido.

—¿Te refieres a mí? —preguntó con la voz tensa—. ¿Te estás burlando de mí, Reina Lobo?

Desde aquel incidente, Ureshino se había vuelto más tranquilo. No había levantado la voz ni una sola vez ni se había enamorado de ninguno de ellos, y Kokoro se esforzaba por evitar que volviera a salir el tema.

Inesperadamente, la Reina Lobo contestó:

—No, no me estoy burlando. Tu valentía para regresar me parece encomiable. Tan solo lo he mencionado como un ejemplo y, si eso te ha molestado, lo lamento. Te pido disculpas.

Su respuesta firme dejó a Ureshino sin energía.

—¿Eh? —dijo. Se giró hacia Fuka, que estaba a su lado, y le preguntó—: ¿Encomiable? ¿Qué significa eso?

—Significa que te respeta.

El chico abrió mucho los ojos, atónito.

—¿Alguna otra pregunta? —insistió la Reina Lobo.

Lo que Kokoro quería decir no era una pregunta, sino, más bien, una opinión. O, para ser más exactos, algo que no le satisfacía. Sus recuerdos iban a desvanecerse; se olvidarían del castillo y, naturalmente, aquello también significaba que se olvidarían los unos de los otros. No tenía ni idea de cómo interpretaría la Reina Lobo el silencio de todos ellos.

—Si no hay nada más, me marcho —dijo la niña y, después, ya no estaba allí.

Hacía tiempo que no la veían desaparecer de aquel modo, pero nadie se atrevió a comentar nada al respecto. La primera vez que había interpretado su número de desaparición había causado un gran revuelo, pero, ahora, la atmósfera había cambiado. Kokoro echaba de menos aquellos primeros días.

—Entonces, nuestros recuerdos se desvanecerán… ¿y qué? —dijo una voz, rompiendo el silencio. Se trataba de Aki. Todo el grupo la miró. Kokoro no estaba segura de si lo estaba haciendo a propósito, pero les miró a los ojos con una respuesta fría—. A mí no me preocupa ni un poco —dijo—. Quiero decir que, de todos modos, tan solo podemos estar en el castillo hasta marzo y, después de eso, no podremos volver a vernos. La llave nos concederá cualquier deseo y no usarla sería un gran desperdicio, ¿no? —Los miró de uno en uno, como si buscara que le diesen la razón—. Todo esto no existía antes, así que tan solo implicará que regresaremos a nuestras vidas previas. ¿Qué hay de malo en eso?

—Todo. —Sorprendidos, el grupo se giró hacia otra voz. Se trataba de Ureshino. Acostumbraba a emocionarse, pero su voz sonaba inusualmente tranquila. Aki, a diferencia de lo que solía ser habitual, no contestó y él continuó—. Odio pensar en ello. No quiero olvidar cómo todos me habéis escuchado o cómo la Reina Lobo ha dicho que me respetaba.

—No ha dicho que te respetase, ha dicho que te encontraba encomiable —dijo Masamune.

—¿Y? —Ureshino parecía serio—. Si significa olvidaros a todos, entonces no necesito que se cumpla mi deseo. —Miraba al frente con los ojos que, por una vez, brillaban sin ningún rastro de rencor. Se giró hacia Aki, ladeando la cabeza—. ¿Tú no te sientes así también, Aki-chan? ¿De verdad preferirías que se cumpliera tu deseo?

Kokoro le escuchó con sorpresa. Ureshino había admitido buscar la llave, pero ahora afirmaba que prefería conservar sus recuerdos antes que ver su deseo cumplido. Ella formaba parte de esos recuerdos. También Masamune y Aki, con todas sus riñas y disputas. Todos y cada uno de ellos.

Sintió algo cálido que emanaba desde sus entrañas y se dio cuenta de que era una sensación de felicidad. Puede que Aki estuviese experimentando el mismo tipo de euforia. A pesar de sus duras palabras, parecía desconcertada.

—No… No es que yo… —dijo.

Tal vez tan solo estuviese mostrando una fachada valiente. ¿De verdad era capaz de decir que, mientras se cumpliera su deseo, no le importaba? Ureshino la interrumpió.

—De hecho, puede que vaya a por todas y sea el primero en conseguir la llave. Entonces la romperé o la esconderé. En realidad, puede que intente bloquearte, Aki-chan. —La chica se puso de un rojo brillante y le fulminó con la mirada—. Lo siento —Ureshino agachó la mirada y nadie dijo nada.

Sobre ellos se posó un silencio que resultó aún más sofocante que si alguien hubiese estado gritando. Finalmente, Aki habló.

—Bien. Haced lo que queráis.

Y con eso, abandonó la habitación.

Todos los del grupo se quedaron mirándose sin comprender. El mensaje implícito era el siguiente: era hora de marcharse.

—Me pregunto en qué consiste el deseo de Aki —dijo Subaru que, hasta entonces, no había dicho nada. No sonaba como si estuviera buscando la opinión de nadie, tan solo estaba expresando sus propios pensamientos—. Bueno, supongo que sobre gustos no hay nada escrito —murmuró y, después, sonrió—. Aun así, la Reina Lobo es muy traviesa. ¿Por qué decírnoslo ahora, a estas alturas? ¿O, tal vez, estuviese esperando a que ocurriera esto?

—¿Esperando? —preguntó Kokoro.

Es siempre un chico tan inusual..., pensó.

—Sí —contestó él—. Tal vez estuviese esperando a que nos conociéramos; esperando hasta el momento en el que nuestro deseo ya no nos importase. De todos modos, puede que nunca haya pretendido concedernos un deseo. Tal vez ni siquiera haya una llave.

—Eso puedo imaginármelo.

—Sí, ¿verdad?

—No. —Rion sacudió la cabeza—. Creo que la Reina Lobo sí pretende concederle un deseo a uno de nosotros. No creo que esté haciendo todo esto por fastidiarnos. Aunque sí podría estar poniéndonos a prueba, para ver si iríamos a por el deseo siendo plenamente conscientes de las consecuencias. No importa lo que decidamos, creo que ella estará de acuerdo. Tengo la sensación de que no nos estaba mintiendo cuando ha dicho que, sencillamente, se le había olvidado contárnoslo antes.

Kokoro tenía la ligera sensación de que la Reina Lobo estaba escuchando la conversación a hurtadillas.

—¿Tú qué opinas, Fuka?

—¿Yo? —La chica se giró para mirarles a la cara. Tenía un gesto extraño—. Había estado pensando que, incluso cuando regresásemos al mundo real, seguiría poniéndome en contacto con todos vosotros.

—¿Eh?

—Hasta ahora, siempre había pensado que, si nos decíamos quiénes éramos y dónde vivíamos, podríamos vernos. Así que no me parecía tan triste.

—Oh.

Kokoro comprendió lo que Fuka quería decir, dado que, más o menos, ella había estado pensando lo mismo. No podía imaginarse no volver a verles nunca más. El «mundo real» que había mencionado la chica adquirió un peso aún mayor.

Pensó que todo aquello, lo que ocurría en el castillo, era real, pero su realidad seguía estando fuera y era el tipo de lugar al que no deseaba regresar si podía evitarlo.

—Pero, si olvidamos todo, ¿no es eso imposible? Puede que intercambiemos las direcciones, pero ¿no olvidaríamos que lo habíamos hecho siquiera?

—Pero, si no se concede ningún deseo, puede que sea una buena idea que intercambiemos nuestra información de contacto, solo por si acaso —dijo Masamune.

—¿Direcciones y números de teléfono? —preguntó Subaru. Masamune asintió.

Al principio, ambos habían jugado a videojuegos juntos a todas horas y, en parte, le habían parecido bastante similares. Sin embargo, tras las vacaciones de verano, cuando Subaru se había decolorado el pelo, empezaron a parecerle un poco incompatibles. Sencillamente, no podía imaginárselos a ambos (Masamune y el llamativo pero muy educado Subaru) juntos en la misma clase, por ejemplo.

Nuestra información de contacto. Aquellas palabras le atravesaron. *En el mundo real. Nuestra información de contacto en el exterior.*

Kokoro se dio cuenta de que allí, en el castillo, muchas cosas eran la excepción. Realmente, no sabían nada los unos de los otros.

Al parecer, Rion estaba viviendo en Hawái, eso lo sabía, pero siempre había sentido que no podía preguntarles a los demás de dónde eran y, por lo tanto, no lo había hecho. Era cierto que se moría por saberlo, pero se resistía a la idea de que alguien supiera algo sobre ella.

Me pregunto por qué, pensó. *Porque yo misma quiero olvidarlo todo.*

Mientras estaba allí, quería librarse de todo: de ser una estudiante del Instituto de Secundaria n.º 5 de Yukishina, de la clase con Miori Sanada y de Tojo-san, que vivía dos casas más allá de la suya.

Puede que los demás se hubiesen sentido del mismo modo. Puede que empezasen a mostrar cierto interés en la idea de Fuka de intercambiar información personal, pero, aquel día, ninguno pareció estar listo para dar ese paso.

«Entonces, nuestros recuerdos se desvanecerán… ¿Y qué?».

Aquellas habían sido las palabras de despedida de Aki y, desde entonces, no había regresado al castillo. Tal vez estuviese siendo testaruda. Era posible que, en realidad, no se sintiese así y que lo hubiese dicho para parecer más dura.

Aquellos que todavía visitaban el castillo se habían dado cuenta de la ausencia de la chica. Bromeando, Masamune dijo:

—¿Acaso no se pregunta qué pasará si alguien encuentra la llave mientras no está aquí?

Sin embargo, había tiempo hasta marzo, por lo que no tenían ninguna prisa.

Después de todo, todavía era octubre.

Buscar la llave, pedir un deseo y perder sus recuerdos. Todavía era demasiado pronto para todo aquello.

Aki volvió al castillo a principios de noviembre.

Kokoro fue la primera en descubrir que había reaparecido. Aki estaba en la sala de los juegos, en el sofá, acurrucada en un rincón y abrazándose las rodillas.

—Aki-chan.

Lo dijo vacilante y la otra chica alzó la cabeza de donde la tenía enterrada entre las rodillas. Parecía a punto de llorar. La sala estaba muy iluminada, pero, de algún modo, la zona que la rodeaba permanecía en las sombras como si hubiese absorbido toda la luz. Tenía el rostro pálido y marcado por una arruga de la falda.

—Kokoro —dijo Aki. Tenía la voz débil y se le atascó en la garganta, ronca y seca, lo que hizo que sonase casi como si estuviera pidiendo ayuda.

Kokoro soltó un grito ahogado.

Aki se había puesto el uniforme escolar. Kokoro se dio cuenta de que nadie había ido nunca al castillo vestido de uniforme. Llevaba un cuello de estilo marinero de un color verde-azulado y un pañuelo rojo oscuro. Cuando alzó la cabeza, Kokoro vio el escudo del instituto en el bolsillo del pecho de la blusa. Junto a él, estaba bordado el nombre del centro.

N.º 5 de Yukishina.

Volvió a mirar fijamente el uniforme de Aki. Lo reconoció. No podía estar equivocándose.

—Aki-chan... —Tenía la voz rígida—. Aki-chan, ¿vas al Instituto de Secundaria n.º 5 de Yukishina?

La chica siguió su mirada y bajó la vista hacia el uniforme.

—Sí. —Asintió con un movimiento lento de la cabeza, como si acabara de darse cuenta de lo que llevaba puesto—. Sí —dijo de nuevo y, después, miró a Kokoro dubitativa—, voy al Instituto de Secundaria n.º 5 de Yukishina.

NOVIEMBRE

Kokoro se quedó atónita.

—¿Qué ocurre? —le preguntó Aki, poniéndose de pie.

Todavía tenía los ojos nublados, pero, en compañía de Kokoro, había regresado a ellos un destello claro de vida. Aún se podía ver en su mejilla la marca roja que le había dejado la falda, lo que le indicaba a Kokoro que, tal vez, hubiese estado llorando. Quizá por culpa de las lágrimas, tenía unos mechones de pelo pegados a la mejilla.

—¡Oh!

Escucharon voces y, cuando se giraron, encontraron a Subaru y a Masamune de pie en el umbral de la puerta. Puede que hubiesen atravesado sus respectivos espejos a la vez. Permanecían clavados en el sitio, con los ojos muy abiertos, mirando a Aki con incredulidad.

Kokoro no tenía ni idea de qué decir. Vio cómo la mirada de los chicos pasaba rápidamente del rostro de Aki al escudo escolar que llevaba en el pecho.

—¿Qué? —dijo Masamune—. ¿Por qué llevas el uniforme? Quiero decir... ¿Es ese de verdad tu uniforme escolar?

—¿Por qué lo dices? —Aki entrecerró los ojos al darse cuenta de que estaba pasando algo.

—Porque es exactamente igual. —Ella frunció el ceño ante las palabras de Masamune—. ¡Es exactamente el mismo uniforme que llevaban las chicas de mi instituto!

A su lado, Subaru empezó a arrugar la frente, inquieto.

—¿En el tuyo también? —preguntó.

Aki miró a Kokoro, atónita.

—¿Qué? ¿Qué queréis...? —Y, entonces, ante el gesto de los chicos, palideció por la sorpresa—. N.º 5 de Yukishina —dijo, como si estuviera uniendo las sílabas una tras otra—. Tenéis que estar bromeando, por supuesto. No es solo que el uniforme os resulte familiar —añadió—. ¿De verdad me estáis diciendo que ambos vais al Instituto de Secundaria n.º 5 de Yukishina? ¿En Minami, Tokio?

—Yo también —consiguió decir Kokoro.

Aquel fue el turno de Subaru, Masamune y Aki de mirarla con un asombro absoluto. ¿Qué podía significar todo aquello? ¿Por qué estaba haciendo eso la Reina Lobo? No podía entenderlo.

Todos somos adolescentes que van al mismo instituto. O, para ser más precisos, que deberían estar yendo al mismo instituto.

Siempre habían evitado el asunto de las clases. Jamás había imaginado siquiera que vivieran tan cerca.

—¡Oh!

Fuka, que fue la siguiente en entrar a la sala de los juegos, soltó un pequeño grito. Ella también había visto el uniforme de Aki.

Para entonces, ya no les sorprendía.

Esperaron hasta la tarde, que sería cuando aparecería Rion.

Fuka y Ureshino habían mostrado la misma reacción: «¿Qué demonios...?».

Cuando llegó Rion, comprendieron que él sería la excepción, pero aquel acertijo también desapareció rápidamente. Cuando le contaron que todos deberían estar asistiendo al mismo instituto, el chico pareció asombrado.

—Eso... —comenzó—. Eso está en Minami, en Tokio.

—¡Sí! —dijeron todos al unísono.

Él respiró hondo.

—Yo también tendría que haber ido allí. —Se quedaron mirándole, sin decir nada—. Si no hubiese venido al extranjero, el plan era que fuese allí.

—Entonces, ¿esto es lo que significa? —preguntó Aki, con los brazos cruzados—. ¿Que todos somos adolescentes que se suponía que debían asistir al n.º 5 de Yukishina, pero, en realidad, no lo están haciendo? ¿Es ese el factor común que nos ha unido?

—Supongo, pero... —Fuka arrugó la nariz, desconcertada—. ¿No somos un grupo bastante grande? —preguntó, a nadie en particular—. ¿De verdad hay tanta gente que ha abandonado el mismo instituto? Siempre había creído que solo era yo.

Y yo creía que solo era yo, pensó Kokoro.

Kokoro, Rion y Ureshino estaban en el primer año de instituto. Fuka y Masamune en el segundo. Subaru y Aki en el tercero.

Kokoro no había sido consciente de que Rion y Ureshino iban al mismo centro y, además, al mismo curso que ella. La situación de Rion era diferente, pero el incidente de Ureshino debía de haber ocurrido en una clase cercana a la suya propia.

Recordó haber escuchado a su madre hablando con la directora de la escuela alternativa.

«El colegio de primaria es un lugar muy agradable y cómodo para la mayoría de los niños, por lo que no es en absoluto extraño que muchos tengan problemas para adaptarse cuando hacen el cambio al instituto. Especialmente en el caso de uno como el n.º 5 de Yukishina, que ha crecido mucho gracias a la fusión de otros centros».

Recordó lo repelida que se había sentido cuando había escuchado aquello, desanimada por la idea de que la clasificaran tan fácilmente con aquellos que tenían «problemas para adaptarse».

—¿No será porque el n.º 5 de Yukishina tiene muchos estudiantes? No se puede esperar que conozcamos a todos —dijo.

Fuka volvió a inclinar la cabeza.

—Eso me preguntaba. Quiero decir, cada curso tiene como cuatro clases, ¿no? Eso no es tanto.

—¿De verdad? ¿Es así en segundo?

—Sí —asintió Fuka.

—Pero en el tercer curso hay ocho clases.

—¿Tantas? —Fuka estaba sorprendida.

—En segundo hay seis clases —le corrigió Masamune—. Fuka, ¿hace cuánto que dejaste de ir? Tal vez tengas la memoria un poco borrosa.

—No lo creo.

Fuka no parecía convencida, pero Kokoro también pensó que lo que decía no sonaba correcto. Había más o menos el mismo número de estudiantes en el segundo curso que en el primero. Tal como había señalado Masamune, tal vez Fuka no hubiese asistido tampoco a muchas clases durante el primer año. Quizá, ni siquiera hubiera asistido nunca.

—¿A qué colegio de primaria fuiste?

El Instituto de Secundaria n.º 5 de Yukishina estaba en un distrito compuesto por muchos colegios de primaria. En comparación con el instituto, dichos colegios eran relativamente pequeños, y si hubiesen asistido al mismo centro de primaria, tendrían que haberse conocido por necesidad.

—Al Colegio de Primaria n.º 2 —dijo Masamune de mal humor.

—Yo iba al n.º 1 —comentó Fuka.

—¡Oh! —exclamó Kokoro.

Fuka la miró a los ojos.

—¿Ibas al mismo colegio?

—Sí.

El Colegio de Primaria n.º 1 de Yukishina tenía dos clases en cada curso, pero era probable que, dado que iban a cursos diferentes, Kokoro no recordase a Fuka.

Además, no era exactamente el tipo de chica que destaca. No parecía estar a punto de ser una estrella en los encuentros de atletismo o natación. Kokoro tampoco, por lo que no era de extrañar que Fuka tampoco se acordase de ella. Aun así, tenía la sensación de que había algo extraño.

¡Y pensar que iba al mismo colegio que yo…!

—Entonces, ¿no os acordáis la una de la otra? —preguntó Subaru. Kokoro sacudió la cabeza—. Me apuesto lo que sea a que si os dijera en qué colegio hice primaria —añadió—, ninguno de vosotros habrá oído hablar de él jamás. —En ese momento, todos los ojos estaban posados en él—. Fui al Colegio de Primaria Nagura. Está en la prefectura de Ibaraki, pero cuando empecé el tercer curso del instituto, me mudé a casa de mis abuelos en Tokio. Los dos, mi hermano mayor y yo.

—¿Los dos? —preguntó Masamune. Subaru asintió—. ¿Qué hay de tus padres?

Masamune y Subaru parecían llevarse bien, pero no había sido hasta las vacaciones de verano, cuando Subaru se había decolorado el pelo, que le había contado a Masamune que tenía un hermano. Él insistía en que no le había estado ocultando nada.

—Mis padres no están con nosotros. Mi madre nos abandonó cuando aún estábamos en Ibaraki y mi padre volvió a casarse y vive con su segunda esposa. Por eso mi hermano y yo fuimos a casa de nuestra abuela. —El gesto de Masamune reflejó tristeza. Los demás ahogaron un grito—. Mi hermano mayor y yo —continuó Subaru—. Al principio, realmente no quería ir a clase, ya que no conocía a nadie allí. Si quieres encajar, el mes adecuado es abril, cuando comienza el curso escolar. No es que me echaran o que ocurriese algo serio, así que, a diferencia de todos vosotros, abandoné porque soy vago, y eso hace que me sienta culpable.

Por el contrario, oírle decir aquello hizo que Kokoro se sintiera apenada. Tal vez fuese cierto que a Subaru no le había ocurrido nada serio en el instituto, pero imaginaba que sus problemas habrían empezado a una edad temprana. Podía poner buena cara cuando hablaba de vivir con su abuela, pero ¿sonreiría de verdad en su interior?

Las vacaciones de verano. Subaru había dicho que había ido de viaje con sus padres. Su padre le había regalado un reproductor de música. Ahora, esas cosas adquirían cierto significado.

—Colegio Aokusa. —La voz de Rion resonó en el silencio.

El Colegio Aokusa estaba en dirección contraria al Colegio de Primaria n.º 1 de Yukishina al que había ido Kokoro, con el instituto situado en medio. Así que, durante la época de primaria, Rion todavía no había estado en el extranjero y había vivido muy cerca de Kokoro.

De pronto, Ureshino sacudió la cabeza.

—Tienes que estar bromeando —dijo.

—¿Sobre qué? —preguntó Rion.

—¡Yo también fui al Colegio Aokusa! —replicó Ureshino, sorprendido. Rion también le miró, atónito—. Estás en el primer curso del instituto, ¿verdad, Rion? Entonces, ¿íbamos al mismo curso en el colegio? ¿Me estás tomando el pelo? No estabas allí, ¿verdad? Solía ir a clase todos los días. ¿De verdad estabas allí? ¿En serio?

—Yo también iba todos los días…

Rion parecía confuso.

—¿Tú tampoco conocías a Ureshino? —preguntó Subaru.

—No le recuerdo. Puede que estuviese allí, pero creo que nunca jugué con él.

—¿Cuántas clases había? ¿Es grande ese colegio?

—Tres clases.

Kokoro se entristeció un poco al escuchar aquella conversación. A diferencia de Fuka y de ella, que estaban en cursos diferentes, asistir a un colegio tan pequeño en el mismo curso y no recordarse significaba que debían de haber vivido en mundos muy diferentes.

—Yo fui al Colegio Shimizudai.

La última en intervenir fue Aki. Su distrito escolar era el que más lejos estaba del de Kokoro, aunque seguía estando a una distancia que permitía ir andando. Todos vivían muy cerca. Todos ellos estaban matriculados en el Instituto de Secundaria n.º 5 de Yukishina y todos habían atravesado el espejo que había en sus dormitorios para llegar hasta allí.

—Entonces, ¿vives cerca de Careo?

Aki debía vivir cerca de Careo y del distrito comercial que había junto a la estación. Careo era el lugar al que Kokoro se dirigía el día en que había tenido el ataque de pánico. Aquella era la zona más de moda de los alrededores, por lo que, de algún modo, tenía sentido que Aki, con su pelo teñido y sus atuendos extravagantes, fuese a clase allí durante primaria. ¿Habría ido también al salón recreativo de Careo?

La chica parecía perpleja, así que Kokoro continuó.

—He pensado que, tal vez, habías comprado las servilletas del cumpleaños de Fuka en una de las tiendas que hay allí.

Estaba a punto de decirle que ella había pensado en buscar las mismas servilletas cuando Aki sacudió la cabeza.

—Compré esas servilletas en Marumido, en el centro comercial —dijo—. Las pinzas para el pelo, también.

Kokoro jamás había oído hablar de esa tienda. Sin embargo, Subaru exclamó:

—¡Marumido! ¡Guau! Esa sí que es una tienda local. Tienes que vivir en el barrio de verdad para conocerla. Es raro, pero me alegra oír eso. Entonces, ¿por dónde sueles salir, Aki-chan? ¿Por el McDonald's que hay cerca de la estación?

—A veces voy allí, sí.

Kokoro vivía cerca, pero había pasado un tiempo desde la última vez que había ido a las tiendas que estaban próximas a la estación. ¿Habían construido un McDonald's?

—Así que ahora hay un McDonald's allí... —murmuró Fuka.

Kokoro se sintió un poco aliviada. Al menos, no era la única que no estaba al día.

«Pasar el rato» significaba algo diferente cuando lo decía Subaru, con su pelo alborotado y su aire informal forzado. Significaba estar tramando algo.

—Entonces, ¿qué quieres que haga? —preguntó Masamune, alzando la mirada hacia el reloj de pared que había en la sala de los juegos—. Son casi las cinco. Si vamos a llamar a la Reina Lobo, será mejor que lo hagamos ahora. ¿Lo hacemos?

—Llámala —dijeron prácticamente al unísono.

Masamune levantó el rostro hacia el techo.

—¡Reina Lobo!

—¿Me habéis llamado?

Como siempre, apareció de forma casual en un abrir y cerrar de ojos.

Aquel día, la Reina Lobo llevaba un vestido diferente, con la falda acampanada, como si fuera una muñeca antigua. ¿Cuántos conjuntos tendría en realidad?

—¿Por qué no nos lo habías dicho? —Fue Fuka la que preguntó. Aki, que parecía incómoda con el uniforme, se llevó los brazos al pecho.

—¿Deciros qué? —dijo la Reina Lobo.

—¿Por qué no nos dijiste que todos somos estudiantes del mismo instituto? —preguntó Masamune.

—No preguntasteis —replicó la niña con frialdad—. Lo único que teníais que hacer, Caperucitas Rojas, era empezar a hablar entre vosotros. Así, hubierais sabido de inmediato que

194 • EL CASTILLO A TRAVÉS DEL ESPEJO

todos ibais al mismo centro. Os ha costado demasiado descubrirlo. —Dejó escapar un largo suspiro—. Tal vez estéis demasiado cohibidos.

—¡No seas tonta!

Masamune hizo una mueca y estaba poniéndose de pie con un gesto duro en el rostro cuando Ureshino gritó:

—¡No lo hagas! —dijo, bloqueándole—. No es más que una niña pequeña —añadió—. No lo hagas.

—¿Qué? ¿Una niña pequeña? Puede que sea pequeña, pero es extremadamente poderosa y regresará siendo todavía más poderosa en una «Nueva Partida». Renacerá y empezará de nuevo. Para ella, esto es el más allá. Es un fantasma, os lo aseguro.

—¡Ya basta! —Una voz fuerte detuvo la diatriba. Se trataba de Rion. Aunque, normalmente, era tranquilo y calmado, ahora tenía el rostro rojo y era evidente que estaba enfadado. Cuando regresó la calma, dijo en voz baja—: Tengo una pregunta.

—¿De qué se trata?

—Ya has hecho esto antes: traer a otras Caperucitas Rojas hasta aquí y decirles que podían concederles un deseo, ¿verdad? ¿Esas Caperucitas Rojas también eran estudiantes del Instituto de Secundaria n.º 5 de Yukishina? Cada pocos años traes aquí a un grupo, ¿no?

—Cada pocos años… Creo que es algo más consistente que eso, pero si quieres pensar en ello de ese modo, no me importa —dijo la Reina Lobo de forma petulante.

—Entonces, ¿cada una de las veces escoges a niños de este distrito escolar que han abandonado? O quizá… —Rion tomó aire de forma superficial—. ¿Los seleccionas entre todos los niños de Yukishina? Haces que sus espejos brillen y abres el castillo. Sin embargo, la mayoría están en clase, así que nunca ven el espejo cuando está brillando. Los únicos que lo ven son los que están en casa. —A Kokoro le empezó a latir el corazón con más rapidez. Aquello era totalmente posible—. Así que, realmente, todos los estudiantes han tenido la misma oportunidad de venir aquí. En realidad, no nos has elegido a dedo.

Kokoro sintió una presión en el pecho y descubrió que le costaba respirar.

—No es cierto —dijo la Reina Lobo con énfasis—. Desde el principio, yo misma os escogí a los siete.

—Entonces, ¿qué hay de mí? —Rion entrecerró los ojos—. Mi instituto no es el n.º 5 de Yukishina y, aun así, aquí estoy. ¿Por qué seleccionaste a alguien como yo?

Estaba intentando mirar a la Reina Lobo a los ojos. Kokoro estaba segura de que ella iba a evitar la pregunta, diciendo algo como «¿Cómo iba a saberlo?» o «Lo descubriréis muy pronto». Sin embargo, no fue así. Giró el rostro enmascarado hacia el chico.

—Pero querías desesperadamente ir al instituto público de tu zona, ¿no?

Rion tenía el mismo aspecto que si le hubiese alcanzado un rayo. Enderezó la espalda como si en ese mismo momento le hubiese atravesado una flecha.

La Reina Lobo ignoró su reacción y se acercó más al grupo.

—¿Tenéis alguna otra pregunta? Os contestaré lo mejor que pueda.

—Sí, yo sí. ¿Dónde estamos exactamente? —preguntó Aki.

Kokoro todavía no se había acostumbrado a verla con el uniforme, aquel uniforme que conocía demasiado bien.

—Este es el castillo a través del espejo —contestó la Reina Lobo de forma un poco grandilocuente—. Es vuestro propio castillo, abierto para vosotros hasta marzo. Usadlo como queráis.

—¿Qué es lo que quieres que hagamos?

La voz de Aki sonaba llorosa, como si estuviera cansada. Siempre ponía buena cara, pero estaba claro que incluso ella se sentía crispada. Su voz era suplicante, pero la niña contestó con brusquedad.

—En realidad, nada —dijo—. No espero nada. Tal como os expliqué al principio, tan solo os he dado el castillo y el derecho a buscar la llave que os concederá un deseo. Eso es todo. Ahora, si me disculpáis… —añadió, con la voz alzándose en el aire.

Y, después de eso, se desvaneció. En aquel momento, oyeron un aullido lejano.

Eran las cinco menos cuarto. El aullido era la señal para que se marcharan a casa.

Con un escalofrío y, por primera vez en bastante tiempo, Kokoro recordó la advertencia de la Reina Lobo de que, si se quedaban pasado el toque de queda, serían devorados. No podía creer que fuese cierto y, aun así, sintió un escalofrío recorriéndole la columna.

A pesar del toque de queda, Kokoro y los demás querían quedarse y hablar. Todos vivían muy cerca los unos de los otros y todos asistían al mismo instituto, conocían los mismos edificios, los mismos terrenos, el mismo gimnasio y la misma zona para aparcar las bicicletas. ¡Qué increíble que todos estuvieran tan familiarizados con aquellas cosas!

De pronto, Kokoro se sintió mucho más unida a ellos. Probablemente, todos fuesen al mismo minimercado y comprasen en el mismo supermercado, incluso en Careo. Casi eran vecinos.

El reloj se acercaba a las cinco.

Querían contarse más cosas, pero, en su lugar, marcharon diligentemente hacia la fila de espejos. A Kokoro le había estado rondando la cabeza una cosa en particular y se giró hacia Ureshino cuando él estaba a punto de atravesar el espejo.

—Dime una cosa —comenzó—, la profesora que te escuchó en la escuela, ¿se llamaba señorita Kitajima? —Ureshino se detuvo y parpadeó con tanta lentitud que Kokoro sintió que podía escucharlo—. Me refiero a la escuela libre. Estaba pensando que tal vez habías ido a la misma que yo.

—Ah, sí, su nombre es señorita Kitajima.

Ureshino parecía haberse librado de una gran tensión en su interior.

Eso pensaba, se dijo Kokoro.

—¿Es la misma profesora? —preguntó Fuka, que debía de haberles escuchado—. Eso es estupendo. Realmente vivís cerca.

—Sí, la señorita Kitajima es muy guapa.

Kokoro dijo aquello de forma despreocupada, pero Ureshino ladeó la cabeza.

—¿Guapa?

Kokoro había pensado vagamente que Ureshino, con su tendencia a enamorarse, se habría fijado en el aspecto de la señorita Kitajima, pero su respuesta le pareció un poco inesperada.

Recordaba las manos de la profesora, de dedos delgados y uñas cuidadas, cuando le había ofrecido las bolsas de té. También había llevado un perfume maravilloso.

¿Conocería alguien más a la señorita Kitajima y el «Aula para el corazón»? Masamune se había referido al centro como «grupo de apoyo privado», como manteniendo la distancia, así que, tal vez, nunca la hubiese visitado en realidad.

¿Y Aki y Subaru? Kokoro miró al chico, justo cuando él se giraba hacia Aki.

—Aki-chan, ¿puedo preguntarte algo?

—¿Qué?

Kokoro estaba segura de que iba a preguntarle algo sobre la escuela alternativa, pero no lo hizo.

—¿Por qué llevas el uniforme hoy? ¿Ha pasado algo?

Aki pareció quedarse helada.

—He asistido a un funeral. —Tomó aire de forma audible. Tenía las mejillas pálidas y macilentas—. El de mi abuela, con la que vivía. A mis primos y a mí nos dijeron que llevásemos el uniforme del instituto.

—¿No tenías que volver a casa después? —le preguntó Fuka—. ¿Está bien que estuvieses aquí, con nosotros?

—Bueno… En cuanto a eso… —replicó Aki con la voz quebrada. Parecía a punto de poner su habitual buena cara y decir algo como «No es de tu incumbencia» o «No importa». Sin embargo Fuka no tenía ningún motivo especial para preguntarle, tan solo estaba preocupada por ella—. No pasa nada; es mejor estar aquí con todos vosotros.

Cuando Kokoro había llegado al castillo aquel día, Aki había estado acurrucada en el sofá, sola. Tenía su propia habitación en el castillo y podría haberse encerrado allí. En su lugar, la había encontrado en la sala de los juegos con el rostro pegado a las rodillas. Recordó el gesto en su rostro y la mirada en sus ojos y sintió una puñalada en el pecho.

—Ya veo —dijo Subaru con ligereza, rompiendo el silencio—. ¿Estabas muy unida a tu abuela?

Preguntó aquello con calma, como si no fuese importante. *Subaru dijo que vive con su abuela*, pensó Kokoro. Sin sus padres, solo con su hermano mayor. Solo él podría haber hecho una pregunta semejante.

Una mirada de sorpresa surgió en los ojos de Aki. Apretó los labios y no respondió de inmediato.

—Sí —dijo finalmente, en voz baja y ronca—. Podía ser estricta a veces y, en realidad, nunca pensé en si la quería o no, pero ahora me doy cuenta de que sí la quería.

—Me alegro de que te hayas puesto el uniforme —dijo Subaru—. Gracias a eso, ahora sabemos que todos vamos al mismo instituto. De lo contrario, habría llegado marzo sin que nadie hubiese dicho nada.

Los ojos de Aki parecieron llenarse de lágrimas. Kokoro intervino rápidamente.

—Sí; gracias, Aki-chan.

—Ha sido casualidad —contestó ella y se dio la vuelta.

Fue entonces cuando lo oyeron.

¡Auuuuuuuuh!

¡Auuuuuuuuh!

El sonido resonó por el castillo. Era el aullido de aviso que habían escuchado antes, pero mucho, mucho más fuerte.

—¡Uy! —gritaron.

El aire se agitó, el suelo empezó a oscilar y se vieron sacudidos. Sabían exactamente lo que se avecinaba. Eran las cinco en punto.

—¡Salgamos de aquí! —gritó Rion.

Kokoro se tambaleó y se sujetó al espejo. Vio cómo los otros hacían lo mismo. Pero, cuando se produjo un temblor enorme, no pudo mantener los ojos abiertos. El temblor era tan vigoroso que había perdido el control de sus músculos faciales.

Se agarró con fuerza al marco del espejo, intentando arrastrarse hacia el interior. La luz arcoíris que había al otro lado titilaba.

—¡Espera, no desaparezcas!

Con todas sus fuerzas, se abrió paso a través.

Cuando el temblor se detuvo, Kokoro descubrió que había regresado a su habitación.

La misma cama, el escritorio tan familiar y las cortinas habituales.

A pesar de que estaban cerradas, podía sentir cómo había cambiado la atmósfera de la ciudad, ahora que era noviembre y se acercaba el invierno.

Tenía la espalda y la frente bañadas en sudor y el corazón seguía latiéndole con fuerza. Sabía que había tenido suerte; se había librado de ser devorada por muy poco.

Miró el espejo, que ya no brillaba. Le temblaron las rodillas mientras recordaba el aullido ensordecedor. Todavía le reverberaba en los huesos.

Se preguntó si los otros habrían conseguido cruzar.

Separó las cortinas y vio una elegante luna creciente en el cielo vespertino. Por primera vez en mucho tiempo, abrió la ventana y se asomó para disfrutar de una mejor vista de la ciudad.

Casas iguales a la suya, altos bloques de pisos y edificios de apartamentos que, desde donde estaba, parecían cajas de cerillas. A la distancia, podía ver las luces del supermercado parpadeando.

Están ahí fuera, en algún lugar.

Todos los demás, en el mismo distrito que ella.

DICIEMBRE

La ciudad resplandecía con las luces de Navidad.

Podía sentirlo incluso desde el interior de su casa. La familia de Kokoro no era de las que ponía decoraciones navideñas, aunque los vecinos siempre engalanaban sus casas de arriba abajo. No necesitaba ir fuera para verlas; podía detectar el titilar de las luces reflejándose en las paredes y las ventanas de su casa.

—¿No creéis que deberíamos hacer algo para Navidad? —preguntó Rion.

Era diciembre y estaban reunidos en el castillo.

Desde el sofá, Fuka levantó la vista de su libro y Masamune del videojuego. Todos miraron a Rion.

—Lo que quiero decir es que tenemos todo este espacio para nosotros, así que ¿no deberíamos traer una tarta o algo así para celebrarlo?

—¿También celebran la Navidad en Hawái? —preguntó Fuka.

La Navidad giraba en torno al viejo y regordete Santa Claus con su traje rojo sobrevolando un cielo repleto de nieve. Costaba imaginarse ese personaje en una isla tropical.

Rion se rio.

—Sí, por supuesto, aunque no tienen la misma imagen de una blanca Navidad que en Japón. Hay muchísimos pósteres de Santa haciendo surf y cosas así.

—¿Haciendo surf? —Kokoro no había pretendido alzar la voz, pero Rion se rio todavía más.

—Es una celebración muy grande en Estados Unidos, mucho más que en Japón. Allí es más «¡Excesiva Navidad!» que «¡Feliz Navidad!». No puedes escapar de las festividades.

—Ya veo.

—Entonces, ¿por qué no hacemos algo en Nochebuena? No es necesario que nos hagamos regalos, tan solo que traigamos dulces y cosas así. Yo traeré una tarta. Invitemos a la Reina Lobo —añadió—. Ya es diciembre. El castillo cerrará en marzo, así que ¿no deberíamos hacer algo divertido antes de que se acabe todo?

La Llave de los Deseos todavía no había aparecido. O, al menos, nadie parecía haberla encontrado. Y todavía no estaban seguros de si, después de marzo, tendrían siquiera algún recuerdo de los demás.

—Me gusta la idea. —Cuando Aki expresó su consentimiento, varias personas asintieron.

—De acuerdo —comenzó Masamune—, pero ¿cuándo lo hacemos? El 24… ¿Estáis libres en Nochebuena? ¿No tenéis otros planes?

—A mí me viene bien —dijo Rion—. Gracias a la diferencia horaria no coincidirá con la fiesta de la residencia para los estudiantes que se quedan durante las vacaciones.

—Nochebuena me parece bien —añadió Fuka con su voz clara—, pero yo no podría venir el 23. Tengo un recital de piano.

Oh, pensó Kokoro al oír aquello.

—¿Tocas el piano? —le preguntó.

—Sí —contestó Fuka—. No voy al instituto, pero sigo recibiendo clases privadas de piano.

Durante el primer día de Kokoro en el castillo, había oído el sonido de un piano. Habría sido Fuka. Así que había un piano en su habitación…

Kokoro había recibido clases de piano hasta primaria, pero las había abandonado. Sentía envidia de que Fuka tuviese algo que hacer fuera del instituto.

—En una ocasión oí cómo alguien tocaba el piano en una de las habitaciones —dijo. La otra chica soltó un gritito de sorpresa.

—¿Tocaba muy fuerte? —preguntó. Kokoro negó con la cabeza—. ¿De verdad? Qué alivio —añadió—. ¿En tu habitación no hay un piano? ¿Soy la única?

—Como eres pianista, tal vez la Reina Lobo lo puso allí en especial para ti.

—¿Tú qué tienes en la habitación, Kokoro?

—Estanterías con libros. Pero apenas hay libros que pueda leer. Todos están en idiomas extranjeros: inglés, danés y otros.

—¿Danés? ¡Guau! ¿Cómo sabes que es danés?

—Hans Christian Andersen es un autor danés y hay muchos libros suyos.

Se acordó de Tojo-san mostrándoselos. La habitación de Kokoro en el castillo tenía muchos libros iguales.

—Eso es estupendo. Así que tu habitación está llena de libros… No tenía ni idea.

Me pregunto cómo serán las demás habitaciones, pensó. Si Fuka tenía un piano, entonces, cada habitación debía de tener algo que encajase con ellos.

—Bien, entonces descartamos el 23. ¿Qué me decís del 24?

—A mí no me va bien —dijo Aki—. Puede que tenga una cita con mi novio.

Al parecer, nadie supo qué comentar. Aki parecía dispuesta a dar más detalles, pero Rion se limitó a decir:

—Claro, lo entiendo.

Así que decidieron celebrar la fiesta de Navidad el día 25.

Ahora que sabían que todos iban al mismo instituto, la atmósfera del castillo había cambiado un poco.

No era que hubiese ocurrido nada específico, pero Kokoro sentía que estaban más relajados en presencia de los demás.

Un ejemplo fue cuando Masamune le dijo a Kokoro y a los otros:

—La profesora de la escuela libre también vino a visitarme. —Miraron al chico, desconcertados—. ¿No estabais hablando de eso? ¿Del «Aula para el corazón»? —les explicó. Ureshino y Kokoro mascullaron un sonido afirmativo.

—¿Estás hablando de la señorita Kitajima?

—Eso creo. Era una profesora.

—¡Entonces, tú también la has conocido!

Por algún motivo, Masamune parecía un poco cohibido. Kokoro se preguntó por qué, pero de pronto se dio cuenta. Se sentía ansioso porque nunca antes había hablado de cosas de fuera del castillo.

—Entonces, ¿has visitado el «Aula para el corazón»? —le preguntó Kokoro, todavía un poco inquieta por el hecho de que el nombre de la escuela fuese el mismo que el suyo, a pesar de que sabía que aquel grupo, a diferencia de los estudiantes de su instituto, jamás se burlaría de ella al respecto. Efectivamente, Masamune negó con la cabeza sin detenerse en la coincidencia de los nombres.

—No —contestó—. Mis padres parecían conocerla, pero dijeron que solo servía para hacer que los adolescentes volviesen al instituto. No estaban pensando en mandarme allí.

—Entonces, ¿tus padres siguen pensando que, si no quieres ir a clase, no tienes que hacerlo?

Aquella era una gran diferencia con respecto a sus padres. Masamune se limitó a encogerse de hombros.

—Bueno, mis padres están al tanto de las cosas horrendas que ocurren en los centros educativos hoy en día. Hay noticias todo el tiempo, ¿no? Sobre acoso escolar, todo tipo de cosas turbias y sobre cómo los estudiantes se suicidan. Mi padre dijo: «De ningún modo vamos a obligarle a que vaya si eso implica que el instituto le matará». —Masamune imitó la voz de su padre. «El instituto le matará» era una forma horrible de decirlo, y Kokoro estaba atónita ante la idea de que hubiese padres como aquellos—. La cosa es que están muy centrados en encontrar un centro donde pueda sentirme a salvo —añadió, con los ojos vidriosos—. Mi padre dijo que las escuelas libres no son más que organizaciones sin ánimo de lucro privadas. Pero, entonces, la señorita Kitajima vino a nuestra casa y dijo que le gustaría hablar conmigo. —Masamune tomó aire—. Mi madre se quedó de pie en la puerta principal y discutió con ella. «¿Por qué está aquí? No le hemos pedido que viniera. ¿Acaso le han dicho algo en su instituto?». La señorita Kitajima dijo que no, que el instituto no le había pedido que fuese a verme, que había oído hablar de mí por casualidad a uno de mis amigos y había pensado en venir a charlar conmigo.

Kokoro no la conocía, pero podía imaginarse a la madre de Masamune con el ceño fruncido. «¿Acaso le han dicho algo en su instituto?». Los padres del chico debían de sentir verdadera desconfianza hacia los centros públicos. Recordó que, en otra ocasión, Masamune les había dicho que los profesores «al fin y al cabo, son humanos» y que «en la mayoría de los casos, ni siquiera son tan inteligentes como nosotros».

El chico debió de imaginar lo que Kokoro estaba pensando porque, en voz baja, dijo:

—Cuando dejé de ir a clase, mis padres tuvieron una discusión acalorada con mi tutor. Le dijeron que los profesores de los centros públicos no sirven para nada.

—Ya veo.

—Me di cuenta de que la profesora de la escuela libre de la que hablabais vosotros dos debía de ser la misma, así que me reuní con ella.

Kokoro y Ureshino intercambiaron una mirada. Ella sintió algo cálido en el interior. La decisión de Masamune de reunirse con la señorita Kitajima había sido gracias a ellos. Tal vez fuese una exageración, pero estaba entusiasmada de que confiase en ella. Masamune seguía mostrándose inusualmente tímido al hablar de cosas del exterior y el nerviosismo hizo que acelerase las palabras.

—En realidad, no hablamos de gran cosa, pero dijo que volvería a casa.

—Es una buena persona —dijo Kokoro.

—Sí —coincidió Masamune—, de eso me di cuenta.

—Mmm... Me pregunto si vendrá pronto a mi casa —murmuró Aki, que había estado detrás de ellos, escuchándoles en silencio—. Estaba segura de que no había ninguna escuela libre cerca de nosotros, pero estamos hablando del mismo instituto, ¿no?

—Tal vez lo haga.

Si la señorita Kitajima iba a visitar a Aki, Kokoro esperaba que estuviese de acuerdo en reunirse con ella, tal como había hecho Masamune.

Habían adivinado que vivían cerca los unos de los otros, pero eso no significaba que, en algún momento, hubiesen considerado quedar fuera del castillo.

Al imaginarse el rostro de la señorita Kitajima, descubrió una nueva alegría al darse cuenta de que todos ellos tenían conexiones reales en el mundo exterior. Parecía que, en aquel momento, incluso Masamune, con todo su sarcasmo, y Aki, que se negaba totalmente a hablar sobre el instituto, se resistían menos a hablar de sus vidas reales.

Aunque nunca volvió a aparecer con el uniforme escolar, Aki parecía visitar el castillo más a menudo que en el pasado. Y, como grupo, los siete parecían pasar más tiempo juntos en el castillo que antes.

Kokoro nunca se había imaginado celebrando la Navidad con un grupo de amigos propios. Estaba encantada. El año anterior, ella y sus amigos se habían reunido en casa de su compañera de clase Satsuki.

Se preguntó cómo estaría Satsuki y sintió que la atravesaba un rayo de dolor.

En el Instituto de Secundaria n.º 5 de Yukishina habían estado en clases diferentes. Kokoro recordaba cómo Satsuki había dicho que se había unido el equipo de sóftbol, que era duro asistir y que los entrenamientos eran agotadores, pero que ella se estaba esforzando al máximo. Kokoro podía imaginársela dándolo todo.

Habían sido amigas durante mucho tiempo, viviendo vidas paralelas. Sin embargo, era probable que, ahora, la considerase una de esas estudiantes «especiales» que no van a clase. A aquellas alturas, Kokoro ya se había acostumbrado, pero todavía le dolía tener ese tipo de pensamientos.

El segundo semestre casi había terminado.

Las vacaciones de invierno estaban a la vuelta de la esquina.

El año casi se había acabado.

En medio de todo aquello, conforme se acercaba la Navidad, su madre fue a su habitación una noche y le preguntó:

—¿Puedo hablar contigo?

Tenía la voz tensa y Kokoro se sintió llena de miedo. Se avecinaba algo que le provocaría dolor en el pecho y pesadez en la boca del estómago.

Una parte de ella quería saber de qué se trataba, pero la otra, no tanto.

Su madre dijo:

—El señor Ida ha mencionado que quería dejarse caer por aquí mañana, durante el día. ¿Te parece bien?

Probablemente, su madre seguiría en contacto con él, tal como había hecho con la señorita Kitajima. Sin embargo, había una diferencia fundamental entre ambos. Cuando les visitaba el señor Ida, Kokoro se sentía increíblemente ansiosa, empezaba a sudar y sentía como si estuviera a punto de asfixiarse.

Viene ahora porque ha terminado el segundo semestre, pensó de pronto. A esas alturas, tenía que tomar nota de cualquiera que no asistiese a clase. Después de todo, era su trabajo.

La voz de su madre seguía siendo tensa o, al menos, eso parecía.

—Me ha dicho que había algo que quería decirte sobre otra chica de tu clase.

Kokoro no estaba segura en absoluto de poder mantener un gesto de compostura. Las palabras la atravesaron directas al corazón.

—¿Una chica de mi clase?

—Una chica de apellido Sanada, que es la delegada de la clase. —En algún lugar de las profundidades de sus oídos, empezó a sonar una alarma. Después, se desvaneció. De pronto, su madre la miró con un gesto severo y Kokoro descubrió que le costaba respirar—. Entonces, ¿de verdad pasó algo? ¿De qué se trata?

—¿Qué te ha contado?

—Me ha dicho que creía que tú y esa chica habíais discutido.

Un escalofrío le recorrió la espalda.

Discutir.

Hacía que sonase tan inocuo… La ira empezó a bullir en su interior, tan intensa que creyó que iba a desmayarse.

En una discusión, dos personas pueden comunicarse sus puntos de vista la una a la otra; están en igualdad de condiciones.

Lo que le había pasado a Kokoro no era, de ninguna manera, una discusión.

Se puso de pie, con los labios fruncidos y en silencio. Su madre sintió algo.

—Reunámonos con él —dijo la mujer—. Tú y yo. ¿Ocurrió algo? —volvió a preguntarle.

Kokoro se mordió el labio y, tras una pausa, dijo:

—Vinieron a nuestra casa. —Finalmente, lo había dicho. Su madre abrió mucho los ojos. Kokoro alzó la cabeza lentamente—. Yo...

«Nunca debes decir que odias a alguien». Su madre siempre había dicho aquello; que, sin importar lo disgustada que estuvieses con un amigo, jamás debías hablar mal de él. Kokoro pensó que la mujer se enfadaría si decía algo así.

—Mamá, yo... Odio a Sanada-san. —Su madre entrecerró los ojos—. Y nunca hemos discutido.

El señor Ida se pasó por allí a la mañana siguiente.

Era martes y el instituto seguía abierto, pero, al parecer, se acercó hasta allí entre las horas de clase. La madre de Kokoro se había tomado el día libre en el trabajo.

El hombre tenía el pelo más largo que la última vez que le había visto. Junto a la puerta, se quitó las deportivas desgastadas y se giró hacia Kokoro.

—Buenos días, Kokoro, ¿cómo estás?

Desde el principio, el señor Ida la había llamado simplemente «Kokoro», sin ninguno de los sufijos habituales. Tan solo había pasado un mes en su clase y, aun así, usaba la misma manera informal de dirigirse a ella que utilizaba con cualquiera que le cayese bien. Era cierto que, al principio, le había alegrado que le hablase de aquel modo, ya que eso la hacía ordinaria, justo como los demás. Sin embargo, tras aquella sensación inicial, tuvo la impresión de que el señor Ida había utilizado aquella forma de tratarla de forma intencional para lograr que se sintiera más relajada.

Era su trabajo; mostrarse preocupado formaba parte de ello. Sabía que era inmaduro y estúpido afligirse por algo tan insignificante, pero no podía evitarlo.

De todos modos, el hombre estaba a disposición de Miori Sanada y su grupito. Aunque lo intentara, Kokoro no podía olvidar una escena que había ocurrido en abril durante una clase.

—Señor Ida, ¿tiene novia? —le había preguntado una de las chicas.

—Aunque así fuera, no te lo diría —había replicado él.

—¡Pero quiero saberlo! Es usted un mentiroso, Ida-sen —había dicho ella, acortando la palabra *sensei*, que significaba «maestro».

—Espera, ya sabes que esa no es manera de hablarme. —Se había reído—. Chicas…

En realidad, no se había enfadado con ellas. Definitivamente, era «Ida-sen» para Miori y su grupito. Y aquello era lo único en lo que Kokoro podía pensar cuando le decía:

—No te fuerces demasiado. No te fuerces demasiado, pero todos se alegrarán si regresas a clase.

Puede que lo hubiese dicho con buenas intenciones, pero le parecía que, pasase lo que pasase, a él no le importaba.

«¿Por qué no te gusta ir al instituto? ¿Ha ocurrido algo?».

La primera vez que le había preguntado y ella no le había contestado, había tenido la sensación de que la había catalogado como una holgazana. Y aquella impresión no había cambiado.

Sin embargo, no le importaba. *¿Qué esperabas?*

De manera invariable, los profesores estaban de parte de estudiantes como Miori Sanada, que destacaban entre los demás; aquellos que hablaban en clase con seguridad, los que jugaban con sus amigos en el recreo, los que eran alegres y directos.

Deseaba desesperadamente contarle lo que habían hecho y ver cómo se quedaba boquiabierto, pero estaba bastante segura de que, incluso tras haber escuchado toda la historia, seguiría poniéndose de parte de ellas. De hecho, sabía que sería así; sabía que iría directo a preguntarle a Miori si todo aquello era cierto. Ella jamás lo admitiría, tan solo mencionaría lo que le hiciera quedar bien. Cuando Miori y sus amigas habían rodeado la casa de Kokoro y ella se había quedado tirada en el suelo, temblando, Miori había empezado a llorar y su amigas habían intentado consolarla, diciendo: «No llores, Miori».

En aquel mundo, Kokoro era la villana. Increíble, pero cierto.

Los tres estaban sentados en el salón: el señor Ida, Kokoro y su madre.

En comparación con las visitas anteriores del tutor, era evidente que la madre estaba nerviosa.

La noche anterior, Kokoro le había contado la historia de lo que había ocurrido con Miori en abril. Durante aquellos meses jamás había hablado de ello, pero había querido que su madre lo escuchase directamente de ella. Especialmente, teniendo en cuenta que el señor Ida lo iba a presentar como alguna especie de discusión.

Cuando llegó el señor Ida, a Kokoro le habían dicho que esperase en el piso de arriba, en su habitación.

—El profesor y yo hablaremos primero a solas —le había dicho su madre.

El gesto de la mujer había sido tan frío e iracundo que Kokoro hizo lo que le pedía.

Había pasado el tiempo suficiente desde los acontecimientos como para que, cuando Kokoro le había contado a su madre toda la historia de lo que había ocurrido, hubiera podido hacerlo sin estallar en lágrimas. Había pensado que, en realidad, estaría bien llorar para mostrarle a su madre lo mucho que había sufrido, pero, por algún motivo, no le habían salido las lágrimas.

Para ella, era difícil explicar que todo era una tontería de asuntos de novio y novia o de quién le gustaba a quién, pero lo había conseguido.

Había querido que su madre se emocionara y se enfadara, que dijera «qué gente tan horrible» y que protegiera a su hija. *Mamá se enfadará muchísimo*, había sido su primer pensamiento. Pero, al final, no había sido así. Mientras le contaba la historia, los ojos de su madre se habían inundado. Cuando Kokoro había visto las lágrimas, se había estremecido y le había resultado aún más difícil llorar.

—Lo siento mucho, Kokoro —le había dicho su madre—. No me había dado cuenta de que estaba pasando todo esto. Lo siento mucho. —Le había abrazado con fuerza y le había agarrado los dedos. Las lágrimas de la mujer le habían caído sobre el dorso de la mano—. Nos enfrentaremos a esto —le había dicho con la voz temblorosa—. Puede que sea una batalla larga, pero vamos a lucharla. Vamos a hacerlo, Kokoro.

En su habitación, vio que el espejo estaba brillando de nuevo.

Aquel día, todos iban a reunirse al otro lado del espejo y ella deseaba con todas sus fuerzas estar con ellos.

Sin embargo, en su lugar, salió en silencio de la habitación, bajó hasta el final de las escaleras y aguzó el oído. Era una casa pequeña, así que, aunque la puerta del salón estaba cerrada, todavía podía adivinar lo que estaban diciendo.

—Parece que hay algún problema entre las chicas —oyó que decía el profesor.

—Kokoro dijo: «No fue una discusión» —dijo la voz de su madre. Sintió una punzada de dolor en el corazón. Las voces subían y bajaban, como ondas fluyendo—. ¿No ha venido hoy con usted la señorita Kitajima?

—Eh… No —contestó el señor Ida—. He venido solo, dado que se trata de un problema de nuestro centro.

Kokoro recordó a la señorita Kitajima y las bolsas de té que le había llevado. *Podemos usar esas bolsas de té en la fiesta de Navidad del castillo*, pensó. *Así, todos podrán probarlas.*

Era posible que la señorita Kitajima le hubiese contado algo al señor Ida. Deseando colaborar con el instituto, tal vez hubiese investigado lo que había ocurrido en abril.

«Estás luchando cada día, ¿verdad?».

Al recordar su voz, Kokoro deseó verla de nuevo. Cerró los ojos con cuidado. Entonces, oyó la voz del profesor, que sonaba como si estuviera poniendo excusas.

—Verá, Sanada tiene su propia... Es una estudiante alegre y responsable.

—¿Qué ha dicho?

Por primera vez, la voz de su madre se volvió más aguda y emotiva. Kokoro quería taparse los oídos.

Se escabulló de vuelta a su habitación. El espejo estaba brillando.

La luz arcoíris que abría la entrada al castillo era muy suave. Con delicadeza, Kokoro tocó la superficie resplandeciente con los dedos.

Ayuda, pensó. *Ayudadme. Que alguien me ayude.*

Pasó un rato antes de que la llamasen para que acudiera al piso inferior.

Los rostros tanto de su madre como del señor Ida estaban enrojecidos desde antes y, cuando Kokoro se unió a ellos, se pusieron todavía más tensos. El ambiente estaba tan cargado que era como si el color del mismísimo aire hubiese cambiado.

—Kokoro —dijo su profesor—, ¿estarías dispuesta a reunirte con Sanada para hablar de lo que pasó? —Cuando escuchó aquellas palabras, sintió que no podía respirar. El corazón empezó a latirle con fuerza en el pecho. Miró al profesor fijamente, en silencio—. Es el tipo de chica que la gente a menudo malinterpreta y estoy seguro de que hubo cosas que te hicieron daño, Kokoro, pero he hablado con Sanada y está preocupada por ti. Se arrepiente.

—Lo dudo totalmente —dijo una voz. Se trataba de la voz elevada y temblorosa de Kokoro. El señor Ida la miró fijamente, atónito. Ella sacudió la cabeza—. Si se arrepiente de algo, es de que usted pueda estar molesto con ella. No es posible que esté preocupada por mí. Tan solo teme que a nadie le guste lo que ha hecho.

Dijo todo aquello de forma apresurada. Jamás había imaginado que pudiera decir tantas cosas. Se dio cuenta de cuánto incomodaba aquello al señor Ida.

—Kokoro, la cosa es que… —comenzó a decir.

—Señor Ida. —Su madre se colocó entre ellos. Miró al hombre a los ojos, con la voz calmada—. ¿Acaso no deberíamos escuchar primero lo que ocurrió directamente de Kokoro? Tal como usted ha escuchado la versión de la señorita Sanada. —El profesor la miró en silencio. Estaba a punto de decir algo, pero la madre habló primero—. Es suficiente por hoy —dijo—. La próxima vez, quiero que traiga con usted al profesor responsable de todo el curso, o incluso al director.

El señor Ida, con los labios apretados, no dijo nada. Bajó la vista, evitando mirarlas a los ojos.

—Volveré pronto —dijo, y se puso de pie.

Tras despedirle en la puerta principal, su madre la llamó.

—Kokoro. —Iba a preguntarle algo, pero se detuvo y cambió de idea. Parecía cansada, pero más calmada, más tranquila—. ¿Qué te parece si vienes de compras conmigo? —le preguntó—. No hace falta que vayamos al centro comercial. Si prefieres ir a algún otro sitio, vamos.

Era un día entre semana, en torno al mediodía, por lo que podía salir sin ver a ningún estudiante del instituto.

Estaba sentada en la zona de restaurantes de Careo con su madre, comiéndose un helado.

Dentro de Careo había un McDonald's, un Míster Donut e incluso un Misudo. A Kokoro le gustaban, pero los evitaba, ya que los estudiantes iban allí a menudo.

Había pasado mucho tiempo desde la última vez que había salido de casa, desde el día en el que le había comprado las chocolatinas a Fuka en el minimercado.

La luz del exterior le parecía deslumbrante y se sentía consumida por la vergüenza cuando estaba con cualquiera que no fuese su familia o el grupo del castillo, pero, aquel día, estaba con su madre, así que se sentía menos asustada.

Mientras aquellos pensamientos le recorrían la mente, se dio cuenta de que estaba buscando a alguien.

Cada vez que veía pasar a alguna persona joven con el pelo teñido, la miraba detenidamente, esperando que fuesen Aki o Subaru. ¿Aparecerían por la pasarela peatonal que había más allá Ureshino o Fuka, agarrados del brazo de sus padres como ella? ¿Pasaría Masamune frente a ella, cargando con una mochila con el último videojuego que acabase de comprar? Deseaba que se hiciese realidad. Incluso esperaba que Rion, que estaba en Hawái, apareciese de forma repentina.

¿Acaso no sería estupendo si uno de ellos la viera y ella pudiera presentárselo a su madre como un amigo?

Sin embargo, no apareció nadie.

Dado que era un día entre semana, la zona de restaurantes estaba casi desierta. Los demás debían de estar en el castillo.

—Kokoro, cuando eras más pequeña —dijo su madre, que estaba sentada frente a ella y que también observaba a los transeúntes—, no decoraban el centro comercial de una forma tan colorida como ahora. —Aquellos días, las tiendas estaban adornadas con decoraciones de un rojo vibrante, de verde y de blanco. «Jingle Bells» sonaba sin cesar desde los altavoces que había sobre sus cabezas. Su madre continuó diciendo lo que pensaba en voz alta—. ¿Recuerdas cuando eras pequeña y fuimos a comer a un restaurante por Navidad? Era un restaurante francés. Acababas de empezar primaria, o tal vez fuese un poco antes.

—Más o menos.

Definitivamente, recordaba haber ido con sus padres a un restaurante elegante que era bastante diferente a los sitios a los que solían ir. También recordaba el ambiente animado de fin de año que había en las tiendas. Se acordaba de cómo habían sacado recetas muy variadas, cada una en un plato separado, diferentes al habitual almuerzo de tortilla con arroz que solía comer en restaurantes ordinarios. Y recordaba haber pensado, incluso de niña, que aquella comida era la mejor.

—Recuerdo cómo traían un platito tras otro para ti y para papá. Yo pensé que era raro. Vaciabais uno y os traían otro. Me pregunté si acabarían en algún momento.

—Eso es porque rara vez pedimos un menú como aquel —dijo su madre—. Yo también me acuerdo. Nos preguntaste: «¿No podemos irnos a casa ya? ¿Cuánto más vais a comer?». —Se rio—. Vayamos a algún sitio este año también. Ahora, ese restaurante está cerrado, pero tu padre y yo podemos buscar otro.

Kokoro creía saber por qué su madre parecía estar evitando el asunto del señor Ida o de Miori. Ella tampoco tenía ganas de hablar de ello; no tan pronto. Pero sí había una cosa que quería decirle. Se giró hacia su madre, que tenía la mirada perdida.

—¿Mamá?

—¿Sí?

—Gracias. —Su madre la miró fijamente, pero tenía el rostro inexpresivo. Kokoro necesitaba decirle aquello—. Gracias por decirle eso al señor Ida; por decirle lo que yo te había contado.

En realidad, estaba preocupada por si había transmitido su historia correctamente. Ahora, su profesor debía de tener una impresión verdaderamente negativa de ella. Había sugerido que se reuniera con Miori Sanada, pero Kokoro se había negado y, ahora, seguro que pensaba que era una niña problemática sin una pizca de la honestidad o la integridad que esperaba ver en sus alumnos.

—Me creíste, mamá.

—Claro que te creí. —La voz de su madre sonaba un poco ronca y se miró las manos—. Claro que te creí —repitió, con la voz temblando con claridad. Se secó los ojos con los dedos y, cuando levantó la vista, Kokoro vio que los tenía rojos—. Debiste de estar muy asustada —añadió—. Cuando escuché la historia, yo también me asusté. —Kokoro pestañeó, sorprendida—. Y realmente desearía que me lo hubieses contado antes. Cuando estaba hablando con tu profesor, me pareció que podía entender cómo debías de haberte sentido. —Su madre alzó las comisuras de los labios para formar una sonrisa cansada y desganada—. Cuando le dije que no era culpa tuya, estaba convencida de ello, pero, aun así, me preocupaba el hecho de que no me creyese. No estaba segura de haber explicado adecuadamente lo asustada que te habías sentido en realidad. Pensé que, tal vez, no me había comprendido, pero se requería valor para decirlo. —Extendió el brazo a través de la mesa y tomó la mano pequeña de Kokoro entre las suyas—. ¿Quieres cambiar de instituto? —le preguntó.

—¿Cambiar de instituto?

Al principio, no entendió lo que quería decir. Sintió la palma fría de su madre sobre la suya y entonces lo comprendió: estaba hablando de transferirla a otro centro educativo.

Kokoro abrió los ojos de par en par.

Aquella idea se le había ocurrido en el pasado. A veces, le parecía una muy buena idea y, en otras ocasiones, era un pensamiento que le hacía retroceder, como si estuviese huyendo. Había estudiantes del mismo colegio de primaria que de verdad le caían bien. Le frustraba pensar que la gente como Miori la obligase a marcharse. Miori y su pandilla jamás se arrepentirían de lo que habían hecho y la ira y la vergüenza hacían que sintiera náuseas al imaginárselas riéndose de cómo habían sido las que se habían librado de ella.

Aunque, hasta entonces, no le había parecido una opción realista. Incluso aunque hubiera querido cambiar de instituto,

218 • EL CASTILLO A TRAVÉS DEL ESPEJO

no había creído que su madre fuese a permitirlo. Sin embargo, en aquel momento, la mujer se lo explicó.

—Kokoro, si quieres cambiarte a un instituto diferente, lo estudiaré. Puede que implique ir más lejos, pero podemos investigar juntas si hay institutos en el distrito escolar contiguo o institutos privados a los que puedas asistir.

Sin embargo, a Kokoro le seguía preocupando que, incluso en un centro nuevo, pudiera fracasar a la hora de lidiar con todo. Los estudiantes transferidos destacaban y sus nuevos compañeros de clase podrían descubrir rápidamente que ella había huido de su antiguo instituto.

Sin embargo, seguía existiendo la posibilidad de que realmente encajase en un nuevo centro, como si no hubiese pasado nada.

Desde luego, era una posibilidad que sonaba muy bien. Más que nada, su madre parecía estar de acuerdo con la idea, lo cual le proporcionaba una sensación cálida y agradable en las entrañas. Su madre se había dado cuenta de que no iba a ser un caso perdido para siempre.

«Jingle Bells» seguía resonando a través de la megafonía, interrumpido por los alegres anuncios de las ofertas navideñas.

—¿Puedo... pensarlo? —preguntó, teniendo en mente a sus amigos del castillo.

Asistir a un nuevo centro era una idea tentadora, pero implicaba perder su posición como estudiante del Instituto de Secundaria n.º 5 de Yukishina. Podría perder el derecho a visitar el castillo y no ser capaz de volver a ver a nadie nunca más. No podía soportar aquella idea.

—Por supuesto —dijo su madre—, lo pensaremos juntas.

Después de aquello, Kokoro fue a comprar comida con ella.

Vio un paquete de chocolatinas variadas que estaba de oferta.

—¿Podemos comprar esto? —preguntó.

Quería llevarlas a la fiesta de Navidad. Pensó que quizás a su madre le pareciera sospechoso, ya que no podía comérselas todas ella sola, pero aceptó con facilidad y las dejó en la cesta de la compra.

Cuando iban de camino al aparcamiento, Kokoro se detuvo de pronto para contemplar el conjunto de tiendas que rodeaban el centro comercial.

—¿Ocurre algo? —le preguntó su madre.

—Ha pasado mucho tiempo desde la última vez que salí de casa. —El resplandor de las luces todavía la mareaba, pero descubrió que se estaba acostumbrando a ello—. Mamá, gracias por haberme traído.

Por un instante, pareció como si a su madre la hubiera atravesado una sacudida invisible. Tomó la mano de Kokoro y la acercó a ella.

—Estoy muy contenta de que hayamos podido venir juntas.

No habían caminado así, con los dedos entrelazados, desde los primeros años de primaria. Con las manos unidas, regresaron al automóvil.

Durante la fiesta de Navidad del castillo, Rion apareció con una tarta. Al verla, el grupo exclamó un «¡Guau!».

—Parece deliciosa —intervino Kokoro.

Era una tarta *chiffon*, con un agujero en el centro. El glaseado era irregular. No parecía que la hubiese comprado en una tienda. Las frutas decorativas de la parte superior también estaban distribuidas de forma irregular, pero eso era lo que le daba el encanto.

—¿Es casera? —preguntó Masamune.

—¿La ha hecho una novia? —intervino Aki.

A Kokoro, el corazón le latió con rapidez durante un instante. Todos los ojos estaban fijos en Rion. Los chicos que jugaban a fútbol siempre eran populares entre las chicas. Tal vez por eso estuviese estudiando en el extranjero. No habían hablado de ello, pero, ciertamente, tenía sentido que tuviese una novia.

Sin embargo, él sacudió la cabeza.

—No; la ha hecho mi madre —dijo—. Hace una todos los años. Vino por Navidad, se quedó en la residencia y la horneó para mí, así que la he traído.

—¿Puede quedarse en tu residencia?

—Sí, los padres pueden quedarse un par de días. Hay habitaciones con cocina para ellos.

Kokoro miró el reloj de la pared y pensó vagamente en la diferencia horaria. En Japón era mediodía, así que, en Hawái, sería la noche del día anterior. En Japón ya era Navidad, pero era probable que a Rion le pareciese que todavía era Nochebuena.

Kokoro tenía la sensación de que era más habitual que la gente pasase la Navidad en familia en otros países que en Japón. Su familia era igual: habían salido a cenar la noche anterior, pero, aquel día, que era el de Navidad, sus padres habían salido juntos, lo cual era poco habitual y había facilitado que ella pudiera ir al castillo.

—Rion, ¿vas a venir a Japón durante las vacaciones? —le preguntó.

No era como si estuviera pidiéndole que se vieran fuera del castillo, pero el hecho de que viviera tan lejos, en Hawái, hacía imposible que se reunieran en el exterior, y la simple idea de que pudiera volver a Japón y estar en algún lugar cercano le hacía feliz. Sin embargo, él negó con la cabeza.

—No, yo no voy a volver —dijo—. Mi madre solo estuvo dos días, hizo la tarta y, entonces, dijo que tenía que volver a casa, que estaba ocupada.

—Oh, ya veo.

—Sí. Vamos a comer —masculló él.

Había llevado un cuchillo para tartas para cortar las porciones. Mientras lo sacaba, Kokoro pensó en algo. La madre de

Rion había horneado la tarta, pero no se había quedado para comérsela con su hijo. Tal vez hubiese creído que la compartiría con sus amigos, pero era Navidad, y los otros chicos de la residencia habrían vuelto a casa con sus familias. Debía de ser eso lo que Rion había querido decir cuando había comentado con tanto énfasis: «Yo no voy a volver».

Recordó que había sido él el que había sugerido celebrar una fiesta de Navidad en el castillo, señalando que llevaría la tarta. ¿Cómo se habría sentido al hacer aquella sugerencia?

Recordó su voz y las palabras que le había dicho a la Reina Lobo. «Mi instituto no es el n.º 5 de Yukishina y, aun así, aquí estoy. ¿Por qué convocaste a alguien como yo?». También la respuesta de la niña: «Pero querías desesperadamente ir al instituto público de tu zona, ¿no?».

¿Qué significaba aquello? Ir al instituto en Hawái... Solo oír aquello les hacía señalarle como alguien rico. «No está tan bien», les había dicho él.

—Oye, invitemos a la Reina Lobo también. ¡Reina Loboooooooo! —la llamó Rion mientras cortaba la tarta—. No soy capaz de hacer porciones iguales. Que lo intente una de las chicas.

Ureshino dijo:

—Debería hacerlo Kokoro. Una vez, me peló una manzana; se le dará bien.

—¿Eh? No tengo ni idea de si soy capaz de hacerlo bien.

Sonrió irónicamente al recordar los problemas que le había causado pelar una manzana. Sin embargo, le alegraba que le pidieran que se encargara de la tarta.

—¿Me habéis llamado? —dijo una voz suave. Después, la Reina Lobo se materializó.

—Tenemos tarta —dijo Rion—, pero ¿puedes comerla siquiera con la máscara puesta? En realidad, ¿comes alguna vez?

Lentamente, la Reina Lobo movió la cabeza hacia un lado y contempló la tarta casera, un bizcocho con ondas de crema en la parte superior. La imagen era surrealista, pero, de algún modo, la combinación de su vestido y su máscara de ensueño con la tarta llena de azúcar parecía funcionar. Finalmente, respondió.

—No me la comeré aquí. —Alzó la cabeza lentamente para mirar a Rion—. Si me cortas una porción, me la llevaré conmigo.

El grupo la observaba con sonrisas perplejas. Jamás habían imaginado que la Reina Lobo, a la que habían tomado por un personaje totalmente fantástico, fuese a mostrar un apetito semejante, similar al de una niña pequeña.

Sin embargo, Rion solo dijo:

—De acuerdo. Y esto también es para ti. —Sacó un paquete pequeño de su mochila y se lo entregó—. Teníamos esto en casa, así que, si no te importa, me gustaría que lo tuvieras.

Habían hablado de no intercambiar regalos, pero, al parecer, él había llevado algo de todos modos. La Reina Lobo contempló el paquete que tenía en las manos durante un instante antes de aceptarlo.

—Bien —dijo, colocándoselo tras la espalda.

Kokoro había esperado que la niña lo abriese de inmediato. Rion no hizo ningún comentario.

—Entonces, vamos a comer un poco de tarta —dijo.

A pesar de la decisión de no intercambiar regalos en la fiesta de Navidad, Aki también había aportado algo: las preciosas servilletas estampadas que había llevado en otra ocasión. Les tendió una a cada uno. Eran parte de la misma colección que las que le había regalado a Fuka por su cumpleaños, aunque con un estampado diferente.

—¡Caray! Yo también tendría que haber traído algo —dijo Ureshino en voz alta.

Lo que más sorprendió a Kokoro fue el momento en el que Masamune sacó una pila de productos de manga para chicos y les dijo que eran regalos.

—Tomad tantos como queráis.

Kokoro se quedó atónita. Muchas cosas eran regalos gratis que podían encontrarse en la parte trasera de los manga, pero también había algunos vales de prepago para libros.

—¡Vaya! ¡Vales para *One Piece*!

A Kokoro también le encantaba el manga. Le dio la vuelta al vale y se dio cuenta de que venía marcado con la cantidad completa de 500 yenes. Masamune siempre les llevaba muchos videojuegos y parecía poseer muchas cosas. Sin embargo, no parecía considerar que el dinero o las posesiones fuesen especialmente importantes.

—Todo esto son mangas para chicos, así que no sé lo que son y no necesito nada —comentó Aki, haciendo una mueca.

Sin embargo, Subaru exclamó:

—¡Oye! ¿Están sin usar? En tal caso, me llevaré una. —Tomó una de las tarjetas de prepago.

—¿Cuáles son tus preferidos? —le preguntó Aki.

—Si no te gustan —dijo Masamune, irritado—, entonces no te metas.

—Es una gran sorpresa —replicó Aki—. El hecho de que me gusten o no no viene al caso. Tan solo me sorprende que pensases siquiera en traernos regalos, Masamune.

—Eres muy molesta. Si vas a despreciarlos, devuélvelos. Me ha llevado tiempo reunir todo esto, ¿sabes?

—No, en realidad, me llevaré uno.

Kokoro se acercó para darle las gracias.

—No es nada —contestó Masamune, apartando la mirada e inflando las mejillas.

La tarta de la madre de Rion era deliciosamente esponjosa, con mucho huevo y tan ligera como el aire. El chico estaba encantado con las chocolatinas variadas que había llevado Kokoro.

—Hacía mucho tiempo que no veía unas así —dijo—. Solía comer muchas cuando estaba en Japón.

Kokoro había preparado té con las bolsas de té que le había regalado la señorita Kitajima y, con un termo, sirvió una taza para cada uno. Aki y Fuka se maravillaron con el sabor y el aroma delicioso del té de fresa.

—Está muy bueno —dijeron, lo que a ella le alegró.

—Me gustaría volver a tomarlo algún día —comentó Fuka. Cuando Kokoro le contó que era la señorita Kitajima la que le había dado el té, añadió—: Tal vez yo también debería ir a esa escuela libre a la que fuiste tú, Kokoro. Me gustaría conocer a la señorita Kitajima.

En algún momento, Fuka también había dejado de usar el *chan* cuando se dirigía a ella.

—Claro —contestó—, estoy segura de que le encantaría conocerte.

—La verdad es que me gustaría que me aconsejaseis sobre algo.

Masamune había comenzado una conversación seria en torno a las cuatro, una hora antes de que cerrase el castillo. Estaba hablando con todos ellos mientras se relajaban charlando en el sofá. En algún momento, la Reina Lobo se había marchado, llevándose el trozo de tarta y el regalo sin abrir de Rion.

«Que me aconsejaseis sobre algo», aquello parecía un poco formal para Masamune.

—¿Sobre qué? —dijo Aki.

El chico se puso de pie en el centro del grupo. Los demás estaban sentados en el suelo o tumbados con las manos detrás de la cabeza. Él se sujetaba con fuerza el codo con la otra mano. Kokoro se dio cuenta de lo fuerte que lo estaba apretando. Masamune no solía ponerse nervioso.

—¿Que te aconsejemos?

Parecían dubitativos.

—Me preguntaba… si todos vosotros… Solo un día… Si pudierais, durante el tercer semestre… las clases… —continuó él. Su voz sonaba dolorosamente ronca y estaba evitando mirarles a los ojos. Se interrumpió y alzó la vista hacia ellos—. ¿Podríais venir al instituto? Solo un día. Un día sería suficiente.

Hubo un coro de jadeos. Masamune se apretó el codo con más fuerza.

—Mis padres me han dicho... que pensase en... ir a un instituto diferente... cuando empiece el tercer trimestre.

El dolor atravesó a Kokoro. Recordó a su madre en la zona de restaurantes de Careo preguntándole: «¿Quieres cambiar de instituto?». Había pensado que se debía a que había terminado el segundo semestre.

Su situación era un poco diferente, pero podía ser que aquella no fuese la primera vez que contemplaban la idea en casa de Masamune, dado que sus padres llevaban bastante tiempo criticando a los profesores de los centros públicos.

—Siempre he esquivado la idea, pero ahora las cosas se están poniendo serias. Mi padre me dijo que, durante las vacaciones de invierno, iba a inscribirme en un instituto privado.

—Entonces, ¿empezarías en un centro nuevo en el tercer semestre? —preguntó Fuka. Él asintió.

—Tal vez sea una buena idea, ¿no crees? —dijo Ureshino, que sonaba solemne—. Yo también he estado pensando que sería más fácil cambiarme a algún otro sitio y empezar de nuevo en una clase diferente.

—También lo he pensado. Pero, si vas a cambiar de centro, ¿no sería mejor hacerlo más adelante, cuando empiece el nuevo curso escolar? Jamás me plantearía el cambio tan pronto, durante el tercer semestre del curso presente.

Generalmente, Masamune tenía una forma de ser bastante condescendiente y Kokoro no podía creerse lo débil y apacible que se había vuelto. Sabía que estaba describiéndoles unos sentimientos reales, que había llegado al punto en el que tenía que marcharse. Sabía cómo se sentía.

Sin embargo, ser un alumno transferido a un centro nuevo en medio del curso escolar... Eso era totalmente diferente.

—Además, odio la idea —Masamune parecía estar enfadándose él solo—. Si empiezo a ir a un instituto diferente, entonces es probable que no pueda volver aquí nunca más. —Los demás se mordieron los labios en silencio. Sabían exactamente lo que estaba intentando decirles. Tan solo podrían visitar el castillo hasta finales de marzo, pero si perdiesen incluso ese precioso tiempo cada vez más escaso...—. Así que le dije a mi padre que no quería cambiarme a un centro privado todavía. Le dije que, en su lugar, intentaría volver al n.º 5 de Yukishina. —Había empezado a hablar más rápido, como si intentara justificarse—. Iría tan solo el primer día; eso sería suficiente. Les diría que lo había intentado, pero que no había podido soportarlo. Eso retrasaría que me mandasen a un nuevo instituto hasta abril, cuando empiece el nuevo curso.

—¿Y, entonces, por qué quieres que todos nosotros vayamos a clase? —preguntó Aki.

El rostro de Masamune se tensó y pasó la mirada entre todos ellos.

—Tan solo tenía la esperanza... de que todos vosotros pudierais... ir a clase el mismo día que yo. —El chico agachó la cabeza. Él no era así en absoluto—. En realidad, no es necesario que vayáis a vuestra aula. Simplemente, podríais ir a la enfermería o a la biblioteca. Creerán que el mero hecho de que hayáis conseguido entrar ya es un avance.

—Incluso hay una expresión en japonés para eso, ¿verdad? «Ir directo a la enfermería» —dijo Subaru.

Masamune alzó la vista.

—Llevo un tiempo preguntándome algo —insistió—. ¿Por qué todos los presentes procedemos del Instituto de Secundaria n.º 5 de Yukishina? Creo que tiene que haber algún motivo. No sé si la Reina Lobo pretendía que fuese así, pero he pensado que podríamos ayudarnos los unos a los otros.

«Ayudarnos los unos a los otros».

Masamune tenía la mirada muy seria, al borde de las lágrimas. Kokoro contempló su gesto y sintió el peso de sus palabras. Recordó cómo, mientras estaba en la zona de restaurantes con su madre, había escudriñado la pasarela peatonal con la esperanza de ver a alguno de ellos; cómo había estado esperando a que alguien doblase la esquina para poder saludarle; cómo había fantaseado con ello y lo increíble que sería.

—Entonces, no era un consejo lo que querías, sino ayuda —dijo Subaru. Se encogió de hombros de forma exagerada y agitó la tarjeta de prepago que le había dado el otro chico—. Entonces, ¿este regalo de Navidad es un soborno para convencernos de que te ayudemos?

Masamune le miró con rigidez.

—Sé que tengo mucho valor al pediros esto —dijo con brusquedad—, pero...

—Está bien. Yo iré —dijo Subaru—. Te esperaré en el aula el día acordado. —Masamune abrió mucho los ojos, esperanzado—. Estoy en la clase 3 del tercer curso. Si vas a tu aula y sientes que no puedes soportarlo, puedes venir a la mía. Hace bastante tiempo que no voy a clase, pero puede que me gane algunos puntos si un estudiante más joven empieza a hacerme la rosca.

—Puede que no soporte volver a un aula —dijo Aki. Su tono de voz era cortante como siempre, aunque no sonaba como si estuviese enfadada—, aunque si es solo a la enfermería...

—Creo que no habrá problema en que te ocultes allí. Los profesores deberían permitírtelo...

—Yo también —prorrumpió Kokoro.

Mamá y papá estarán muy contentos si les digo que voy a volver al instituto, pensó. *Me advertirán de que no me exija demasiado, pero sé que se sentirán aliviados. Con Sanada-san por allí, me saltaré las clases e iré directamente a la enfermería. En realidad, puede que mis padres se sientan mejor si lo hago así.*

Por encima de todo, la idea de reunirse con los demás fuera del castillo le hacía saltar de alegría. Sabía cómo se sentía Masamune. «Siento tanta lástima por esos marginados...», había dicho Sanada-san sobre ella. Aquellas palabras todavía ardían en su interior. Quería demostrarles que no era una marginada. *Yo también tengo amigos. Y de otros cursos. Todas estas personas son amigas mías.* Masamune debía de sentirse igual. *Puede que no tenga amigos en mi clase,* pensó Kokoro, *pero dado que todos nosotros estamos apoyándonos los unos a los otros, puedo volver al instituto.*

—Entonces, yo también iré a la enfermería —dijo Fuka, como si estuviese completando los pensamientos de Kokoro—. ¿Cuándo es la ceremonia de apertura del instituto? ¿Qué día deberíamos ir?

—El 10 de enero —contestó Masamune rápidamente, como si estuviera a medio camino entre temer la fecha y esperar que llegase. Sus ojos parecían todavía más llorosos.

—Entendido —dijo Fuka—. Durante las vacaciones de invierno, voy a volver a la academia desde casa de mi abuela, así que, durante un tiempo, estaré fuera del castillo, pero contad conmigo. El día 10 estaré allí, lo prometo.

—¿Puedo pensarlo? —Ureshino miró alrededor con sus ojos pequeños, redondos y oscuros. Entonces, añadió rápidamente—: No digo que no me guste la idea de que estemos ahí para apoyarnos mutuamente. No se trata de eso. Es porque, al principio del segundo semestre, el día de la ceremonia de apertura, fui al instituto y tuve aquella experiencia tan horrible. —Kokoro pensó en el día en el que Ureshino había aparecido cubierto de vendas—. Así que es posible que mi madre no me deje. Lo siento —murmuró y, después, miró a Masamune—. Aun así, si me dejan ir, lo haré. ¿Te parece bien?

—Sí —asintió Masamune. Bajó la mirada, como si no estuviera seguro de dónde mirar—. Gracias, chicos —añadió. La voz se le entrecortó al final. Inclinó la cabeza un poco más, solo un poco—. Gracias. Lo digo en serio.

—Os envidio. Yo no puedo unirme a vosotros. —Los ojos de Rion reflejaban sus palabras y parecía un poco triste—. Me da envidia que vayáis a veros fuera del castillo.

El corazón de Kokoro dio un vuelco ante aquellas palabras, como si fuese a levantar el vuelo. Todavía sentía el pecho aprisionado por el miedo, pero el corazón le latía con rapidez al pensar en verlos a todos, esperando juntos en la enfermería, vestidos con el uniforme escolar.

Todo irá bien, pensó. *Vamos a apoyarnos los unos a los otros. Vamos a luchar. Juntos.*

III

TERCER SEMESTRE: ADIÓS

ENERO

Kokoro: 7º curso, clase 4

Ureshino: 7º curso, clase 1

Fuka: 8º curso, clase 3

Masamune: 8º curso, clase 6

Subaru: 9º curso, clase 3

Aki: 9º curso, clase 5

Con excepción de Rion que, por supuesto, vivía en el extranjero, intercambiaron la información esencial de sus clases respectivas.

Se prometieron que, si ocurría algo, escaparían a la enfermería.

Si la enfermería no estaba abierta, entonces irían a la biblioteca.

Si la biblioteca no tenía buena pinta, entonces irían al aula de música.

Y, si nada de aquello funcionaba, saldrían corriendo.

Saldrían corriendo del edificio, volverían a casa y escaparían al castillo a través del espejo.

Acordaron todo aquello a tiempo para el 10 de enero.

La víspera del encuentro era un día festivo, el Día de la Mayoría de Edad, en el que los veinteañeros de todo el país celebraban haber llegado a la adultez.

Aquel día, los padres de Kokoro se quedaron en casa, pero ella escogió un momento en el que no irían a su habitación y se escabulló al castillo a través del espejo. Quería confirmar con Masamune y los demás la promesa de reunirse. Los otros parecían estar haciendo lo mismo, ya que la mayoría estaban allí, escapando de los ojos vigilantes de sus padres.

Justo antes de despedirse, Kokoro alcanzó a Masamune. Estaban de pie en el vestíbulo, a punto de salir del castillo a través de los espejos.

Eran casi las cinco en punto.

—Mañana es el día —le dijo.

En ese momento, el aullido de la Reina Lobo resonó como una sirena, señalando el cierre del castillo. Últimamente, cuando estaban a punto de marcharse a las cinco en punto, habían sufrido unos temblores tan potentes que les habían asustado, así que se aseguraban de irse antes de escuchar el aullido del toque de queda, quince minutos antes de la hora indicada.

—Sí —masculló el chico, ignorando el aullido.

Parecía avergonzado y reticente a conversar. Tenía las mejillas pálidas. Kokoro no conocía los detalles de lo que había hecho que abandonase el instituto. Sabía que sus padres eran bastante progresistas y respetaban la decisión de su hijo de no asistir, pero tenía que haber algún motivo detrás de todo aquello. Tal como en su caso.

—Masamune —dijo—, hay una chica en mi clase con la que no me llevo nada bien.

«Con la que no me llevo nada bien» era una expresión conveniente, pues le ayudaba a evitar los posibles matices: «La odio, no la soporto, me acosó». Lo que le había ocurrido a Kokoro no había sido una pelea o acoso escolar. Pensó que no era ninguna de esas dos cosas, sino algo a lo que no podía ponerle nombre. Cuando los adultos y sus amigos lo calificaban como acoso, se sentía tan irritada que quería llorar.

—No quiero ir a clase porque sé que estará allí, pero, Masamune, si los demás y tú estáis allí conmigo, entonces, estaré bien.

—¿Qué? —dijo Masamune de forma casi inaudible. Después, la miró—. ¿Qué demonios...? ¿Estás intentando mostrarme lo heroica que eres al decirme que irás conmigo a pesar de toda la mierda que te ocurrió? ¿Intentas mostrarme lo duro que será para ti?

—En absoluto.

Se sintió aliviada al comprobar que el chico volvía a ser su yo cínico. No mucho tiempo atrás, aquel tono le habría frustrado, pero ahora sabía que no debía tomarse lo que decía al pie de la letra. Todo el tiempo que habían pasado juntos le había enseñado eso. Sabía que, en realidad, Masamune le estaba agradecido por estar dispuesta a ignorar acontecimientos pasados y reunirse con él. Tan solo le había dado la vuelta para que pareciera lo contrario.

—Lo que estoy diciendo es que, a pesar de todo lo que me ocurre —dijo—, me siento segura al saber que estaremos todos juntos. No eres el único que está inquieto. Sientes que vas a estar seguro al saber que estaremos allí. Bueno, nosotros nos sentimos igual al saber que tú también estarás allí.

Masamune la escuchó y estaba a punto de rozar el espejo cuando cerró los dedos y se aferró al marco.

—Sí —murmuró.

—Nos vemos mañana —dijo Kokoro, remarcando las palabras más de lo normal.

—Sí. Nos vemos mañana. En el instituto.

—Mamá, mañana voy a ir a clase.

La madre de Kokoro se quedó momentáneamente en blanco, como si el tiempo se hubiera detenido.

—¿Ah, sí? —dijo.

Kokoro sabía que estaba mostrando falta de preocupación deliberadamente. Ella se había tomado su tiempo, evitando decir nada hasta el día anterior a la fecha señalada, hasta la noche del día 9.

Estaban fregando juntas cuando le dio la noticia.

—¿Estás segura de que te parece bien?

La madre evitó su mirada. Ella hizo lo mismo, manteniendo la vista fija en las manos mientras secaba los platos.

—Me parece bien. Realmente quiero intentar ir, aunque solo sea un día. —Había planeado llegar a las nueve y media, cuando las clases ya hubiesen empezado, e ir directamente a la enfermería en lugar de a su aula. Y, si no lo soportaba, directamente de vuelta a casa. Le explicó el plan a su madre—. Así que no te preocupes por mí —le rogó.

—¿Quieres que vaya contigo?

—No, estaré bien —contestó ella.

Aunque, si era totalmente sincera, le habría encantado que la acompañase. El corazón le latía con fuerza. La mera imagen de los pasillos y la entrada principal era suficiente para hacer que se quedara congelada. Sin embargo, no cabía duda de que el resto de los miembros del grupo irían solos, sin ninguno de sus padres.

Los padres de Masamune, que tanto despreciaban el sistema escolar estatal, definitivamente no le acompañarían. Subaru ni siquiera vivía con los suyos. Quizás Ureshino, Fuka o Aki llevasen a su madre, pero si aunque sea uno de ellos aparecía solo, ella quería hacer lo mismo.

Su madre le dijo que llamaría al instituto, al señor Ida, para advertirles de que Kokoro iría al día siguiente.

—Esto es muy repentino. ¿Por qué no vas unos días más tarde? La semana que viene, por ejemplo.

—Pero es la ceremonia de apertura…

—¿Qué? —dijo su madre. Dejó un plato mojado y se secó las manos en el delantal—. La ceremonia de apertura fue al final de la semana pasada; el día 6 de enero.

—¿Qué?

La madre sacó un trozo de papel que había estado en el pequeño estuche para cartas que tenían en el salón. Era una nota del instituto que le había llevado Tojo-san. Normalmente, se las entregaba a su madre sin mirarlas. No había dudas, según el calendario de eventos escolares, la ceremonia de apertura había sido el 6 de enero.

—Tienes razón.

Dado que la ceremonia de apertura ya había tenido lugar al final de la semana anterior, las clases empezarían al día siguiente. Entre medio había un fin de semana de tres días, incluyendo el Día de la Mayoría de Edad, pero las clases comenzaban al día siguiente.

¿Lo habría entendido mal Masamune? De pronto, deseó volver corriendo al castillo para comprobarlo, pero, por la noche, el espejo no brillaba. Lamentó no haber intercambiado con ellos los números de teléfono.

Ah… Tal vez se trate de eso…, pensó. Masamune había dicho que iba a volver al instituto al comienzo del tercer semestre. Había sido Fuka la que había preguntado: «¿Cuándo es la ceremonia de apertura del instituto? ¿Qué día deberíamos ir?». Ingenuamente, Kokoro había concluido que Masamune iba a regresar a clase el día de la ceremonia de apertura, pero, en realidad, nunca había dicho que fuese a asistir a ella. Con los estudiantes marchando dentro y fuera del gimnasio, podría volverse caótico. Si iban a reunirse en la enfermería, era preferible hacerlo en un día de clases normal.

«Nos vemos mañana. En el instituto».

Aquella era la promesa que Masamune y Kokoro se habían hecho.

—Gracias por preocuparte por mí, pero, aun así, me gustaría ir —dijo.

A la mañana siguiente, su madre se preparó para marcharse al trabajo como siempre. Kokoro le había dicho que quería que lo hiciera. Aun así, dio vueltas junto a la puerta principal, comprobando cómo estaba varias veces, y, a pesar de que la hora a la que solía marcharse llegó y pasó, siguió quedándose allí.

—No te exijas demasiado, ¿de acuerdo? Si sientes que no puedes soportarlo, vuelve a casa pronto —le dijo—. Te llamaré por la tarde.

Al fin, su madre salió por la puerta principal.

—Entonces, me marcharé en un minuto, mamá —dijo Kokoro, despidiéndose de ella con la mano.

Cuando llegó a la puerta de la valla, la mujer se dio la vuelta.

—Tu bicicleta... Anoche, tu padre limpió el sillín. Estaba lleno de polvo.

—¿Oh?

—Ha dicho que hoy volvería a casa pronto y que te dijera que no te exigieras demasiado.

—Está bien.

La noche anterior, le había dicho lo mismo a ella directamente. Había parecido un poco preocupado, aunque también aliviado.

—Eres una niña maravillosa —le había dicho—. Que hayas decidido tú sola volver... Creo que eres increíble.

Le dolía pensar que solo iba a ir un día, pero haberle escuchado elogiándola le había hecho verdaderamente feliz.

Y, tal vez...

Tal vez, al ver a todos aquel día, no tuviese tanto miedo de ir al día siguiente. Quizá fuese capaz de asistir a las clases como era debido junto con todos ellos.

Salió de casa a las nueve, evitando el periodo de tiempo en el que solían llegar el resto de los estudiantes. Hacía mucho tiempo que no montaba en bicicleta y, cuando se subió, el asiento le resultó frío bajo la falda. Respiró el aire helado. Mientras comenzaba a pedalear, le asaltó un pensamiento.

No voy a entrar a mi aula, pensó. *No voy a clase. Voy a ver a mis amigos. Solo que, casualmente, el lugar en el que vamos a reunirnos es el instituto.*

La entrada al instituto estaba desierta.

Cuando llegó a la zona del aparcamiento de bicicletas, dudó si dejar la suya en el espacio reservado para su clase y, en su lugar, la aparcó en el área de los alumnos de octavo.

Todavía le dolía pensar en lo que Miori y su novio le habían hecho allí la pasada primavera.

Sin embargo, aquel día, no había nadie por los alrededores. Además, ya habían cambiado de estación.

Podía escuchar el sonido de las lecciones que se estaban impartiendo en el interior del edificio y el de los profesores enseñando, aunque no había demasiados alumnos hablando.

Se quitó los zapatos frente al casillero que había en la entrada, donde los estudiantes dejaban el calzado que habían llevado en el exterior.

Aquella acción era muy familiar, pero, mientras localizaba su hueco, una fuerza invisible hizo que sintiera una presión en el pecho. Notó una mirada procedente del lateral, y, cuando miró hacia allí, los ojos se le abrieron de par en par.

La otra persona también abrió mucho los ojos. Era Moe Tojo; la chica que vivía en su calle, dos casas más allá.

Ambas se habían quedado sin palabras.

Tojo-san llevaba un suéter y una mochila que contaba con la aprobación del centro. Al parecer, también acababa de llegar. Estaba tan guapa como siempre, con su nariz perfecta y sus ojos redondeados con un toque de marrón claro. Tenía un aspecto casi europeo.

Si hubiese habido muchos estudiantes a su alrededor, podría haber apartado la mirada, pero estaban las dos solas.

Un dolor físico le recorrió los hombros, la espalda y el cuerpo entero. Entonces, lo recordó. *Ah, así era como me sentía…*

Su intención había sido no olvidar jamás aquel dolor, pero, en ese momento, se dio cuenta de que, en realidad, había empezado a olvidarlo. Hasta la primavera anterior, había tenido aquella sensación todos los días: el estómago pesado y dolorido.

No quiero entrar, gritó para sus adentros.

Sin embargo, en ese momento, Tojo-san se puso en movimiento. De pronto, extendió el brazo para tomar las zapatillas de su casillero. Se las puso, apartando los ojos de Kokoro, y, sin decir una palabra, comenzó a recorrer el pasillo con paso ligero, dirigiéndose hacia las escaleras que conducían a su aula.

Moe la había dejado atrás, ignorándola por completo.

Su figura se hizo cada vez más pequeña antes de desaparecer por las escaleras. Definitivamente, le había echado a Kokoro un buen vistazo. Aquellos ojos hipnotizantes, parecidos a los de una muñeca, que en el pasado se había sentido tan inclinada a mirar, la habían ignorado rápidamente.

«Así que has vuelto, ¿eh?».

Había esperado algún comentario, incluso aunque hubiese sido sarcástico. Tan solo una o dos palabras.

Las cosas que había a su alrededor empezaron a darle vueltas. Comenzó a respirar de forma superficial, como si estuviese en el agua, ahogándose.

En el pasado, Moe me traía todos los días las notas del instituto, pensó, *pero, ahora, ¿ni siquiera es capaz de decirme una sola palabra?*

¿Por qué estaría allí, en la entrada del centro, a aquella hora de la mañana?

Este es el único momento en el que podía soportar entrar. Sin embargo, tú… Tú puedes entrar cuando quieras.

Había tenido muchas ganas de ver a Masamune y los demás, pero, en aquel momento, aquella feliz expectación comenzó a marchitarse. *¡Que alguien me ayude!* Se sintió débil mientras se apoyaba en los casilleros.

Se había imaginado sus zapatillas y su escritorio cubiertos de grafitis. Las representaciones del acoso escolar que aparecían en la televisión siempre mostraban cosas así. El joven que no iba a clase siempre se encontraba su silla y su escritorio cubiertos con mensajes tan viles como «¡Muere!» garabateados por todas partes.

Sin importar cuántas veces se hubiese repetido a sí misma que lo que ocurría entre Miori Sanada y ella no era un caso de acoso escolar, seguía aterrorizada ante la idea de que aquello pudiera ocurrirle a ella.

Sin embargo, nadie había cubierto de grafitis sus zapatillas ni las había llenado de chinchetas. En su lugar, vio una carta.

Se trataba de un sobre con la pegatina de un conejito.

Con la mano temblorosa, lo recogió.

El nombre de la remitente figuraba en la parte trasera.

Era de Miori Sanada.

Un ruido ensordecedor retumbó en sus oídos. Era un estallido de cristales, como si el mundo se estuviera resquebrajando. Rasgó el sobre para abrirlo.

Querida Kokoro Anzai:

El señor Ida me ha dicho que hoy vendrías a clase y me ha recomendado que te escribiese una carta, así que lo he hecho.

Sé que me odias, pero, aun así, me gustaría que nos viéramos y habláramos.

Debes de pensar que soy horrible por sugerirlo.

Sé que estás molesta por lo que ocurrió con ya-sabes-quién, pero, no te preocupes, no le hablé de él al señor Ida. De hecho, rompí con él en verano. He pensado que, si todavía te gusta, te animaré.

Miori ☺.

Las manos le temblaron todavía más.

¿Qué demonios es esto?

Recordó las bromas juguetonas entre risas. «Señor Ida, ¿tiene novia?». «Aunque así fuera, no te lo diría». Recordó los ojos fríos de Tojo-san y cómo la habían ignorado. Entonces, empezó a escuchar su propia sangre hirviéndole en las venas de las sienes.

Arrugó la carta con fuerza y se puso las zapatillas. Metió los dedos de los pies dentro, aplastando la parte trasera con el talón, y se dirigió a la enfermería.

Si podía llegar allí rápido, sería capaz de respirar de nuevo.

Cerró los ojos y tomó una bocanada de aire, pero sin importar cuántas veces inhalase, el pecho seguía doliéndole y sentía aún más que se estaba ahogando.

Si pudiera llegar a la enfermería, Masamune estaría allí.

Sus amigos estarían esperándola.

Todos ellos.

Quería mostrarle la carta a Masamune y escucharle decir: «Vaya montón de mierda. Es una imbécil».

Eso mismo creo yo, pensó Kokoro.

Tojo-san la había visto, así que la noticia de que estaba en el instituto llegaría sin duda a oídos de Miori, y, además, lo haría pronto. Las clases habían empezado, pero podía imaginarse a Tojo-san escabulléndose hasta el escritorio de Miori en cuanto sonase la campana. «Oye, ¿sabes qué? Está aquí».

Kokoro se sintió desfallecer.

«Sé que me odias, pero, aun así, me gustaría que nos viéramos y habláramos».

El cuerpo le dio una sacudida en sentido literal.

Giró la manilla de la puerta de la enfermería.

Si alguno de sus amigos no había aparecido, no pasaría nada. Ver aunque solo fuera uno de sus rostros sería semejante alivio que tal vez acabase estallando en lágrimas.

Empujó la puerta para abrirla.

La enfermera estaba sentada en su escritorio. Sola.

Había un calefactor que emitía un resplandor rojo. La enfermera estaba sentada frente a él. Kokoro la conocía de vista, pero nunca había hablado con ella. Parecía como si hubiese estado esperándola. El señor Ida debía de haberla avisado.

—¿Anzai-san? —preguntó la enfermera, mirándola con sorpresa.

—¿Está Masamune...?

Estaba jadeando, con la voz aguda y temblorosa.

Comprobó si había alguien tumbado en la cama, pero no había nadie.

—¿Eh? —dijo la enfermera, inclinando la cabeza— Masa... ¿quién?

—Masamune-kun, de octavo curso. ¿Ha venido hoy?

¿En qué clase de octavo estaba? Se lo había dicho, pero tenía la mente tan revuelta que no podía recordarlo. Estaba segura de que Fuka estaba en la clase 3. Kokoro aceleró su forma de hablar.

—¿Ha venido también Fuka-chan, de la clase 3 de octavo? ¿Y Subaru-kun y Aki-chan, ambos de noveno?

Mientras pronunciaba aquellas palabras, se dio cuenta de que, sin sus apellidos, la enfermera no tendría ni idea de a quién se refería. A menos que estuvieses especialmente unido a alguien, los estudiantes no se llamaban por el nombre de pila. De pronto, Kokoro se sonrojó por haber llamado a Masamune por su nombre delante de la mujer.

Todavía en la puerta, decidió que, si nadie aparecía, iría al aula de Subaru, donde él había dicho que estaría esperando. Podía imaginárselo, tranquilo y relajado. Le diría: «Ey, ¿qué pasa?».

—Anzai-san, por favor, no te estreses. Entra y siéntate —le dijo la enfermera.

—Entonces, ¿qué hay de Ureshino-kun, de séptimo curso?

—De pronto, recordó que sabía cuál era el nombre completo del chico. Tras el incidente del semestre anterior, estaba segura de que los profesores se acordarían de él—. Haruka Ureshino. ¿Ha venido hoy a verla?

Mientras hablaba, le invadió cierta inquietud.

Masamune, Aki, Subaru, Kokoro... ¿Acaso los profesores no se habrían sorprendido de que todos aquellos estudiantes que llevaban tanto tiempo ausentes hubiesen aparecido el mismo día? ¿Acaso no habrían llamado sus padres a sus tutores, tal como había hecho su madre con el señor Ida?

La enfermera del instituto observó a Kokoro con paciencia, con una mirada de confusión en los ojos.

—¿Ureshino-kun? —dijo—. Estoy segura de que no hay nadie en séptimo curso con ese nombre.

Kokoro sintió como si una enorme ráfaga de viento la hubiese golpeado. La enfermera parecía genuinamente perpleja.

Haruka Ureshino. Un nombre y un apellido poco usuales. Tenía que conocerle.

Un pensamiento repentino la asaltó: ¿y si Ureshino había mentido? ¿Y si él era el único que no estaba matriculado en el n.º 5 de Yukishina pero había mentido para seguirles el juego a los demás?

La enfermera frunció el ceño, dubitativa.

—Y tampoco creo que haya nadie en octavo que se llame Masamune. Aki-chan, Fuka-chan... Intento pensar si las conozco. ¿Cuáles son sus apellidos?

—Sus apellidos...

Lo supo de forma instintiva. Estuvo segura. No con la mente, sino con las entrañas. *No están aquí.*

No estaba segura de por qué sabía que era así. Se convenció de que jamás sería capaz de ver a Masamune y a los demás en su mundo, fuera del castillo.

—Masamune —dijo en voz baja—, ¿qué se supone que debo hacer?

Sintió que estaba a punto de llorar.

«¿Qué demonios? ¿Estás intentando mostrarme lo heroica que eres al decirme que irás conmigo a pesar de toda la mierda que te ocurrió? ¿Intentas mostrarme lo duro que será para ti?».

Se acordó de la reacción mordaz de Masamune. Él había aceptado ir porque pensaba que todos estarían allí también.

Esto significa que le hemos traicionado.

Le sobrevino una imagen clara como el agua de Masamune, solo y aturdido en la enfermería.

Tuvo ganas de salir corriendo en busca de ayuda. Y, entonces, alguien pronunció su nombre:

—Kokoro-chan.

Era una voz suave. Se dio la vuelta. En el umbral de la puerta estaba la señorita Kitajima. Extendió una mano cálida, le tocó el hombro y toda la tensión que sentía se desvaneció.

—Señorita Kitajima…

Un sonido débil surgió de ella, como si estuviera expulsando aire desde lo más profundo de la garganta, y, entonces, se desplomó en el suelo. Con un crujido, todo se volvió negro.

Cuando se despertó, la señorita Kitajima seguía allí, sentada a su lado.

Kokoro sintió el roce del edredón almidonado que la cubría mientras yacía en la cama de la enfermería. El calor del calefactor no estaba demasiado lejos.

Miró alrededor para comprobar si, tal vez, había otro estudiante en la otra cama. Sin embargo, no detectó a nadie al otro lado de la mampara.

—¿Estás bien?

La señorita Kitajima la miró a los ojos.

—Estoy bien —contestó, no tanto para informar de su condición como por el hecho de que se sentía avergonzada de encontrar a alguien mirándola mientras yacía bocarriba, indefensa. Nunca antes se había desmayado. No tenía ni idea de cuánto tiempo había estado inconsciente. Tenía la garganta seca y la voz ronca—. ¿Señorita Kitajima?

—¿Sí?

—¿Por qué está aquí?

Los ojos sonrientes de la mujer se encontraron con los de Kokoro.

—He venido porque tu madre me dijo que hoy estarías en el instituto.

—Ya veo.

Había ido porque estaba preocupada.

Estaban solas en la enfermería.

La señorita Kitajima debía de haber estado en contacto con los profesores del centro, coordinando las cosas.

Kokoro ya se había resignado a la idea de que no vería a los demás, pero, depositando los resquicios de su esperanza en una última pregunta, dijo:

—¿He sido la única alumna que haya abandonado los estudios de la que ha recibido noticias hoy?

Ureshino y Masamune habían dicho que habían conocido a la señorita Kitajima.

La mujer le apartó el pelo que le caía sobre los ojos.

—Así es —dijo.

Tan solo estaba contestando a la pregunta que le había hecho, y no parecía darle importancia en absoluto.

—Entonces, ¿no ha sabido nada de las familias de Ureshino-kun y Masamune-kun?

—¿Eh? —fue lo único que dijo la mujer a modo de respuesta.

Kokoro cerró los ojos con fuerza. Era tal como había dicho la enfermera: no había nadie en el instituto con esos nombres. No podía creerlo, pero era así.

—Nada —dijo ella.

Entonces, es cierto, pensó mientras la cabeza le daba vueltas.

¿Qué había significado todo aquello, todos los días que habían transcurrido hasta ese momento? ¿Acaso el mundo del castillo no era real? Si lo pensaba, le parecía un milagro demasiado conveniente. ¿Cómo podía su habitación conectar de forma tan eficiente con un mundo diferente? Conocer a esas personas, pensar que eran amigos… ¿Acaso no era un sueño hecho realidad? Entonces, pensó: *¿Me pasa algo verdaderamente malo?*

Masamune, Ureshino, Aki, Fuka, Subaru y Rion.

¿Acaso, sin darse cuenta, había estado viviendo desde mayo en aquella ilusión de estar con ellos cuando, en realidad, había estado sola todo el tiempo?

La idea de que podría haberse vuelto loca la dejó helada, pero otro pensamiento la asustó todavía más. *Puede que, a partir de mañana, no sea capaz de volver al castillo nunca más.*

—Kokoro-chan, lo siento —dijo la señorita Kitajima—. Cuando te has desmayado hace un momento, has dejado caer una nota y me temo que he visto lo que decía.

Kokoro se mordió el labio lentamente. El contenido de la carta le volvió a la memoria rápidamente. La letra redondeada del sobre. Miori llamándose a sí misma «horrible». Por supuesto, el chico al que se había referido de forma indirecta como «ya-sabes-quién» era Chuta Ikeda. A Kokoro no le importaba que pudiera ser el novio de Miori o que hubiesen roto.

Comprendió con desesperación que, entre ellas, no había entendimiento. Lo que Kokoro había vivido y la forma en que Miori Sanada veía las cosas no encajaban en absoluto. ¿Habrían ocurrido en el mismo mundo siquiera?

Había agonizado decidiendo si debía acudir o no aquel día, pensando que, tal vez, la matasen, pero allí estaba Miori, zanjando todo el asunto, diciendo como si nada sobre un chico con el que Kokoro no tenía relación alguna: «He pensado que, si todavía te gusta, te animaré». Era incapaz de encontrar las palabras para expresar lo frustrada que eso le hacía sentirse. Le resultaba tan humillante que sentía como si tuviera las entrañas ardiendo.

Quiero matarla, pensó.

Cerró los ojos mientras se le inundaban de lágrimas de frustración.

—Hace unos minutos, he hablado con el señor Ida —le dijo la señorita Kitajima—. La carta no aborda realmente lo que sucedió. —Su tono de voz era inusualmente severo. Kokoro mantuvo el rostro tapado con el antebrazo. Sentía las lágrimas ardiéndole sobre la manga—. Lo siento.

Jamás había esperado que una profesora se disculpara.

—Señorita Kitajima... Moe Tojo... estaba allí... hace un rato. —La respiración convulsa hacía que las palabras le salieran a trompicones—. Estaba... en la entrada del instituto... y me vio... y... me ignoró. No me dijo nada. Solía llevar a mi casa las cartas del instituto todos los días, pero, cuando me ve, me ignora. —No estaba segura de lo que estaba intentando decir. Sin embargo, estaba triste, terriblemente triste, y sentía como si se le fuera a desgarrar el pecho. Estuvo a punto de gritar—. Señorita Kitajima, ¿qué debería hacer si ha sido Moe la que ha dejado la carta en mi casillero? ¿Si Miori le ha pedido que lo hiciera y Moe ha hecho lo que le ha pedido?

Mientras hablaba, se dio cuenta de qué era lo que de verdad le daba miedo, lo que odiaba de aquel lugar.

El abril pasado, cuando las chicas habían rodeado su casa, Kokoro no había sido capaz de comprobar si Moe estaba también entre ellas. Podría haber estado. Pero la mera idea de que fuese así era muy dolorosa y quería aferrarse a la posibilidad de que no hubiese estado presente. No podía soportar la idea de que Moe se hubiera convertido en su enemiga. Hasta aquel día, no había estado dispuesta a creer que la otra chica la odiaba.

—Kokoro-chan... —La señorita Kitajima le agarró el brazo con tanta fuerza que se le escapó un gemido. Entonces, acercó la cara hasta ella—. No pasa nada. —El agarre que tenía la mujer sobre su brazo hizo que se sintiera alentada—. No pasa nada. El señor Ida le dijo a Sanada-san que dejase la nota en tu casillero. Tojo-san no ha tenido nada que ver. Quiero decir... Fue ella la que me explicó todo lo que estaba ocurriendo. —Kokoro había estado muy segura de que ninguna de las chicas que salían con Miori se atrevería jamás a traicionar a la líder del grupo. Pero, si era Tojo-san, entonces...—. Se ha topado contigo de forma tan repentina que tal vez estuviese demasiado sorprendida como para hablar. Pero, créeme, Tojo-san está preocupada por ti; verdaderamente preocupada.

Pero ¿por qué? Kokoro no podía evitar seguir preguntándoselo. Si estaba tan preocupada, entonces, ¿por qué había mirado hacia otro lado? Al mismo tiempo, una parte de ella sentía que ya conocía la respuesta.

Porque se sentía culpable.

Después de todo, Tojo-san debía de haber estado entre las chicas que habían rodeado su casa. Había estado allí y, aun así, no había intentado detenerlas y, ahora, se sentía extremadamente mal por ello. Aquella posibilidad hizo que sintiera que podía respirar un poco.

—Kokoro-chan —dijo la señorita Kitajima. Kokoro había dejado de llorar—. No es necesario que luches.

Aquellas palabras sonaron como un idioma extranjero.

Con los ojos cerrados con fuerza, no supo cómo responder y se limitó a asentir con firmeza.

La mera idea de que no necesitaba luchar hacía que sintiera todo el cuerpo envuelto en paz.

Cuando volvió a abrir los ojos, se sintió más dueña de sí misma. La señorita Kitajima la estaba mirando y ella le devolvió la mirada.

—Lo que quiero hacer es ir a casa.

La mujer asintió.

La madre de Kokoro fue a buscarla desde el trabajo. Al parecer, la enfermera se había puesto en contacto con ella en cuanto Kokoro se había desmayado.

Se tumbó poco a poco en el sofá mientras su madre se sentaba a su lado en silencio.

Media hora después, llegó la señorita Kitajima, que había llevado de vuelta la bicicleta de Kokoro. Entonces, le explicó que el motivo por el que Tojo-san había estado en la entrada del instituto más tarde de lo normal era que había sentido que se estaba resfriando y había parado en la farmacia antes de ir a clase. Eso fue todo lo que le dijo, nada más.

De pronto, Kokoro recordó algo.

El señor Ida había querido que Miori y Kokoro hablasen y, ¿acaso no quería la señorita Kitajima que Tojo-san y ella se vieran también?

Su madre le pidió que se dirigiera al piso de arriba mientras ella y la señorita Kitajima hablaban de lo ocurrido a solas durante un rato.

Respiró hondo y comenzó a subir las escaleras hacia su cuarto. Tras los acontecimientos de la mañana, tenía miedo de entrar.

«No hay nadie en séptimo curso con ese nombre».

No había parecido que la enfermera estuviese mintiendo.

¿Significaba eso que todo lo que había ocurrido en el castillo estaba en su cabeza? Si la ilusión se había roto, ¿no habría dejado de brillar el espejo?

Subió las escaleras y abrió la puerta con valentía. Se quedó boquiabierta.

El espejo estaba brillando.

Recordó cómo todos habían prometido lo que iban a hacer.

Si la enfermería no funcionaba, irían a la biblioteca. Si la biblioteca estaba cerrada, entonces irían a la sala de música. Y si nada de aquello daba resultado, saldrían corriendo. Habían prometido huir del instituto y regresar al castillo a través del espejo.

Y, en aquel momento, el espejo le estaba gritando aquella promesa.

En el piso de abajo, su madre y la señorita Kitajima seguían hablando. Kokoro no sabía cuánto tardarían y, además, tal vez le pidieran de pronto que se uniera a ellas.

Era totalmente posible que, si no contestaba, pensasen que era raro y subieran para ver qué ocurría. Aun así, su deseo de atravesar el espejo era mucho más fuerte.

Posó las manos sobre la superficie y, como siempre, las palmas encajaron a la perfección, como si las estuviera absorbiendo la superficie del agua. Extendió los dedos y se hundió en el resplandor.

Todos estarán allí, se dijo a sí misma.

Al otro lado del espejo, el castillo estaba en silencio.

Ninguno de los otros espejos brillaba.

Oh. Nadie ha venido todavía, pensó. Miró el espejo de Masamune, que reflejaba la escalinata. *Por favor, venid. Os lo suplico. He ido al instituto. De verdad que he ido a ver a Masamune. No le he traicionado.*

Se dirigió a la sala de los juegos.

El castillo existe de verdad, pensó. Acarició las paredes, pasó los dedos por los candelabros y rozó la suave moqueta roja con los dedos de los pies. *Esto no es una ilusión. Pero ¿qué es este sitio?*

Volvió a mirar a su alrededor. Una chimenea que nadie podía utilizar. Una cocina y un baño, que tampoco podían usarse. Había todo tipo de instalaciones, pero, sin gas o agua, se parecía más a un juguete con el que solía jugar de niña.

Tras pasear durante un rato, llegó al comedor. Se estiró para tocar la chimenea de ladrillos que había en medio de la pared del fondo. Fría al tacto, parecía real.

De pronto, pensó en la Llave de los Deseos. Recordó haber encontrado una «X» marcada en el interior de la chimenea. ¿Tendría algún significado especial?

Se asomó al interior. La «X», que era más o menos del tamaño de la palma de su mano, seguía allí.

—Kokoro —dijo una voz tras ella, que encogió los hombros. Se dio la vuelta.

—¡Rion!

—Me has sorprendido. He visto que tu espejo estaba brillando, pero no estabas en la sala de los juegos. ¿Cómo ha ido? ¿Has podido reunirte con Masamune y los demás?

El tono de Rion era alegre. Kokoro le miró fijamente.

Existe de verdad, pensó. *Está aquí, vivo, moviéndose y hablando.*

—Yo… No los he visto. —En su mente, sonaba como si estuviese hablando un fantasma. Claramente, Rion estaba perplejo, y ella no tenía ni idea de cómo explicarlo—. No sé por qué, pero no estaban allí. Pero no es solo que no hayan aparecido, sino que me dijeron que no había ningún estudiante que se llamase Masamune o Ureshino.

—¿Qué? —Rion frunció el ceño—. ¿Qué quieres decir? —El hecho de que su tono de voz fuera ligero ayudaba—. ¿Qué historia hay detrás de eso? ¿Se lo han inventado todo, diciendo que estaban en el mismo instituto de secundaria?

—No.

A ella se le había ocurrido lo mismo. Sin embargo, había un montón de cosas que no podría explicarse de ese modo. En primer lugar, no había ningún motivo para que hicieran algo así.

—No lo sé —añadió, respirando con dificultad.

Tenía que regresar pronto. No tenía manera de saber cuándo iba a terminar la conversación entre su madre y la señorita Kitajima ni cuándo irían al piso de arriba a buscarla.

Puede que Rion se hubiese dado cuenta de su impaciencia, ya que estaba callado. A Kokoro le resultaba difícil marcharse, pero tenía que hacerlo.

—Tengo que irme —dijo—. Hoy, mi madre está en casa y, si no regreso, pensará que ocurre algo. —Miró al chico con atención—. Me alegro de haberte visto. Había pensado que, tal vez, todo podría ser una ilusión. Me alegra poder ver que existes de verdad, Rion.

—¿De qué estás hablando?

Claramente, estaba confundido. Su explicación apresurada no era suficiente; tan solo sirvió para desconcertarle. Se arrepintió de haberlo dicho.

—¿Dónde estamos? Este castillo, la Reina Lobo... ¿qué es todo eso?

Tenía que marcharse rápido, pero, lo que de verdad quería hacer era llamar a la Reina Lobo y hacer que les diera alguna explicación. Rion murmuró:

—Yo también he pensado que todo esto parece un poco falso.

—¿Qué quieres decir?

—El modo en el que la Reina Lobo nos llama Caperucitas Rojas... —Hizo una pausa—. Yo también tengo que irme. Me he escapado durante un descanso del entrenamiento de fútbol. Había pensado que hoy iba a ser una batalla importante para todos vosotros y necesitaba descubrir cómo había ido.

—¿Qué hora es en Hawái?

—En torno a las cinco y media de la tarde.

Rion tenía un horario apretado, pero estaba lo bastante preocupado por todos ellos como para haber ido al castillo. Kokoro empezó a sentirse menos tensa.

De pronto, se le ocurrió una pregunta que tenía que hacerle sí o sí. Apenas tenían ocasión de hablar entre ellos, así que aquella era una oportunidad única.

—En tu caso, ¿qué harías, Rion?

—¿Qué haría?

—Si encontraras la Llave de los Deseos.

Los ojos del chico parecían despejados, como si estuviera mirando a lo lejos.

—Mi deseo es…

Kokoro no quería escuchar cuál era su deseo. Hacer que un deseo se cumpliera significaría que todos ellos perderían la memoria, así que, lo que esperaba era que él dijera que la llave no le importaba si implicaba que no recordaría nada. Sin embargo, él prosiguió hablando:

—Por favor, trae de vuelta a casa a mi hermana mayor.

Sus ojos se encontraron. Los labios de Rion parecían temblorosos, como si se hubiera sorprendido a sí mismo diciendo aquello en voz alta. Kokoro no sabía qué decir, y él le dedicó una sonrisa resignada.

—El año que empecé la educación primaria, mi hermana falleció. Estaba enferma. —De pronto, Kokoro se sintió llena de compasión. Miró pacientemente a Rion, animándole a que continuara—. Lo siento, estoy seguro de que no quieres escuchar esto. No espero que me respondas ni nada por el estilo.

—No, no pasa nada.

¿Quería hablar sobre su hermana muerta o no? No estaba segura. No creía que él le hubiese leído el pensamiento, pero le dedicó una sonrisa aliviada y continuó.

—Si de verdad hay una Llave de los Deseos y mi hermana puede volver, entonces, puede que la use. Si es que algún deseo puede cumplirse.

—Oh… Entiendo lo que quieres decir.

—Hacía mucho tiempo que no hablaba de esto. Nunca se lo he contado a ninguno de mis amigos del colegio.

Al ver lo incómodo que se sentía, Kokoro se quedó muy quieta. Sintió un nudo en la garganta y pensó: *Soy terriblemente pequeña*. Frente al deseo de Rion, sus problemas con Miori Sanada se desdibujaban. *Vaya cosa tan patética e insignificante he estado deseando*, pensó. Sintió cómo el corazón le latía en las entrañas, haciendo mucho ruido. *Si su deseo puede cumplirse, estoy dispuesta a renunciar al mío.*

—¿Estarás aquí mañana? —le preguntó Rion.

—Sí.

Se dio cuenta de que tenía que apresurarse en caso de que la conversación entre su madre y la señorita Kitajima hubiese terminado.

Sin embargo, en aquel momento, en lo único que podía pensar era en que existían de verdad, y, cuando viera a los demás al día siguiente, podría estar completamente segura de ello.

Su madre no mencionó la conversación que había mantenido con la señorita Kitajima, así que Kokoro esperó pacientemente a que llegara el día siguiente, cuando todos pudieran verse de nuevo.

Cuando atravesó el espejo a la mañana siguiente, estaban allí. Todos menos Masamune y Rion.

El horario de Rion era tal que no podía pasar todo el día en el castillo como los demás, pero la ausencia de Masamune era significativa.

—Kokoro.

Cuando llegó a la sala de los juegos, la primera en hablarle fue Aki. Parecía un poco enfadada. Igual que Ureshino, Fuka y Subaru. Pensó que ya debían de haber estado discutiendo algo. Entró en silencio y ellos la miraron fijamente.

—¿Por qué no estuviste allí? —le preguntó Aki.

Había sabido que aquella pregunta llegaría, pero, al escucharla de verdad, el impacto fue mayor de lo que había imaginado.

—¡Sí que estuve! —contestó. Miró a Aki directamente—. ¡Claro que estuve allí! Fui al instituto, tal como habíamos prometido.

Y, justo en ese momento, se le ocurrió una posibilidad. ¿Tal vez todos los demás sí se habían reunido? Todos ellos se habían encontrado en la enfermería; todos menos ella. ¿Se trataba de eso? Si era así, eso significaba que les había traicionado.

Aki entrecerró los ojos. Después, miró a Fuka.

—¿Tú dices lo mismo?

—¿Qué?

—¿Dices lo mismo que Kokoro y Subaru?

Kokoro jadeó y miró a Fuka y a Subaru para confirmarlo. Ellos asintieron. El rostro de Ureshino se volvió de un rojo brillante.

—Yo también estuve allí —intervino.

Kokoro sintió como si los hombros se le cayeran. Ureshino había regresado al instituto; eso debía de haber requerido mucha valentía.

—Yo también.

—Y yo.

—Pero no os vi a ninguno —dijo Fuka.

Así que se trataba de eso. A todos y cada uno de ellos les había pasado lo mismo. Definitivamente, habían estado en el instituto el día anterior, pero, por algún motivo, no habían podido encontrarse.

—Me dijeron que no había ninguna estudiante de séptimo que se llamara Kokoro —dijo Ureshino—. Kokoro no es un nombre habitual. Le pregunté a un profesor que pasaba por allí, pero me dijo que no había nadie en el centro que se llamara Kokoro.

—Yo también pregunté, pero me dijeron que no había nadie en séptimo que se llamase Haruka Ureshino.

El rostro de Ureshino se nubló.

—Soy real, ¿sabes?

—Yo también. Estoy en séptimo curso en el Instituto de Secundaria n.º 5 de Yukishina.

Subaru, que estaba de pie y con los brazos cruzados, dijo:

—Yo también. Fui a mi clase de noveno. Esperé y esperé, pero Masamune no apareció en ningún momento, así que fui a su aula, pero tampoco estaba allí.

Un silencio se apoderó de ellos.

—¿Qué está pasando? —preguntó Aki a nadie en particular.

Se pasó los dedos por el pelo de forma brusca y con frustración. Kokoro se dio cuenta de que el color de su cabello había vuelto a cambiar. El pelo teñido de rojo había vuelto a ser negro. Para poder ir a clase. Probablemente, se lo hubiera teñido de negro la noche de la víspera, tras volver a casa desde el castillo. Aki no se lo estaba inventando. Al igual que Kokoro, se había propuesto ir a clase y, desde luego, lo había hecho.

—Aunque no quería ver a las chicas del club de voleibol.

Aki pareció murmurar aquello sin querer. Hablaba de forma tan vaga y débil que resultaba doloroso escucharla.

¿Así que formaba parte del club de voleibol? Aquello era nuevo para Kokoro. En los últimos ocho meses, nunca lo había mencionado. El tono frágil de la otra chica hizo que un dolor agudo le recorriera el cuerpo.

El club de voleibol. El club de voleibol de Miori Sanada.

¿Podría ser que Aki todavía hubiese estado asistiendo a clase cuando Miori se había unido al club? ¿Era posible que Aki, con la que ahora estaba tan unida, fuese una *senpai* de aquella chica?

—¿Deberíamos preguntarle a la Reina Lobo? —sugirió Fuka. Todas las miradas se volvieron hacia ella—. Puede que ella sea capaz de explicarnos qué está pasando. Aunque también es posible que no lo haga solo para ser traviesa.

—Podríamos hacerlo, pero ¿no deberíamos primero preguntarle a Masamune? —dijo Subaru. Kokoro estuvo de acuerdo. Todos miraron el mando del chico, que yacía abandonado—. Puede que hoy no esté aquí, pero… A él debió de pasarle lo mismo, que no pudo encontrarnos, ¿no?

«La verdad es que me gustaría que me aconsejaseis sobre algo. Me preguntaba… si todos vosotros… ¿Podríais venir al instituto? Solo un día. Un día sería suficiente».

Kokoro recordó con cuánta timidez había abordado Masamune el asunto. Le dolió el pecho al acordarse de cómo había preparado regalos de Navidad para ellos y lo difícil que debía de haberle resultado, con todo su orgullo, pedirles aquel favor.

Había estado tan desesperado por que estuvieran allí y, sin embargo... no habían estado. ¿Cómo se lo habría tomado?

—¿Creéis que habrá malinterpretado lo que pasó? —preguntó Fuka, que tenía los ojos tristes—. ¿Que pensó que ninguno de nosotros había aparecido?

—Eso creo y, si ese es el motivo de que no esté aquí hoy, es una auténtica mierda.

—Tal vez sea una coincidencia que no haya venido. Quizá aparezca esta tarde. —Ureshino sacudió la cabeza.

—Quizá le hayan obligado a entrar cuando llegó... Tan solo estoy pensando en lo que me pasó a mí.

Se aferraban a la esperanza de que Masamune atravesase el espejo del vestíbulo y apareciese en cualquier momento. Pero no parecía que eso fuese a ocurrir. Era como si su enfado implícito persistiera. A Kokoro, eso le dolía.

Por favor, Masamune, ven. Aquel era el deseo silencioso de todos ellos.

Permanecieron en el castillo, esperando.

Tras un rato, oyeron cómo alguien entraba y alzaron la vista. Sin embargo, se trataba de Rion, que los observaba desde el pasillo.

—¿Dónde está Masamune?

Dolía escuchar la forma despreocupada en la que lo había preguntado.

—No ha venido —contestó Subaru.

Todos intentaron explicarle lo que había ocurrido el día anterior.

—¿Qué vamos a hacer si no regresa? —preguntó Kokoro.

Se acercaba el final del día.

—No pasa nada —replicó Subaru—. Los videojuegos son su vida. Al menos, vendrá para recoger la videoconsola. —Miró el dispositivo de Masamune, que yacía en el suelo, intacto.

Sin embargo, Masamune no apareció.

Ni ese día, ni al siguiente, ni al siguiente, o al siguiente.

FEBRERO

Masamune no regresó en enero, pero, finalmente, hizo su aparición a principios de febrero.

Llevaba el pelo perfectamente cortado y, de entrada, Kokoro pensó que se trataba de alguien nuevo.

Había llegado antes que los demás y se había sentado en la sala de los juegos, jugando alegremente con sus videojuegos.

—Masamune.

Kokoro se quedó clavada en el sitio.

—Hola —dijo. Tenía la mirada fija en la pantalla de la televisión mientras jugaba a un videojuego de carreras—. Ay, no puede ser… ¡Guau! —dijo para sí mismo.

Kokoro permaneció en la puerta, sin saber qué decir. Uno a uno, el resto del grupo fue apareciendo.

—Masamune, nos moríamos por hablar contigo.

—Masamune, ¡no rompimos nuestra promesa!

—Así es. ¿Por qué no has venido antes? Todos cumplimos con nuestra palabra.

Aki dijo aquello con la voz vacilante y, por primera vez, Masamune dejó el mando. En la pantalla, su vehículo se estrelló de forma espectacular. Empezó a sonar la musiquita de final de partida.

—Lo sé —contestó el chico, mirándoles. El pelo corto hacía que sus ojos pareciesen más penetrantes que antes—. Sé que todos fuisteis al instituto aquel día; el día que os pedí, el 10 de enero. —Todos se quedaron sin aliento—. Jamás pensé que no hubierais ido. Sabía que era imposible que no lo hicierais.

Kokoro se sintió tan aliviada que creyó que estaba a punto de llorar. Masamune les creía.

—Entonces, ¿por qué no viniste al castillo? —preguntó Fuka.

El chico apagó la televisión.

—Necesitaba tiempo para pensar. Sabía que no me decepcionaríais y, aun así, no pudimos encontrarnos. Quería pensar en por qué. He pensado en ello, una y otra vez. Y… —Tomó una bocanada de aire—. He llegado a una conclusión. Creo que estamos viviendo en mundos paralelos.

—¿Mundos paralelos?

—Sí.

Kokoro abrió los ojos de par en par. El término le resultaba desconocido y no terminaba de comprenderlo. Miró alrededor y vio que todos contemplaban a Masamune con expresiones igualmente vacías.

—Cada uno de nosotros asiste a un Instituto de Secundaria n.º 5 de Yukishina diferente. Ninguno de vosotros está en mi mundo, y yo no estoy en el vuestro. El mundo está dividido en siete ramas diferentes, una para cada uno de nosotros.

«El mundo está dividido».

Kokoro no comprendía lo que eso significaba. Se miraron los unos a los otros, perplejos, y Masamune, en un tono ligeramente irritado, dijo:

—Vosotros apenas veis anime o leéis ciencia ficción, ¿verdad? Tenéis que leer más —prosiguió—. En el mundo de la ciencia ficción, la idea de los mundos paralelos es un concepto totalmente obvio.

—No es que lo entienda exactamente, pero ¿estás diciendo que está ocurriendo algo irreal, como en la ciencia ficción?

—Si quieres que hablemos de cosas irreales... Todo este castillo es completamente irreal. De verdad, tenéis que haceros a la idea de que ya estamos en una situación sobrenatural. Y, si no es fantasía, al menos es algo que no podemos explicar. Escuchadme —añadió, girándose hacia ellos—. El mundo en el que vivimos, el mundo que hay más allá de los espejos del vestíbulo, nos parece igual a todos, pero no lo es. Aunque exista un Instituto de Secundaria n.º 5 de Yukishina en Minami, Tokio, en todos nuestros mundos, la gente que hay allí y todos los componentes se desvían un poco los unos de los otros. Los siete vivimos en nuestros propios mundos individuales.

—Entonces, ¿eso qué quiere decir? —preguntó Aki con los brazos cruzados y la cabeza ladeada.

—Es más fácil de entender si piensas en ello como si fuera un videojuego. —Masamune lanzó una mirada al mando que había dejado a un lado—. Cada uno de nosotros es el héroe de un videojuego titulado *Instituto de Secundaria n.º 5 de Yukishina en el sur de Tokio*. Y hay siete versiones del juego. Los datos dependen del *software* de quien esté jugando, ¿lo entendéis? Cada persona tiene sus propios datos guardados y no puede haber dos héroes de forma simultánea. Mis datos son míos, los de Subaru son suyos y los de Aki, de Aki. —Masamune les miró de uno en uno—. En el mundo, cuando yo estoy jugando, naturalmente soy el héroe y allí no hay nadie más. Y yo no aparezco en el *software* de Aki o de Subaru. Lo mismo ocurre con todos los demás. Solo hay un héroe por cada conjunto de datos. La pantalla del videojuego está configurada de tal modo que tengas que elegir entre uno de los siete. —Cruzó los brazos—. Se trata del mismo *software*, así que el mundo parece el mismo, pero, dado que el héroe es diferente, ajusta sutilmente los acontecimientos y los pequeños detalles. Incluso aunque el *software* que nos diesen fuese idéntico, tiene sentido pensar que habría varias rutas diseñadas para llevarnos por diferentes líneas argumentales.

—Sigo sin entenderlo. —Fuka sacudió la cabeza lentamente—. Aunque he oído el término «mundos paralelos».

Hasta entonces, habían estado usando las palabras en inglés, pero, en aquel momento, ella les ofreció las equivalentes en japonés. Kokoro se repitió los caracteres japoneses a sí misma y, de aquel modo, podía imaginarlo mejor.

Se imaginó el gran vestíbulo del castillo y unos haces de luz paralelos emanando de cada uno de los siete espejos que había en fila. La luz de cada uno de los mundos que había al otro lado de los espejos nunca se tocaba.

Fuka añadió:

—Esa idea aparecía en un manga que leí en una ocasión. En la historia, había tantos mundos paralelos como decisiones se tomaban y el protagonista tenía una especie de reunión con todas las versiones posibles de sí mismo de esos mundos. Había muchas versiones de él mismo en toda clase de mundos, tantas como decisiones había tomado en su vida. Por ejemplo: ¿cómo hubiera sido su vida si se hubiera casado con su novia, si no hubiera abandonado su sueño o si hubiese sido fiel a sus deseos cuando era joven?

—¡Exacto! El número de decisiones es a lo que me refería al hablar de «ramas» —asintió Masamune, entusiasmado.

El ejemplo de Fuka había logrado que a Kokoro le resultase más fácil entenderlo. *Si hubiera hecho tal cosa, entonces la realidad habría sido diferente.* Aquello era algo que pensaba muchas veces. Si no hubiera abandonado las clases. Si hubiese estado en una clase diferente a la de Miori Sanada. Si ni siquiera hubiera sido estudiante del Instituto de Secundaria n.º 5 de Yukishina.

Una realidad hipotética parecía preferible a la realidad presente y, cuanto más fantaseaba con lo increíble que sería si ciertas cosas pudieran cumplirse, más realidad parecía adquirir ese mundo.

—Y las ramas de nuestros mundos paralelos son cada una de nuestras historias. Si seguimos el ejemplo que has dado, es como si yo hubiese escogido «A»; pero si hubiese escogido «B», sería un mundo diferente. En nuestras realidades, cada uno tenemos un mundo en el que existimos, pero cada uno es ligeramente distinto del otro.

—Bien, pero, entonces, ¿qué pasa con la señorita Kitajima? —preguntó Kokoro—. Aki dijo que no la conocía, pero tanto Masamune como yo la hemos conocido. ¿No significa eso que existe en ambos mundos?

Se le planteó una duda.

Aquel día, a la señorita Kitajima solo le habían avisado de la presencia en el instituto de Kokoro. No parecía haber estado esperando a Masamune ni a Ureshino.

—Supongo que hay mundos diferentes que tienen personajes en común.

«Personajes». La palabra hizo que se mordiera el labio. Masamune tan solo estaba siguiendo con la analogía del videojuego, pero la realidad en la que estaba viviendo empezaba a parecerle como si hubiera sido creada, como un jardín en miniatura o algo así.

—Por ejemplo, Aki y Subaru nunca han oído hablar de la escuela libre, ¿no? Así que, evidentemente, no han conocido a la señorita Kitajima.

—Sí.

Masamune esperó a que las dos estuvieran de acuerdo.

—Así que, en sus mundos, no hay una escuela libre. No existe. Hay una posibilidad de que la persona que se llama «señorita Kitajima» no exista. O, por el contrario, que sí exista pero esté en alguna otra parte, dedicándose a un trabajo totalmente diferente. —Claramente, Masamune había pasado mucho tiempo pensando en todo aquello, intentando unir sus ideas. Sin duda, había indagado en libros y otros recursos, investigando sobre el asunto de los mundos paralelos—. Y la geografía en torno al Instituto de Secundaria n.º 5 de Yukishina según lo que hemos hablado parece un poco vaga. Por ejemplo…

Kokoro, ¿cuál es el principal centro comercial que hay cerca de tu casa?

—Sería Careo. —Cuando vio sus reacciones, se quedó sorprendida. Fuka abrió los ojos de par en par—. ¿Tú no vas a Careo, Fuka?

—Vamos a un centro comercial que se llama Arco en el que hay una sala de cine.

—¿Qué?

«¿Arco?». Kokoro jamás había oído hablar de ello.

Masamune asintió a lo que había dicho Fuka.

—Yo también. Se llama Arco. Kokoro, la primera vez que mencionaste Careo, pensé que te habías equivocado y querías decir Arco. Pero no fue así, ¿verdad?

—Exacto.

Kokoro asintió con la mirada perdida. No conseguía recordar cuándo había mencionado Careo.

A Aki se le nubló el rostro.

—Yo no conozco ninguno de los dos. Ni Arco ni Careo —dijo—. Ahora que lo mencionas, me preguntaste dónde iba a las clases de primaria y dijiste: «Oh, eso está cerca de Careo». En aquel momento, no tenía ni idea de qué estabas hablando.

—No puede ser.

—Pasa lo mismo con McDonald's —comentó Fuka en voz baja—. A menudo, voy al que hay dentro de Arco, pero ¿de verdad hay uno enfrente de la estación? ¿No dijisteis eso Subaru y tú, Aki?

—Sí, enfrente de la estación. Pensaba que acababan de construirlo.

Aki y Subaru intercambiaron una mirada de confusión.

—Cuando dijisteis eso, pensé que acababan de abrirlo y yo no lo conocía, pero cuando fui a comprobarlo, no había nada. Pensé que era raro. ¿Tú lo conoces, Kokoro?

—Yo conozco el McDonald's que hay dentro de Careo.

—Había intentado evitar aquel McDonald's dado que era muy

probable que la gente de su instituto fuese allí a pasar el rato—. ¿Qué hay de la camioneta que vende productos del Mercado Mikawa? Lleva viniendo al parque que hay detrás de mi casa un par de veces por semana desde que era pequeña.

«It's a small world» le dio vueltas en la cabeza. La pequeña camioneta desde la que retumbaba la canción de su atracción favorita de Disneyland. Parecía como si hubiesen pasado décadas desde la última vez que había escuchado aquella melodía. Cuando estaba sentada en casa durante el día, sola, siempre le había hecho sentirse desanimada. No la había escuchado desde que había empezado a ir al castillo.

—No sé; quizá no pase por nuestro vecindario.

—Pero, Fuka, ¿no íbamos al mismo colegio de primaria? ¿El Colegio de Primaria n.º 1? Pensaba que la camioneta pasaba por esa zona.

Se había convencido de que Fuka vivía cerca. En realidad, nunca se habían encontrado, pero siempre le había parecido algo alentador.

—Pasa cerca de mi casa. Siempre ponen «It's a small world», ¿verdad? —dijo Aki.

—¡Sí! —exclamó Kokoro.

—Mi abuela solía hacer las compras allí —comentó Aki—. Decía que le resultaba muy útil.

—Creo que también pasa cerca de mi zona —añadió Ureshino—. Pero no llevan música. Y no es realmente una camioneta, sino más bien una furgoneta, ¿no? Una que vende verduras y cosas así. Muchos ancianos no pueden ir hasta el supermercado. Mi madre siempre calcula los días para hacer la compra allí. No sabe conducir, así que le resulta raro ir al supermercado.

Ureshino parecía estar describiendo algo un poco diferente a lo que Kokoro y Aki conocían.

—Luego está el asunto de la fecha —dijo Masamune.

Kokoro y los demás parecían perplejos. Ureshino intervino.

—Oye, Masamune, la fecha que nos diste para ir al instituto, el 10 de enero, no era en realidad el día de la ceremonia de apertura.

Eso es cierto, pensó Kokoro. Entonces, Ureshino dijo algo sorprendente:

—Era domingo, ¿no?

—¿Qué? —La palabra se le quedó atascada en mitad de la garganta. Le lanzó una mirada de sorpresa al chico y él se la devolvió, confuso.

—He estado faltando a clase, así que, he perdido un poco la noción de qué día de la semana es, por lo que cometí un error. Cuando le dije a mi madre que iba a ir al instituto al día siguiente, se rio y me dijo que era domingo. Pensé que todos os habíais equivocado, pero, de todos modos, fui hasta allí y la entrada estaba cerrada, así que esperé medio día frente a la puerta.

—¡No puede ser! —exclamó Kokoro, pero Ureshino parecía aturdido.

—Es cierto —insistió.

Cuando se fijó en su mirada, Kokoro se convenció.

Ureshino, que había recibido una paliza unos meses antes, se había arriesgado a que volviera a pasarle lo mismo y ella admiró su valentía a la hora de regresar. Pero, si había ocurrido un domingo… Bueno, eso cambiaba las cosas.

De pronto, se sintió muy confundida.

Incluso aunque hubiera esperado en la puerta, habría habido estudiantes de los clubes entrando y saliendo, por lo que, realmente, había que tener valor para quedarse allí.

—Imaginé que Masamune se había equivocado de fecha, así que pensé que sería mejor volver el lunes, pero mi madre me dijo que el lunes era el Día de la Mayoría de Edad y no había clases. Dos días equivocados seguidos. Así que, en ese momento, no podía comprender qué estaba pasando.

—¿Eh? El Día de la Mayoría de Edad fue el 15, ¿no? No creí que fuese un festivo de dos días —dijo Subaru.

—Todos estamos un poco perdidos con los días de la semana —dijo Masamune. Los demás parpadearon—. En mi mundo, el día de la ceremonia de apertura fue el 10 de enero, pero, para algunos de vosotros, no fue así, ¿verdad?

—La ceremonia de apertura es una cosa, pero pensaba que el Día de la Mayoría de Edad sería el mismo para todos —dijo Aki. Después, miró a los demás en busca de confirmación.

Subaru asintió.

—En mi mundo, la ceremonia de apertura fue el 10 de enero. Igual que en el de Masamune. —Los dos chicos se miraron a los ojos—. Todos se sorprendieron mucho, ya que hacía mucho tiempo que no iba a clase. Aunque, en realidad, nadie habló conmigo.

—Apareces de repente con ese color de pelo... Igual les asustaste.

—Fui a tu aula, Masamune: octavo curso, clase seis. Pero los chicos que estaban allí me dijeron que no había ningún estudiante con tu nombre en esa clase.

Masamune se quedó atónito. Tras un instante, dijo:

—Gracias. Así que fuiste a mi aula...

—Sí.

—Gracias.

—De nada.

—Con respecto a eso... —Se aventuró Fuka, levantando la mano, dubitativa. Se dirigió a Masamune—. Dijiste que estabas en la clase 6 de octavo, ¿verdad? Yo estoy en la clase 3 y, en una ocasión, cuando dije que solo había cuatro clases en octavo, te enfadaste un poco, ¿te acuerdas? Pero, aquel día, cuando lo comprobé, era cierto: tan solo hay cuatro clases en el curso. No hay nada parecido a la clase 6 en la que dijiste que estabas.

«Estamos en mundos paralelos». En aquel momento, las palabras de Masamune parecían más creíbles. No había otra forma de explicarlo.

—Escuchad.

Alguien alzó la voz por encima de la cháchara. Se trataba de Rion que, hasta entonces, había permanecido en silencio. Su mundo estaba en Hawái, en Honolulú.

De pronto, Kokoro recordó que Rion y Ureshino estaban en el mismo curso y en el mismo colegio de primaria, pero no se recordaban.

Eso por sí solo era bastante extraño. Cuando habían hablado de aquel asunto, tendría que haber pensado en lo raro que era. Le había dado explicación diciéndose a sí misma que ambos chicos se movían en círculos totalmente diferentes.

En aquel momento, al volver a pensar en ello, se sintió decepcionada consigo misma. *Si puedo llegar a ser así de estúpida, es muy posible que no pueda encajar como la gente normal.*

—Puede que sea un poco lento y que no entienda todo eso sobre los mundos paralelos —dijo Rion—, pero ¿lo que estás diciendo es que nunca podremos vernos en el mundo exterior?

Los demás permanecieron en silencio, con el rostro solemne.

—Sí —asintió Masamune tras un instante.

«Podríamos ayudarnos los unos a los otros». Kokoro recordó aquellas palabras de Masamune, que había pronunciado con los ojos llorosos y suplicantes.

—¿Quieres decir que no podemos ayudarnos los unos a los otros? —insistió Rion.

Masamune permaneció callado un momento. Todos se volvieron para mirarle.

—Así es —contestó—. No podemos ayudarnos los unos a los otros.

Durante un rato, nadie dijo una sola palabra.

Ureshino había abierto los ojos de par en par, como si fueran los de un gato asustado. Aki tenía la mirada baja y una mueca malhumorada.

—Entonces, ¿para qué nos han traído aquí? —preguntó Fuka, rompiendo el silencio. Los demás la miraron sin decir nada. Ella estaba contemplando el infinito. Parecía estar pensando en voz alta, tratando de ordenar sus ideas—. Cada uno de nosotros está en un mundo paralelo diferente en el Instituto de Secundaria n.º 5 de Yukishina; en realidad, ninguno de nosotros va a clase y tan solo podemos vernos en el castillo a través del espejo. Esa es la situación, ¿verdad?

—Más o menos, así es —dijo Masamune.

—Eso tiene sentido —comentó Kokoro. Miró a los otros—. Cuando me di cuenta de que todos éramos estudiantes del mismo centro, tuve mis dudas sobre si era posible que hubiese tanta gente del mismo instituto que hubiese abandonado. El n.º 5 de Yukishina es enorme, pero, aun así, pensé que era demasiado. Sin embargo, si nuestros mundos son diferentes, entonces puedo comprenderlo. Siempre que solo haya una persona que haya abandonado en cada curso.

—Pero no sabemos si es así —comentó Masamune, soltando un largo suspiro, todavía un poco disgustado. Fulminó a Kokoro con la mirada—. No me sorprendería que, además de yo mismo, hubiese otros estudiantes que no estuviesen asistiendo a clase. Si hay demasiadas ausencias, los profesores intervienen e intentan evaluar qué es lo que está pasando en cierto curso o cierta clase. Pero, en realidad, es posible que un par de alumnos tengan sus propios problemas y decidan que quieren tomarse un descanso. Odio esa tendencia de que los profesores estudien el ausentismo y el acoso escolar y ordenen todo por categorías como las diversas generaciones o el trasfondo social.

—Estoy de acuerdo. Masamune, si estuviésemos en la misma clase, ambos tendríamos nuestros motivos para no ir al instituto —dijo Subaru.

Habló suavemente y le lanzó una sonrisa agradable a Kokoro. Ella sentía que había irritado a Masamune que, en ese momento, estaba de pie, en silencio y con los hombros encorvados.

—Pero ¿acaso eso no tiene sentido? Cada uno de nosotros procede del mismo instituto y representa a los alumnos que abandonan las clases de diferentes cursos.

—Y solo podemos estar juntos en este castillo. Es como si existiese el mundo de siete personas y este castillo fuese el centro. Algo así. —Las palabras de Aki crearon una imagen en la mente de Kokoro—. Pero, entonces, ¿por qué solo podemos reunirnos aquí? ¿Qué sentido tiene?

El gesto de Masamune cambió.

—Es solo que... —comenzó a decir—. En la mayoría de los libros de ciencia ficción y animes sobre mundos paralelos, algunos de esos mundos se ramifican y, luego, se desvanecen.

—¿Se desvanecen?

—Es más fácil si piensas en ello como en un árbol muy grueso —señaló el chico—. En realidad, es así como lo ilustran en muchos mangas. ¿Alguien tiene un lapicero?

Fuka sacó de su mochila un cuaderno y un lapicero. Masamune comenzó a dibujar en una hoja de papel en blanco.

—Bien, empiezas con el mundo siendo un único árbol grande. —Dibujó un tronco enorme y lo etiquetó como «El mundo»—. Y, ahora, nuestros mundos se ramifican. —Añadió ramas que surgían de cada lado del tronco; siete en total—. Cada una de estas es uno de nuestros mundos: en el que estoy yo, en la ciudad de Minami en Tokio, en el que está Rion, en el que está Ureshino... Y si hay demasiados mundos, es mejor que algunos desaparezcan.

—Pero ¿por qué? —dijeron Ureshino y Kokoro a la vez.

«Desvanecerse», «desaparecer». Ninguna de las dos cosas sonaba bien.

—Si desaparece, entonces, ¿qué pasa con la gente que hay en él? ¿Mueren?

—Puede que sea un poco diferente a morir, aunque sí desaparecen. Es como si, desde el principio, nunca hubieran existido.

—Pero ¿quién decide si uno de los mundos va a desaparecer? ¿De quién es la decisión?

—Eso difiere, dependiendo de cómo esté planteada la novela o el manga. La mayor parte del tiempo es la voluntad del propio mundo o la voluntad de Dios. —Masamune apuntó hacia el dibujo con el lapicero—. La parte del tronco decide que las ramas pesan demasiado y necesita desprenderse de algunas. Muy a menudo, se utiliza el término «desbrozar». Es como lo que ocurre en la naturaleza, donde quienes se adaptan al entorno sobreviven y los demás mueren. —Alzó la vista—. En cualquier caso, la mayoría de los mundos tienen esa disposición en la que se desbrozan y se seleccionan los mundos. *Gate W* es así también, ¿no?

—¿*Gate* qué?

—¿No lo conocéis? Me refiero a *Gateworld*, el juego de Nagahisa que, ahora mismo, es el mayor superventas. ¿De verdad no habéis oído hablar de él? Es imposible.

—¿Nagahisa? —preguntó Subaru, dubitativo. Masamune pareció irritado.

—¡Laughlin Nagahisa, chicos! El genial director de esa empresa de desarrollo de videojuegos. —Mientras hablaba, pareció darse por vencido—. ¡Caray! ¿Tengo que empezar desde cero? —Se rascó la cabeza—. ¿De verdad necesitáis que os explique esa historia tan famosa de mundos paralelos? Gente, ni siquiera conocéis las cosas más básicas.

—Yo la conozco. Hicieron una película, ¿no? —dijo Ureshino.

—No. Olvídalo. Si no sabes de lo que estás hablando, no digas nada. —Masamune sacudió la cabeza como si no estuvieran avanzando—. En *Gateworld* —prosiguió—, los representantes de cada mundo paralelo se reúnen para luchar. El mundo de los que pierden desaparece, así que se trata de una historia sobre qué mundos sobreviven. El mundo ganador se convierte en el único tronco que queda. Así que todos luchan a muerte para que su mundo pueda seguir existiendo. Es ese tipo de juego.

—¿Estás diciendo que eso es lo que nos está pasando a nosotros? —preguntó Subaru. Masamune se encogió de hombros.

—Pensé que era una posibilidad. ¿No crees que es bastante peculiar que nos reunamos aquí? Si somos los representantes de siete mundos, entonces esto es como una cumbre mundial o algo así. Tiene que haber algo que quieran que hagamos los representantes. Y, entonces, me acordé: la búsqueda de la llave. —Esperó un momento—. Me parece que la Llave de los Deseos que concede lo que pidamos sugiere algo: solo sobrevive el mundo de la persona que encuentra la llave; los demás desaparecen. Pensé que, tal vez, así es como funciona nuestro juego.

—¿Todos los mundos desaparecen, excepto uno?

«Desaparecer». La idea no parecía real del todo y Kokoro tenía sus dudas.

Su hogar, que estaba esperándola cuando regresaba a través del espejo. Sus padres, su instituto y, le gustase o no, la clase real en la que estaban Miori Sanada y Tojo-san. ¿Cómo podía desvanecerse todo aquello?

No soporto pensar en ello. Entonces, otra emoción surgió en su interior, lo cual le resultó inesperado. *En realidad, puede que, después de todo, sea una buena idea. Puede que no pase nada si, de algún modo, todo eso desaparece.* No planeaba volver a clase y no podía imaginarse empezando de cero en cualquier otro instituto.

En su interior, siempre había ardido una esperanza: la posibilidad de que podría encontrarse con aquellas personas fuera del castillo. Pensar que los demás existían allí fuera, en algún lugar, había sido como la luz de un faro brillando en el mar oscuro que era su corazón.

¿Cómo lo habían comprendido los otros? No lo sabía. Aunque lo que sí parecían compartir era una sensación de desconcierto. Hacía tiempo que no pensaba en aquella Llave de los Deseos que, en el pasado, habían buscado de forma vacilante, pero que nunca habían encontrado. La historia de Masamune parecía todavía más creíble. Con la excepción del mundo de la persona que localizase la llave, los mundos de todos los demás se desvanecerían.

—La Reina Lobo nos lo dijo, ¿no? —comentó Masamune—. Que si se concede un deseo, todos nuestros recuerdos desaparecerán. Pero, si no encontramos la llave y no se cumple ningún deseo, nuestros recuerdos permanecerán e, incluso cuando el castillo esté cerrado, no olvidaremos lo que ha ocurrido aquí.

—Cierto.

—La Reina Lobo nos lo ha dicho muchas veces. Estamos aquí para eliminar los mundos de las otras personas, los que no son el nuestro.

—Eso suena posible —dijo Subaru.

—Si eso es cierto, entonces, ¿no es mejor que no encontremos la Llave de los Deseos? —preguntó Fuka. En sus ojos apareció un rastro de tristeza y de terror ante el final alternativo que Masamune estaba planteando. Escuchar aquello dicho con tanta rotundidad dejó a todos atónitos. Fuka tenía la mirada fija al frente—. Además, ya es febrero —dijo—. Disponemos de menos de dos meses. Todo lo que nos quedará será el recuerdo de haber estado aquí, ¿no? Si eso es cierto, entonces, quiero aferrarme a esos recuerdos. —La voz de la chica pareció resonar dentro de aquel círculo silencioso.

Cada vez que habían hablado de la desaparición de sus recuerdos, Aki había dicho que, en realidad, no le importaba. Sin embargo, en aquel momento estaba callada. La propia Kokoro se sentía al borde de las lágrimas.

«Todo lo que nos quedará serán esos recuerdos».

«No podremos ayudarnos los unos a los otros».

—Sería ideal que ninguno de nuestros mundos se desvaneciera —dijo Subaru—, pero si, tal como ha dicho Masamune, todos nuestros mundos desaparecen, ¿qué implica eso en realidad?

—Kokoro jadeó y oyó cómo Fuka y el resto hacían lo mismo—. Si nadie encuentra la llave, nuestros mundos desaparecerán. Y el castillo ya no estará aquí para que cualquiera de nosotros pueda escapar. Así que sería mejor buscarla y dejar que sobreviva el mundo de al menos una persona.

—¿No deberíamos estar preguntándole esto directamente a la Reina Lobo? —cuestionó Rion—. Para que pueda explicarnos la lógica de todo esto. Estás escuchándonos, ¿verdad, Reina Lobo? —Alzó la voz hacia el techo. Después, miró a través de la puerta hacia el pasillo vacío—. Has escuchado todo lo que hemos dicho, ¿no? Así que ¡sal, Reina Lobo!

De pronto, el aire pareció agitarse con una fuerza invisible y Kokoro sintió una ráfaga de viento, parecida a un tornado diminuto, rozándole el rostro.

—¡Vaya jaleo más deprimente estáis montando!

Al fin, a través de una apertura en aquel suave remolino de aire, se materializó una niña pequeña con una máscara de lobo.

Como siempre, llevaba puesto un vestido con volantes. Los zapatos rojos esmaltados, sumamente brillantes, parecían nuevos. El rostro inexpresivo de su máscara daba la impresión de ser claramente más frío.

—Lo has escuchado, ¿no? Lo que Masamune nos estaba contando.

—No puedo decir lo contrario —dijo la Reina Lobo con su habitual actitud evasiva.

—Tengo razón, ¿verdad? —dijo Masamune—. Estamos en mundos paralelos, así que nos has reunido para hacer una limpieza. Tú eres la guardiana de la puerta.

La niña se giró para tenerle frente a frente. Detrás de la máscara, parecía estar mirándole con mucha atención. ¿La habría descubierto Masamune? Conteniendo el aliento, esperaron a que les revelara la verdad.

—Estás totalmente equivocado —contestó ella, sacudiendo la cabeza.

La tensión se desvaneció del rostro de Masamune como si le hubieran engañado por completo.

—¿Qué? —gruñó.

La Reina Lobo se apartó el cabello hacia atrás con actitud frívola.

—Te he escuchado hablar sin parar sobre tu grandiosa teoría. Debe de haberte costado mucho esfuerzo idear todo eso, pero, por desgracia, debo decirte que es todo cosa de tu imaginación. Os lo dije desde el principio: esto es el castillo a través del espejo, el lugar al que venís a buscar una llave para que os conceda un deseo. Eso es todo. No tiene nada que ver con eliminar mundos, lo cual es un final que suena totalmente aterrador.

—Estás mintiendo. Si eso es cierto, ¿por qué no podemos vernos en el exterior? —Masamune parecía muy serio—. Eso es lo que ocurre en los mundos paralelos, ¿no? Si cada una de nuestras realidades es diferente y no podemos encontrarnos en el mundo exterior, entonces, ¿qué otro motivo puede haber para que nos reúnas aquí que no sea eliminar mundos?

—¿No podéis encontraros en el exterior? No recuerdo haber dicho eso nunca —dijo la Reina Lobo de forma despreocupada, reprimiendo un bostezo.

—¿Quieres decir que sí que podemos encontrarnos? —preguntó Ureshino.

La niña soltó una risita.

—Ajá. No estoy diciendo que no podáis.

—¡Eres una mentirosa! —Masamune estaba furioso—. ¡No podemos vernos los unos a los otros! —Las mejillas y las orejas se le pusieron de un rojo brillante—. Te estoy diciendo que, como favor, les pedí que se reunieran conmigo. Así lo hicieron, pero a pesar de ello, no pudimos vernos. ¿Cómo explicas eso?

El chico apretó los puños y Kokoro cerró los ojos. Ver a un chico llorar era algo difícil de soportar.

—¡Masamune!

Ya basta, pensó ella.

—Es cierto, Reina Lobo, no pudimos vernos.

—Pero nunca he dicho que no podáis reuniros o que no podáis ayudaros los unos a los otros. Ya va siendo hora de que resolváis el asunto, gente. No empecéis a llamar a la puerta equivocada. Pensad en ello y no esperéis a que yo os lo cuente todo. Llevo todo este tiempo dándoos pistas para ayudaros a encontrar la llave.

El grupo se quedó en silencio. Masamune seguía respirando con dificultad.

—¿A qué te refieres con «pistas»? —preguntó Aki. La Reina Lobo se giró para mirarla y todos notaron una fuerza y una tensión en las palabras de la chica que antes no habían estado allí—. Dices que nos has dado pistas, pero ¿qué quieres dar a entender con eso?

—Lo que he dicho, nada más.

La voz de la niña no sonaba harta ni irritada, sino uniforme e imperturbable.

—No lo entiendo. Siempre das rodeos. Quiero decir… Para empezar, tú eres el mayor misterio de todo este lugar. Con esa máscara sobre el rostro y llamándonos «Caperucitas Rojas perdidas». Tan solo te estás burlando de nosotros.

—Bueno, tienes razón. Os llamo «Caperucitas Rojas», pero, a veces, todos me parecéis más bien el lobo. ¿De verdad es tan difícil de encontrar? —La Reina Lobo pareció reprimir una sonrisa.

—Eso es lo que estoy diciendo: la forma en la que nos hablas es demasiado enrevesada.

—Lo diré de nuevo: este es el castillo a través del espejo en el que buscáis la llave que os concederá un deseo.

—Entonces, yo tengo una pregunta. —Rion alzó una mano y esperó a tener la atención de la Reina Lobo por completo antes de hablar—. En cuanto a la búsqueda de la llave… De una manera o de otra, la he estado buscando todo este tiempo. Bajo la cama que hay en mi habitación encontré una «X». ¿Qué significa?

—¿Qué?

Los demás le miraron, sorprendidos.

—Al principio, pensé que no era más que una mancha o algo así, pero claramente es una «X». Dijiste que no esconderías la llave en ninguna de nuestras habitaciones, así que ¿de qué va eso?

—Entonces, ¿tú también tienes una en tu habitación, Rion? —preguntó Fuka. El grupo se giró para mirarla, con los ojos muy abiertos—. Estoy bastante segura de que hay una bajo el escritorio de mi cuarto. Pensaba que, tal vez, solo era cosa de mi imaginación. Parece una «X», pero quizá no lo sea…

—También hay una en el baño —dijo Subaru—. El que está junto al comedor. Pensé que era raro que hubiese grifos sin que hubiese agua y encontré la «X» mientras investigaba eso. Había una palangana en la bañera y, cuando la moví, vi la «X». Pensé que, tal vez, solo fuese un rasguño.

—Hay otra dentro de la chimenea —dijo Kokoro.

Al igual que Subaru, había sentido curiosidad por saber por qué había chimenea si no había gas.

—¿En el comedor? —Masamune sonaba nervioso—. Eso significa que yo también encontré una. Durante el verano. Hay una en la cocina, ¿verdad? Detrás de los estantes.

—¿De verdad?

—Sí —frunció el ceño—. Pensé que, a lo mejor, la llave podría estar allí, así que golpeé y raspé por todas partes, pero nunca apareció nada. Así que pensé lo mismo: que solo era una mancha.

Intercambiaron una mirada y, después, se giraron hacia la Reina Lobo en silencio.

—¿Esas también eran pistas? —preguntó Aki.

—Eso podéis decidirlo vosotros mismos —contestó la Reina Lobo—. Como os he dicho, tenéis suficientes pistas. Lo demás, lo dejo en vuestras manos. Incluyendo si se ha de cumplir un deseo o no. —Tomó aire—. Pero sí os hago una promesa —dijo en voz baja—. Aunque alguien vea su deseo cumplido, no va a desaparecer el mundo de nadie. Como ya os he dicho antes, una vez que se conceda un deseo, este castillo desaparecerá de vuestros recuerdos y, sencillamente, regresaréis a vuestras propias realidades, que no desaparecerán nunca. Para bien o para mal —añadió.

—¿Puedo preguntar una cosa más? —dijo Rion. La niña giró el hocico en su dirección. El chico esperó hasta que estuvieron cara a cara—. ¿Cuál es tu cuento de hadas favorito, Reina Lobo?

Aquella pregunta surgió de la nada y era evidente que la Reina Lobo no la había visto venir. Durante un instante, se quedó sin palabras.

—¿De verdad necesitas preguntármelo? —dijo—. Tan solo tienes que mirarme a la cara. Es *Caperucita Roja*. —Kokoro no estaba segura de por qué Rion había preguntado aquello. Tal vez solo quisiera sorprenderla—. ¿Algo más? —preguntó la niña.

Kokoro sentía que había un millón de preguntas que necesitaba hacer, pero no tenía ni idea de cómo hacerlas. Aquella respuesta evasiva seguía sin dejar claro del todo si podían o no encontrarse en el exterior.

—¡Espera un segundo! —dijo Masamune.

Demasiado tarde.

—Cuando tengáis algo más que preguntarme, ya sabéis dónde estoy —dijo la Reina Lobo, antes de desaparecer.

Todos se quedaron mirándose las caras.

—Esa niña ha dicho: «Sencillamente, regresaréis a vuestras propias realidades», ¿no?

—¿Qué?

Miraron a Subaru, que siempre era muy maduro y fácil de tratar. Si alguien podía permitirse llamarla «esa niña», era él. Subaru miró a Masamune.

—Nuestros mundos no desaparecerán, no serán elimina-
dos. Hasta cierto punto, ha esquivado la pregunta de los mundos
paralelos, pero, al menos, ha dicho «vuestras propias realidades». Eso tiene que significar algo. Parecía estar diciendo que
podemos vernos los unos a los otros y, aun así, los mundos en
los que vivimos parecen ser diferentes.

—Y nadie puede llegar al mundo de los demás.

¿No sería increíble si los demás pudieran unirse a mi mundo?,
pensó Kokoro. Podría llevarlos al instituto. Si pudiera hacer
eso…

A veces, me descubro soñando.

Un nuevo estudiante de traslado ha comenzado las clases
en nuestro instituto y todos quieren ser sus amigos. Es la persona más alegre, amable y atlética de nuestra clase. También es
la más inteligente.

De entre todos mis compañeros, el nuevo estudiante me
escoge con una sonrisa generosa tan deslumbrante como el sol
y dice:

—Kokoro-chan, ha pasado mucho tiempo.

Los otros estudiantes no se lo pueden creer.

—¿Qué? —dicen, mirándome de forma significativa—. ¿Ya os
conocíais?

En otro mundo, ya éramos amigos.

Yo no tengo nada especial. No soy atlética ni soy inteligente. No tengo nada que alguien pudiera envidiar. Es solo que, en
el pasado, tuvimos la oportunidad de conocernos y formar un
vínculo especial.

Vamos juntos a todas partes: cuando nos cambiamos a un
aula diferente, cuando tenemos el descanso y cuando cruzamos las puertas del instituto al final del día.

Puede que el grupo de Sanada se muera por entablar amistad con él, pero lo único que dice el estudiante es:

—Estoy con Kokoro-chan.

Así que ya no estoy sola.

Llevaba mucho tiempo deseando que ocurriese algo así.

Aunque sé que nunca ocurrirá.

Y, en aquella ocasión, tampoco ocurrió.

—¿No deberíamos hacer que ese fuera nuestro deseo? —dijo Fuka, haciendo que Kokoro despertara de su ensoñación con un sobresalto—. Deberíamos usar la Llave de los Deseos para pedir que todos nuestros mundos se conviertan en el mismo.

—Hum... —masculló Aki.

«No estoy diciendo que no podáis». Kokoro recordó las palabras de la Reina Lobo.

—Ajá... Así que, probablemente, podamos usar la Llave de los Deseos para unir nuestros mundos —dijo.

—Sí. Entonces, todos podremos reunirnos en el mundo exterior. ¿No era a eso a lo que se refería la Reina Lobo cuando ha dicho: «No estoy diciendo que no podáis»?

—Pero eso implica cumplir un deseo y, entonces, ¿no desaparecerán todos nuestros recuerdos? Si no nos conocemos estar en el mismo mundo no tiene sentido, ¿no?

—Sí, por eso nuestro deseo debería ser: «Por favor, déjanos a todos en el mismo mundo y permite que conservemos nuestros recuerdos». Preguntémosle la próxima vez que la veamos. —Fuka parecía decidida.

Tal vez la forma críptica en la que les había dicho «No estoy diciendo que no podáis» estaba basada en la suposición subyacente de que perderían sus recuerdos. Una vez que Kokoro hubo pensado en aquello, le pareció cada vez más probable.

—Pero, mientras no encontremos la llave, no es más que una posibilidad.

Fuka miró a Masamune. Mientras les había estado explicando su teoría, se había mostrado muy entusiasta, pero, ahora que la Reina Lobo había echado por tierra su idea, parecía haber encogido visiblemente.

—¿Masamune? —dijo Ureshino, y el otro chico alzó la cabeza.

—¿Qué?

—Me alegro de que hayas vuelto. —Masamune parpadeó, sorprendido. Fueron unos parpadeos rápidos, como el batir de las alas de un abejorro. Ureshino sonrió—. Estaba muy seguro de que nunca regresarías y no quería que las cosas acabaran de ese modo, así que estoy muy contento de que estés aquí. —Se rio—. ¿Sabes? Justo al principio del segundo semestre, cuando me sentía tan incómodo por volver aquí, te mostraste muy feliz de que lo hubiera logrado. Así que pensé que, la próxima vez que vinieras, yo me sentiría igual. Masamune, me alegro de que lo hayas logrado.

Las mejillas y las orejas de Masamune enrojecieron, como si estuviera intentando reprimir algo.

—¿Qué ocurrió? ¿Salió todo bien? —preguntó Subaru—. ¿Tienes que cambiarte de instituto?

—Voy a estar bien, al menos durante el tercer trimestre, ya que asistí a la ceremonia de apertura. —La voz del chico era monocorde y todavía tenía la mirada baja—. No pude encontrar a ninguno de vosotros y me topé con alguien a quien no quería ver, pero todo está bien.

—Estupendo.

Un silencio prolongado se posó sobre ellos.

Masamune alzó la cabeza, aunque bajo el flequillo corto seguía con los ojos fijos en el suelo.

—Masa Miente… Así me llamaron.

—¿Qué?

—Masa Miente. Masamune, el mentiroso. —Kokoro no podía imaginar por qué, de pronto, había mencionado aquello. Pero, al ver lo serio que estaba y cómo le temblaba la voz, no pudo apartar la mirada—. Os dije que el tipo que había creado este videojuego era amigo mío. Bueno, pues no es cierto. Lo siento.

Miró los videojuegos que yacían esparcidos por el suelo. Kokoro no sabía cuál estaba mirando. Aun así, de algún modo, entendía por qué había sentido la necesidad de revelarles aquello. Puede que no significase demasiado para ninguno de ellos, pero, desde luego, para él, sí. En el mundo de Masamune, esa mentira era un asunto importante. Puede que tuviese algo que ver con el motivo por el que había dejado de asistir al instituto.

—Lo entiendo —dijo Aki. Normalmente, tenía una respuesta sarcástica para él, pero, en aquel momento, parecía estar hablando para los demás.

—Lo siento —dijo Masamune de nuevo—. Lo siento muchísimo.

En cuanto aceptaron que todos vivían en mundos paralelos, les resultó más fácil pasar tiempo juntos, ya que todos se habían dado por vencidos.

Al final del mes siguiente, en marzo, llegaría de verdad la despedida definitiva.

El tiempo les pesaba más y Kokoro estaba decidida a disfrutar al máximo cada día que le quedaba en el castillo.

Ninguno de ellos parecía ya muy interesado en encontrar la llave. El deseo de Fuka de que todos sus mundos pudieran convertirse en uno estaba muy bien, pero todavía se resistían a la idea de que sus recuerdos del castillo desaparecieran por completo.

Y, como siempre, no había ni rastro de la llave.

Sin embargo, no podían olvidarse de que estaba en algún lugar del castillo.

Era el último día de febrero.

Estaban pasando el rato en la sala de los juegos cuando entró Aki.

—Acabo de acordarme. Esas marcas en forma de «X» de las que hablamos… También encontré una en mi habitación. En el armario.

—¿De verdad? —dijo Kokoro—. ¿Hay un armario en tu habitación, Aki-chan?

—¿Tú no lo tienes en la tuya, Kokoro?

—No; solo tengo el escritorio, la cama y las estanterías con libros. —Fuka solo tenía un piano—. Tener un armario te pega, Aki, porque eres una reina de la moda —añadió Kokoro.

—¿Ah, sí? —replicó la otra chica con frialdad. No parecía especialmente contenta al respecto—. De todos modos, ¿qué son esas «X»? ¿Significan algo? Nos dijeron que la llave no está en ninguna de nuestras habitaciones para que todo sea justo, pero me pregunto si también hay una «X» en el resto de las habitaciones.

—Apuesto a que, si las buscamos, las encontraremos. ¿Cuántas hemos detectado hasta ahora? La de la chimenea, una bajo la cama de Rion, una en tu armario...

También habían mencionado una en la cocina y una en el baño. Kokoro estaba repasando la lista cuando Aki dijo:

—¿Sabéis? No pasa nada si se cumple un deseo, ¿no? Me refiero a si alguien encuentra la llave.

—¿Qué quieres decir?

—Sé que hablamos de no querer perder nuestros recuerdos, pero que, en caso de que nos topásemos con la llave, podríamos pensar qué hacer. Pero, al final, está bien que se cumpla un deseo, ¿no?

—¿Quieres decir que has encontrado la llave?

Kokoro arrugó la frente. ¿De verdad Aki la había hallado? La otra chica se rio.

—No. Solo estoy diciendo que... puede que se borre la memoria de todos, pero cada uno de nosotros sigue teniendo derecho a buscar la llave. Nadie culpará a nadie, ¿verdad? —No supieron cómo responder a aquello—. Escuchad —dijo Aki, soltando un suspiro exagerado—. Si no podemos vernos en el mundo exterior, lo único que nos quedará serán los recuerdos, ¿no? ¿No sería eso un desperdicio? Los recuerdos no nos ayudarán. ¿No es mejor si al menos uno de nosotros cumple su deseo?

—De verdad que no quiero olvidar nada de esto —dijo Fuka.

De pronto, la sonrisa de Aki se desvaneció.

—Solo lo digo en caso de que la encontremos. —Ya habían hablado del tema todos juntos, así que ¿por qué les decía aquello de repente?—. Bueno, si encontráis alguna «X» más, hacédmelo saber —añadió. Después, salió para regresar a su habitación.

El grupo contempló con perplejidad cómo se marchaba.

—Tiene problemas. Muchos problemas —dijo Subaru cuando ya se había marchado.

El tono frío de su voz hizo que a Kokoro se le erizara la piel. Sentía que algo no iba bien.

—No deberías decir eso —dijo sin pensar. Subaru la miró fijamente—. No digas eso; no me gusta.

Las palabras de Subaru («muchos problemas») le molestaban. Se les estaba acabando el tiempo y le dolía que le recordaran que ella también podría estar en la misma situación que Aki.

Se dirigió a su propia habitación. Hacía bastante tiempo que no había estado allí. Se tumbó en la cama y miró el techo.

¿Qué hay de mí?, se preguntó.

Tal como Aki había dicho, si encontraban la llave, ¿qué deseo iba a pedir? Borrar a Miori Sanada de su vida había sido su deseo durante mucho tiempo. Pero ¿sería suficiente para que regresara a su propia realidad, a un momento anterior a que Miori le arruinase la vida?

Alguien llamó a la puerta.

—¿Sí?

—Soy yo.

Era la voz de Subaru. Abrió la puerta y salió al pasillo. El chico estaba solo. Estaba allí de pie, alto y esbelto, y Kokoro se dio cuenta de que volvía a tener las raíces del pelo negras. Empezaba a parecer un bicho raro y, ahora que lo pensaba, probablemente jamás se habría acercado a él si no hubiera tenido la oportunidad de conocerle de antemano.

—Siento haber dicho eso —dijo—. Había olvidado lo mucho que solía odiar que la gente dijera eso sobre mí.

—Oh.

Al escuchar su tono amable, de pronto se sintió más calmada.

—Y me alegro de que me hayas llamado la atención. Acabo de ir a pedirle disculpas a Aki-chan.

—¡Oh! No tenías que hacerlo; ella no ha oído lo que has dicho.

—Lo sé, pero el hecho es que sí lo he dicho.

Ese tipo de comportamiento ligeramente erróneo era propio de él. Honesto hasta la saciedad, pero demasiado ceñido a las convenciones.

—¿Qué te ha dicho?

—Se ha mostrado un poco disgustada, igual que tú. Me ha dicho que no me había oído decirlo, por lo que no tendría que habérselo contado. Dice que siempre le doy demasiadas vueltas a todo.

—Eso suena muy propio de ti, Subaru.

Puede que Kokoro le hubiese llamado la atención al respecto, pero seguía siendo cierto que Aki sí tenía problemas. Algo de lo que ella misma debía de ser plenamente consciente.

—Gracias, Kokoro-chan. Hoy es el último día de febrero, y estoy molesto conmigo mismo por haber hecho que todos nos sintiéramos mal. —Le dedicó una sonrisa.

Tal vez fuese alguien que se ciñese demasiado a las convenciones, un chico que nunca se hacía ningún favor, pero eso era lo que le gustaba de él.

Solo quedaba un mes.

Al fin había llegado el momento en el que tendrían que despedirse.

MARZO

Día 1 de marzo.

Cuando Kokoro llegó al castillo, descubrió que Aki y Fuka ya estaban allí. Sorprendentemente, estaban en la sala de los juegos, jugando a uno de los videojuegos de Masamune.

—Esto se te da demasiado bien, Fuka. Sé buena conmigo, ¿quieres?

—Venga, va, ya sabes que esto es una competición.

El día anterior, todo se había vuelto incómodo porque ambas habían discutido sobre si se debería cumplir un deseo y sobre si era un desperdicio o no que tan solo les quedasen los recuerdos. Sin embargo, en aquel momento, parecían llevarse bien.

—Fuka, sobre lo de ayer… —dijo Aki. Su voz sonaba animada y a Kokoro le resultó difícil interrumpirles.

Debían de haber encontrado el momento para hacer las paces el día anterior. Además, también estaba la disculpa de Subaru con Aki, lo que podría haber contribuido asimismo a su buen humor.

Así fue como comenzó el mes de su despedida.

En el instituto, el tercer semestre llegaría a su fin y las vacaciones de primavera comenzarían pronto.

Dado que iban a iniciar un nuevo curso, su tutor, el señor Ida, le llevó a casa sus zapatillas y un cojín para el asiento.

Durante un rato, Kokoro estuvo charlando con él. Acababa de regresar del castillo y su madre todavía no había vuelto del trabajo. No tenía muchas ganas de verle, pero se sintió aliviada de que no hubiese intentado visitarla mientras estaba fuera. Se lo imaginó interrogándola sobre dónde había estado, por lo que lo último que quería hacer era hablar con él, aunque solo fuera para ponerle una excusa.

Todavía estaba enfadada por la nota de Miori Sanada. La señorita Kitajima debía de haberle contado al señor Ida lo molesta que le había hecho sentirse, así que Kokoro había esperado que él lo mencionase, pero, cuando llegó a la puerta principal, tan solo la saludó con un sencillo «Hola». Después, volvió a comportarse como un profesor modélico.

—Kokoro, ¿cómo estás? —le preguntó.

Ella le saludó con un asentimiento de cabeza. No estaba enfadada ni triste, solo un poco alicaída. El señor Ida parecía incómodo, y estaba bastante segura de que no eran imaginaciones suyas.

—Todo el mundo te estará esperando en el instituto en abril, cuando empiece el nuevo año escolar —dijo. Después, dejó las zapatillas y el cojín que le había llevado.

Kokoro no creía que pensase eso en realidad. Tan solo quería tener una excusa para mostrar que había ido a visitarla. Si ella volvía, eso significaría que él tendría un problema menos, y, si no lo hacía, a él no le importaría realmente. Esa era la sensación que le daba.

De todos modos, cambiarían de clase y él ya no sería su tutor.

Parecía posible que pudiera repetir un curso si así lo deseaba, pero aquello era lo único que quería evitar, así que se limitarían a pasarla de curso junto con Miori Sanada y Tojo-san.

—Bueno, nos vemos en otro momento, Kokoro.

—Sí, claro —asintió.

Parecía como si el señor Ida tuviese algo más que decir. Kokoro también sentía como si tuviera que añadir algo, pero no tenía ni idea de qué.

—Si te sientes con ganas, ¿quieres escribir una respuesta?

—¿Una respuesta?

—A la carta de Sanada-san.

En cuanto escuchó aquel nombre, se sintió desfallecer. Se llevó una mano al estómago y esperó pacientemente a que se pasase aquella sensación. El señor Ida suspiró. Fue un suspiro enorme y exagerado.

—A Sanada le molestó —dijo—. Sintió que te estabas burlando de ella. —Kokoro tomó aire y contuvo la respiración—. Cuando la escribió, a su manera, Sanada se estaba esforzando al máximo. Así que piénsalo, ¿de acuerdo?

Mientras escuchaba el sonido de la puerta principal cerrándose y los pasos del señor Ida cada vez se volvían más débiles, ella se quedó al otro lado, estupefacta.

Algunas personas jamás se entenderían.

En su mundo, Kokoro era la culpable.

Los más fuertes podían atacarla sin miedo porque creían que nada de lo que hacían era cuestionable.

«Sintió que te estabas burlando de ella». Aquellas palabras le dieron vueltas en la cabeza.

Estaba al borde del llanto, pero la mortificaba ser víctima de su lógica, por lo que no le salían las lágrimas. Frustrada, golpeó la pared, y, cuanto más la golpeaba, más le dolían las palmas de las manos.

Esa chica me robó tiempo.

Exhaló y apretó los dientes. ¿Cómo era posible que la gente así siguiera en el centro de la vida escolar, como si el mundo girase a su alrededor? Aquella idea hizo que quisiera arrancarse el pelo.

No sabía cuánto tiempo estuvo allí de pie. De pronto, oyó un ruido en el exterior y contuvo la respiración. Hacía rato que el señor Ida se había marchado, así que no se trataba de él. Tampoco había oído la moto del cartero. Así que tenía que ser Tojosan. Tal vez, llevándole el último panfleto del instituto durante el tercer semestre. Tras varios minutos, se aventuró a salir, pero no había nadie cerca de la puerta principal ni del buzón. Aliviada, Kokoro lo abrió. Y allí, entre el boletín escolar doblado y otros impresos, había algo más. Un sobre cerrado.

Iba dirigido a ella: «Kokoro Anzai-sama».

En la parte trasera: «Moe Tojo».

Sujetando la carta, Kokoro alzó la vista y miró hacia la casa de Moe, que estaba dos puertas más allá. La casa parecía tranquila.

Apoyándose contra la puerta principal, deslizó rápidamente los dedos bajo la solapa del sobre y lo abrió.

La carta contenía una única frase.

«Para Kokoro-chan: Lo siento. De parte de: Moe».

Repasó aquella frase con los ojos una y otra vez, sorprendida por la forma en la que se había dirigido a ella.

«Para Kokoro-chan».

Recordó el momento en el que acababan de hacerse amigas y la voz de Moe cuando le había dicho «Kokoro-chan». Echaba de menos escucharlo.

No tenía ni idea de por qué se estaba disculpando Tojo-san o de por qué le había escrito aquella nota, pero sabía que lo había hecho por cuenta propia. Lo sentía por la brevedad de la carta.

Volvió a meter la nota en el sobre, se mordió el labio y cerró los ojos.

—Escuchadme todos.

Cuando regresó al castillo al día siguiente, Masamune quería que le prestaran atención.

—Voy a ir a un nuevo instituto. —Le miraron—. Fui a visitarlo —dijo—. Está más o menos a una hora de distancia, pero un amigo de mi padre tiene un hijo que también estudia allí. Es un instituto privado. Hice el examen de admisión para estudiantes transferidos y anunciaron los resultados ayer. He aprobado.

—¿De verdad? —dijeron todos, de forma despreocupada, a pesar de que la tensión estaba aumentando. A partir de abril… Eso era el mes siguiente.

Que Masamune decida ir a un instituto nuevo es algo bueno, pensó Kokoro.

Sin embargo, la idea de que uno de ellos empezase en un lugar nuevo hacía que el pecho se le encogiese de dolor. No era culpa de Masamune, pero aquella noticia le dolió.

—¿Cómo te sientes al respecto? —le preguntó Subaru. Masamune se giró para mirarle lentamente y con cierta rigidez—. Lo que quiero decir es que, originalmente, dijiste que no querías cambiar de centro, pero ¿ahora estás de acuerdo?

—Sí, porque es el comienzo de un nuevo curso escolar.

—Ya veo.

—En realidad, puede que yo también cambie de instituto —intervino Ureshino. Todos los ojos se posaron en él—. Puede que vaya a un centro en el extranjero con mi madre… Aunque no de inmediato. —Le lanzó una mirada nerviosa a Rion—. Le dije que un conocido iba a clase en el extranjero, pero dijo que no quería que fuera solo como tú, Rion. —La familia de Ureshino parecía lo bastante rica como para poder cambiar de planes rápidamente—. Mi madre dijo que debió de ser difícil para tus padres mandarte fuera de ese modo; que ella no habría sido capaz.

—En realidad, es posible que, para mis padres, no fuese una decisión tan difícil —comentó Rion—. ¿Vas a venir a Hawái? ¿O a algún otro sitio, como Europa o algo así? Me gustaría que vinieras a Hawái, aunque no podríamos pasar el rato juntos ni nada por el estilo, ¿verdad?

—Sí. Durante un instante yo también pensé que, si iba a Hawái, podría verte. Pero eso no va a ocurrir.

—No, no va a ocurrir. Pero estaba pensando... Con respecto a Hawái... —comenzó a decir Rion.

—¿Qué? —le preguntó Ureshino.

El otro chico respiró hondo, como si estuviera pensando, y, entonces, sacudió la cabeza.

—Nada. Si de verdad quieres ir al instituto en el extranjero, será mejor que estudies inglés o el lenguaje que sea que hablen en el lugar al que vayas. —Sonrió irónicamente—. Yo no me preparé realmente, así que ha sido duro.

—Si estuvieras allí, iría al mismo centro que tú, a pesar de que no se pueda contar conmigo para jugar al fútbol. Aunque la mayoría de los institutos en el extranjero empiezan en septiembre, ¿no? Ese es el estándar mundial. En ese sentido, Japón no sigue a los demás.

—Puede ser, pero ¿y qué? —contestó Masamune—. Puede que el resto del mundo lo haga de una manera, pero nosotros tenemos que hacer las cosas tal como se hacen en Japón.

—Sí... Entiendo lo que quieres decir.

Mientras Kokoro escuchaba aquella conversación entre los chicos, alguien le dio un golpecito en el hombro desde atrás.

—Guau, está muy bien que los padres estén pensando en vuestro futuro y cosas así. No como los nuestros, ¿verdad, Kokoro? —dijo Aki de forma inesperada.

Que Aki buscase que le diera la razón, de algún modo le hizo sentirse resuelta. *Ciertamente, mamá está valorando el siguiente paso,* pensó. La mujer había hablado con la señorita Kitajima y le había preguntado a Kokoro si quería cambiar de instituto. Si todavía no le había mencionado ningún plan, era por mostrar consideración hacia ella. Sin embargo, no sabía cómo estaban las cosas en casa de Aki, por lo que era reticente a compartir sus pensamientos.

Aki y Subaru estaban en noveno curso, el último año de secundaria, al borde de la preparatoria. ¿Acaso ninguno de ellos había hecho el examen de acceso? No se atrevía a preguntar.

Cuando Kokoro no respondió, Aki la llamó con un toque de fastidio y la miró directamente. Cuando siguió sin reaccionar, dejó escapar un suspiro exagerado.

—El próximo mes, voy a repetir noveno. —En aquella ocasión se dirigió a Subaru.

Kokoro se sobresaltó.

—¿Repetir curso?

—Sí. Podría graduarme, pero una mujer extraña que es amiga de mi abuela fue al instituto e insiste en que repita un año. Realmente, a mí me da igual una cosa que la otra y tampoco había pensado demasiado en la preparatoria.

—¿Vas a repetir el curso en el mismo centro? ¿No en uno diferente que esté cerca?

—¿Quieres decir que vaya al instituto más cercano, como el Instituto de Secundaria n.º 4 o algo así? —preguntó Aki—. Eso es imposible, ¿no? Me quedaré donde estoy.

Kokoro estaba pensando en aquello, en el hecho de que existiese esa posibilidad, cuando una voz dijo:

—Yo voy a pasar a preparatoria. —Se trataba de Subaru. Aki y Kokoro, así como los demás, le miraron con los ojos muy abiertos—. Esperad, ¿no os lo había contado ya? —les preguntó, sonando más o menos como siempre—. Hice el examen de acceso el mes pasado. Es el Instituto Técnico Minami de Tokio, en el programa a tiempo parcial.

La noticia sorprendió a Kokoro. Nunca había tenido la impresión de que Subaru estuviese estudiando para un examen de acceso.

—¿Has estado estudiando? —le preguntó.

—Más o menos. Solamente antes de hacer el examen. Conocí a un hombre en Akihabara que repara productos electrónicos y le pregunté por su trabajo. Me dijo que, si me interesaba, eso es lo que enseñan en un instituto técnico.

Subaru miró a Aki, cuyo rostro se había puesto rojo. Kokoro sabía exactamente cómo se sentía. Entendía aquel miedo; el no saber cómo sería el futuro para ella o cuánto tiempo seguiría así. Ver a personas que estaban pasando página era suficiente para hacer que sintiera un dolor insoportable en el pecho.

Incluso ella, que no era más que una espectadora, sintió que aquella revelación era una especie de traición. Si había estado estudiando para un examen, ¿por qué no le había dicho nada a Aki? Ambos estaban en noveno, el momento más crucial para tomar una decisión con respecto al futuro.

Mientras estaba en el castillo, nunca parecía estar estudiando, así que debía de haberlo hecho en casa. ¿Estaba intentando tomarles la delantera? Kokoro pensó que Aki se sentiría resentida al respecto.

—Ya veo.

Eso fue todo lo que dijo en un tono monocorde.

—Me pregunto si todos podríamos reunirnos el último día —dijo Fuka, cambiando de tema—. El 30 de marzo; no el 31, ¿verdad? ¿No nos dijo la Reina Lobo que el último día de marzo es el día de mantenimiento del castillo?

—Sí.

Ese día se acercaba rápidamente, pero aún no habían encontrado la llave y no se había concedido ningún deseo.

Sin embargo, a Kokoro le parecía bien.

Los recuerdos no eran lo único que se llevaría de aquel lugar. El año casi completo que había pasado allí permanecería y el haber hecho amigos como aquellos sería lo que la sostendría. *Tengo amigos,* se dijo a sí misma. *Aunque nunca haga ninguno más, sabré que tuve amigos. Justo aquí. Justo ahora. Y eso lo tendré el resto de mi vida.*

Eso le hacía sentirse inmensamente más segura.

—Celebremos una fiesta el último día —dijo Fuka—. Tal como hicimos en Navidad. Traigamos cuadernos para escribirnos mensajes. Estoy segura de que nos permitirán llevárnoslos a casa, a nuestro propio mundo.

—Me parece bien —dijo Kokoro.

Siempre que quedaran pruebas en algún sitio de que, en algún momento, todos ellos habían existido, serían capaces de salir adelante.

—Kokoro, hay algo de lo que tenemos que hablar —le dijo un día su madre, conforme se acercaba el final de marzo.

Allá vamos, pensó Kokoro.

Para hablar del futuro académico de Kokoro, su madre le había pedido a la señorita Kitajima que se uniera a ellas.

—En realidad, el señor Ida también ha dicho que quería hablar con nosotras —dijo la profesora, adelantando la conversación y escogiendo las palabras con cuidado.

Les dijo que había hablado con la gente del ayuntamiento y que tenía un permiso especial para que Kokoro se cambiara a un nuevo instituto que había cerca. Por supuesto, también podía quedarse en el Instituto de Secundaria n.º 5 de Yukishina y la pondrían en una clase diferente a la de Miori Sanada. Todo aquello fue una sorpresa para ella.

—Me aseguraré de que cumplan su promesa —añadió la señorita Kitajima con un gesto serio en el rostro.

Kokoro asintió en silencio.

—¿Qué hay de Moe Tojo? —preguntó.

No le desagradaba la idea de estar en la misma clase que ella. Especialmente si, tal como la señorita Kitajima le había dicho, había sido ella la que le había informado sobre los problemas que tenía con Sanada-san.

La carta que había recibido le revoloteó en un rincón de la mente. Una nota con una sola frase: «Lo siento».

—Bueno, en cuanto a Tojo-san... —contestó la maestra con una voz que le pareció un poco brusca—. Va a trasladarse de nuevo. Esta vez a Nagoya.

—¿Qué?

—¿Sabías que su padre es profesor de universidad?

Kokoro estaba tan atónita que ni siquiera pudo asentir.

Recordó que, el abril anterior, cuando seguían yendo juntas al instituto, había visto todos los libros de ilustraciones que había en su casa y los inusuales ejemplares de libros extranjeros que le había mostrado. Incluso le había dicho que le prestaría alguno.

—A partir de abril, su padre estará dando clases en una universidad en Nagoya, así que Tojo-san irá al instituto allí.

—¿A pesar de que solo lleva aquí un año?

—Así es. En el pasado, ha cambiado varias veces de centro educativo.

Kokoro no estaba segura de cómo sentirse al respecto. Moe ya no viviría en la casa que había dos puertas más allá.

«Lo siento». Recordó aquella frase. Cuando la había escrito, tal vez ya le habrían confirmado el traslado. ¿Qué habría sentido mientras escribía aquella nota?

—Dime en cualquier momento si quieres visitar los institutos de secundaria n.º 1 y n.º 3 —dijo la señorita Kitajima. Su rostro volvía a parecer preocupado—. Hay algo más que quiero que recuerdes.

—¿De qué se trata?

—Ni tu madre ni yo estamos intentando obligarte a que regreses a clase. —Kokoro abrió mucho los ojos y la mujer prosiguió—. Si no quieres volver a tu centro actual o a ninguno de los otros institutos, queremos que consideres todas las alternativas, lo que sea mejor para ti. Desde luego, venir a nuestra escuela es una opción, e incluso podemos plantearnos si la educación en casa sería posible. Tienes muchas opciones, Kokoro-chan.

Kokoro miró en silencio a su madre, que estaba tranquilamente sentada junto a la señorita Kitajima. Cuando sus ojos se encontraron, su madre asintió. Ella se quedó sin palabras. Su madre le tomó la mano y se la estrechó.

—Solucionaremos esto juntas —le dijo.

A Kokoro le costó reprimir las lágrimas. Estaba feliz, pero, aun así, una parte de ella se sentía dolida. ¿Qué pasaría con Aki y con Fuka?

—¿Señorita Kitajima?

—¿Sí?

—Si acabo quedándome en el n.º 5 de Yukishina, ¿podría... pedirle que me cambiase de tutor para no tener al señor Ida? —Sabía que no estaba bien que le odiara, ni siquiera que le disgustara, dado que solo intentaba hacer lo que él creía que era lo correcto—. Me dijo que tenía que responder a la nota de Sanada-san. Me dijo que Sanada-san sentía que me estaba burlando de ella y que eso le molestaba. Pero eso no es culpa mía.

Las palabras le salieron a borbotones. No estaba segura de si estaba enfadada o triste, pero, fuera como fuere, no le gustaba cómo la voz le temblaba de manera incontrolable. La señorita Kitajima la miró.

—Creo que Sanada-san tiene sus propios problemas. Y, cuando ve que eres diferente a ella, tal vez piense de verdad que te estás burlando. —Kokoro permaneció en silencio—. No es algo que tengas que comprender ahora mismo. Sanada-san necesita solucionar sus propios asuntos. —La mujer miró atentamente a la madre de Kokoro—. Ya he enviado una solicitud con respecto al señor Ida, que no será tu tutor el curso que viene —añadió.

A Kokoro le pareció que, en su voz, podía escuchar ecos de las palabras que le había dicho en el pasado: «Estás luchando cada día, ¿verdad?». Fue como si una descarga eléctrica la hubiese atravesado. En su interior sentía un deseo muy intenso de decirle allí mismo: «Por favor, ¿podrías ayudar también a mis amigos, que están en otro mundo? ¿Podrías defender a Aki, a Fuka y a Ureshino en cada uno de sus mundos?».

Pero sabía que aquello jamás funcionaría.

Kokoro no podía imaginarse en absoluto cuáles podrían ser los problemas de Sanada-san, pero sabía que la señorita Kitajima le ayudaría a solucionarlos. Aquello le parecía absurdo y doloroso, pero ese era el tipo de persona que era aquella mujer, y era exactamente por eso por lo que podía confiar en ella.

A finales de marzo, cuando el castillo hubiese cerrado y los siete hubiesen regresado a sus respectivos mundos, ¿qué les ocurriría? No importaba cuánto se preocupase por ellos en aquel momento, jamás sabría cuáles habían sido las secuelas de sus vidas.

Y eso le dolía.

Por favor, tenéis que estar bien, todos vosotros.

Era 29 de marzo, el día antes de la fiesta de despedida.

Kokoro ya había ido a visitar dos institutos de secundaria más. En comparación con el n.º 5 de Yukishina, el n.º 1 y el n.º 3 eran centros pequeños, y los profesores que se los habían enseñado habían remarcado lo acogedores que eran. Tenía sentimientos encontrados al respecto. Sentía que habían creído que era una de esas estudiantes que no encajan en centros grandes.

A juzgar por el viento gélido que había soplado por los pasillos de los institutos, la calefacción no estaba encendida a aquellas alturas de marzo. Había podido escuchar a la banda de música escolar ensayando y los gritos del equipo de atletismo animando a sus compañeros. Por debajo, había captado a estudiantes de su edad hablando alegremente y riéndose. Aquello había hecho que se pusiera tensa. Sabía que no era posible, pero, aun así, había sentido que podrían estar riéndose de ella. Había pasado mucho tiempo desde que no se ponía unas zapatillas escolares y había sentido frío en los dedos de los pies.

Su mente vacilaba y seguía sintiendo cierta reticencia a abandonar el n.º 5 de Yukishina. Temía no encajar y que los demás descubrieran rápidamente lo que había ocurrido.

Todavía le quedaba algo de tiempo antes de que tuviera que tomar una decisión. Pensó en lo estupendo que sería ver a los demás el último día, el 30 de marzo, y compartir con ellos lo que había decidido.

Aquel día se sintió con ánimo de hacer un viaje hasta Careo.

Tenía ganas de comprar algunos pasteles para la fiesta del día siguiente. También podría estar bien llevar unas servilletas tan bonitas como las que Aki le había dado en una ocasión. Eran las vacaciones de primavera y, aunque no pudiera recorrer todo el camino, al menos podría llegar hasta el minimercado.

Una vez que regresara de su excursión para comprar, también quería ir al castillo. Sentía que los demás también querían visitarlo tan a menudo como les fuera posible.

Dentro de dos días, ya no podrían volver nunca más. Era difícil hacerse a la idea.

Kokoro sonrió con ironía para sí misma. La primera vez que había entrado al castillo, se había cuestionado su mera existencia. Cómo habían cambiado las cosas...

Conforme se avecinaba el último día, había empezado a pensar todo con más detenimiento: ¿quizás invitaran al castillo a todos los niños del mundo que, como ella, habían abandonado las clases? Kokoro iba al instituto, pero, tal vez, cualquier niño en edad escolar que no fuese a clase había pasado un tiempo con la Reina Lobo. El motivo por el que todo aquello seguía siendo un misterio era porque habían encontrado la llave y su deseo se había cumplido, por lo que sus recuerdos habían sido borrados.

Sencillamente, se habían olvidado de él.

Si ese era el caso, tenía sentido que cedieran el castillo al siguiente grupo. Dado que ellos no habían conseguido encontrar la llave, era probable que fuesen un puñado de fracasados a ojos de la Reina Lobo. Sin embargo, eso significaba que se les permitía conservar sus recuerdos del castillo. *Algún día*, pensó, *puede que nosotros y otros jóvenes seamos capaces de compartir el hecho de que el castillo existe de verdad, de que todos hemos estado allí, juntos.*

Sin embargo, de todos los días posibles, aquel fue en el que su madre le pidió que se quedara en casa, ya que estaba esperando una entrega.

—He pedido que nos entregasen hoy por la mañana una planta de interior enorme, y necesito que firmes —le dijo su madre.

Kokoro estaba preocupada. Tener que quedarse en casa aquella mañana significaba que no podría ir al castillo. Tan solo quedaban dos días. Además, quería ir a Careo.

—Creo que harán la entrega bastante pronto por la mañana.

—De acuerdo —le dijo alegremente. Lo último que necesitaba era que su madre sospechara algo.

Pero la entrega no llegó temprano en absoluto. El repartidor apareció, disculpándose por el retraso, cuando faltaban tres minutos para las doce, así que, técnicamente, todavía era por la mañana, aunque por muy poco.

Kokoro estaba desesperada y firmó con un «gracias» malhumorado, a pesar de que sabía que mostrarse irritada no serviría de nada.

Dejó la planta con cuidado en el pasillo, tomó el monedero, salió corriendo de casa, se montó en la bicicleta y recorrió la carretera a toda prisa. No sabía si, después de todo aquello, llegaría a tiempo al castillo.

Cada vez que, por el camino, pasaba junto a otros estudiantes, sentía cómo se encogía y agarraba los frenos con más fuerza.

Tendría que haberme puesto guantes, pensó. Había olvidado lo cortante que podía resultar el aire en marzo.

Cuando llegó al centro comercial, se sintió un poco confundida sobre a dónde ir. Pasteles, servilletas... No estaba muy segura de dónde las encontraría y, para cuando lo consiguió, eran casi las tres en punto.

Justo debajo de la entrada de Careo había carteles publicitarios animando a los clientes a comprar productos de papelería para el nuevo curso escolar. Kokoro no soportaba mirarlos.

Cada vez que sus ojos captaban algo que tuviera una fecha de abril, apartaba la vista porque, para entonces, el castillo ya no existiría.

Mientras pedaleaba con furia para volver a casa, su mente estaba repleta de aquellos pensamientos. De algún modo, consiguió regresar. Se bajó de la bicicleta y estaba a punto de entrar cuando...

—¡Oh!

Le pareció escuchar una voz suave allí cerca. Alzó la vista de la bicicleta y vio la figura pequeña de Tojo-san. Estaba de pie en el camino que había frente a la casa, mirándola.

Llevaba un abrigo de lana gruesa muy bonito y una bufanda a cuadros. Tenía un aspecto mucho más elegante que cuando iba vestida con el uniforme. Sujetaba una bolsa de un minimercado, como si ella también acabara de volver de hacer la compra.

—Tojo-san —la llamó Kokoro, temiendo que pudiera ignorarla de nuevo.

—Kokoro-chan —dijo ella.

Sintió una presión en el pecho. Había pasado mucho tiempo desde la última vez que había escuchado su voz, y mucho más desde que la había llamado por su nombre.

—Gracias por tu nota —dijo rápidamente, para evitar que se marchara—. ¿Es cierto que vas a mudarte?

—Sí —asintió Tojo-san, acercándose a ella. De pronto, le sonrió—. ¿Quieres venir a mi casa? —Kokoro abrió los ojos de par en par y la otra chica le mostró la bolsa de plástico que llevaba en la mano—. He comprado un poco de helado, y sería un desperdicio si se derritiera. Vamos a casa a comérnoslo.

Había pasado casi un año desde la última vez que había estado en casa de Tojo-san.

Recordó cómo la disposición era casi idéntica a la de su propia casa, aunque estaba amueblada de forma totalmente diferente. Las decoraciones, los cuadros y las alfombras no podrían ser más diferentes.

En aquel momento, el suelo estaba cubierto de cajas de cartón. Eran cajas blancas con un «Centro de mudanzas» impreso sobre ellas. Con una punzada de dolor, Kokoro se dio cuenta de que era cierto: iba a mudarse de verdad.

Las paredes seguían cubiertas por los grabados europeos que coleccionaba su padre. A Kokoro le llamó la atención la ilustración de *Caperucita Roja*, que mostraba la escena en la que el lobo, tras haber devorado a Caperucita y a la abuela, se queda tumbado en la cama, esperando la llegada del cazador.

Naturalmente, aquello le recordó a su propia Reina Lobo.

—Ah, sobre esa ilustración... —comentó Tojo-san al darse cuenta del interés de Kokoro—. Es de *Caperucita Roja*, pero, en realidad, Caperucita no aparece en ella. Le dije a mi padre que me parecía raro colgar una ilustración de un cuento de hadas en la que no aparece la protagonista, pero me dijo que había sido la única que había podido comprar, ya que las ilustraciones en las que aparece Caperucita son mucho más caras y no había podido permitírselas.

—Ahora que lo mencionas, solo con esta ilustración, no podrías deducir que forma parte de *Caperucita Roja*. Pero recuerdo que ya me lo habías contado, Moe-chan, así que ya lo sabía.

Las únicas pistas eran el lobo mostrando una barriga llena y la cesta de vino que yacía en el suelo.

De pronto, Kokoro se dio cuenta de que había llamado a la otra chica «Moe-chan», que era mucho más familiar. Tojo-san no parecía haberse dado cuenta.

—¿Verdad? —fue todo lo que dijo en señal de acuerdo. Aquello hizo que Kokoro se sintiera feliz—. Ven —añadió, mostrándole el camino hasta el salón. Sacó de la bolsa las dos tarrinas pequeñas de helado—. Elige la que te guste.

Kokoro escogió la de fresa, Tojo-san tomó la de nuez de macadamia y se sentaron la una frente a la otra en un silencio cordial.

De pronto, tras unos minutos, Moe dijo:

—Lo siento.

Lo dijo de forma despreocupada y Kokoro supo que estaba intentando hacer que sonara lo más ligero posible. Había estado jugueteando con la misma parte de su helado, escogiendo, al parecer, el momento adecuado. Eso fue lo que le pareció a Kokoro, que se mordió el labio. Se sentía dolorosamente conmovida por aquella confesión, pero respondió con el mismo tono.

—No pasa nada.

Creía saber por qué se estaba disculpando. Clavando la cuchara en el helado, Tojo-san continuó hablando, aunque evitó mirarle a los ojos.

—Al inicio del tercer semestre, cuando te vi junto a los casilleros de las zapatillas, de verdad que quise decirte algo; pero no pude. Lo siento. En aquel momento, las cosas estaban un poco delicadas.

—¿Delicadas?

Se estaba armando de valor, segura de que iba a escuchar algo malo, cuando Tojo-san alzó la mirada y dijo:

—Las cosas estaban delicadas entre Miori, su grupo y yo. —Un grito de sorpresa se atascó en la garganta de Kokoro. Podía imaginar perfectamente lo que había ocurrido. Se quedó sentada en el sofá, callada, y Tojo-san sonrió—. Miori y su grupo habían empezado a ignorarme. Me estaban dejando de lado. Así que me preocupaba que, si descubrían que habías hablado conmigo, encontrasen un motivo más para ser crueles contigo.

—Pero ¿por qué...?

¿Por qué habían salido así las cosas? Al comienzo del primer semestre, Tojo-san había sido una estudiante nueva, alegre y extrovertida; una chica popular de la que todos querían ser amigos. Pensó en ello durante un instante y se puso pálida.

—¿Fue por mi culpa? —Podía sentir cómo la sangre se le escapaba de la cara—. La señorita Kitajima me dijo que habías sido tú la que le había contado lo que había pasado entre Sanada-san y yo. ¿Fue por eso?

¿Por qué no se le había ocurrido aquello? Supiera o no lo que Miori Sanada le había hecho, incluso el señor Ida se había dado cuenta de que pasaba algo. Y Miori había debido de preguntarse quién se lo había contado. Podía imaginarse perfectamente el tipo de cosas horribles que Sanada le haría a cualquiera que la traicionase.

—No, no se trata de eso —dijo Tojo-san, raspando de nuevo el helado. Le dedicó una sonrisa débil—. Puede que eso haya jugado un papel pequeño, pero no creo que sea el verdadero motivo. Decían que era una engreída, que me estaba burlando de ellas y que no iban a permitirlo.

—Que te estabas burlando de ellas...

Aquello era algo que Kokoro había escuchado de forma bastante reciente. Que se burlaran de ti, que tú te burlaras de alguien...

—Un tiempo antes, Nakayama-san, de su grupo, me había acusado de robarle el novio y me había llamado «robahombres». Después de eso, sencillamente, dejó de importarme. Papá me había dicho que tal vez se cambiara a una nueva universidad en abril y, dado que iba a marcharme, todo ese asunto solo conseguía irritarme. Me di por vencida y dejé de intentar ponerles excusas.

«Me di por vencida». Hacía que sonara como una tontería, pero también había un rastro de tristeza en ello. Tojo-san tomó una cucharada de helado. Kokoro hizo lo mismo y la dulzura se derritió en su boca.

—Es probable que... sí me haya burlado de ella. —Kokoro la comprendía—. Y, probablemente, los profesores piensen que no está bien hacer eso. Ida me llamó a su despacho y eso fue lo que me dijo: «Eres bastante madura, y tal vez mires a los demás un poco por encima del hombro, pero las demás chicas se están esforzando mucho para ser amigas tuyas, bla, bla, bla...».

—¿«Bla, bla, bla»? —dijo Kokoro, sorprendida. Los ojos de Tojo-san brillaron con picardía.

—No podría importarme menos —le explicó. En comparación con la última vez que habían hablado, a Kokoro le pareció que su forma de hablar era más directa e increíble—. Claro que las miro por encima del hombro. Todas esas chicas solo piensan en el amor y en lo que tienen justo enfrente de ellas. Puede que sean personajes fuertes dentro de nuestra clase, pero sacan unas notas pésimas. Me pregunto quién estará por encima dentro de diez años.

Tojo-san sonaba como alguien duro, incluso mordaz. Kokoro abrió los ojos de par en par. No tenía ni idea de que Moe tuviese la misma opinión negativa de Miori Sanada que ella.

—Guau...

—¿Qué?

—Moe-chan, jamás te había oído hablar de ese modo.

—Bueno, ¡es cierto! —Suspiró y se recostó en el sofá—. ¿Te he asustado? —le preguntó, con una mirada de preocupación en los ojos.

Kokoro negó con la cabeza.

—En absoluto. Yo pienso exactamente lo mismo. Yo tampoco podía hablar nunca con ellas.

—Además, la forma en la que el señor Ida dijo que soy «bastante madura», como si lo analizase todo, me pone enferma. De todos modos, se equivoca. No es que yo sea madura, es que esas chicas son infantiles. Por eso pensaba que, si hubieras regresado a clase en algún momento, Miori y su grupo habrían intentado ser tus amigas.

—¡Imposible! ¿Por qué piensas eso? Después de todas las cosas horribles que me hicieron...

—No importa. Ahora mismo, la persona a la que quieren desterrar es a mí —declaró Tojo-san—. Dado que lo han conseguido, si hubieras regresado, podrías haber sido amiga mía de nuevo. Así que se habrían mostrado muy amistosas contigo para dejarme de lado todavía más.

—No puede ser... —Kokoro se había quedado sin palabras.

Recordó la nota que había encontrado en el instituto, en el casillero de las zapatillas. ¿Acaso aquello no era una señal de que Miori Sanada estaba intentando hacer las paces con ella? ¿Era una forma de asegurarse de que Tojo-san y ella no fueran amigas de nuevo?

Había pasado meses agonizando, segura de que iban a matarla, ¿y ellas pensaban perdonarla solo por eso? Se sintió aturdida.

De todos modos, ¿qué significa «perdonar»? No hice nada malo, y soy yo la que no va a perdonarlas. Pero ahí estaba yo, esperando inconscientemente que ellas me perdonasen, lo cual es una estupidez.

Tojo-san miró a Kokoro.

—Después de todo, solo es el instituto.

—¿Solo el instituto?

—Sí.

Aquella frase le dio vueltas en la cabeza. Nunca jamás se lo había planteado de aquel modo. Para ella, las clases lo eran todo, y tanto asistir como no hacerlo le había resultado insoportable. No podía considerarlo «solo el instituto».

A Tojo-san le habían irritado las palabras del señor Ida sobre que era muy madura y, aun así, a Kokoro le parecía que sí era un poco diferente a las demás. Tal vez porque había cambiado de centro tantas veces, no consideraba que perteneciese a un lugar concreto.

—Para ser sincera, siempre creí que volverías a aparecer por clase, Kokoro-chan. Pero la única vez que lo hiciste fue aquel día, ¿verdad?

—¿Eh?

Tojo-san miró a Kokoro atentamente.

—Lo siento —dijo de nuevo—. Siento no haberte ayudado cuando ocurrió todo.

—No... No pasa nada. —Al menos, Tojo-san había seguido yendo a clase, lo cual a ella le parecía increíble—. Moe-chan, ¿de verdad vas a cambiar de instituto?

—Sí.

—¿Te preocupa ir a un instituto nuevo?

—Sí, pero después de todo lo que ha pasado aquí, me siento más libre que preocupada, así que estoy deseando hacerlo. Es como si pudiera reiniciar las cosas.

—Ya veo.

No se atrevía a contarle que ella misma estaba planteándose cambiar a un instituto de otra zona. Sin embargo, era posible que Tojo-san ya se hubiera dado cuenta.

—Si alguna vez te cambias de instituto y nadie te habla el primer día —le dijo—, no pasa nada por llorar.

—¿Llorar?

—Sí. Delante de todos. Haz eso y un par de personas se acercarán a ti y te preguntarán si estás bien o te dirán: «Por favor, no llores». Hazte amiga de esas personas. Llora y, así, destacarás. De ese modo, al menos algunas personas te prestarán atención.

—¿En serio? ¿Acaso eso no funciona solamente porque eres tú? Tienes que ser guapa o no te dejarán salirte con la tuya.

—¿Tú crees?

Aquel día, Tojo-san estaba siendo muy directa y deliberadamente provocativa. Ni siquiera negó que fuese guapa. Jamás habría pensado que aquella chica hubiese podido confiar en un plan como llorar a propósito.

—Pero no lloraste en el instituto, ¿no? —le preguntó Kokoro.

—No. Todos fueron amables conmigo, así que pude pasar sin llorar. —Le guiñó un ojo.

—Pero ¿llorar no es un poco infantil? Quiero decir... ¿Acaso no atraería eso la atención equivocada?

Tojo-san frunció el ceño.

—¿Tú crees? —dijo—. Mmm, tal vez tengas razón, pero me funcionó cada vez que me cambiaba a un nuevo colegio de primaria. Supongo que no lo intentaré en el próximo instituto.

—Estoy segura de que habrá estudiantes que querrán ser amigos tuyos.

Kokoro era consciente de que su amiga le había mostrado sus verdaderos sentimientos y eso le hacía feliz.

Continuaron comiéndose el helado. El tema de conversación cambió al de sus series de televisión favoritas y los famosos.

Cuando terminaron de comer, el gesto de Tojo-san se volvió serio.

—No dejes que te afecten —le dijo en tono severo—. Hay acosadores como ellas en todas partes. Y siempre los habrá.

No sonaba como si estuviera hablando con ella, sino, más bien, como si se estuviera convenciendo a sí misma. En su voz había un temblor de arrepentimiento.

«Hay acosadores como ellas en todas partes». Aquella declaración parecía estar basada en sus propias experiencias. «Siempre los habrá». No solo Miori Sanada, sino, probablemente, en cualquier sitio.

—Sí —dijo Kokoro, asintiendo.

No tenía ni idea de lo que quería hacer en abril y ya era 29 de marzo.

El castillo cerraría al día siguiente.

No sabía qué le depararía el futuro, pero quería prometerle aquello a Tojo-san.

—No queremos perder —dijo.

—Me alegro mucho de que hayamos podido hablar —dijo Moe mientras Kokoro cruzaba la puerta—. Esa profesora —continuó—, la señorita Kitajima, me dijo que, dado que somos vecinas y son las vacaciones de primavera, deberíamos vernos y ponernos al día. No era lo bastante valiente como para ir a tu casa, pero me dije a mí misma que, la próxima vez que me topara contigo, intentaría hablarte.

El rostro de Tojo-san parecía más aliviado y alegre que antes.

—Yo también me alegro de que hayamos podido hablar.

Antes de que llegara a casa, se produjo el desastre.

Alzó la mirada con desinterés hacia la ventana de su dormitorio. Eran pasadas las cinco, así que era demasiado tarde para ir al castillo, aunque ya no lamentaba no haber ido. Al día siguiente, era la fiesta de despedida, así que todos estarían allí.

Volvió a mirar hacia su ventana.

No se estaba equivocando. Estaba brillando, pero no con la habitual luz con los colores del arcoíris. En aquel momento, resultaba completamente deslumbrante, una bola de fuego blanca y cegadora que se estaba hinchando hasta convertirse en una enorme masa justo al otro lado de la ventana.

Kokoro se quedó inmóvil, conmocionada, hasta que escuchó un «¡bum!» enorme.

Se acordó de una escena en un *dorama* de televisión en la que un incendio había causado que una ventana se hiciera añicos.

Aquel era exactamente el mismo sonido, con trozos de vidrio saliendo disparados en todas las direcciones.

Como si se tratara de una señal, tras el estallido, la bola de luz cegadora se esfumó de pronto, dejándole la imagen todavía grabada en los ojos.

Alcanzó la puerta delantera en tres zancadas, tuvo problemas con la llave antes de conseguir abrir y, después, saltó al primer escalón y subió corriendo las escaleras hasta su habitación.

Abrió la puerta de un empujón con la respiración agitada. Y, entonces, gritó.

El espejo estaba agrietado.

En el centro de su portal hacia el castillo había una fisura enorme. El cristal que había alrededor estaba hecho añicos. Aquel espejo siempre había reflejado la habitación de Kokoro con mucho estilo; sin embargo, ahora que estaba hecho pedazos, parecía barato, como si fuese papel de aluminio fino.

—¿Por qué? —chilló. Extendió la mano para tocar el espejo. No le importaba cortarse. Las lágrimas le corrían por las mejillas—. ¿Por qué? ¿Por qué? ¡Reina Lobo, respóndeme! ¡Reina Lobo! —Sacudió el espejo con violencia mientras su rostro se reflejaba una y otra vez en los pequeños fragmentos. Cada uno de ellos la mostraba llorando a mares—. ¡Reina Lobo! —gritó—. ¡Reina Loboooooooooo!

Una luz tenue comenzó a brillar desde el centro agrietado. Era diferente al habitual despliegue de colores del arcoíris. En aquel momento, la luz parecía seguir el patrón de la piel de una serpiente gigante. Por todas partes se retorcía un diseño moteado en negro y gris tinta, que resplandecía como unas escamas.

Como cuando el aceite forma un charco y se esparce, como si estuviera removiendo la superficie del espejo, la luz suave se movía a su alrededor como si tuviera vida propia.

—¡Kokoro!

Escuchó una voz.

Era una voz débil que procedía del otro lado del espejo.

En la luz menguante de la tarde, escudriñó la luz que había más allá del espejo, buscando la figura de la Reina Lobo.

En un fragmento diminuto de vidrio apareció un rostro.

—¡Rion!

—Kokoro.

Con la mirada confusa, notó más movimiento en otro fragmento de cristal. Eran los rostros de Masamune y Fuka.

—Kokoro.

—¡Chicos!

Escuchó sus voces llamándola. En otra fracción de cristal, vio a Subaru y a Ureshino. Todos ellos estaban allí, con los rostros distorsionados, como si estuvieran aplastados por el tenue haz de luz.

Entró en pánico. ¿Habrían ido todos al castillo aquel día? ¿Estarían todos los espejos que tenían en casa como el suyo?

Escuchó otra voz.

—Ayúdanos, Kokoro.

Podía escuchar aquella voz con más claridad, como si fuera una campana.

—¿Qué ocurre? ¿Qué demonios está pasando?

—Es Aki. Ha roto las reglas. —Aquel era Rion. Kokoro contuvo la respiración—. No se ha marchado a casa. Habían pasado las cinco en punto. Y el lobo se la ha comido.

Agarrando con fuerza la piedra rosa del marco del espejo con los dedos de la mano derecha, Kokoro se cubrió la boca con la mano izquierda, aturdida. Los contempló sin pestañear mientras la voz de Rion continuaba hablando.

Se dio cuenta de que, entre los rostros de sus amigos reflejados en el espejo destrozado, no estaba el de Aki.

—¡Creo que vamos a morir todos! —dijo Subaru.

Antes de que pudiera contestar, oyó a Masamune decir:

—Responsabilidad colectiva. —Las caras del espejo vacilaron—. Todos los que estábamos en el castillo recibiremos un castigo.

—Estábamos de camino a casa cuando fuimos arrastrados hacia atrás a través del espejo. Al parecer, Aki se había escondido en el castillo hasta la hora del cierre.

Más allá del espejo, Kokoro podía ver que Fuka estaba llorando.

—Ahora, todos estamos intentando escapar, pero los aullidos... —dijo Ureshino.

Y, justo en ese momento, se oyeron dos fuertes aullidos.

¡Auuuuuuuuuuh!

¡Auuuuuuuuuuh!

Desde el otro lado del espejo, atacaron a Kokoro con fuerza. Como si la hubiese golpeado un viento poderoso, el sonido hizo que el corazón se le encogiera.

—¡Está aquí! —oyó que gritaba Fuka.

Se cubrieron los oídos, se rodearon la cabeza con los brazos y cerraron los ojos.

Kokoro se los imaginó corriendo para salvar la vida, dirigiéndose a toda prisa hacia las escaleras dobles del vestíbulo y mirando fijamente el espejo que conducía a casa de Kokoro.

—Kokoro, ¡por favor!

Sus voces se estaban desvaneciendo. No podía distinguir quién había gritado. El miedo y la conmoción le habían nublado la vista.

—¡Chicos! —respondió, gritando—. ¡Chicos!

—La Llave de los Deseos...

En la cacofonía de voces, distinguió aquellas palabras.

—Encuéntrala y pide el deseo...

—Y ayuda a Aki... —Esto último lo dijo Rion—. No es *Caperucita Roja*. La Reina Lobo es...

—¡Chicos! —gritó Kokoro, sacudiendo el espejo—. ¡Chicos, por favor, contestadme!

¡Auuuuuuuuuuh!

¡Auuuuuuuuuuh!

Aquellos aullidos fueron la única respuesta que recibió.

Los rostros habían desaparecido. Algo pasó frente al espejo al que se estaba aferrando. Era largo, como una cola.

Agarrando todavía el marco con los dedos, chilló y se apartó. Cuando volvió a mirar el espejo, no vio nada. Ni rostros, ni la forma que parecía la cola de una bestia. Tan solo una mancha oscura que permanecía en la superficie, prueba de que el espejo y el castillo seguían conectados.

Los dedos le temblaban tanto que no podía sentirlos. Soltó el espejo y se derrumbó sobre el suelo. Sintió una punzada de dolor y, cuando se miró la palma de la mano derecha, vio que tenía un corte del que manaba sangre. Era tan brillante que le dio un escalofrío.

Sin embargo, tenía la mente despejada y centrada.

Tenía que volver a ponerse en pie; no tenía un segundo que perder.

Estiró la mano hacia la zona más grande del espejo sin ninguna grieta. La mancha negra se sacudió y evitó su mano. Después, su brazo fue absorbido hacia el mundo que había al otro lado.

Miró el reloj que había en su habitación. Eran las cinco y veinte. Su madre siempre volvía a casa entre las seis y media y las siete. Tenía que hacer algo antes de esa hora. Cuando su madre regresara, sin duda intentaría deshacerse del espejo roto. Aquel día era el único momento en el que podría ir al castillo. Tenía que devolver a los demás a sus casas.

¡Piensa! ¡Piensa!, se dijo a sí misma. Y, junto con esa voz interior, se entrometió otro pensamiento.

Se ha comido a Aki.

Tiene problemas. Muchos problemas.

Recordó lo que Subaru había dicho.

Pero ¿por qué? La conmoción y la confusión de todo aquello todavía la abrumaban. ¿Cómo era posible que Aki se hubiera quedado en el castillo? Era como suicidarse. ¿Por qué lo habría hecho?

De pronto, no necesitó seguir pensándolo. Al borde de las lágrimas, se dio cuenta de que era obvio.

Aki no quería volver a casa.

Había preferido quedarse en el castillo antes que regresar a la realidad de su vida. Aunque fuese un suicidio. Aunque eso implicase arrastrar a los demás.

Es tremendamente egoísta, pensó Kokoro, *pero sé cómo se siente, porque yo sentía exactamente lo mismo.*

«Guau, está muy bien que los padres estén pensando en vuestro futuro y cosas así. No como los nuestros, ¿verdad, Kokoro?».

Aki había estado fingiendo ser dura, pero, estando en aquel estado de ánimo, ¿a qué tipo de decisión había llegado en su corazón? ¿A qué tipo de realidad se enfrentaba aquella chica que le hacía sentir que era preferible ser devorada para que todo acabase?

Kokoro no podía soportar pensar en ello y una ira feroz brotó en su interior.

Tendría que habérnoslo dicho. Aki fue una idiota al llegar a esa conclusión ella sola, haciendo que todo acabase. Si le deprimía escuchar lo que otros planeaban hacer en el futuro, tendría que haberlo dicho. Si odiaba tanto tener que despedirse de todos, ¡tendría que habérnoslo contado!

«Kokoro, ¡por favor!».

«La Llave de los Deseos...».

«Encuéntrala y pide el deseo».

«Y ayuda a Aki».

Sabía lo que le estaban pidiendo que hiciera. De pronto, se sintió aplastada por la presión. ¿Sería capaz de hacerlo?

Entraría al castillo y buscaría la llave.

Tendría que encontrar ella sola en una hora la misma llave que llevaban buscando sin éxito casi un año.

Por favor, salva a Aki; sálvalos a todos.

—Por favor, olvida que Aki ha roto las reglas. Tráela de vuelta.

¡Ding dong! El timbre de la puerta principal sonó de pronto y su tono banal pareció fuera de lugar. Kokoro miró la puerta de la valla delantera desde la ventana del piso superior. Por un segundo se sintió desesperada, pensando que sus padres habían regresado. Pero no eran ellos.

La que estaba allí era Tojo-san, de la que acababa de despedirse. Estaba mirando la ventana de la habitación de Kokoro con gesto de preocupación. Kokoro temió que sus miradas fueran a encontrarse a través del hueco de la cortina y se apresuró a retroceder.

Tenía prisa por llegar al castillo, pero, de todos modos, bajó, abrió la puerta principal y se dirigió a la valla, donde estaba la otra chica.

—Oh, me alegro de que estés en casa, Kokoro-chan.

—¿Qué ocurre? ¿Necesitas algo?

—He oído un ruido muy fuerte y ha sonado como si, tal vez, procediera de tu casa.

—Ah… No ha sido nada —contestó ella.

Entonces, se dio cuenta de que Tojo-san estaba sujetando algo: un teléfono móvil. La chica siguió su mirada.

—Es de mi madre —le explicó—. Normalmente, lo deja en casa, pero lo he traído porque he pensado que, si Miori y las demás habían vuelto o algo así, podría llamar al instituto y hacer que viniera nuestro tutor.

Aquello conmovió a Kokoro, que sintió un nudo en la garganta.

—Gracias —consiguió decir—. Muchas gracias. No se trataba de eso. Es solo que un espejo que hay en casa… se ha caído de la pared y se ha roto.

—¿De verdad? ¿Estás bien? —La mirada de Tojo-san se posó en su mano derecha, que estaba herida—. Te has hecho daño.

—Sí, pero estoy bien.

—De acuerdo; si estás segura...

La chica comenzó a caminar de vuelta a su casa. Tras unos pocos pasos, se dio la vuelta y se despidió con la mano.

Pero, en realidad, no estaba bien. La mano le palpitaba terriblemente.

El corazón se le estaba acelerando. Iba a partir hacia el castillo, sola. ¿Hasta dónde llegaría el castigo de la Reina Lobo? Le habían dicho que, pronto, todos serían devorados, pero ¿la excluirían a ella de aquella «responsabilidad colectiva» ya que no había estado presente en el castillo? De pronto, pensó en la carga de tener que encontrar la Llave de los Deseos y deseó lanzarse sobre la cama y llorar.

Justo en ese momento, escuchó las últimas palabras de Rion a través del espejo.

«No es *Caperucita Roja*. La Reina Lobo es...».

De repente, la visión se le despejó. Alzó la cabeza y miró a Tojo-san, que todavía iba caminando por la acera.

—Moe-chan, ¿podrías hacerme un favor? —le dijo desde la ventana de su cuarto.

—Sí, ¿cuál?

—¿Podrías mostrarme el cuadro que hay en tu casa? ¿El que está en el pasillo?

—¿La ilustración original de *Caperucita Roja*?

—No, la otra.

Kokoro sacudió la cabeza. ¿Por qué no se había dado cuenta antes?

«Llevo todo este tiempo dándoos pistas para ayudaros a encontrar la llave».

«Os llamo "Caperucitas Rojas", pero, a veces, todos me parecéis más bien el lobo. ¿De verdad es tan difícil de encontrar?».

«Pero no caigáis en la tentación de hacer algo que hayáis leído en un cuento, como llamar a vuestras madres para que vengan a abrir el estómago del lobo y llenarlo de piedras».

«Yo también he pensado que todo esto parece un poco falso. El modo en el que la Reina Lobo nos llama Caperucitas Rojas...».

Rion había notado aquello y, por eso, le había preguntado a la Reina Lobo cuál era su cuento de hadas favorito.

«Somos siete. Hemos hablado de ello: siete realidades diferentes, siete mundos paralelos».

Caperucita Roja no era el único cuento de hadas en el que aparecía un lobo. La Reina Lobo les había dejado pistas a lo largo de todo el camino.

—¿Podrías mostrarme la ilustración de *El lobo y las siete cabritillas*? —le preguntó a Tojo-san.

Por un instante, pareció que aquello había tomado a Tojo-san desprevenida, lo cual era natural. Kokoro sabía que ella habría reaccionado del mismo modo si alguien con quien acababa de estar hablando tuviese una mano herida y, sin motivo aparente, le estuviese haciendo una petición extraña. La chica abrió la boca para decir algo, pero, después, la cerró.

—De acuerdo.

Caminaron en silencio, la una al lado de la otra, hasta su casa.

Cuando estuvieron frente a la ilustración que había en la pared, todo el cuerpo de Kokoro dejó escapar un profundo «ahhh».

—También tengo el libro ilustrado —dijo Tojo-san y, después, se lo llevó—. Es de mi padre.

Cuando vio la cubierta, Kokoro se quedó sin aliento. En la estantería de su habitación en el castillo, tenía el mismo libro alemán: *Der Wolf und die sieben jungen Geißlein*.

La Reina Lobo también les había dejado aquella pista y Kokoro lamentó no haber abierto el libro nunca.

—Gracias.

—Puedes tomarlo prestado cuando quieras. Dentro, también está la misma ilustración.

Kokoro respetaba a Tojo-san por no preguntarle por qué, de repente, estaba tan interesada en aquello. *Ojalá hubiésemos sido buenas amigas mucho antes*, pensó.

—Llévate esto también —dijo la chica, tendiéndole un apósito—. Cuando tu madre vuelva a casa, deberías pedirle que te cubriera bien la herida, ¿de acuerdo?

—De acuerdo.

Aceptando el apósito con la mano buena, de pronto, Kokoro se quedó sin palabras. Se sentía muy agradecida por los mundos de los que disponía: el mundo extraordinario del castillo y el mundo ordinario en el que estaban su madre y Tojo-san. *Realmente, tengo muchas ganas de volver aquí*, pensó.

—¿Cuándo te mudas?

—El día 1 de abril.

—Entonces, muy pronto.

—Es inevitable. Mi padre quería hacer la mudanza en marzo, pero, este año, el 1 de abril cae en sábado, así que tiene el día libre.

—Gracias, Moe-chan. —Agarró el libro con fuerza y asintió con la cabeza. Quería hablar más con ella, pero iba a quedarse sin tiempo—. Estoy muy feliz por haber podido ser tu amiga.

—No es necesario que digas eso. Me da vergüenza.

Tojo-san sonrió. Kokoro recordó lo que había dicho sobre reiniciar su vida y cómo estaba deseando empezar desde cero con la gente de su nuevo instituto. Sin embargo, dudó en decir la otra cosa en la que estaba pensando.

—No aprietes el botón de reinicio conmigo —murmuró.

No pasa nada si me olvida, añadió para sí misma, *porque yo lo recordaré todo: lo que ha pasado hoy y a ti, Moe-chan. Y el hecho de que hemos sido amigas.*

Estaba decidida y colocó la mano dentro del espejo.

Poco a poco, como si estuviera removiendo agua embarrada.

La parte inferior del espejo, que no estaba rota, era lo bastante grande como para que pudiera cruzar a presión. Con cuidado de no cortarse o rasgarse la ropa con los fragmentos de cristal, se deslizó hacia el otro lado. *Puede que esta sea la última vez*, pensó. Dado que el espejo estaba tan terriblemente roto, esperaba que su madre se deshiciera de él al día siguiente. Agarró con fuerza el libro ilustrado, como si fuese un amuleto de buena suerte, deseando desesperadamente que, mientras estuviera en el castillo, el espejo no se resquebrajara todavía más para que fuera capaz de regresar a casa sana y salva.

Apareció al otro lado del espejo y se quedó impresionada ante la escena que había frente a ella.

En el interior, el castillo estaba casi a oscuras en lugar de iluminado con su habitual luz tenue. Las paredes y los suelos le resultaban desconocidos, como si estuviera en un lugar completamente diferente. La silueta del castillo en el exterior se había desvanecido, haciendo que pareciera amorfo y retorcido.

El espejo por el que había salido también estaba roto, resquebrajado con exactamente el mismo patrón que el que tenía en su habitación.

Había estado segura de que llegaría al vestíbulo, pero, si era así, parecía totalmente cambiado. Los otros espejos yacían en el suelo, también destrozados. El suelo estaba cubierto de fragmentos de adornos y jarrones, como después de una tormenta horrible.

Le costó un rato comprender que había aparecido en el comedor. Entonces, ¿habían movido el espejo?

Nada en aquella estancia oscura y arrasada se parecía al espacio antiguo y noble que recordaba. Tomó aire en bocanadas lentas y silenciosas, y se apretó el libro con fuerza contra el pecho, intentando evitar llamar la atención del lobo, que todavía podría estar cerca.

Un aullido distante resonó en la profundidad de sus oídos, ¿o acaso se lo estaba imaginando? Se agachó, se puso a cuatro patas y, lentamente, comenzó a avanzar arrastrándose, usando la mesa volcada del comedor como escudo. Poco a poco, cruzó hasta la cocina, donde miró atentamente las estanterías.

Masamune había dicho que había descubierto una «X» cerca. Echó un vistazo alrededor. Seguía estando ahí.

«La cuarta cabritilla se escondió en las estanterías de la cocina».

Con cuidado, puso un dedo sobre la «X» y sintió una terrible descarga en el centro de la frente.

—¡Masa Miente!

La fuerza de la voz se estrelló contra su cabeza como si le hubieran golpeado con un instrumento pesado y contundente. Perdió el conocimiento.

Kokoro estaba sentada en un pupitre de un aula, leyendo en voz alta algunas palabras que habían rasgado en la madera.

«Masa es un mentiroso».

«Siempre presumiendo sobre "mi amigo esto" o "mi amigo lo otro"».

«¿Por qué no te mueres?».

Las palabras se distorsionaron. La escena se desvaneció y vio el rostro de un chico al que no conocía.

—Odio esto.

El chico parecía a punto de llorar y Kokoro sintió que aquello le estrujaba el corazón. Entonces, se dio cuenta. «Esto es un recuerdo de Masamune». El recuerdo de un momento que le había traumatizado.

—Tal vez hayas pensado que esa mentira no era gran cosa, pero yo me sentí como si me hubieras traicionado del todo. Especialmente porque siempre te he admirado y envidiado.

«¡Eso no es cierto!». Los pensamientos de Masamune la atravesaron.

Sin embargo, era cierto. Él sabía mejor que nadie que había mentido, así que no tenía manera de defenderse. Lo que quería decir era: «No, nunca quise hacerle daño a nadie», pero ni siquiera estaba seguro de eso.

—No tiene por qué ir. De todos modos, nunca he creído que los centros públicos sirviesen para mucho. —El padre de Masamune estaba en su habitación, anudándose la corbata. Masamune estaba escuchando al otro lado de la puerta, en la parte superior de las escaleras—. Me refiero a que algunos colegas de la oficina que trabajan en televisión me han contado que, a menudo, las condiciones para los profesores son pésimas.

Aquella voz hacía que le doliese el pecho.

—Pero lo hacen lo mejor que pueden. Además, *sí hay algunos profesores muy válidos* que están haciendo un trabajo verdaderamente bueno —dijo su madre.

«Tal vez fui yo el que se inventó excusas para no encajar». Masamune se tragó aquellas palabras.

En su lugar, murmuró para sí mismo:

—Eso es, papá. La culpa es de los profesores; de todos ellos.

Se puso de pie y regresó a su habitación. Era espaciosa y rebosante de juguetes y libros. Había toneladas de videojuegos.

En la habitación había un espejo y estaba brillando.

Fascinado, Masamune se colocó frente a la luz arcoíris. Apoyó la palma de la mano y extendió los dedos sobre la superficie del espejo. Entonces, su cuerpo fue absorbido hacia la luz.

—¡Hola!

La Reina Lobo estaba de pie, al otro lado del espejo.

—¡Ostras!

—¡Enhorabuena! Aasu Masamune-kun, has sido felizmente invitado al castillo.

Lo siguiente que vio Kokoro fue la enfermería durante el invierno. Reconoció la habitación y sintió la calidez del calefactor en las piernas desnudas.

—No me van a dejar tirado, lo sé.

Masamune estaba sentado en una de las sillas duras de la enfermería. Alguien le estaba frotando la espalda. Los hombros le subían y bajaban, como si acabara de estar llorando a lágrima viva. Había llorado y jadeado tanto que estaba teniendo problemas para respirar.

—Van a venir. Lo sé.

Estaba hablando consigo mismo. La mano siguió frotándole la espalda.

—Algo ha debido de impedir que tus amigos vinieran.

Ahora, podía ver la cara de la persona que estaba detrás de Masamune.

Era la señorita Kitajima.

Sintió otro dolor intenso atravesándole la frente, un dolor fulminante, como cuando comes un helado demasiado frío.

Desorientada, enfocó la vista. Estaba frente a la despensa de la cocina y todavía tenía el dedo apoyado sobre la «X».

Abajo, a sus pies, vio un par de gafas. Con las manos temblorosas, las recogió y pasó los dedos por encima con cuidado. La parte inferior de la lente derecha estaba rota y la montura torcida. Aquellas gafas eran de Masamune. Se estremeció de terror.

Cuando habían expresado que iban a ser devorados, ¿lo habían dicho en un sentido literal?

«Seréis devorados enteritos».

«Aparecerá un lobo enorme y una fuerza poderosa os castigará. Además, una vez que se pone en marcha, no se puede hacer nada para detenerlo. Ni siquiera yo».

El primer día en el que se habían reunido todos, la Reina Lobo les había explicado las reglas, pero ellos no habían prestado demasiada atención.

Empezó a respirar de forma agitada. Sacudió la cabeza vigorosamente para alejar el terror creciente y dejó las gafas con tanto cuidado como pudo. Se agarró los brazos para evitar desmayarse.

Miró de cerca la «X» del interior de la despensa.

Al parecer, acababa de experimentar los recuerdos de Masamune.

Habría escapado del lobo, se habría escondido allí mismo, en la despensa, y se le habrían caído las gafas. Sentía curiosidad por el lugar que había elegido para esconderse. ¿Por qué allí?

Abrió el libro que Tojo-san le había prestado. Tenía que confirmar todos los lugares; tenía que estar absolutamente segura.

«¡Toc, toc, toc! Abrid. Soy yo, vuestra madre».

Las siete cabritillas se habían escondido del lobo. Tal como Rion había dicho, cuando la Reina Lobo los llamaba Caperucitas Rojas, les estaba engañando a todos.

La primera cabritilla se había escondido bajo la mesa.

(«Estoy bastante segura de que hay una bajo el escritorio de mi habitación»).

La segunda se había escondido bajo la cama.

(«Bajo la cama que hay en mi habitación encontré una «X». ¿Qué significa?»).

La tercera cabritilla se había escondido dentro de la estufa apagada.

(«¿Qué es esto?», había pensado Kokoro cuando la había encontrado dentro de la chimenea).

La cuarta se había escondido en la despensa de la cocina.

(«Yo también encontré una. Durante el verano. Hay una en la cocina, ¿verdad? Detrás de los estantes»).

La quinta se había escondido en el armario.

(«También encontré una en mi habitación. En el armario»).

La sexta se había ocultado dentro de una cesta para la colada.

(«También hay una en el baño. Había una palangana en la bañera y, cuando la moví, encontré una "X"»).

Todas aquellas «X» indicaban el lugar en el que las cabritillas estaban escondidas antes de que el lobo las devorara.

Sintió que a todos les habían engañado de forma astuta. Tenía la sensación de que les habían hipnotizado para que creyeran que nunca jamás encontrarían la llave.

Recordó la voz de la Reina Lobo.

«Os llamo "Caperucitas Rojas", pero, a veces, todos me parecéis más bien el lobo. ¿De verdad es tan difícil de encontrar?».

En el cuento de hadas *El lobo y las siete cabritillas*, había un lugar en el que el lobo nunca había buscado. Era el lugar donde se había escondido la séptima cabritilla, que se había salvado.

Solo había un sitio en el que nunca te encontrarían.

La Llave de los Deseos estaba escondida dentro del enorme reloj de pie del vestíbulo.

Era lo primero que veías cuando salías del espejo.

Era el único lugar en el que nadie había buscado.

¡Auuuuuuuuuuuuuuuh!

Durante un instante, se le estremeció todo el cuerpo, como si se le hubieran abierto todos y cada uno de los poros. Sintió cómo, a su alrededor, se movían el aire y el suelo. Se tumbó en el suelo, con la mejilla apretada contra la alfombra, que pinchaba.

Después, se puso en cuclillas, evitando los fragmentos de tazas y platos rotos. En el castillo, el comedor y la cocina eran las estancias más alejadas del vestíbulo. No sabía si sería capaz de llegar hasta el reloj.

Miró en torno al comedor. Parecía como si lo hubiera destrozado un monstruo. Sin embargo, la puerta de cristal que conducía al patio estaba curiosamente intacta.

El corazón le latió con fuerza en el pecho, de un modo casi doloroso.

¡Auuuuuuuuuuuuuuuh!

Un grito le subió por la garganta. La vibración del aullido hizo que le temblaran las rodillas y volvió a derrumbarse sobre el suelo. Vio la chimenea, que estaba en el centro de la pared del fondo. Si consiguiera llegar allí... Comenzó a gatear en aquella dirección.

Podía ver la «X» que había en el interior de la chimenea.

Sin pensarlo, estiró un dedo y la tocó. Sintió otra descarga en medio de la frente, que se le puso caliente y febril.

Lo primero que le golpeó la cabeza fueron recuerdos de enero, de cuando habían dejado plantado a Ureshino.

Estaba de pie, esperando a Masamune y a los demás. Al sentir unos pinchazos de hambre, sacó del envoltorio de papel de aluminio las bolas de arroz que le había preparado su madre y empezó a metérselas en la boca.

—Chicos, es él.

—Tienes razón, ¿por qué habrá venido? Qué raro.

—Se está metiendo algo a la boca. Uf. ¡Mirad!

Voces criticándole. A pesar de que era domingo, unos chicos que pertenecían a un club escolar le estaban mirando como si fuese algún tipo de bicho raro.

Ureshino sabía perfectamente que estaban hablando mal de él. En aquel momento, Kokoro podía escucharlo todo con sus propios oídos. Sin embargo, Ureshino se limitó a mirar su bola de arroz y a seguir masticando.

Un pájaro enorme batió las alas mientras atravesaba el cielo sin nubes.

—Me pregunto si es un pájaro migratorio. Espero que consiga llegar hasta sus amigos —dijo el chico, no para que nadie le oyese, sino para sí mismo. Hablar en voz alta le daba valor—. Desde luego, Masamune y los demás se lo están tomando con calma —murmuró, mirando al otro lado de la verja del instituto.

En ese momento, una sensación cálida le recorrió el pecho.

El calor y la fuerza que surgieron en él eran puros y claros, inquebrantables. Supo que, en ese instante, era feliz. Aparecieran o no Masamune y los demás. Las bolas de arroz estaban deliciosas, el cielo invernal estaba despejado y podía ver a un pájaro volando.

Ureshino pensó para sí mismo que, aquel, era un día feliz. Aunque le hubiesen dejado plantado, quería contarles todo a los demás al día siguiente, en el castillo.

—Haruka-chan.

Oyó una voz que le llamaba.

—Mamá —dijo, alzando la vista.

Kokoro también podía ver de quién se trataba. La madre de Ureshino, que llevaba un delantal, tenía el rostro redondeado y amable. Era muy diferente a la persona que ella se había imaginado. Apenas llevaba maquillaje y tenía el abrigo cubierto de pelusas. Parecía modesta, pero tenía una sonrisa muy amable. Aquella era la mujer que había dicho que acompañaría a su hijo si decidía ir al instituto en el extranjero.

Alguien iba con ella.

—Kitajima-sensei, ¡ha venido también! —dijo Ureshino alegremente—. He visto a un pájaro muy bonito volando y me estaba preguntando si sería un ave migratoria —añadió, señalando el cielo.

—¡Aki-chan! —gritó Ureshino—. Aki-chan, ¿dónde estás? Pronto va a ser la hora y tenemos que irnos a casa. Los aullidos han empezado...

—No pasa nada, Ureshino. No podemos hacer nada —dijo Fuka, que tenía el rostro pálido.

Estaban reunidos en el vestíbulo, de pie frente a la fila de espejos. El único que no estaba brillando era el de Kokoro. Aki no estaba con ellos y estaban empezando a impacientarse.

—¿Por qué no nos marchamos a casa ya, solo nosotros? Se está acabando el tiempo.

Los aullidos de la Reina Lobo se volvieron más agudos.

—¡Vámonos! —gritó Fuka, agarrando a Ureshino del brazo.

—Pero Aki-chan no está…

El cuerpo del chico comenzó a atravesar el espejo, pero, cuando estaba a medio camino, fue arrastrado violentamente hacia atrás.

—¡Ahhhhhhhhhhh!

Un grito desgarrador.

Ureshino estaba de vuelta en el vestíbulo con todos los demás.

El grito había sido de Aki.

Los cinco se miraron, horrorizados, y de pronto les bañó una luz violentamente cegadora, parecida a una bola de fuego, que se inflamó hasta resquebrajar los espejos con un estallido ensordecedor que resonó por todo el castillo.

Deslumbrada por la luz, Kokoro descubrió que estaba recuperando la conciencia.

En aquel momento, el interior oscuro del castillo estaba totalmente en silencio. Estaba llorando, aunque no estaba segura de por qué.

—Chicos… —dijo, enjugándose las lágrimas con el dorso de la mano.

Pensó en lo que había visto y le dio vueltas una y otra vez. Había algo de lo que tenía que asegurarse.

Si lo que acababa de ver al tocar la «X» de la chimenea eran los recuerdos de Ureshino, y lo que había visto en la despensa de la cocina eran los de Masamune… Si podía seguir sus recuerdos hasta el punto en el que habían sido devorados…

No es que fuese una mirona ni nada parecido, pero quería asegurarse. Lentamente, se puso en pie.

Recordó la conversación que había tenido hacía poco con Tojo-san, en aquella realidad suya que existía más allá del castillo. Había expresado lo mucho que le entristecía que Moe se mudara en abril, a lo cual ella había contestado: «Mi padre quería hacer la mudanza en marzo, pero, este año, el 1 de abril cae en sábado, así que tiene el día libre».

«Este año».

Kokoro estrechó el libro de tapa dura contra el pecho, apretándolo con las manos planas.

Voy a volver, pensó. *Para devolver el libro y para despedirme de ella adecuadamente.*

Los aullidos anteriores habían procedido del vestíbulo, que era donde estaba el reloj. Eso significaba que seguía sin poder ir allí. Sin pensarlo más, salió corriendo rápidamente en dirección contraria, hacia el baño.

Realmente, las palabras de la Reina Lobo eran pistas para ellos, ¿no? El pecho estaba a punto de estallarle, pero no de miedo, como un momento atrás.

«Nunca he dicho que no podáis reuniros o que no podáis ayudaros los unos a los otros. Ya va siendo hora de que resolváis el asunto, gente. No empecéis a llamar a la puerta equivocada. Pensad en ello y no esperéis a que yo os lo cuente todo. Llevo todo este tiempo dándoos pistas».

La pequeña palangana seguía dentro de la bañera.

La apartó a un lado. Ahí estaba. Extendió un dedo y tocó la «X».

Sintió el calor abrasador de un secador en la parte superior de la cabeza. En su campo visual podía ver un baño. Subaru, con su inconfundible pelo teñido, se reflejaba en el espejo. Junto a él había una botella con la etiqueta «peróxido de hidrógeno».

Les diré que me obligó a hacerlo mi hermano, pensó. En realidad, hacía varios días que su hermano no pasaba por casa.

Piensa que soy un perdedor absoluto, pero, aun así, les diré que ha sido por su culpa.

—Suba-chan, ¿cuánto tiempo vas a seguir en el baño? Es hora de desayunar.

—Date prisa, Subaru. ¿Qué clase de idiota se da un baño por la mañana, eh?

—¡Sí, ya voy!

Hizo una mueca ante la forma lenta de hablar de su abuela y el tono gruñón de su abuelo y, después, apagó el secador.

La casa necesitaba una reforma y la puerta corredera de cristal traqueteó. Agarró una toalla fina, un regalo barato que llevaba impreso el nombre de una constructora. Tenía unas cuantas manchas.

—Parece sangre —murmuró.

Cuando salió del baño, su abuelo, que iba vestido con una camiseta y unos calzoncillos largos *suteteko*, le frunció el ceño.

—¿Qué le ha pasado a tu pelo?

No comentó nada más, probablemente porque su hermano mayor ya llevaba el pelo rubio y de punta. Había aparecido frente a la casa con un estruendo, subido en una moto que había dicho que le había prestado «un amigo mayor». Su abuela le había regañado por el horrible rugido que emitía, pero lo que había preocupado a Subaru había sido la sospecha de que la moto fuese robada. En el uniforme escolar, llevaba un bordado bastante caro y Subaru se preguntaba de dónde había sacado el dinero para hacerlo.

—Vosotros dos no vais a clase ni trabajáis... Sois un caso perdido, como vuestro padre.

—Lo siento, abuelo, de verdad.

—Hoy en día, o te gradúas del instituto o no llegas a nada.

—Sí, sí, querido. Es hora de desayunar, así que deja que Subaru coma algo.

En aquella casa, empezaban el día temprano. Hasta que su abuelo se marchaba a jugar a *go* con sus amigos o a trabajar en el campo, tenía que soportar todos sus comentarios sarcásticos. Él se reía vagamente, se comía la comida que le preparaba su abuela y, después, en esa misma habitación, abría los libros de texto y estudiaba hasta el momento en el que podía ir al castillo mientras disfrutaba escuchando música en el reproductor que le había regalado su padre.

—Saco buenas notas y me va bien en la mayoría de las asignaturas, así que no tengo que ir al instituto —le mentía a su abuela, y ella le creía. Sin embargo, su abuelo no se lo tragaba.

—Tienes que ir al instituto; es importante —insistía.

Puede que dijera eso, pero, en realidad, nunca se ponía en contacto con sus profesores para hablar de la situación; se limitaba a dirigirle comentarios sarcásticos a su nieto.

Por su parte, el único contacto que habían establecido los profesores para instar a los hermanos a volver a clase había sido a través de su padre, que vivía lejos. Sus padres habían etiquetado a ambos hermanos como «chicos con problemas» y se habían lavado las manos al respecto. Lo único que hacían era enfadarse, decirles que tenían unas vidas propias que vivir y que ellos también deberían calmarse y hacerse responsables de las suyas. Todo aquello había hecho que Subaru llegara a una conclusión: a nadie le importaba realmente lo que le pasase.

Eso simplifica las cosas, se decía a sí mismo, *aunque también es aburrido.*

El *walkman* que había estado utilizando se apagó. La cara A de sesenta minutos de la cinta de casete se había terminado. Subaru dejó el lapicero en la mesa y giró la cinta a la cara B. Normalmente, prefería la radio, pero hacía que le costase más trabajar.

La cosa que más apreciaba de las que le había dado su padre era su nombre: Subaru, que hacía referencia a la constelación de estrellas llamadas «Pléyades». Kokoro le había dicho que la asociación con las estrellas le daba a su nombre un toque fantasioso, pero la mayoría de la gente le decía que les recordaba a la canción pop que cantaba Tanimura. Sin embargo, eso le parecía bien, ya que la propia canción estaba inspirada en la constelación, también conocida como «las Siete Hermanas».

La segunda cosa que le gustaba de las que le había dado su padre era el *walkman*. Aquel año, habían sacado un modelo nuevo. Había pensado que sería estupendo escuchar música mientras recorría el castillo, pero, en realidad, los demás no se habían dado cuenta.

Prefería bastante más pensar en aquellas formas nuevas de escuchar música que en las tareas de clase. Su padre le había dicho que le pagaría todas las tasas que necesitara, así que había pensado en presentarse a cuantos exámenes de acceso fueran precisos para entrar en una preparatoria, siempre y cuando pudiera estudiar algo que realmente le gustase.

Se preguntó qué iban a hacer los demás. Quería hablar de ese tema con ellos, pero sentía que iba contra las reglas hacerlo en el castillo.

—Bueno, me marcho para ayudar con la Asociación de Mujeres —le anunció su abuela.

—De acuerdo.

Después de que se marchara, el espejo empezó a brillar.

Todos los demás tienen espejos en sus propios dormitorios, pensó, *pero yo tengo el espejo de una abuela.*

Apoyó la palma de la mano en el espejo anticuado, que estaba cubierto con una tela morada.

Voy a ir al castillo. Todos estarán allí.

En el mundo de Subaru, no había una escuela libre ni una señorita Kitajima.

Todos parecen bastante felices con sus propios dormitorios y sus propios padres en casa. Tienen gente que de verdad se preocupa por ellos.

No se sentía enfadado o celoso, ni tampoco tenía ganas de burlarse de ellos. Tan solo estaba haciendo una observación.

No saben lo fácil que lo tienen. Mientras tanto, aquí estoy yo, que no me preocupa lo que me ocurra.

Probablemente, hoy me pase por el castillo, pero, mañana, debería salir con los amigos de mi hermano, pensó. A él le daba igual una cosa que la otra, pero su hermano le había contado que uno de los tipos no le devolvía sus mangas, así que iba a darle unos cuantos golpes para demostrarle que no debía meterse con él. «Así que tú te vienes conmigo», le había dicho. *Como quiera. De todos modos, puede que el mundo se acabe en diez años o así.*

Otro día, había intentado utilizar una de las tarjetas de prepago que Masamune le había dado como regalo de Navidad para llamar a su padre, pero el código no había funcionado. La tarjeta llevaba dibujos de personajes de manga que él no reconocía. Iba a decírselo, pero se le había olvidado. *Se lo diré la próxima vez que nos veamos. Antes de que acabe marzo, cuando tengamos que despedirnos.*

Al menos, ese era el plan.

Oyó el aullido de la Reina Lobo.

—Aki-chan, ¿dónde estás? Pronto va a ser la hora y tenemos que irnos a casa —gritó Ureshino.

—No pasa nada, Ureshino. No podemos hacer nada.

—¿Por qué no nos marchamos a casa ya, solo nosotros? Se está acabando el tiempo.

Cuando había atravesado la mitad del espejo de vuelta a casa, pensó en Aki.

Apuesto a que, realmente, quería encontrar la Llave de los Deseos. Debe de tener un deseo que de verdad quiere que se cumpla.

Había elegido quedarse en el castillo en lugar de volver a casa, a su propia realidad. Su valentía le parecía increíble; sabía que él jamás podría hacer eso.

Sin embargo, tan pronto como llegó a casa, se vio arrastrado hacia atrás a través del espejo.

Volvía a escuchar los gritos de Aki y los aullidos desgarradores del lobo.

—¡Subaru, aquí! Tenemos que hacer que venga Kokoro —le gritó Rion—. Ella es la única que no ha venido hoy, así que no pueden obligarla a volver y ser devorada. Tenemos que hacer que nos ayude...

Mientras observaba cómo todos corrían por sus vidas, una idea le asaltó por primera vez: *No quiero morir. No quiero morir todavía. No he hecho nada con mi vida.* De pronto, se dio cuenta de que quería hacer algo con ella.

El lobo volvió a aullar y, aquella vez, lo hizo más fuerte.

—¡Ahhhhh! —gritó Fuka, con los ojos cerrados con fuerza.

—¡Fuka-chan! —la llamó él.

No quiero morir, todavía no, pensó, *y tampoco quiero que mueran los demás.*

El dolor que le había golpeado la frente empezó a desaparecer.

Kokoro descubrió que estaba llorando de nuevo y se limpió las lágrimas con los dedos.

Tengo que salvarlos a todos, se dijo a sí misma. *Tengo que salvarlos a todos.*

El castillo se quedó en silencio.

Pensó a dónde debería ir. El vestíbulo estaba al final del largo pasillo en el que se encontraban cada una de sus habitaciones.

Normalmente, recorría aquel pasillo con indiferencia, pasando frente a los cuadros de paisajes y los candelabros sin pensarlo, pero, aquel día, mientras pisaba los escombros del suelo, le pareció interminable.

Sin embargo, tenía que pasar por allí. Respiró hondo y empezó a correr.

Soy la única que puede hacerlo.

Pero ¿qué pasa si el lobo oye mis pasos al correr? Llorando, cambió de idea y se dirigió hacia la sala de los juegos.

Estaba hecha un completo desastre.

La consola de Masamune no se veía por ninguna parte, pues estaría tirada en algún lugar entre los restos del sofá volcado, la mesa, los adornos destrozados, la cabeza del ciervo y los jarrones con flores.

Se dio la vuelta, incapaz de mirar y, cuando comenzó a correr en dirección a las habitaciones individuales, resonó otro fuerte aullido.

¡Auuuuuuuuuuuuuuuh!

El sonido era tan fuerte que era incapaz de saber de dónde procedía. Agarró el pomo de la puerta más cercana. El impacto del aullido le golpeó las mejillas como si fuera un viento horrible.

Una vez que estuvo dentro de la habitación, las réplicas del aullido parecieron desaparecer y el viento se detuvo.

Sus ojos perfilaron las sombras de la estancia, que estaba a oscuras. La habían arrasado, igual que al resto del castillo.

La tapa del teclado estaba abierta y las teclas habían quedado hechas polvo, por lo que parecía una boca a la que le faltasen dientes. Tenía un aspecto lamentable.

Se trataba de la habitación de Fuka.

Nunca antes había estado dentro. Aquella estancia era más pequeña que la de Kokoro. Además del piano, no había cama o estanterías como en la suya.

Sobre el escritorio roto había libros de texto, material de consulta, bolígrafos y cuadernos.

«Estoy bastante segura de que hay una bajo el escritorio de mi habitación».

Una «X».

Esperó unos instantes antes de agacharse bajo el escritorio y colocó firmemente un dedo sobre la letra.

Necesitaba saber, tener acceso a todos sus recuerdos, escuchar la historia completa de todo el mundo.

Fuka estaba practicando en la habitación del piano de su casa.

Le gustaba disponer de tiempo a solas y en silencio para practicar.

De la pared colgaba un calendario. El 23 de diciembre, que era festivo nacional, estaba marcado en rojo. Debajo, se podía leer: «Competición de piano».

El día iba a llegar muy pronto.

—Fuka-chan es un genio, señora —le dijo el profesor de piano a su madre.

Fuka todavía no había empezado primaria.

Su madre, ocupada con el trabajo, la había llevado a unas clases introductorias gratuitas en la escuela de piano tras haber recibido la invitación de la madre de Mima-chan, que vivía cerca. Cuando el profesor habló con ella, las clases gratuitas ya se habían acabado.

—Tiene un verdadero don —dijo el profesor.

La mujer se mostró tanto atónita como complacida.

—¿De verdad? ¿Mi pequeña Fuka?

—Absorbe las cosas muchísimo más rápido que otros niños. Llevo enseñando muchos años, pero nunca había visto semejante potencial. Realmente, debería considerar su futuro y, tal vez, enviarla a estudiar al extranjero en algún momento.

Mientras hablaban, Fuka les estaba escuchando a escondidas.

—¿No... no me estará diciendo esto simplemente porque desea que continuemos las clases con usted ahora que ya no son gratuitas, verdad?

Su madre parecía desconfiada. El teléfono móvil empezó a vibrarle dentro del bolso que siempre se llevaba al trabajo, el que tenía las asas desgastadas. Normalmente, habría respondido, pero decidió no hacerlo.

—En absoluto —continuó el profesor—. Estoy sinceramente impresionado por cómo toca. No les digo esto a todos los niños.

336 • EL CASTILLO A TRAVÉS DEL ESPEJO

Aquello era cierto. El profesor no le había dicho lo mismo a Mima-chan, que había ido a las clases con ella, o a la madre de la niña.

Tengo un don. Tengo un don. Soy diferente a los otros niños.

En el colegio, durante una clase de Educación Física, Fuka se sentó en un lateral y observó.

Los demás habían formado un círculo y se estaban pasando la pelota.

Estaba sentada en el suelo del gimnasio, abrazándose las rodillas y con la espalda apoyada en una esquina, cuando Mima-chan se acercó con un grupo de chicas.

—¿No quieres jugar?

—Eh… no.

Fuka siempre se quedaba sentada en las clases de Educación Física, pues hubiera sido un desastre que se lastimara un dedo jugando a voleibol.

Durante el primer año, habían estado practicando salto cuando había perdido el equilibro al aterrizar y se había torcido el tobillo. Su madre había ido al colegio para quejarse y el asunto se había agravado. «Es un momento crucial para ella —había gritado su madre—. ¡Tiene una competición pronto! Sí, se ha hecho daño en el pie, pero ¿qué habría ocurrido si hubiese sido la mano?».

Mima-chan y las demás intercambiaron una mirada.

—Es porque Fuka-chan toca el piano.

—Oh.

Las chicas se alejaron y ella las escuchó reírse.

—«Mis dedos son muy importantes y no estaría bien que me los lesionara».

—«Es que tengo que tocar el piano, ¿sabes?».

Sus voces eran estridentes, como si quisieran intencionadamente que las escuchara.

Piano, piano, piano.

Los días de Fuka en primaria estaban claramente divididos en dos apartados: el colegio y el piano. Poco a poco, empezó a pasar más y más tiempo con el piano que con las tareas del colegio, pero a ella le parecía bien.

Le decían que se tomara tiempo libre del colegio para asistir a unas clases en Kioto con un profesor de piano famoso. Iba a las clases desde la casa de su abuela, que vivía en aquella zona.

A menudo le decían que practicase más, aunque ningún adulto le advirtió jamás de que estudiara con más ganas.

Su madre les decía a los profesores de su colegio: «Os preocupa su asistencia a clase, pero ¿no podéis echarle un vistazo a su historial de concursos de piano? ¿No podríais considerarlo como un equivalente a su historial escolar?».

No asistía mucho al colegio, pero a ella le parecía bien.

Hasta que, en la última competición de piano de sus días como estudiante de primaria, aspirando al primer premio, quedó en decimonoveno lugar.

No era que se encontrara mal o estuviera indispuesta.

Le pareció que había tocado tan bien como siempre y que no había cometido ningún error, al menos que ella hubiera notado.

Y, aun así, mira lo que había ocurrido: había acabado en decimonoveno lugar.

Su abuela le dijo que aquella era una competición nacional y que, por lo tanto, quedar decimonovena era increíble, pero el rostro de su madre tan solo reflejaba estupor. Más tarde, cuando vio cómo le habían puntuado, la diferencia entre ella y las diez mejores puntuaciones la dejó consternada.

—Las cosas no son fáciles, ¿verdad? —oyó que le decía su abuelo a su abuela—. ¿Cuánto tiempo piensa Fuka seguir tocando el piano?

Fuka no tenía padre.

—Eres una madre que ha de criar sola a su hija, así que no deberías sobrecargarte —dijeron sus abuelos.

—¡No lo hago! —replicó su madre de malas maneras.

No habían tomado ninguna decisión sobre estudiar en el extranjero: ni en qué país, ni en qué escuela, ni con qué maestro. Así que Fuka se quedó en Japón.

En secreto, pensaba que se trataba de una cuestión de dinero. Su madre trabajaba todo el día y, cuando ella volvía a casa de las clases de piano, todavía no había regresado. En la habitación iluminada por la luz del crepúsculo le esperaban bolas de arroz frías y, en una ocasión, cuando había intentado calentarlas en el microondas, había descubierto que les habían cortado la electricidad.

Cuando su profesor de primaria les hizo la habitual visita a casa, se quedó más que asombrado al encontrar un piano de calidad y paredes insonorizadas a lo largo de toda la sala de ensayos de aquel apartamento diminuto. Sin embargo, los únicos artículos que había en el frigorífico eran *bentos* y pan que su madre llevaba del trabajo. Fuka apenas veía a su madre cocinando o limpiando, dado que lo único que hacía era trabajar, trabajar y trabajar.

Aun así, les habían quitado el gas. El gas, la electricidad, el agua… Todo cortado en aquel orden. Fuka estaba extrañamente impresionada por cómo el servicio que era más importante para la vida era el último que les habían cortado. Su madre le había dado un teléfono móvil para que lo llevase con ella, dado que iba a las clases de piano sola, pero el día anterior, cuando había intentado llamarla, había descubierto que habían interrumpido el servicio.

Mientras seguía recibiendo clases de piano cada vez más largas, se dio cuenta a la fuerza de algo: *Estoy haciendo algo que está por encima de nuestras posibilidades.* Y no se refería tan solo al dinero. *También es una cuestión de talento. No es solo la falta de dinero lo que me impide viajar al extranjero.*

«¿Cuánto tiempo piensa Fuka seguir tocando el piano?».

Cuando oyó aquellas palabras de su abuelo, Fuka se dio cuenta de un par de cosas: que no era capaz de ir al día con las tareas del instituto y que si seguía practicando piano tanto como lo hacía, nunca tendría tiempo suficiente para las tareas escolares.

—¡No me lo puedo creer! —dijo su madre, que lloró a mares cuando escuchó lo que había dicho el abuelo—. ¿Por qué dices eso, papá? —le preguntó—. No voy a traer a Fuka nunca más. No dejaré que la veas.

Entonces, su abuela intervino con una sugerencia.

—¿Por qué no venís a vivir con nosotros a Kioto?

Sus abuelos le habían propuesto aquello muchas veces, pero su madre siempre había rechazado la idea.

—Ahora soy una empleada a tiempo completo en la empresa —dijo—. Si me marcho, no seré capaz de encontrar otro trabajo a tiempo completo. Entonces, Fuka y yo no podremos arreglárnoslas y tendrá que dejar el piano.

Cuando empezó el instituto, su madre la animó todavía más con el instrumento.

Fuka adoraba a su madre. La había criado amorosamente, compensando la pérdida de su padre, que había muerto en un accidente automovilístico cuando tenía cinco años. Tenía dos trabajos: durante el día en la oficina de una empresa de reparto y, por la noche, un trabajo a tiempo parcial preparando *bentos*.

—Yo nunca he tenido ningún talento particular —le había dicho su madre—. Así que, Fuka, si tú tienes talento, haré todo lo que esté en mis manos para ayudarte.

La cosa era que el rostro de su madre cada vez estaba más demacrado y exhausto. A menudo, Fuka pensaba que no debería estar tocando el piano, sino, más bien, ayudándola. En lugar de ir a una clase, quería prepararle una comida casera, algo de arroz y sopa de miso caliente. Siempre comía los *bentos* que elaboraba en el trabajo a tiempo parcial y hubiera estado bien prepararle algo diferente de comer.

Además, el hecho de no haberlo hecho bien en la competición de piano le ponía verdaderamente triste.

Por eso pensaba que rendirse en aquel momento sería un desperdicio. Todo el tiempo y el dinero que habían invertido en el piano por ella no serviría para nada.

Cuando comenzó el instituto, empezó a ir a clase todavía menos. Incluso entonces, no tenía muchas cosas de las que hablar con las otras chicas. No hacía Educación Física ni formaba parte de ningún club; se sentía excluida.

Pero no pasaba nada. No necesitaba tener amigos.

Un día, mientras estaba practicando, el espejo que había cerca de la entrada principal empezó a brillar.

Y, entonces, aterrizó en el castillo y conoció a todos...

Cuando fue a su habitación, también tenía un piano. Tocó un par de teclas para comprobar cómo sonaba. Después, golpeó las teclas con fuerza con ambas manos. *No necesito un piano aquí*, pensó.

—Mañana empiezan las clases de verano, así que, durante una temporada, no podré venir al castillo.

Esa era la frase que Fuka les había dicho, pero, en realidad, iba a recibir clases en Kioto para prepararse para una competición veraniega.

Pensó que el estudiante que tuvo la clase antes que ella sonaba mucho mejor y sintió ganas de taparse los oídos. Había practicado demasiado como para saber siquiera si ella misma seguía siendo buena.

Durante la competición, la puntuación que recibió la dejó fuera de juego. Cualquiera que estuviera en el puesto treinta o inferior quedaba automáticamente descalificado. Aquello ocurrió a pesar de que le habían dicho que el certamen era de un tamaño mucho menor que el del anterior en el que había participado.

Cuando vio los resultados en un tablón de anuncios del pasillo, le temblaron las rodillas como si todo el cuerpo se le estuviera hundiendo rápidamente en un mar helado junto con el piano.

Una vez terminada la competición veraniega, regresó a Tokio. Cuando fue al castillo, Kokoro le dio una caja de chocolatinas.

—Un regalo de cumpleaños —le dijo.

Comerse una caja entera de chocolatinas no era algo que se hiciera a menudo en su casa. Las disfrutó, saboreándolas de una en una.

Antes de la competición, Aki también le había dado un regalo de cumpleaños.

Ureshino le había dicho que le gustaba mucho. Su interés amoroso pasaba de una chica a otra y, cuando le había dicho aquello, Fuka había reaccionado con un grito predecible. Sin embargo, la idea de que un chico al que le gustaban las chicas como Aki o Kokoro dijese que le gustaba ella le hacía verdaderamente feliz, a pesar de que se hubiera mostrado gruñona al respecto.

Masamune le había dejado jugar a alguno de sus videojuegos. Siempre había creído que los chicos solo les daban permiso para jugar con sus cosas a las chicas guapas.

Subaru había añadido el *chan* a su nombre, que era mucho más íntimo, y la llamaba «Fuka-chan». Le gustaba lo caballeroso que era.

Incluso Rion, que era el tipo de chico que destaca en medio de una multitud, la trataba como una más de sus amigas y la llamaba simplemente «Fuka». Cada vez que lo hacía, ella se sentía feliz de ser ella misma, de ser solamente «Fuka».

Da igual si tengo talento o no. Aquí, nada de eso importa. Todos se alegran de haberme conocido.

—Hola. ¿Nos... habíamos visto antes?

—Hola.

Mientras intercambiaban saludos, Fuka pensó: *Así que esta es la señorita Kitajima. Por fin puedo conocerla.*

Al parecer, los demás habían ido a la escuela alternativa «Aula para el corazón» con sus madres, pero ella fue sola. Aquel era su secreto.

Los otros habían hablado a menudo sobre aquella señorita Kitajima y el hecho de que era alguien en quien confiaban para encontrar apoyo. Descubrió que ella también deseaba conocerla.

La señorita Kitajima se pasaba a menudo por el Instituto de Secundaria n.º 5 de Yukishina y ya había oído hablar de ella, una estudiante de octavo curso que tenía varias ausencias escolares.

—Me alegro mucho de que hayas venido —le dijo.

Poco a poco, de forma entrecortada y dispersa, Fuka se abrió con ella.

Después de que anunciaran los resultados de la competición y de que hubiese quedado eliminada, su madre había empezado a desanimarse. Ya no la instaba a que practicase como antes y no parecía importarle si iba a las clases de piano o al instituto. Fuka fingía que iba al instituto, pero, en realidad, pasaba el tiempo en la escuela alternativa y en el castillo.

Sabía que, por el momento, no iba a volver a clase y se preguntaba qué era realmente lo que su madre quería que hiciera.

«¿Cuánto tiempo piensa Fuka seguir tocando el piano?». Las palabras de su abuelo eran como una maldición que escuchaba resonando en lo más profundo de su ser.

Mientras hablaba de todo aquello con la señorita Kitajima, se dio cuenta de lo deprimida y ansiosa que había estado.

—No puedo volver ahora —dijo—. No puedo seguir el ritmo de las tareas escolares. No sé si debería insistir en tocar el piano.

—Bien, en tal caso, empecemos a estudiar —replicó la profesora alegremente—. Yo te ayudaré —continuó—. Me parece que sientes que te has visto involucrada en una actividad de alto riesgo.

—¿De alto riesgo?

—Llevas años trabajando para conseguir un único objetivo, preocupada por qué ocurriría si no conseguías ganar competiciones o convertirte en pianista. Teniendo eso en cuenta, puede que estudiar y hacer las tareas de clase sea una actividad de mucho menos riesgo para ti. Si te esfuerzas, siempre verás resultados, y nunca resultará ser inútil, sin importar lo que acabes haciendo con tu vida. Así que, hagamos las dos cosas —insistió la señorita Kitajima con una sonrisa—. Entiendo totalmente lo mucho que ese instrumento significa para ti, Fuka-chan, pero, en lugar de agonizar por el piano, hagamos también las tareas de clase.

—¿Será usted... mi profesora?

—Sí —contestó la mujer, ladeando la cabeza. Sus ojos parecían complacidos—. Por supuesto. Después de todo, esto es una escuela. Te ayudaré con las tareas de clase.

Escondida en su habitación del castillo, Fuka abrió un libro de texto y se puso a hacer las tareas que le había mandado la señorita Kitajima. Estaba segura de que podría ponerse al día con el nivel del siguiente curso bastante pronto.

Sin su madre o nadie más alrededor, podía concentrarse con tranquilidad en los estudios.

No tocó el piano de su habitación del castillo ni una sola vez. Al menos, hasta el último día del mes de febrero.

Cuando llegó al castillo, no había nadie más. El suyo era el único espejo que estaba brillando y, de pronto, se preguntó: *¿Era hoy el día que el castillo iba a cerrar para siempre?*

—¡Reina Lobo! —gritó, inquieta.

Sin embargo, la Reina Lobo no apareció. Aquella era la primera vez.

344 • EL CASTILLO A TRAVÉS DEL ESPEJO

Recorrió el pasillo hasta su habitación, donde sintió un impulso repentino de tocar el piano.

Abrió la tapa, posó los dedos sobre las teclas y empezó a tocar. Las notas sonaban muy bellas y supo que el piano había sido afinado a la perfección. Al sentir las teclas bajo los dedos, se quedó totalmente inmersa. Pudo concentrarse y escuchar los sonidos que estaba creando.

Le encantaba aquella quietud. *Esta sensación es maravillosa*, pensó.

Hasta que no se hubo detenido, no se dio cuenta de que había alguien en el umbral, escuchando.

La puerta estaba abierta y allí, de pie, estaba Aki.

—Me has asustado.

Aki tenía los ojos muy abiertos.

—Siento haber entrado sin pedir permiso. Pero, Fuka... ¡eres muy buena!

—Hum... Sí, bueno...

—Eres un genio de la música, ¿no?

—No exactamente.

El término debería haberle supuesto una puñalada, pero, al decirlo, Aki le había dedicado una sonrisa burlona.

—¡Ey! —exclamó la otra chica—. ¿Qué es eso? ¿Un libro de texto? Ya había pensado que pasabas mucho tiempo encerrada en tu habitación... ¿Has estado estudiando?

—Sí... —Fuka echó un vistazo a los bolígrafos que estaban alineados sobre su escritorio—. Estudiar es una actividad de bajo riesgo.

—¿Qué es eso?

—En lugar de invertir todo en un único talento, esta es una manera lenta y constante de crecer; es la manera más segura. —Esperó que no sonase falso—. Alguien me dijo que, si lo hacía, nunca resultaría ser un desperdicio.

Aki solía mostrarse irritable y nerviosa, pero, aquel día, estando las dos solas en el castillo, Fuka se sintió extrañamente más relajada con ella. Le contó toda la historia y le habló sobre las competiciones, las tareas del instituto, su madre, la señorita Kitajima y cómo todo aquello la había llevado a retomar sus estudios.

—Tal vez yo intente hacer lo mismo y... estudiar —murmuró Aki.

Fuka asintió.

—Deberías. Hagámoslo juntas.

No quiero olvidar nunca lo que ha ocurrido aquí. No quiero olvidar nunca el tiempo que he pasado con estas personas. He tomado mis propias decisiones. He dejado de sentir ansiedad. Estoy muy contenta de haberlos conocido a todos: Kokoro, Aki, Subaru, Ureshino, Masamune y Rion.

—¡Aki!

Fuka estaba frente al espejo brillante, llamando a Aki.

—¡Vayámonos a casa ya, Aki-chan!

Pero la otra chica no apareció.

Se colocó frente al espejo de Kokoro y suplicó. *No quiero olvidar nada de todo esto. Si se cumple el deseo de alguien, lo olvidaré todo.*

Estaba tan enfadada por el egoísmo de Aki que apenas podía hablar.

—Por favor, Kokoro, el deseo...

Aki, con quien había pasado tanto tiempo... No podía desaparecer para siempre.

No ahora, que hemos prometido estudiar juntas. No puedo soportarlo.

Cumple un deseo. Encuentra la llave. Suplicó aquello de corazón.

El dolor punzante desapareció de la frente de Kokoro. Se secó las lágrimas y colocó la palma de la mano sobre las teclas del piano.

—Aguanta —dijo, mirando el escritorio y los bolígrafos perfectamente ordenados de Fuka, que yacían sin ser utilizados—. Te ayudaré y, después, te diré: «Yo también me alegro mucho de haberte conocido, Fuka».

La habitación que había al lado de la de Fuka pertenecía a Rion.

Dudó un instante antes de girar la manilla y abrir la puerta.

Definitivamente, era la habitación de un chico. En el suelo había una bolsa de arpillera y una pelota de fútbol, cosas que debía de haber llevado consigo hasta allí en algún momento. Como el resto de las habitaciones, la Reina Lobo la había destrozado. Aun así, Kokoro pensó: *Claramente, esta es la habitación de Rion*.

Tal como había dicho el chico, había una «X» bajo la cama. La rascó suavemente con una uña.

Rion se había dado cuenta de que la Reina Lobo no era el lobo de *Caperucita Roja*, sino el de *El lobo y las siete cabritillas*.

¿Cómo lo sabía siquiera? ¿Y por qué no se lo había dicho a nadie?

Estaba pensando aquello cuando escuchó una voz cantarina.

—«¡Toc, toc, toc! ¡Soy vuestra madre! ¡No! ¡Es el lobo!».

Una niña pequeña, tal vez estudiante de primaria, tenía un libro abierto sobre el regazo y estaba leyéndolo en voz alta. Era la hermana mayor de Rion, Mio-chan. Llevaba una bata de hospital y un gorro. Kokoro se dio cuenta de que no tenía pelo.

Rion tan solo tenía cinco años y disfrutaba yendo al hospital para visitar a su hermana.

Puede que Mio estuviese calva, pero tenía los ojos grandes y la piel de un tono cremoso. Cada vez que a Rion le preguntaban en la guardería con quién se casaría, él siempre contestaba: «¡Con Mio-chan!».

A Mio-chan se le daba muy bien leer en voz alta y había interpretado muchas veces la misma escena («¡Toc, toc, toc! ¡Soy vuestra madre! ¡No! ¡Es el lobo!») con todas las expresiones faciales adecuadas.

—De acuerdo, ¿quién crees tú que es? —le preguntó—. ¿La madre o el lobo? —Rion gritó «¡Es el lobo!» como si él mismo estuviera dentro de la historia—. Bien, entonces, ahora lo veremos, ¿no? —dijo Mio-chan, pasando de página.

También se le daba bien crear sus propias historias. Rion pensaba que debería escribir relatos sobre robots del futuro o la búsqueda de un espía dentro de una casa cerrada. Se le ocurrían muchas ideas increíbles y todas ellas eran mucho más divertidas que cualquier cosa que se pudiera encontrar en un libro.

—Está bien, Rion, es hora de volver a casa —les interrumpió su madre.

Ambos contestaron con un «de acueeeeerdo» reacio.

Se pusieron en pie para salir de la habitación del hospital con su ligero olor a desinfectante y Rion tomó las manos de sus padres.

—Hasta pronto, Rion —dijo Mio-chan, despidiéndose con un pequeño gesto de la mano.

—Vendremos otra vez mañana, Mio.

Mientras volvían a casa, caminando por una carretera bordeada de árboles que tenían las hojas otoñales de un tono dorado bruñido, su madre se giró de pronto hacia él y le dijo:

—Rion, no creo que sea muy buena idea que Mio-chan lea esa historia.

—¿Por qué no?

La mano de la mujer, que aferraba la suya con mucha fuerza, estaba temblando.

—*El lobo y las siete cabritillas* era la obra en la que Mio debía participar en la guardería —replicó, sonando irritada—. Estoy segura de que no se le ha olvidado.

—Venga —dijo su padre—, eso fue hace mucho tiempo y no creo que Mio se acuerde. Le gusta ese libro y los dos parecen disfrutarlo.

—¡Oh, cállate! —gritó su madre. Después, se dejó caer al suelo—. ¿Por qué? —Un pequeño susurro se le escapó de los labios—. ¿Por qué Mio? ¿Por qué tenía que ser ella?

Rion miró conmocionado su mano, que su madre le había soltado con una sacudida. Su padre le estaba frotando la espalda y la ayudó a ponerse de pie. El niño miró a sus padres, confundido.

—Lo siento —dijo.

Pensó que estaban enfadados con él. Sin embargo, su madre no contestó y tan solo se mordió el labio en silencio.

—No pasa nada —replicó su padre en su lugar y le alborotó el pelo con los dedos.

—¿Rion? —le dijo su hermana otro día que fueron a visitarla al hospital—. Tienes que mantenerte sano y estar siempre con mamá y papá, ¿de acuerdo?

—Eh… Sí.

Realmente, no sabía qué estaba queriendo decirle, pero, de todos modos, asintió. Mio sonrió.

Aquel día, habían llevado una nueva decoración a la habitación. Habían colocado un árbol de Navidad en miniatura junto a la ventana, y Rion se dio cuenta de qué época del año era.

Sobre la cama de la niña yacía un juguete enorme con el que había estado jugando. Se trataba de una casa de muñecas exquisita, con cada habitación perfectamente diseñada e iluminada de forma resplandeciente por bombillas diminutas. La habían fabricado en el extranjero y, junto a ella, había un libro abierto con instrucciones en inglés.

—Si yo ya no estoy aquí —dijo Mio—, pediré un único deseo para ti, Rion. Siento que hayas tenido que soportar tantas cosas. Te perdiste aquel viaje y mamá tampoco ha podido ir a tu recital de danza, ¿verdad?

Él no entendió por qué estaba sacando a relucir esas cosas y la miró sin comprender. Estaba confinada en una cama, por lo que era de esperar no poder ir a un viaje o que su madre no pudiera asistir a lo que fuera. ¿De qué estaba hablando?

—Pediré un deseo para ti —dijo Mio de nuevo.

—Quiero poder ir andando al colegio contigo —contestó Rion.

Pronto, empezaría a asistir al colegio de primaria. Su hermana estaba callada y él se preguntó por qué se había quedado en silencio de pronto. Tras un momento, ella alzó la vista y sacudió la cabeza.

—Rion, el año que viene, cuando empieces primaria, yo estaré en secundaria. No iremos al mismo centro. —Hizo una pausa—. Pero, si volviera a ese colegio, entonces querría lo mismo que tú: caminar juntos hasta el colegio y jugar contigo, Rion.

El uniforme que tendría que llevar al instituto estaba colgado de la pared.

Había estado seguro de que ella nunca moriría. Pero, entonces, ocurrió.

La última vez que había hablado con ella había sido apenas unas horas antes.

Ella le había tendido una mano y, en un susurro apenas audible, le había dicho:

—Rion... Siento haberte asustado, pero me lo he pasado bien.

Recordaba haber pensado que, incluso en el momento de su muerte, siempre había pensado en los demás.

Tal como había dicho, verla sufrir había sido verdaderamente aterrador. No había podido parar de llorar de miedo, pero también porque no había querido despedirse.

El funeral fue a comienzos de abril. Mientras él permanecía sentado junto a su padre, caía una lluvia primaveral. Su madre era un cascarón pálido de sí misma y, cuando una invitada se acercó a ella, tan solo le hizo una reverencia con los ojos vacíos.

«Tienes que mantenerte sano y estar siempre con mamá y papá, ¿de acuerdo?».

Rion por fin comprendió lo que significaban las palabras de su hermana.

El uniforme del instituto había estado colgado en la habitación del hospital durante un año. Lo habían colgado allí con la esperanza de que, algún día, empezase las clases. Sin embargo, jamás se lo puso. Ni una sola vez.

—Tienes mucha suerte de estar tan sano.

La primera vez que su madre dijo aquello fue cuando Rion estaba en el primer curso de primaria, por lo que tenía la misma edad que Mio cuando había enfermado.

Se había unido a un equipo local de fútbol y estaba empezando a disfrutar de aprender un nuevo deporte. Y, entonces, mientras estaba a punto de salir a jugar con el balón en la mano, su madre le dijo:

—Si ella hubiera tenido tan solo la mitad de la energía que tienes tú…

Aquello le tomó desprevenido y no supo qué decir.

—Eh… —consiguió murmurar.

—Y solo dices «eh…» —se burló su madre. Después, agachó la vista.

Habían informado a sus padres de la enfermedad de Mio cuando su madre estaba embarazada de él. Tener que supervisar el tratamiento de la niña y cuidar del bebé de forma simultánea la había abrumado durante varios años y Rion sabía que estaba resentida por haber tenido que encargarse de ambos a la vez.

En la pared del fondo del salón había expuestas fotografías de su hermana. Había una del recital de piano en el que había participado antes de ingresar en el hospital, una de toda la familia y una de ella con su madre en el hospital justo antes de que muriera. Y, junto a la ventana, estaba la exquisita casa de muñecas que sus padres le habían comprado y que tanto le había gustado.

A pesar de que estoy sano y que vivo con ellos...

Aquello no era un consuelo para sus padres. No estaba seguro de cuándo se había dado cuenta, pero tenía la certeza de que era así.

Era más atlético que sus compañeros, pero incluso eso hacía que su madre se preguntara el porqué. «¿Por qué el hermano pequeño es mucho más fuerte que su hermana mayor? Si a Mio se le hubiera pegado tan solo un poquito de esa buena salud...».

Una de las otras madres le dijo a la suya:

—Rion-kun es increíble, ¿verdad? He oído que va a venir a verle el seleccionador de un club deportivo.

Sin embargo, su madre le quitó importancia.

—No es tan bueno —dijo, sacudiendo la cabeza—. Lo hace porque le gusta, pero no es como si esto fuera lo que su padre y yo queremos para él.

Había estado seguro de que seguiría jugando en un equipo de fútbol con sus amigos y que todos ellos irían juntos al mismo instituto de secundaria. Sin embargo, cuando estaba en sexto curso, su madre le tendió un panfleto.

—Échale un vistazo a esto —le dijo.

El panfleto era para un instituto en Hawái. Cuando vio que era un internado, se le congeló el corazón. Odiaba la simple idea.

—He pensado que sería una gran oportunidad para ti —insistió su madre.

La mujer le miró solemnemente y, de pronto, él se dio cuenta: quería que estuviera lejos de ella.

—¡Guau! ¿Un internado en Hawái?

—Algunos jugadores profesionales fueron a ese centro, ¿verdad?

—Rion, ¡eres increíble!

Cuantos más comentarios le hacían sus amigos, más difícil le resultaba echarse atrás. Incluso él mismo empezó a pensar que, tal vez, aquello fuera lo mejor.

—Estoy seguro de que es un buen internado, pero ¿qué opina Rion al respecto?

—Ha dicho que le gustaría ir.

Una noche, oyó a sus padres hablando. Su padre acababa de llegar a casa del trabajo.

—¿Estás segura? Los niños que todavía están en primaria no saben lo que quieren. Se limitan a hacer lo que quieren sus padres. ¿Estás segura de que ha dicho eso?

—Sí. Ha dicho que quería ir.

Al escuchar a su padre, pensó: *No, papá, te equivocas. Los niños de primaria sí saben lo que quieren. Incluso yo me doy cuenta de que, si me quedo aquí un momento más, tan solo os causaré más dolor. Yo me siento igual: quiero alejarme de vosotros. No sé qué hacer, Mio. Lo siento. Me he mantenido sano, pero no les he servido para nada.*

Su madre había ido a visitarle por Navidad y le había preparado una tarta. Después, se había marchado a casa.

No había dicho ni una sola palabra sobre llevarle de vuelta para las vacaciones de Año Nuevo.

Era última hora de la tarde y él estaba tumbado en la cama de su habitación. Miró fijamente el espejo muerto, deseando que empezase a brillar. Lo acarició.

—Venga, espejo, brilla. Brilla.

Cuando al fin empezó a resplandecer con los colores del arcoíris, él soltó una gran sonrisa. Se puso el reloj y, muy lentamente, metió la mano en el interior.

¡Auuuuuuuh!

—Aki-chan, ¿dónde estás? Pronto va a ser la hora y tenemos que irnos a casa. Los aullidos han empezado...

—No pasa nada, Ureshino. No podemos hacer nada.

—¿Por qué no nos marchamos a casa ya, solo nosotros? Se está acabando el tiempo.

Intentó cruzar al otro lado, pero se vio arrastrado hacia atrás.

Esto es malo, se dijo a sí mismo, *muy malo.*

—¡Subaru, aquí! Tenemos que hacer que venga Kokoro —Se giró para mirar el espejo de Kokoro—. Ella es la única que no ha venido hoy, así que no pueden obligarla a volver y ser devorada. Tenemos que hacer que nos ayude...

Sinceramente, lo había sabido desde el principio. Había sabido que la insistencia de la Reina Lobo en llamarles «Caperucitas Rojas» era totalmente falsa.

Somos siete.

Según el cuento de hadas, la llave tenía que estar dentro del reloj de pie.

Aquella era la información que se había guardado para sí mismo en secreto, creyendo que sería él a quien le concederían el deseo.

A Kokoro le dolía la frente.

Sintió un enorme golpe en la cara, como si hubiese estado practicando en una barra horizontal y se hubiese golpeado el rostro contra ella de forma accidental.

En ese momento, la figura de Rion empezó a desintegrarse y escuchó una voz.

—Tu deseo...

No sabía de quién era la voz. No estaba segura de si la había oído de verdad o se la había imaginado. Entonces, oyó otra voz. Era la de una niña pequeña.

—Yo…

—Estoy bien. Así que llévatela y…

—¿Puedes verlo?

Una voz se había entrometido mientras experimentaba los recuerdos de otra persona.

Kokoro abrió los ojos de par en par, atónita. Sacó la mano de debajo de la cama y se dio la vuelta. Gritó.

—¡Reina Lobo!

La Reina Lobo había abierto la puerta y estaba de pie al otro lado, en el pasillo. Con el mismo aspecto de siempre: un vestido tipo delantal con volantes y la máscara de lobo.

Aun así, en la oscuridad del castillo, que estaba envuelto por una extraña fuerza, parecía diferente. El instinto inmediato de Kokoro fue alejarse, pero aquella habitación pequeña no tenía otra salida. La Reina Lobo permaneció quieta, como si estuviera bloqueando la puerta.

Kokoro se puso de pie y estaba a punto de empujarla para pasar cuando la niña dijo:

—¡Espera! —Soltó un suspiro exagerado y se cruzó de brazos—. Esta es la segunda vez que intentas escapar, ¿no es así? Me acuerdo del primer día…

—Bueno, ¿qué esperabas…?

¿Qué se podía esperar cuando había un lobo merodeando que se sabía que había devorado a seis criaturas vivientes? Tenía la sensación de que aquella pequeña Reina Lobo se había creado a sí misma a imagen y semejanza de dicho lobo. Todo aquel tiempo, Kokoro se había esforzado para evitar llamar su atención, pero, en ese momento…

Nunca esperé que, en realidad, fuésemos a mantener una conversación, pensó.

Apenas unos minutos antes, había estado muerta de miedo y, aun así, en aquel momento, se sentía mucho más tranquila.

Cuando miró de cerca el vestido de la niña, tuvo que reconsiderar su teoría. El dobladillo estaba andrajoso y desgarrado, los volantes estaban rasgados y deshilachados, y todo el conjunto, incluida la máscara de lobo, estaba manchado y sucio.

—Ni siquiera yo puedo hacer algo al respecto. Una vez que se rompen las reglas, no se puede detener —dijo la Reina Lobo—. Esa fue la condición cuando lo creé. Siempre hay que pagar un precio. —La niña apuntó el hocico de la máscara de lobo hacia ella—. Sin embargo, tú no serás devorada. Te has salvado de milagro.

—Pero los demás…

—Están enterrados. Los viste, ¿no? Bajo esas marcas en forma de «X».

Ah…, pensó y, después, cerró los ojos. Era cierto que las «X» le recordaban a las lápidas.

—¿Te has dado cuenta? —le preguntó la niña, arrastrando las palabras.

Kokoro creía saber lo que le estaba preguntando.

—Sí —contestó—, creo que sí.

—Ya veo.

—¿Podrías decirme algo, Reina Lobo?

—¿Ahora qué?

—Sí que podemos vernos fuera, ¿verdad?

La niña se quedó en silencio un momento. Como siempre, Kokoro no podía ver su gesto detrás de la máscara. Tal vez, en realidad, no tuviese rostro. La guardiana solitaria del castillo a través del espejo. *Puede que la máscara de lobo sea la única cara que haya tenido esta niña jamás.*

¿Era una enemiga o una aliada? No estaba segura. Insistió un poco más con sus preguntas.

—No quiero decir de inmediato, pero, en algún momento futuro, probablemente podremos vernos fuera, ¿verdad?

—Solo si consigues llegar a casa sana y salva ahora —contestó la Reina Lobo.

Interpretó aquello como un «sí». *Así que es cierto*, pensó, dándole vueltas.

—No es mi intención que os devoren a todos. —La niña apuntó su hocico hacia el techo con petulancia. Después, se giró hacia ella—. El resto depende de ti —le dijo—. Ah, por cierto, Aki está ahora mismo en la Sala de los Deseos.

Entonces, desapareció.

«Te has salvado de milagro».

Las palabras de la Reina Lobo le resonaron en la cabeza.

En el pasillo, la habitación de Aki era la que más cerca estaba del vestíbulo.

Kokoro respiró hondo.

—Esta vez, no voy a dudar —dijo en voz baja.

Iba a salvar a Aki; iba a traer de vuelta a aquella chica tan complicada.

Quedarse en el castillo tras el toque de queda acordado era un acto suicida y, aun así, lo había hecho de todos modos.

Sus palabras siempre parecían tener un toque de rencor.

«Entonces, nuestros recuerdos se desvanecerán… ¿y qué?».

«No pasa nada si se cumple un deseo, ¿no? Me refiero a si alguien encuentra la llave».

«Si no podemos vernos en el mundo exterior, lo único que nos quedarán serán los recuerdos, ¿no? ¿No sería eso un desperdicio?».

«Guau, está muy bien que los padres estén pensando en vuestro futuro y cosas así. No como los nuestros, ¿verdad, Kokoro?».

Con cuidado, giró el pomo de la habitación de Aki y abrió la puerta.

El armario estaba abierto. Rápidamente, buscó la «X» que estaba en el interior. Ahí estaba.

Colocó la punta del dedo índice sobre la marca y los recuerdos de Aki la inundaron.

El olor del incienso.

Aki estaba sentada frente a la fotografía conmemorativa de su recientemente fallecida abuela. Llevaba puesto el uniforme escolar y estaba con su madre y sus primos. El hombre que estaba sentado junto a su madre era su padrastro.

Su madre siempre decía que su padre había sido un auténtico egocéntrico. Las había abandonado cuando ella era todavía muy pequeña.

—Si no me hubiese quedado embarazada de ti —le decía—, probablemente nunca nos hubiéramos casado. Al final, rompimos la relación, así que aquí estamos.

Así le explicaba las cosas a su hija.

A pesar de todo, cuando se reunían todos los familiares, siempre hablaba de cómo la empresa deportiva que aquel hombre tenía en Chiba proporcionaba todo el equipamiento para los conjuntos locales que participaban en el torneo nacional de béisbol que se celebraba en el estadio Koshien.

La fotografía conmemorativa mostraba a su abuela cuando era mucho más joven. Sus tíos se quejaban de que hacía mucho tiempo desde la última vez que se había tomado una fotografía decente y que, por lo tanto, las únicas de las que disponían eran antiguas.

Cuando Aki se había teñido el pelo, su abuela había soltado un grito. Había estado segura de que iba a regañarle, pero, en realidad, su reacción había sido alegre.

—¡Qué color tan bonito! —le había dicho, y ella se había sentido desanimada y alegre a la vez.

Su abuela había sido un personaje vivaracho al que le encantaban las bromas, por lo que había sido totalmente opuesta a su madre. La diferencia era tal que Aki se preguntaba cómo era posible que la hubiera dado a luz.

—No dejes que se entere tu madre —le decía su abuela siempre que le daba algo de dinero—. Si lo encuentra, se lo gastará. Este es nuestro pequeño secreto, Akiko, solo nuestro —añadía, con un guiño torpe.

Cuando le había presentado a Atsushi, un estudiante universitario que había conocido a través de las citas telefónicas, la única reacción de su abuela había sido exclamar: «¡Dios mío de mi vida!», antes de ofrecerle galletitas saladas *senbei*, té verde y verduras encurtidas. Ella se había sentido avergonzada por la hospitalidad de la mujer, pero Atsushi lo había disfrutado.

—No esperaba que me presentases a tu familia tan rápido —le había dicho el chico.

—Lo siento —le había contestado ella—. Es un poco deprimente, ¿no?

—¡En absoluto!

Atsushi tenía veintitrés años, pero nunca había tenido novia.

—Eres la primera —le había dicho—, así que quiero cuidarte. No tengo mucho dinero, pero sí quiero casarme.

Sin embargo, no asistió al funeral de su abuela.

Por aquel entonces, apenas se ponían en contacto. Aki le había mandado un mensaje al busca, pero no había recibido respuesta.

—Atsushi-kun es la única persona que realmente quería que estuviese aquí.

—Pobre niña. —Aquello lo dijo una señora mayor que decía que había sido amiga de su abuela. Se giró hacia su madre y le hizo una mueca—. Nunca le has prestado atención.

Aki quería que se metiera en sus propios asuntos.

Pero la casa de mi madre es el único lugar que me queda, pensó, *así que ¿qué va a ser de mí?*

Aki regresó del funeral y estaba sola en su habitación cuando oyó una voz conocida.

—Maiko. Maiko, ¿dónde estás?

El hombre había ido a buscar a su madre a pesar de que ella le había dicho que estaba muy ocupada y que volvería tarde a casa.

MIZUKI TSUJIMURA • 359

Aki tenía la esperanza de que se diera por vencido y se marchara, pero aquello solo hacía que se mostrara más entusiasmado.

—¡Maiko! ¡Maiko! ¡Oye, Maiko!

—¡No está aquí!

De pronto, él irrumpió en su habitación. Aki subió las piernas a la cama y gritó:

—¡No está aquí! ¡No ha vuelto a casa todavía!

—Oh, Akiko, estás aquí.

Su padrastro había abierto a la fuerza la puerta corredera que daba a su habitación de estilo japonés y la estaba mirando fijamente. Llevaba la corbata torcida y los botones de la camisa desabrochados. Tenía el rostro enrojecido y el aliento le apestaba a alcohol. Aki se encogió todavía más.

Oh, Dios mío, pensó. Normalmente, cuando él estaba por allí, ella se escondía en el armario de su madre, quedándose totalmente callada.

De forma repentina, se apresuró a salir de la habitación.

—¡Espera! ¿A dónde vas?

Él intentó agarrarle la camisa y persuadirla para que se quedara. Cuando ella le ignoró, le aferró el brazo desnudo con la mano sudorosa, sujetándola con fuerza. A Aki empezaron a temblarle las piernas.

—¡No! —gritó. Su padrastro la atrajo hacia él, inmovilizándole los brazos—. ¡Atsushi-kun! —Le metió la mano por el cuello de la camisa del uniforme y, con la otra, le cubrió la boca—. ¡Ayúdame! —exhaló ella.

Empezó a dar patadas. Se dio la vuelta y consiguió darle un rodillazo entre las piernas. Se liberó y huyó hacia el salón, apuntalando la puerta corredera con el mango de una escoba. Agarró el teléfono que había en un rincón, sobre una mesita, derribando el bloc de notas, el calendario y el soporte para bolígrafos. Le costaba recordar los números correctos que tenía que marcar para enviar un mensaje mientras cambiaba frenéticamente las letras del mensaje por los números adecuados.

Cuatro, uno. *Ta*... Tres, tres. *Su*... Dos, cuatro. *Ke*... Cuatro, cuatro. *Te*... Cada pareja de números representaba una sílaba japonesa. *Ta-su-ke-te*... «¡Ayuda!».

—¡Akiko! ¡Akiko! —gritó su padrastro desde el otro lado de la puerta corredera, sacudiéndola con tanta violencia que pensó que podría romperse.

Lanzó el teléfono al suelo y soltó un grito largo. En ese momento, una luz débil pero clara captó su atención. Un espejo pequeño que yacía en el suelo había empezado a brillar. Normalmente, el que brillaba era el espejo de su habitación, pero aquella luz procedía del espejo de mano de su madre. La Reina Lobo les había dicho que no permitiría que brillase ningún espejo si había adultos alrededor.

—¡Akiko!

Oyó un rugido al otro lado de la puerta corredera, que su padrastro seguía sacudiendo con fuerza. No tardaría mucho en caer al suelo. Colocó una mano sobre el rostro redondeado que se reflejaba en el espejo brillante y se dejó arrastrar hacia el interior.

Era un espejo pequeño, pero, curiosamente, todo su cuerpo lo atravesó sin problemas.

Miró a su alrededor y se dio cuenta de que estaba de vuelta en el vestíbulo del castillo.

El corazón le latía con fuerza y todavía tenía la piel de los brazos y las piernas erizada. Tenía los botones superiores de la camisa desgarrados y abiertos.

La Reina Lobo estaba de pie frente a ella. Sujetaba un espejo pequeño, del mismo tamaño que el que acababa de atravesar. Estaba brillando con los colores del arcoíris.

—¡Reina Lobo!

Seguía teniendo la respiración agitada. ¿Por qué había hecho que brillara el espejo de su madre? Le había permitido ir hasta allí a pesar de que había un adulto alrededor.

—Tenía que intervenir porque estabas en un aprieto —dijo la niña. Aki sabía que lo había visto todo. La Reina Lobo ladeó la cabeza, no con su habitual desdén, sino como una niña pequeña—. ¿Quieres decir que preferirías que no te hubiera ayudado?

—No —Aki sacudió la cabeza una y otra vez—. En absoluto. Gracias, gracias, gracias.

En aquel momento, empezaron a caerle las lágrimas y el cuerpo comenzó a darle sacudidas. Se estiró para sujetar la mano de la Reina Lobo, que no se negó. Era cálida, suave y diminuta. Sostenerla hacía que sintiese que ella también podía ser pura y hermosa.

—¿Puedo... vivir aquí como es debido? —le preguntó con los hombros temblorosos.

En la distancia, el rostro de su abuela se desdibujó.

—Eso es imposible.

La Reina Lobo había retomado su habitual arrogancia. Aki apretó los dientes.

—Pero no quiero volver...

Pasar cada momento intentado evitar a su padrastro, a sus amigas, el instituto... Odiaba todo aquello.

Siempre había sido la mejor atleta del equipo de voleibol, pensó. Me irritaba ver a las otras chicas simplemente ahí, de pie. Solía gritarles: «Dejad de soñar despiertas». Tal vez me pasé un poco. Reuníamos a las chicas más jóvenes e inexpertas y nosotras, las mayores, las rodeábamos y les pedíamos que nos dijeran exactamente qué era lo que pensaban que estaban haciendo mal. Todos los clubes solían hacerlo, y no era como si yo hubiese sido la única que lo hacía. Aun así, antes de darme cuenta, esas chicas y las demás me estaban diciendo que no pensaban soportar mi actitud, que mi presencia estaba destrozando el equipo de voleibol. Me dijeron que era una acosadora. Eso no era lo que pretendía y, aun así, resultó ser que era a mí a la que querían echar. No había otra cosa que hacer más que abandonar el equipo.

—Eso es totalmente imposible —repitió la Reina Lobo.

Sin embargo, parecía estar ocultando algo. No soltó la mano de Aki, sino que se la sujetó con fuerza, lo cual le hizo muy feliz.

Aki se ocultó en la sala de los juegos.

Entonces, entró Kokoro, que la contempló como si no pudiera creer lo que estaba viendo. Estaba mirando fijamente su uniforme escolar.

—Aki-chan, ¿vas al Instituto de Secundaria n.º 5 de Yukishina?

Lentamente, siguió la mirada de Kokoro y bajó la vista hacia su ropa.

—Sí —le contestó—. El n.º 5 de Yukishina.

Kokoro tenía los ojos abiertos de par en par por la sorpresa.

Unos segundos después, Masamune y Subaru atravesaron la puerta, uno detrás del otro.

—¡Es exactamente el mismo uniforme que llevaban las chicas de mi instituto! —dijo Masamune, uniéndose a la conversación.

Nosotros… Todos… Todos estamos en el mismo instituto. Lo que significa…

—Podemos ayudarnos los unos a los otros.

Aki se tomó muy en serio las palabras de Masamune.

Porque soy yo la que de verdad quiere ayuda, se dijo a sí misma.

Aquel día, no recibió respuesta de Atsushi-kun al mensaje que le había enviado.

No ha reaccionado a mi súplica desesperada de ayuda. Por primera vez, se dio cuenta de que, si bien sabía el número de su busca, en realidad, nunca le había dado su número de teléfono.

Le había contado todos los problemas con su padrastro. Atsushi le había prometido que la protegería, que nunca permitiría que volviera a pasarle algo así.

Pero estos chicos… Ellos me ayudarán de verdad. Se enfrentarán a todo conmigo.

Sin embargo, aquel día de enero, cuando fue a la enfermería porque quería ayudar a Masamune, porque de verdad quería hacer lo que estuviese en sus manos, no apareció nadie.

Fue todo muy frío.

Mientras miraba el cielo pálido desde la ventana de la enfermería, se sintió traicionada.

—Señora, ¿es cierto que Aki ha venido hoy a clase?

Al otro lado de la puerta de la enfermería, oyó la voz de Misuzu, del equipo de voleibol. Aquello hizo que quisiera salir corriendo. La enfermera se estaba calentando las manos sobre el calefactor portátil y Aki se aferró a ella, llorando.

—Por favor, dígale que no estoy aquí. Aunque vengan todas, por favor, no les diga que estoy aquí.

Se metió en la cama pequeña de la enfermería, se cubrió con las mantas y permaneció allí, temblando.

Lo sabía. De verdad. Sabía que se estaba portando mal.

El resto de las chicas se lo pasaban muy bien haciendo llamadas de broma a las líneas telefónicas de sexo, pero actuaban como un grupo. Nadie hacía ese tipo de cosas sin las demás.

Yo ya no soy como Misuzu y las demás. En absoluto.

Descubrí que los chicos del castillo no me habían traicionado, pero eso no hace que mejoren las cosas. La realidad sigue siendo la misma: no podemos vernos en el exterior.

—Puede que sea un poco lento y que no entienda todo eso sobre los mundos paralelos, pero ¿lo que estás diciendo es que nunca podremos vernos en el mundo exterior? —dijo Rion.

—Sí —asintió Masamune.

—¿Quieres decir que no podemos ayudarnos los unos a los otros?

—Así es. No podemos ayudarnos los unos a los otros.

El mes de marzo llegó a su fin.

Por favor, haz que mi vida sea un poco más tolerable. Haz que mi madre sea más fuerte. Por favor, mata a mi padrastro. Por favor, llévame de vuelta a un momento en el que las chicas del club de voleibol no me odiaban. Si no se cumple ninguno de estos deseos, voy a quedarme en este castillo para siempre.

Tomé la decisión el día antes de que todo terminara.

Me escondí dentro del armario de mi habitación y esperé a que llegaran y pasaran las cinco en punto.

—¡Aki-chan! Aki-chan, ¿dónde estás?

Oí a Ureshino llamándome por mi nombre mientras me buscaba frenéticamente.

Lo siento, Ureshino. Chicos, lo siento. No puedo seguir haciendo esto yo sola. Siento que os hayáis visto involucrados en esto. No quiero volver a casa. No quiero seguir viviendo. No puedo soportarlo más.

¡Auuuuuuuuuuuuuh!

¡Auuuuuuuuuh!

Escuché los aullidos.

Una luz abrumadora comenzó a inundar el castillo.

Estaban abriendo la puerta del armario de un tirón.

Un lobo, con la boca muy abierta, me estaba mirando…

—¡No salgas corriendo! ¡Ven aquí! ¡Dame la mano! ¡Aki, por favor!

—¡Aki, sigue respirando!

—¡Aki, todo va a salir bien!

—¡Aki!

—¡Aki!

—¡Aki!

—¡Aki!

—¡Aki!

De pronto, me di cuenta de que la puerta estaba cerrada. Alguien la estaba golpeando una y otra vez mientras me llamaba por mi nombre.

Era... Kokoro.

—¡No pasa nada, Aki! ¡Aki-chan! ¡Sí que podemos ayudarnos los unos a los otros! ¡Sí que podemos reunirnos fuera del castillo! ¡Podemos vernos de nuevo, así que tienes que seguir viviendo! Tienes que seguir adelante y crecer hasta ser adulta. ¡Por favor, Aki! Estoy... estoy en el futuro. ¡En un futuro en el que tú también estás y en el que ya eres adulta!

La voz se acercó. De pronto, con la mente confusa, pensé: *¿Qué demonios?*

Kokoro sonaba como si estuviera llorando; llorando y golpeando la puerta.

—El tiempo en el que vivimos... los años... ¡son todos diferentes! —dijo—. No estamos en mundos paralelos en absoluto. Todos somos estudiantes del Instituto de Secundaria n.º 5 de Yukishina, pero vivimos en épocas diferentes. ¡Todos vivimos en el mismo mundo!

Todo había empezado con algo que le había dicho Tojo-san.

«¿Cuándo te mudas?».

«El día 1 de abril».

«Entonces, muy pronto».

«Es inevitable. Mi padre quería hacer la mudanza en marzo, pero, este año, el 1 de abril cae en sábado, así que tiene el día libre».

«Este año».

Algo de esa afirmación se le había quedado en la cabeza.

«Ahora que lo pienso...».

El resto del grupo del castillo vivía a lo largo de diferentes días de la semana. Eso no coincidía. Tampoco lo había hecho el día de la semana en el que se había celebrado la ceremonia de apertura. Ni los días festivos, como el Día de la Mayoría de Edad.

Tendría que haber pensado en eso antes. El tiempo era diferente, los centros comerciales eran diferentes, el mapa del distrito era diferente y los profesores y el número de clases que había en cada curso, también.

Sin embargo, su mundo al completo era el mismo.

Empezó a darse cuenta mientras experimentaba los recuerdos de Ureshino.

El día de enero en el que creyó que le habían dejado plantado.

Mientras esperaba a que los demás aparecieran, Ureshino se había comido las bolas de arroz. Era domingo, se sentía contento y estaba contemplando el cielo.

Justo en ese momento, había llegado su madre. Alguien iba con ella. Una mujer de aspecto amable con pequeños mechones grises en el pelo. Cuando sonreía, se le formaban arrugas en torno a los ojos.

Ureshino la había llamado «Kitajima-sensei».

Era diferente a la señorita Kitajima que conocía. Pero, al instante, había sabido quién era. Tan solo era bastante mayor que la mujer que había conocido ella. En la realidad de Kokoro, era una profesora mucho más joven, sin canas ni arrugas.

Mientras pensaba en aquello, se había acordado de otra cosa.

En una ocasión, mientras estaban reunidos en el castillo, había hablado con Ureshino sobre la señorita Kitajima.

«Sí, la señorita Kitajima es muy guapa», había dicho ella por ese entonces.

¿*Guapa*? Ureshino parecía tener el ojo puesto en cualquier mujer disponible que estuviera a la vista y, sin duda, la señorita Kitajima habría encajado en el perfil, por lo que su reacción había sido extraña. Kokoro había pensado en ello durante bastante tiempo.

En la realidad de Ureshino, la señorita Kitajima no era la profesora joven y atractiva que ella conocía.

Se dio cuenta de que también había algo en los recuerdos de Masamune que le había llamado la atención.

«No me van a dejar tirado, lo sé».

Había estado hablando para sí mismo, no con nadie más. Tenía la voz temblorosa.

«Van a venir. Lo sé».

La mano había seguido frotándole la espalda.

«Algo ha debido de impedir que tus amigos vinieran».

En aquel recuerdo, tenía el pelo mucho más largo que la señorita Kitajima que Kokoro conocía. De nuevo, aquella era una señorita Kitajima de más edad.

Por eso había querido investigar los recuerdos de todos, para que le mostraran cómo había sido para cada uno de ellos.

El *walkman* de Subaru, por ejemplo.

Subaru había sacado de su mochila un reproductor de música conectado a unos auriculares de un modelo que ella nunca antes había visto. Además, en el recuerdo, había estado escuchando cintas de casete. Aquel reproductor era mucho más pesado y robusto que cualquiera que le hubiera visto llevar a otra persona.

Sin embargo, lo que de verdad le había confirmado todo había sido la experiencia de los recuerdos de Fuka.

Cuando tocaba el piano, había un calendario detrás de ella con la fecha de la competición marcada en rojo.

El año que aparecía en el calendario era 2019. No era 2005, el que, para Kokoro, había sido el año anterior.

Y, cuando había entrado en los recuerdos de Aki, había conseguido confirmarlo todavía más.

En su presente, incluso los estudiantes tenían sistemas telefónicos PHS o teléfonos móviles, pero Aki se comunicaba con un busca. Cuando Kokoro había sido más pequeña, su madre había tenido un busca que utilizaba para estar en contacto con su lugar de trabajo y con el padre de Kokoro, así que estaba bastante familiarizada con cómo funcionaban. No era un aparato con el que pudieras hablar, tan solo mandar un mensaje unidireccional. En japonés lo llamaban «alarma de bolsillo», que era un término que su madre solía utilizar.

Con la prisa, mientras intentaba teclear un mensaje para un busca, Aki había volcado el calendario que había sobre la mesa. El calendario rezaba «1991».

Estaba segura de que, si cotejaba las realidades de los demás, encontraría una línea temporal mucho más clara.

Para Aki, Kokoro procedía del futuro.

Para Fuka, vivía en el pasado.

«Nunca he dicho que no podáis reuniros o que no podáis ayudaros los unos a los otros. Ya va siendo hora de que resolváis el asunto, gente. Pensad en ello».

Las palabras de la Reina Lobo habían dado en el clavo.

«Sí que podemos reunirnos. No tendremos el mismo aspecto que ahora, tendremos edades diferentes, pero no es en absoluto cierto que no podremos vernos».

—¡Aki-chan!

Abrió la puerta del cuerpo del reloj de pie y la llamó.

Tras el péndulo, había una llave escondida.

Agarró la llave y vio que había un ojo de cerradura pequeño en la parte trasera del reloj.

Así que aquí es donde está, pensó Kokoro.

La Sala de los Deseos.

Habían mirado por todas partes y, durante todo ese tiempo, había estado escondida en el lugar más obvio.

Insertó la llave en el ojo de la cerradura. Cuando se abrió la parte trasera del reloj, se oyó un chirrido.

Kokoro cerró los ojos y pidió un deseo.

Salva a Aki.

—¡Por favor! —gritó—. ¡Por favor, salva a Aki! Por favor, olvida que ha roto las reglas.

Una luz se derramó. No era la luz turbia de antes ni la luz brutal y abrumadora, sino una luz suave y lechosa que envolvió a Kokoro.

—¡Aki! —gritó desesperadamente hacia la luz.

Aguanta.

—¡Sí que podemos vernos fuera del castillo!

Kokoro recordó la escena de *El lobo y las siete cabritillas* en la que la madre cabra abre el reloj de pie en el que se esconde la cabritilla más joven.

Aki, sal, deseó Kokoro, y metió la mano extendida a través de la puerta abierta.

—¡No salgas corriendo! ¡Ven aquí! ¡Dame la mano! ¡Aki, por favor! —estaba gritando con todas sus fuerzas—. ¡No pasa nada, Aki! ¡Aki-chan! ¡Sí que podemos ayudarnos los unos a los otros! ¡Sí que podemos reunirnos fuera del castillo! ¡Podemos vernos de nuevo, así que tienes que seguir viviendo! Tienes que seguir adelante y crecer hasta ser adulta. ¡Por favor, Aki! Estoy... estoy en el futuro. ¡En un futuro en el que tú también estás y en el que ya eres adulta!

Kokoro sintió algo suave y cálido.

Alguien le estaba sujetando la mano. Cerró los ojos con fuerza y agarró la mano con tanta firmeza como pudo. *De ninguna manera voy a soltarte.*

—¿Kokoro?

—Sí, soy yo, Kokoro. —Tenía la cara húmeda por las lágrimas. La mano de Aki... Nunca jamás iba a soltarla—. He venido a buscarte.

—Kokoro, lo siento. Yo...

—¡No importa! —gritó con la voz surgiéndole desde las entrañas—. ¡De verdad, no importa! ¡Tienes que regresaaaaaar!

La voz se le quebró. Con toda su fuerza, tiró de la mano hacia ella.

En ese momento...

—¡Kokoro! —dijo una voz. No era la de Aki, sino la de alguien detrás de ella.

Apenas tuvo tiempo para pensar antes de sentir una mano sobre su hombro. Se dio la vuelta con una sacudida. Se trataba de Fuka.

Fuka, Subaru, Masamune, Ureshino y Rion. Todos habían regresado. Su deseo se había cumplido.

—¿Es Aki? —preguntó Masamune. Kokoro asintió.

—¡Sí!

Aquel pequeño intercambio fue suficiente. Mientras Kokoro pasaba la mano más allá del reloj, sus amigos la agarraron y se sujetaron entre ellos como si fueran a jugar al juego de la soga, y tiraron con toda la fuerza que fueron capaces de reunir.

—¡Tirad! —oyó que gritaba Subaru.

—¡No vamos a soltarte, incluso aunque eso signifique que tengamos que morir todos!

Kokoro notó que se escurría. Todos cerraron los ojos y tiraron con más fuerza.

Pensó que aquello no era *El lobo y las siete cabritillas*, sino más bien la historia de los hermanos Grimm titulada *La zanahoria*. De pronto, sintió como si le quitaran un peso de encima.

Podemos hacerlo, se dijo a sí misma.

—¡Ya vamos, Aki!

—¡Tiraaaaaaaaaaad! —gritaron.

De detrás del reloj empezaron a emerger las puntas de los dedos de Aki.

El impulso hizo que todos cayeran hacia atrás por la escalera.

En lo alto de la escalinata, frente al reloj de pie, yacía Aki.

—¡Aki! —gritó Kokoro mientras volvía a subir corriendo las escaleras.

—¡Aki, idiota! —dijeron tanto Masamune como Rion.

—De verdad, te mereces que te pateemos el culo —añadió Rion.

Aki tenía el mismo aspecto que si acabara de emerger de debajo del agua. Tenía el rostro húmedo. Había estado llorando mucho y durante mucho tiempo.

—¡Lo siento mucho! —consiguió decir a través de los sollozos. Con los ojos inyectados en sangre, los miró de uno en uno—. Lo siento mucho. Yo...

—¡Eres una idiota absoluta! —dijo Fuka, haciéndose eco de las palabras de los chicos. Tenía el rostro tan sonrojado y húmedo por las lágrimas como Aki—. ¿Qué vamos a hacer? —chilló—. ¡Hemos utilizado nuestro único deseo para salvarte!

—Lo lamento muchísimo, de verdad. Yo...

—¡Gracias a Dios! —exclamó Fuka mientras se aferraba a su cuello con un fuerte abrazo—. ¡Gracias a Dios que estás bien!

Aki abrió los ojos de par en par, pero tenía la mirada perdida. Rodeando a la otra chica con los brazos, volvió a mirarlos a todos.

Tal vez se dio cuenta de que, en realidad, no estaban enfadados.

Soltó un suspiro largo y profundo.

Sin previo aviso, oyeron el sonido de unas manos aplaudiendo suavemente.

Sabían de quién se trataba sin necesidad de darse la vuelta.

También sabían que había llegado la última hora de su amistad.

Lo sabían, y estaban preparados.

Dado que les habían concedido un deseo, ahora el grupo perdería cualquier recuerdo de haber estado en el castillo.

Al fin, había llegado el momento de la despedida.

—Reina Lobo.

Como si fueran una sola persona, todos se giraron para mirarla.

—Bien hecho, ciertamente.

Estaba al pie de las escaleras del vestíbulo, aplaudiendo delicadamente con sus manos pequeñas.

CLAUSURA

Subaru procedía de 1985.

Aki, de 1992.

Kokoro y Rion, de 2006.

Masamune, de 2013.

Fuka, de 2020.

Ureshino, ¿?

Comprobaron los unos con los otros el año en el que estaban viviendo y dónde.

En la sala de los juegos destrozada, extendieron una hoja de papel y lo anotaron todo.

—No recuerdo qué año es —dijo Ureshino.

Los demás sabían exactamente lo que quería decir. A veces, podías ser plenamente consciente del día de la semana o del mes, pero apenas saber en qué año te encontrabas.

Les recorrió una conmoción mientras digerían los detalles de los demás, especialmente en el momento en el que se dieron cuenta de que Subaru seguía viviendo en 1985.

—¡Eso es en la era del emperador Shōwa! —dijo Masamune.

—Claro, eso parece —replicó Subaru, aunque pareció confuso y Kokoro se dio cuenta de que la mera mención de Shōwa no le había gustado. Entonces, añadió—: ¿El mundo no terminó en 1999? Ya sabéis, siguiendo la gran profecía de Nostradamus. ¡Vaya! Es un alivio saber que no fue así.

Sonrió y ninguno de ellos supo si estaba bromeando o si de verdad había creído que sería así.

—Claro que no terminó —dijo Masamune mordazmente—. Cuando jugabas a mis videojuegos de última generación, ¿nunca pensaste que había algo raro? ¿Tal vez que la pantalla tenía mucha claridad y definición? En tu época, ¿no eran las consolas unas máquinas muy simples?

—Nunca había jugado demasiado con ellas, así que pensé que debían de ser así. Dijiste que el juego lo había hecho tu amigo, así que creí que todavía no había salido a la venta y que habías conseguido una copia anticipada o algo por el estilo.

—Yo también —intervino Kokoro—. Pensé que era algo extraño. La Nintendo DS que tienes no es como la que tengo yo, Masamune.

Se había convencido a sí misma de que, si existían mundos paralelos, era posible que sus videoconsolas no fuesen idénticas.

—Estás hablando de la Nintendo DS de primera generación, ¿verdad? La que uso yo es una DS de tercera generación.

Masamune examinó a Subaru como si estuviera estudiando sus rasgos por primera vez.

—Es que no puedo creerlo. Entre Subaru y yo hay... ¿qué? ¿Veintinueve años de diferencia? —El papel con los registros de todas sus líneas temporales estaba lleno de cálculos garabateados—. Aunque, Kokoro, eres bastante lista por haberte dado cuenta. En ningún momento se me ocurrió que no perteneciésemos a la misma época.

—Me cuesta creerlo —dijo Rion—, pero sí que parece más probable que la idea de los mundos paralelos que tenía Masamune.

—Sí, sí —replicó el aludido, frunciendo un poco el ceño—. Siento haberos asustado.

—Mirad, ¿no hay siete años entre cada uno de nosotros? —Fuka pasó el dedo por cada uno de los años—. Puede que, en este caso, el siete sea un número especialmente importante. Somos siete, y los siete escondites se inspiraron en el cuento *El lobo y las siete cabritillas*.

—Tienes razón.

Una vez que hubieron establecido aquello, pudieron aclarar muchas otras cosas.

Por ejemplo, todas las diferentes iteraciones del centro comercial o la localización del McDonald's.

Aki procedía del Minami de Tokio del pasado.

En el futuro, Careo probablemente se habría convertido en un centro comercial incluso más grande con sus propias salas de cine, tal como Masamune y Fuka lo habían descrito.

—Entonces, Ureshino debe proceder de algún año entre los de Aki y Kokoro. Ahí hay un salto de catorce años, en lugar de siete. Así que, Ureshino debería venir de 1999, ¿no?

—¿Eh? ¿De verdad? —El chico pareció pensativo durante un instante, pero, después, sacudió la cabeza—. No, no creo. Quiero decir... Nací en 2013.

—¿Qué? —exclamaron.

—Entonces, eso significaría... —dijo Fuka, mirando a lo lejos mientras hacía los cálculos—. Para ti, Ureshino, ahora mismo es 2027. Tendrías que habérnoslo dicho desde el principio.

—¡2027! ¡Eso es increíble! Entonces, ¿eres de un futuro muy lejano? —dijo Subaru con cara de asombro.

—Supongo que sí —contestó Ureshino, ladeando la cabeza.

Al escuchar aquella conversación, Kokoro dijo en voz baja.

—Guau...

En el 2006 en el que ella vivía, Ureshino ni siquiera había nacido todavía. Le costaba hacerse a la idea.

—Así que Kokoro, Rion y yo somos los únicos con catorce años de diferencia —murmuró Aki lentamente—. ¿Cómo es posible?

Tras haber llorado tanto, el rostro de Aki seguía pálido, pero Kokoro podía sentir que estaba volviendo a ser ella misma. Se sintió aliviada de que empezase a contribuir a la conversación.

—No tengo ni idea —contestó ella tras unos instantes—. Tendría más sentido si hubiera alguien entre nosotros... De este modo, es un poco extraño.

—Pero puedo imaginarme cómo es posible que funcione —dijo Fuka lentamente. Todos la miraron. Ella miró a Aki, que estaba sentada en el suelo con las piernas cruzadas—. ¿Recuerdas el último día de febrero, cuando no había nadie más en el castillo? Solo estábamos nosotras dos. Llamamos a la Reina Lobo, pero ella tampoco apareció.

—Sí, me acuerdo.

Ah..., pensó Kokoro. Los primeros días ambas habían mantenido una relación tensa, pero, hacia principios de marzo, se había dado cuenta de que se llevaban mucho mejor. Había pensado que era bastante raro y se había preguntado en qué momento habrían hecho las paces.

—Aquello debió de ocurrir en un año bisiesto.

—Ah...

—Cada cuatro años, hay un día adicional el 29 de febrero. El de Aki fue en 1992 y el mío en 2020, pero ninguno más tuvisteis ese día. Así que, para vosotros, de pronto era el 1 de marzo, ¿no?

—Tienes razón...

—Nosotras dos fuimos las únicas que ganamos un día.

El uso que había hecho Fuka de la palabra «ganar» era extraño. Mientras escuchaba, Kokoro empezó a pensar en algo.

—Ocurre lo mismo con los festivos —dijo.

—¿Los festivos?

—En enero, cuando hablamos sobre el día de la ceremonia de apertura, empezamos a hablar del Día de la Mayoría de Edad, ¿os acordáis? Subaru dijo que había sido el día 15 y hablamos de cómo, gracias a los mundos paralelos, sería en días diferentes para todos nosotros.

En aquel momento, Subaru y Aki habían dicho:

«El Día de la Mayoría de Edad fue el 15, ¿no? No creí que fuese un festivo de dos días».

«La ceremonia de apertura es una cosa, pero pensaba que el Día de la Mayoría de Edad sería el mismo para todos».

—Entonces, en la época de Aki, ¿todavía no habían unido los festivos con los fines de semana? He oído que solían hacerlo así.

—¿De verdad fue lo que pasó? ¿Cambiaron los festivos?

—Sí. Es lo que se conoce como «sistema del lunes feliz».

—¡¿«Lunes feliz»?! —exclamó Aki. Después, estalló en carcajadas—. Vaya nombre más tonto. Kokoro, ¿me estás tomando el pelo?

—¡No, te prometo que no! No me lo he inventado. ¡Existe de verdad!

No estaba acostumbrada a que se rieran de ella y se apresuró a defenderse. Sin embargo, al mismo tiempo pensó: *Bien; Aki está volviendo rápidamente a ser la misma peleona de siempre.*

—Una cosa más. Aki, Subaru… En vuestra época, ibais a clase los sábados, ¿verdad? —dijo Fuka.

Kokoro se sorprendió. *El sistema de dos días libres a la semana.*

Hasta el tercer curso de primaria, el colegio de Kokoro había tenido uno de cada dos sábados libre y ella había disfrutado mucho de tener un día libre adicional cada dos semanas.

En una ocasión, Aki había mencionado que a ella y a su novio los había parado un policía encargado del ausentismo escolar mientras estaban en la ciudad. Kokoro había pensado que había sido porque parecían a punto de causar problemas, pero el verdadero motivo había sido que, en la época de Aki, todavía tenían clase los sábados y debería haber estado en el instituto.

Con respecto a aquello, las reacciones de Aki y de Subaru fueron diferentes:

—¿Qué? ¿Los sábados van a ser días libres?

—Sí —contestó Aki—, eso dijeron, que tendríamos un sábado al mes libre, pero no he estado yendo mucho al instituto, así que no había pensado en ello. —Continuó pensando en voz alta—. Entonces, Kokoro, en el año del que procedes, ¿nunca vas a clase los sábados? Vaya… Realmente, vivimos en épocas diferentes.

—Sí —asintió Kokoro. De pronto, se le ocurrió otra cosa—. Para vosotros, ¿sigue habiendo un instituto de secundaria n.º 2 y uno n.º 4 en Minami?

—¿Qué quieres decir?

—Ya no existen —contestó Fuka—, puesto que el número de niños en la zona ha disminuido.

Cuando Kokoro había ido a visitar la escuela alternativa, la directora había dicho lo mismo. Había señalado que, tras la atmósfera acogedora y relajada de los colegios de primaria, había muchos estudiantes que tenían problemas de adaptación al entrar en secundaria. Especialmente en el instituto n.º 5, dado que se había vuelto enorme a causa de la reorganización y la fusión de centros.

Cuando Aki había mencionado la posibilidad de repetir un curso, Kokoro le había preguntado si planeaba cambiarse a un instituto cercano y ella le había contestado: «¿Como el Instituto de Secundaria n.º 4 o algo así?». En aquel momento, le había parecido raro, dado que ya no existía un instituto n.º 4.

—¿De verdad? ¿Es cierto? —intervino Ureshino de forma inesperada. Les estaba mirando con los ojos muy abiertos—. Siempre me pregunté por qué nuestro centro era el n.º 5 si no había un n.º 4. Ya veo por qué. Ahora todos los institutos tienen números impares, así que creía que los números pares debían de dar mala suerte o algo por el estilo.

—¿No es eso un insulto para todos los centros educativos con número par del país?

Aki soltó un largo suspiro.

—Todo esto es muy raro —dijo—. Todos tenemos edades similares y nos parecemos mucho, pero Kokoro, Ureshino y... Bueno, de hecho, todos vosotros sois del futuro.

—A mí también me resulta extraño pensar que eres del pasado, Aki. No consigo hacerme a la idea.

—Aunque, ahora que lo pienso, Rion y tú procedéis del mismo año —comentó Subaru de pronto.

Tenía razón.

Además, ahora que conocían toda la historia, se podía explicar la sensación de inquietud que Kokoro había sentido anteriormente al pensar que había demasiadas personas del mismo instituto que habían abandonado las clases, así como el hecho de que Rion, que en realidad estaba estudiando en el extranjero, siguiera estando incluido en el grupo a pesar de proceder de 2006.

—Creo que es porque realmente quería ir al n.º 5 de Yukishina —murmuró él, tal como la Reina Lobo le había dicho—. Tal vez me trajo hasta aquí porque quería hacer amigos en un centro japonés; para que pudiera conocer a Kokoro.

—Realmente, podríamos habernos encontrado. —Rion alzó la cabeza. Ella se explicó—: En la enfermería, en enero, al comienzo del tercer semestre.

Le alegraba el corazón pensar que Rion y ella eran de la misma época. Hawái y Japón. Si tan solo la distancia no les hubiera separado, aquel día podría haberse encontrado con él en la enfermería. Sin embargo, si no se hubiera marchado al extranjero, podría haber sido un chico normal que asistía al n.º 5 de Yukishina y, tal vez, nunca lo hubieran invitado al castillo. Nunca se sabe cómo el azar puede cambiar las cosas.

—Bueno, de todos modos, nos vamos a olvidar de todo esto —señaló Kokoro.

Aunque Rion regresase a Japón y se cruzasen por la calle, ninguno de los dos recordaría quién era el otro. Aquel simple pensamiento le resultaba doloroso.

—Reina Lobo —dijo Fuka, dándose la vuelta y mirando a la niña, que llevaba un buen rato sentada en silencio frente a la chimenea—. ¿Cuánto tiempo nos queda?

—Os doy menos de una hora —contestó la Reina Lobo, como si, entre todos ellos, la estuvieran aburriendo tremendamente. Contemplaron cómo se ponía de pie y cómo se le agitaba el dobladillo de la falda—. Así que será mejor que os preparéis.

La Reina Lobo había llegado hasta ellos aplaudiendo suavemente y con un aspecto tan sereno como siempre.

Ahora que ya habían rescatado a Aki, su vestido, que antes había estado hecho trizas, había recuperado su habitual condición impecable. Antes de que se dieran cuenta, el castillo, que había estado a oscuras, de pronto volvía a estar iluminado.

—¡Bien hecho! —les dijo, con un toque de sarcasmo.

Ninguno supo exactamente cómo reaccionar. Tan solo Kokoro fue lo bastante valiente como para hablar.

—Reina Lobo… —dijo.

Los demás miraron fijamente a la niña con un gesto de terror congelado en los rostros.

Kokoro no había visto con sus propios ojos la versión del lobo enorme, así que no conocía los detalles de lo que les había hecho, pero era evidente que los demás habían experimentado algo sobrenatural antes de ser «enterrados» bajo las marcas con forma de «X». Tan solo por la intensidad de los aullidos, sentía que había sido indescriptible y que los otros no eran del todo conscientes de ello.

—¿Por qué todas esas muecas? —preguntó la niña con desdén—. No os preocupéis. No os va a pasar nada. De todos modos, en realidad, no quería tener que hacerlo y nunca tendría que haberlo hecho si alguien no hubiese roto las reglas. —La Reina Lobo le lanzó una mirada a la recién rescatada Aki—. ¡Piensa en lo que has hecho!

—Lo siento mucho.

El rostro de Aki seguía estando pálido y ella comenzó a temblar de nuevo. La Reina Lobo asintió, aceptando sus disculpas.

—Bueno, ahora estáis todos a salvo.

—Todo ha salido mal —dijo Rion—. Estaba muy asustado; he pasado un miedo de muerte.

La Reina Lobo no le hizo caso y dirigió el hocico hacia Kokoro. En cierto sentido, parecía que estuviese sonriendo.

—Bueno, tú sí que lo has hecho bien al descubrir lo que estaba pasando, al comprender que este es un castillo que trasciende las reglas del tiempo.

—Sí —asintió ella, todavía confundida. Sus ojos se encontraron con los de la niña a través de la máscara—. Dijiste algo que me hizo darme cuenta de que será posible que nos veamos los unos a los otros. Todos estamos en el mismo instituto, pero en diferentes épocas a lo largo del tiempo.

Kokoro todavía recordaba la pregunta que había hecho Rion en una ocasión. Había sido el día que Aki había aparecido con el uniforme escolar y todos habían empezado a darse cuenta de que asistían al mismo centro.

«Ya has hecho esto antes: traer a otras Caperucitas Rojas hasta aquí y decirles que podían concederles un deseo, ¿verdad? ¿Esas Caperucitas Rojas también eran estudiantes del Instituto de Secundaria n.º 5 de Yukishina? Cada pocos años traes aquí a un grupo, ¿no?», había preguntado el chico.

A aquella cuestión, la Reina Lobo había contestado: «Cada pocos años... Creo que es algo más consistente que eso».

Seguía siendo críptico, pero lo había dicho en un sentido literal.

Había atraído hasta allí a adolescentes con un número fijo de años entre ellos.

¿Que no serían capaces de reunirse? ¿Que no podrían ayudarse los unos a los otros? Ninguna de las dos cosas era cierta, siempre y cuando descubrieran la verdad.

—El castillo cerrará, tal como se os había avisado. Por desgracia, eso será hoy, no mañana —dijo la Reina Lobo con arrogancia.

Estaban preparados para aquello, pero, aun así, les resultó difícil de escuchar.

—Entonces, ¿nuestros recuerdos van a desaparecer? —dijo Fuka—. ¿De verdad nos vamos a olvidar de absolutamente todo?

—Así es —contestó la Reina Lobo de forma categórica—. Como ya os he explicado, dado que habéis encontrado la llave y se ha concedido un deseo, ya no recordaréis nada. —Les miró fijamente—. Sin embargo... —Hizo una pausa y levantó el dedo índice—. Os concederé tiempo adicional.

—¿Tiempo adicional?

—Este es el castillo a través del espejo, donde las reglas del tiempo son fluidas. Puedo daros un momento de pausa antes de que cada uno de vosotros atraviese su espejo. Preparaos y, por favor, aseguraos de que no os dejáis nada.

Kokoro pensó que aquello era como la ceremonia de clausura al final de cada curso escolar, cuando los profesores les indicaban que se asegurasen de llevarse a casa todas las pertenencias que tuvieran en las taquillas y los pupitres.

—Comprobad vuestras habitaciones y la sala de los juegos —añadió la Reina Lobo—. A partir de mañana, ya no tendréis acceso. Por ahora, he parado el paso del tiempo en el exterior. Podréis regresar a vuestro mundo a las siete en punto, hora japonesa. Puede que vuestros padres os regañen, pero no estarán demasiado enfadados.

Resultaba un poco extraño escucharla mostrándose tan preocupada por ellos mientras estaba rodeada por los adornos dispersos del castillo destruido. Aunque parecía apropiado.

—¿No tenemos que limpiar todo esto? —preguntó Ureshino. Las columnas estaban resquebrajadas, las paredes manchadas, había muebles volcados y vajilla esparcida por todas partes.

Parecía como si un tornado hubiera pasado por el castillo y se sentían incómodos ante la idea de dejarlo así. Ureshino continuó, dubitativamente—: Entonces, ¿te parece bien que nos limitemos a recoger nuestras cosas? ¿No será demasiado trabajo para ti limpiar todo este desastre tú sola?

—No va a ser un problema, en absoluto —replicó la Reina Lobo haciendo un gesto desdeñoso con su brazo delgado. Entonces miró a Ureshino de forma más directa—. Eres un chico bastante decente, ¿verdad?

El grupo intercambió una mirada de asombro. Aquel momento de humanidad no era algo que hubiesen esperado de aquella loba suya.

—Bien, tengo una sugerencia —dijo Ureshino con seguridad—. Antes de que recojamos nuestras cosas, quiero que vengáis todos a la sala de los juegos. Todavía sigo muy confundido con todo esto y me encantaría que me lo explicaras, Kokoro-chan.

—De acuerdo —contestó ella.

Regresaron a la sala de los juegos, que estaba destrozada, y Kokoro tomó la hoja de papel que había sobre el escritorio volcado. Entonces, comenzó a explicarles cómo cada uno de ellos existía en una época diferente.

—¡Caray! ¿Qué demonios?

Todos habían ido a su habitación para asegurarse de que no se dejaran nada, mientras que Masamune se había quedado en la sala de los juegos buscando sus videojuegos entre los escombros.

Algunas consolas habían acabado destrozadas bajo la mesa volcada y las cajas de los juegos parecían totalmente aplastadas.

Suspirando y chasqueando la lengua, metió todo dentro de su mochila, preguntándose si lo podría devolver al fabricante.

—Si hubiera sabido que iba a pasar algo así, jamás habría traído todo esto.

Siguió mascullando y gruñendo en voz baja hasta que escuchó su nombre.

—Masamune.

Se dio la vuelta y vio a Subaru en la puerta.

—¿Qué quieres? —le preguntó—. ¿Has terminado de buscar en tu habitación?

—No pasa nada; no había traído muchas cosas de casa y tampoco había utilizado la habitación. He pasado la mayor parte del tiempo aquí, jugando a videojuegos contigo. Venga, déjame que te ayude —dijo Subaru, arrodillándose sobre la alfombra—. Vamos a recoger todo juntos.

Mientras observaba cómo el otro chico colocaba bien una silla que se había volcado hacia un lado, Masamune tuvo un sentimiento extraño.

Aquel chico había pasado la mayor parte de un año en aquella habitación jugando a videojuegos con él. Uno de ellos estaba en noveno, el otro en octavo y, a pesar de todas las horas que habían compartido, riéndose y gritando con los juegos, todavía le costaba creer que procediese de una época diferente, que fuese un estudiante de instituto en 1985.

Ahora es veintinueve años más mayor que yo, pensó.

Sacó la PlayStation 2 destrozada de la montaña de escombros. *Mierda, ¿qué voy a hacer con esto?* En casa, seguía teniendo una PlayStation 3 y muy pronto iban a sacar la 4. Sabía que, si le insistía lo suficiente, su padre se la compraría.

Decidió que no iba a molestarse en llevarse de vuelta la televisión rota. Era un viejo televisor de tubo de la marca Braun del que su padre ya se había olvidado. Lo había descubierto en el cobertizo y, en comparación con una televisión LCD, era increíblemente pesado y voluminoso. No era mucho mejor que una antigualla.

—Masamune, en otra ocasión mencionaste que en casa tenías una videoconsola más nueva, pero que no encajaba con el terminal de la televisión. ¿Qué querías decir?

—Ah... Esta es la PlayStation 2. —*Así que incluso tengo que explicar eso, ¿eh?* Escogió las palabras con cuidado—. En casa, tengo una versión más avanzada que esta, la PlayStation 3, que era la que de verdad quería traer. Sin embargo, ahora las televisiones son más sofisticadas y, si no tienes una, los conectores no encajan. Esta televisión antigua no es compatible. Esta PlayStation 2 la usaba mi padre en su día.

—¿De verdad?

Probablemente, siga sin entenderlo, pensó, pero Subaru estaba tarareando con una sonrisa en el rostro.

—¿De verdad lo entiendes?

No pudo evitar preguntarle.

—No del todo, pero me encanta pensar que el futuro acabará siendo así —dijo—. Entonces, ¿a tu padre también le gustaban los videojuegos? ¿Es por eso por lo que te gustan tanto?

—En parte, quizá sea por eso.

En aquel momento, él y su padre apenas jugaban juntos, pero desde que tenía memoria, podía recordar estar acostumbrado a ver a su padre coleccionar videojuegos. Incluso ahora, si le insistía, normalmente su padre le compraba el juego que le pidiese, dado que él mismo comprendía el atractivo que tenían. Era ese tipo de padre y Masamune se sentía agradecido por ello.

—¿Sabes...? —dijo Subaru mientras rebuscaba entre los juegos esparcidos.

—¿Qué pasa ahora?

—Estoy pensando en convertirme en eso —añadió Subaru.

—¿En qué?

—En alguien que diseña videojuegos.

En aquel momento, Masamune estaba a gatas en el suelo, pero dejó de buscar y se quedó en silencio. Subaru también dejó de rebuscar y le miró a los ojos. Se incorporó.

—He estado pensando en ello. En 2013, el año en el que vives ahora, yo tendré... ¿cuántos? ¿Cuarenta y tres o cuarenta y cuatro años? Es difícil de creer, pero he estado pensando que es una edad bastante decente, aunque, para ti, sería un anciano. En otras palabras, un adulto. —Se rio—. Por eso, ese será mi objetivo a partir de ahora: convertirme en diseñador de videojuegos. Entonces, podrás decir: «Un amigo mío diseñó este videojuego» y será verdad.

Masamune no supo qué decir. Le pareció que no podía respirar, como si una fuerza invisible le estuviera oprimiendo el pecho. Sintió una fuerte punzada en la nariz y los ojos empezaron a llenársele de lágrimas. Bajó la mirada rápidamente.

—¿De qué estás hablando? —consiguió decir con la voz entrecortada—. Todos vamos a olvidarnos de cualquier cosa que hayamos dicho aquí, así que ¿qué sentido tiene? No evitará que yo presuma de ello.

—¿Eso crees? Aun así, ¿no quieres pensar que van a cambiar algunas cosas? ¿Que, de algún modo, todo esto tiene alguna importancia? Porque, hasta ahora, yo nunca había tenido algo a lo que de verdad quisiera aspirar. —Hablaba de una forma tan despreocupada que hizo que Masamune deseara que pudiera ser un poco más serio—. Así que, si pudiera encontrar algo que me entusiasmase, me haría mucha ilusión. Creo que, si me lo propongo, al menos podré recordar eso cuando atraviese el espejo. Te lo prometo. Por lo que, aunque tú y yo nos olvidemos el uno del otro, no estarás mintiendo. Sí que tienes un amigo que hace videojuegos. —Masamune se mordió el labio para reprimir las lágrimas—. ¿Masamune?

—Gracias, Subaru —dijo en voz baja antes de que el otro chico pudiera prestar demasiada atención a sus mejillas empapadas por las lágrimas. Sin embargo, Subaru parecía aliviado.

—Nada —dijo, asintiendo. Posó los ojos en los dispositivos destrozados—. Estupendo —murmuró.

Fuka cerró la tapa del piano.

Pasó los ojos por la habitación con el corazón agradecido. Se sacó un pañuelo del bolsillo y limpió bien la tapa.

Mientras ordenaba el resto de la habitación, alguien llamó a la puerta.

—¿Sí?

—Soy yo, Ureshino.

Todos habían decidido reunirse por última vez en el vestíbulo, así que ¿por qué estaba al otro lado de su puerta? La abrió solo lo suficiente como para ver el perfil de su rostro.

Estaba solo en el pasillo.

—¿Qué ocurre? —le preguntó en voz baja.

—Bueno… Quería decirte algo.

Tenía el rostro sonrojado y se estaba estrujando las manos frente a él. Antes de que ella pudiera pensar siquiera de qué podría tratarse, le dijo:

—La cosa es… —La miró directamente—. Fuka… ¿saldrás conmigo? —Lo dijo con tanta osadía que, sin duda, había resonado por todo el castillo. Atónita, Fuka abrió la puerta del todo. Parecía estar hablando totalmente en serio—. Puedes darme tu respuesta cuando regresemos a través del espejo, pero ¿lo pensarás y me dirás lo que hayas decidido? Incluso… incluso aunque no lo recuerdes, será como un *dorama* en el que dos personas están destinadas a estar juntas y una ve a la otra en medio de una multitud. Si me ves, sentirás algo.

—Sí, pero…

Vivían en épocas diferentes. Con siete años de diferencia, para ser exactos. En la época de Ureshino, mientras estuviera en secundaria, ella ya se habría graduado.

—Soy mucho mayor que tú. Además, de todos modos, vamos a olvidarnos de todo.

—Pero, aun así, me sigues gustando —insistió él.

Estaba muy serio, apretando los puños con tanta fuerza que se habían vuelto de un color blanco como la porcelana. Fuka sonrió. Estaba extremadamente contenta.

—Entiendo —dijo—. Si te veo en algún sitio y, de algún modo, el destino tira de mí, te llamaré. Aunque, para entonces, es posible que estés locamente enamorado de alguien de tu edad.

—¡Imposible! ¡Me gustas! ¡Me gustas mucho, Fuka!

Todavía estaban hablando en la puerta cuando alguien se les unió.

—Sí, sí, sí… «Me gustas, me gustas»… ¡Dale un respiro!

Se trataba de Aki que, al parecer, acababa de salir de su habitación. Le dio un golpe en la nuca a Ureshino.

—¡Ay! —se quejó él, llevándose una mano a la zona.

Detrás de Aki estaban Rion y Kokoro, que parecía avergonzada y que extendió las manos en gesto de disculpa hacia ella.

—Sentimos interrumpir —articuló con la boca.

—¿De qué estás hablando? —dijo Ureshino—. Aki, desde mi perspectiva, eres una señora mayor, así que no hay ninguna posibilidad de que me gustes.

—¡Repite eso! —Aki hizo una mueca y le tiró de la oreja.

Fuka no pudo evitar sonreír de nuevo.

—Ureshino —dijo—, si me topo contigo, puede que no te recuerde, pero tú lo entenderás, ¿verdad? Si tú te acuerdas de mí, entonces, puedes contarme toda la historia y convencerme para que salga contigo. A veces, puedo ser un poco testaruda, así que es posible que no te crea.

El chico pareció aturdido durante un segundo.

—¡¿Quéééééé?! —exclamó, exagerando la pregunta—. ¿Es así como me respondes? ¿De una manera tan fría y desdeñosa?

—Dios, de verdad, eres muy molesto, ¿sabes? —dijo Aki.

Fuka tan solo estaba contenta de que pudieran charlar todos juntos de aquel modo.

En el vestíbulo, los siete espejos estaban resquebrajados y cayéndose a pedazos. Pero, al menos, los habían movido de nuevo a su lugar original y los habían colgado de la pared. Evidentemente, la Reina Lobo los había preparado para cuando regresaran.

—Me he divertido mucho —dijo Fuka, como si hablara para todos ellos.

Fuka raramente decía lo que pensaba y Kokoro quedó gratamente sorprendida. Ella se sentía igual.

—Sí —dijo, sonriendo.

—Solo mientras estaba aquí empecé a sentirme normal. —Fuka miró a todo el grupo. Tras las gafas redondas, sus ojos parecían cálidos, aunque también un poco tristes—. Pensaba que nunca podría ser como los demás. No era más que una perdedora. Así que me hizo muy feliz que todos os hicierais amigos míos, tal como haríais con cualquier otra persona.

Kokoro sonrió ante su franqueza. Ureshino tomó la palabra.

—Pero ¿no te parece extraño? —Todos se sentían un poco alarmados, preguntándose qué era lo que estaba a punto de decir, ya que sonaba indignado—. Fuka, no eres ordinaria en absoluto. Eres muy amable y equilibrada… Estás lejos de ser ordinaria.

—No me refería a eso, aunque me hace muy feliz escuchar eso, Ureshino.

—Pero es cierto, ¿no? —intervino Rion—. El que seas ordinaria o no no tiene importancia. Eres buena persona, Fuka, y por eso quise ser tu amigo, no hay más. —Aquel fue el turno de Fuka para quedarse sin palabras—. ¿Me equivoco?

—No —contestó ella en voz baja, sacudiendo la cabeza—. Gracias —añadió.

—Ahora que lo mencionáis… —comentó Subaru, mirando a Masamune—. A veces, llamabas a Rion «caramelito». ¿Qué significa? Lo decías a sus espaldas, así que pensé que debía de ser algo malo. Vamos a marcharnos de aquí pronto, así que, ¿podrías decírmelo ahora?

—¿Qué? —dijo Masamune, mirando irritado a Subaru y, después, a Rion.

—¿Eh? ¿De qué va todo eso? ¿A mis espaldas? Eso da muy mal rollo.

—Oh, entonces sí que es algo malo, ¿no?

—No estaba diciendo nada malo; es solo que no es el tipo de cosa que le dices a alguien a la cara.

Tal vez, en 1985, en el mundo de Subaru, decir que alguien era «un caramelito» no fuese algo que la gente hiciese demasiado. En el caso de Kokoro, se trataba de una expresión que usaban los más jóvenes. Hubiera sido un poco raro que lo dijeran sus padres, por ejemplo. Así era como se producían los problemas de comunicación.

—Kokoro, tú también usaste esa expresión, ¿verdad? —le preguntó Subaru—. Dijiste que Rion era un caramelito.

—¡¿Qué?! —exclamó. Se le calentaron las orejas—. ¡Nunca he dicho eso!

Realmente no recordaba haberlo dicho, pero se puso tan nerviosa que empezó a sudar.

—Vaya, eso es espeluznante —dijo Rion con una sonrisa muy amplia.

—Digámonos nuestros nombres completos antes de despedirnos —sugirió Subaru—. Si vemos nuestros nombres completos en cada uno de nuestros mundos, tal vez nos provoquen un recuerdo. Mi nombre es Subaru Nagahisa. *Subaru* es como la constelación. *Naga* e *hisa* son los caracteres que significan «largo» y «duradero».

—Me llamo Akiko Inoue. Inoue es un apellido común —dijo Aki—, pero el *aki* de Akiko es el carácter que significa «cristal» y el *ko* no es más que la palabra que significa «niño» o «niña». —Sacudió la cabeza y se giró hacia ellos—. Sinceramente, al principio, no quería que compartiéramos los apellidos porque mi madre acababa de volver a casarse y mi apellido había cambiado. Yo no quería deciros mi nuevo apellido.

—Yo soy Rion Mizumori. «Mizumori» significa «agua protectora» y ya os dije que Rion se escribe con el *ri* de *rika*, que significa «ciencia», y el carácter para los sonidos *on*.

—Soy Fuka Hasegawa. «Fuka» se escribe con los caracteres para «viento» y «fuerte».

—Soy Kokoro Anzai. «Kokoro» se escribe en *hiragana*, no con caracteres chinos —dijo Kokoro.

—Todos conocéis mi nombre: Haruka Ureshino. «Haruka» es el carácter que significa «distante». «Ureshino» se escribe con los caracteres que significan «feliz» y «campo».

Masamune había permanecido callado en todo momento. Frunciendo el ceño por algún motivo, dijo:

—Aasu Masamune.

—¿Qué?

Le miraron fijamente. No habían oído adecuadamente, así que agudizaron el oído. El rostro de Masamune se volvió de un tono rojo brillante.

—Aasu Masamune. Ese *aa* significa «azul» y el *su* quiere decir «agua clara».

—Aasu. ¿De verdad es ese tu nombre? Estás bromeando, ¿no?

—No. En 2013 es un nombre bastante común. Así que ¿por qué no os calláis, bichos raros del pasado?

—Sí, pero *aasu* es como los japoneses decimos la palabra inglesa *earth*, ¿no? Entonces, ¿de qué va todo eso? —preguntó Aki, haciendo que Masamune se diera la vuelta de mal humor.

Incluso para Subaru, que, entre todos ellos, era su mejor amigo, aquello era una novedad. Por su parte, Kokoro también estaba sorprendida.

Ahora que pensaba en ello, cuando había estado dentro de los recuerdos de Masamune, la Reina Lobo le había llamado por su nombre completo. Había pensado que Masamune era su apellido, pero no había sido capaz de escuchar el nombre.

—Entonces, Masamune es tu apellido, no tu nombre.

—Sí, por eso no quería decíroslo; porque sabía que haríais algún comentario gracioso.

—Vaya, es incluso más raro que mi nombre —dijo Ureshino.

Masamune pareció aún más molesto.

—¡No digas que es raro! —exclamó.

Estaban de pie en fila, hombro con hombro.

Los espejos quebrados indicaban que aquel era, ciertamente, su último viaje. Según la Reina Lobo, más allá del castillo, al otro lado, los espejos también estaban rotos.

—Aki —le dijo Kokoro a Akiko, que estaba a su lado.

—¿Sí, Kokoro? —Akiko giró la cabeza hacia un lado para mirarla.

—Dame la mano.

La otra chica le tendió la mano con inseguridad. Ella se la agarró con fuerza. Recordó lo que había visto, la fea realidad que esperaba a Aki al otro lado del espejo. Su madre y su padrastro eran una parte inmutable de su vida. En cuanto le soltara la mano, tendría que volver a ese mundo; no había nada más que pudiera hacer.

—Te estaré esperando en el futuro —le susurró. Akiko abrió los ojos de par en par—. Te estaré esperando en 2006, catorce años en el futuro para ti. Ven a verme, ¿de acuerdo?

Espero que lo entienda.

Lo único que podía decirle eran unas pocas palabras que no estaba segura de que fuese a comprender.

Durante varios segundos, Akiko se quedó en silencio, mirando a Kokoro, que había vuelto la vista al frente. Seguían teniendo las manos unidas con fuerza. Asintió.

—Creo que lo entiendo. —Le estaba prometiendo a Kokoro que iría a verla—. Estaba aterrorizada pensando que el lobo me iba a devorar. No voy a volver a hacer una cosa tan estúpida nunca más.

Y Akiko empezó a sonreír.

—¡Chicos, cuidaos!

   —¡Lo haremos!

   —¡Nos vemos!

   —Adiós.

   —¡Adiós!

   —¡Cuidaos!

   —Espero que podamos vernos en algún otro momento.

Un coro de voces interpretando una fuga.

La voz de Akiko.

Kokoro.

Fuka.

Masamune.

Ureshino.

Rion.

Subaru.

Sus figuras se fundieron con los espejos mientras se embarcaban en una última travesía.

Iban de regreso a su propia época y a su propia realidad.

La luz del color del arcoíris se derramó en un caleidoscopio que bañó el suelo del vestíbulo y, después, se desvaneció.

Tan solo la niña con la máscara de lobo seguía allí.

Comprobó que el último vestigio del brillo hubiera desaparecido de cada uno de los espejos antes de darse la vuelta lentamente.

Respiró hondo tranquilamente.

Se acabó, pensó en silencio.

Tras un instante…

—Hola, hermanita.

Aquella voz hizo que la niña que llevaba la máscara de la Reina Lobo se estremeciera. Se giró en dirección a ella, hacia los espejos en los que el brillo se había disipado recientemente. Entonces, apartó la mirada rápidamente.

Rion Mizumori estaba de pie frente a su espejo, con la cabeza alta.

Había emprendido el camino de regreso a casa, pero se había dado la vuelta.

La Reina Lobo le estaba dando la espalda. Fingió no haberle oído, pero Rion no se iba a dar por vencido con tanta facilidad.

—Mio-chan, di algo.

—Márchate a casa. —La Reina Lobo no se dio la vuelta—. Te dije que te fueras. Si no te vas ahora, nunca podrás regresar.

Sentía que algo se destruiría si miraba hacia atrás, así que apretó los dientes y miró fijamente el reloj de pie que había en lo alto de la escalera.

Rion no tenía intención de regresar.

—Tuve mis sospechas desde el primer día.

30 de marzo.

—El día en que el castillo debe cerrar es el aniversario de tu muerte.

Su hermana mayor, Mio, había dicho: «Si yo ya no estoy aquí, pediré un único deseo para ti, Rion. Siento que hayas tenido que soportar tantas cosas».

Recordó su gentileza.

«Quiero lo mismo que tú: caminar juntos hasta el colegio».

—Sinceramente, planeaba adueñarme de la llave mañana y pedir un deseo. Si Aki no hubiera hecho lo que ha hecho, iba a pedirles a todos que me permitieran desear que mi hermana pudiera regresar a casa.

La niña cuyo rostro estaba oculto tras la máscara de lobo. Ella había creado aquel castillo para él, utilizando hasta el último ápice de fuerza que le quedaba.

Desde el momento en el que se había dado cuenta de aquello, no había podido dejar de pensar en toda la cuestión.

El instituto japonés al que había querido asistir.

Los amigos que había querido tener.

—Es exactamente igual —insistió Rion—. Este castillo es justamente como la casa de muñecas que tenías en el hospital.

La exquisita casa de muñecas que habían comprado sus padres había estado durante semanas junto a la ventana de la habitación del hospital.

Dado que era una casa de muñecas, no tenía agua corriente, no se podía utilizar el baño y no había gas. Sin embargo, sí que había electricidad, ya que habían insertado bombillas diminutas por todas las habitaciones.

En el castillo no funcionaba ningún servicio, pero podías seguir jugando a videojuegos y podías pulsar un interruptor y que se encendiera la luz. Nunca había estado seguro de por qué la única cosa de la que disponían era la electricidad.

Todas las muñecas con las que la niña había jugado llevaban vestidos como el que la Reina Lobo tenía puesto en aquel momento.

La casa de muñecas que tanto le había gustado a su hermana.

Los siete adolescentes a los que había acogido en ella.

La búsqueda de la llave que seguía la historia que le había leído una y otra vez, *El lobo y las siete cabritillas*.

Y el día en el que estaba planeado que cerrase el castillo, el 30 de marzo. No el 31. El hecho de que aquel fuese el aniversario de su muerte tenía que significar algo.

Aquel castillo estaba preparado solo para él. La Reina Lobo les había dicho que, en el pasado, había invitado a otros grupos, pero él sabía que no era cierto.

El grupo al que había invitado era único.

—Mio-chan. —La Reina Lobo no respondió. Rion siguió hablando—. El único año que falta es 1999. Trajiste a alguien de cada siete años, pero 1999 es el único año que no tiene representante. Entre la época de Aki y la mía hay un salto de catorce años, el doble que en el caso de los demás. —Lanzó aquellas palabras a la espalda de la niña, dado que ella se negaba a girarse y mirarle a la cara—. Entre tú y yo hay siete años de diferencia.

Su hermana había muerto a los trece años, cuando Rion tenía seis. Aquel habría sido su primer año de secundaria. Nunca se había puesto el uniforme del Instituto de Secundaria n.º 5 de Yukishina que estaba colgado en la pared de su habitación en el hospital; ni una sola vez.

Aquel recuerdo era muy doloroso, como si le estuvieran desgarrando el pecho y arrancándole el corazón.

—Así que, 1999 eres tú, ¿verdad? La chica que quería ir al n.º 5 de Yukishina pero no pudo.

La espalda de la Reina Lobo pareció temblar ligeramente. Sin embargo, sus zapatitos brillantes, que parecían un juguete, estaban plantados con firmeza en el suelo.

¿Cuándo habría creado todo aquello? Durante el último año de su vida, había pasado la mayor parte del tiempo con los ojos cerrados, como si estuviera durmiendo. Incluso el pequeño Rion había pensado que, si sentía tanto dolor, era mejor que durmiese.

¿Fue entonces?, se preguntó.

Con los ojos cerrados, dormida, había ido hasta allí cada día.

«Si yo ya no estoy aquí, pediré un único deseo para ti, Rion».

«Quiero poder ir andando al colegio contigo».

Él había pedido aquello de forma inocente; aquel había sido su modesto deseo.

«Pero, si volviera a ese colegio, entonces querría lo mismo que tú: caminar juntos hasta el colegio y jugar contigo, Rion».

Su hermana lo había dicho. Seguro que aquello era lo que había deseado. A ella siempre le había gustado inventarse historias, y el castillo, así como la búsqueda de la llave, eran exactamente el tipo de cosas que se le habrían ocurrido.

La Reina Lobo siguió sin darse la vuelta. Parecía decidida a no mirarle a la cara, pasase lo que pasase.

Rion sabía perfectamente lo fuerte que era y que no iba a ceder.

—Al principio, pensé que mi hermana muerta había regresado porque quería verme. Sin embargo, cuando vi cómo la línea temporal de los siete años parecía incompleta, finalmente entendí que tú también debías de estar viajando aquí desde aquella habitación de hospital. Tu realidad sigue siendo en esa habitación, conmigo, cuando yo tenía seis años, ¿verdad? —Se le empezó a quebrar la voz mientras reprimía las lágrimas—. En aquel momento, estabas viniendo aquí todos los días, ¿no? —Miró en torno al castillo—. Aquel largo último año lo pasaste aquí, en esta misma casa de muñecas, conmigo y con los demás.

Finalmente, empezó a comprender lo que realmente significaban las últimas palabras que le había dicho.

«Rion... Siento haberte asustado, pero me lo he pasado bien».

Aquel día, cuando tan solo tenía seis años, había creído que se refería a que le había asustado por estar muriéndose, pero no era así. Aquellos eran los verdaderos sentimientos de la Reina Lobo que ahora se negaba a darse la vuelta y mirarle a la cara.

Su hermana había dicho las palabras «me lo he pasado bien» para aquel Rion, el que, en ese momento, estaba allí, en el castillo.

Al día siguiente, el castillo cerraría para siempre. 30 de marzo, el día en el que había muerto.

Mi hermana me va a dejar. La Reina Lobo está a punto de morir.

—Hiciste todo esto para mí, ¿verdad?

Las palabras se le atragantaron y, aunque lo estaba intentando, no pudo terminar.

Entre Rion y su hermana había siete años de diferencia, por lo que, aunque no hubiera estado enferma, nunca habrían tenido la posibilidad de ir juntos al colegio.

En el presente, Rion tenía trece años. Era su primer año en el instituto y tenía la misma edad que su hermana cuando había muerto. Aquello tenía que significar algo.

Había construido aquel castillo expresamente para ver a su hermano cuando hubiese alcanzado la misma edad que ella había tenido el día de su muerte.

Pero no solo a Rion.

Había reunido a otros adolescentes con intervalos de siete años entre cada uno. Ninguno de ellos asistía a clase. A Mio siempre se le había dado bien inventar historias. Como si fueran las premisas de un cuento de hadas, había decidido las normas y había jugado con todos ellos según las reglas de su propio juego.

Dentro del castillo, la Reina Lobo era libre, vivaracha y estaba llena de vida. Aparecía de la nada, como si no pesara, y, después, desaparecía, jugando con ellos a su antojo y, obviamente, divirtiéndose de lo lindo al hacerlo.

Rion contempló a su hermana, ataviada con su vestido de volantes, y se derrumbó.

Seguía llevando el pelo largo y tenía las manos pálidas, aunque rollizas y ágiles. No eran las manos delgadas que él había llegado a conocer.

—Me alegro de haber podido verte. —Por encima de todo, eso era lo que quería que ella supiera. Sonrió en dirección a su espalda—. Estoy muy contento de que hayas venido a verme de esta manera. De algún modo, conseguiré salir adelante sin ti. Dejaré que la gente sepa lo que quiero hacer y, si no me gusta algo...

Bueno, lo haré saber. Ahora me arrepiento de no haberles dicho a mamá y a papá cómo me sentía de verdad.

A lo largo de aquel año y medio, Rion había llegado a comprender que el motivo por el que su madre le había obligado a marcharse a estudiar al extranjero no era del todo que quisiera distanciarse de él. Le había recomendado que estudiara fuera y, aun así, nunca dejaba de preocuparse por él, lo cual se hacía evidente por todos los regalos que le llevaba cuando le visitaba y por el hecho de que le hubiese preparado una tarta casera.

—¿Alguna vez tienes ganas de regresar? —le había preguntado su madre.

Tal vez no había mentido cuando había dicho que quería darle la oportunidad de desarrollar sus talentos. Tal vez, de verdad había creído que era por su propio bien.

Sí, quiero volver a Japón, había pensado Rion. Su madre le había abrazado.

—Lo sé, lo sé —le había dicho.

Fui yo el que se dio por vencido y se tragó sus palabras, pensó. *Quizá, si hubiera insistido más con ella, habría llegado a comprender lo decidido que estaba.*

—Mio-chan. —La Reina Lobo siguió sin contestar. Su hermana, que le había dado tanto cariño y tantos recuerdos valiosos, no iba a regresar—. Dado que esto es el final, ¿podrías escuchar una última cosa que deseo? —Mio siempre había tenido debilidad por su hermano pequeño y él tenía muy buenos recuerdos de eso. La niña siguió mirando hacia otro lado y él continuó dirigiéndose a su espalda—. Quiero recordar esto —le dijo—. Quiero recordarlo todo. Quiero recordar a los demás y a ti. Sé que puede que digas que es imposible, pero, aun así, lo deseo.

Esperó en silencio, pero la Reina Lobo no respondió.

Rion se giró hacia los espejos. En su interior, le susurró a su hermana: *Hasta siempre* y extendió la mano hacia el espejo.

Entonces, ella habló.

—Haré todo lo que pueda.

Él se giró para mirarla, pero la luz resplandeciente del espejo hizo que la visión se le nublara y que las formas del vestíbulo empezaran a desdibujarse. Ya no podía ver a la niña.

Algo titiló delante de Rion. La Reina Lobo apareció frente a él y sus ojos se encontraron. Poco a poco, ella se quitó la máscara y sonrió.

O, al menos, eso fue lo que le pareció.

7 de abril de 2006

Cuando Kokoro salió de casa puntualmente, su madre la llamó.

—¿Estarás bien? ¿Quieres que vaya contigo?

—Estoy bien. Voy a ir yo sola —contestó.

La noche anterior, se lo había dicho una y otra vez, pero, aun así, la mujer todavía parecía preocupada. *Era de esperar*, pensó ella, pero estaba decidida.

Aquel era el primer día del primer semestre de octavo curso en el n.º 5 de Yukishina.

Podía ir a clase con seguridad porque había comprendido que aquel centro no era el único lugar al que pertenecía. Moe-chan se había marchado a otro instituto, pero las palabras que le había dicho permanecían fuertemente grabadas en su memoria.

Solo es el instituto.

Ahora sabía que había otros mundos, otros lugares a los que podía ir. Si no le gustaba su instituto, tenía el n.º 1 y el n.º 3 cerca. Sabía que iba a lograrlo. Podía ir a cualquier sitio. No era como si siempre fuese a ser fácil; siempre habría gente que le caería mal. Esa realidad no iba a desaparecer.

Una persona le había dicho que no tenía por qué pasarlo mal si no quería.

Por eso había decidido volver.

Por eso regresaba al instituto.

Los cerezos estaban en plena floración y los pétalos caían ondeando hacia el suelo. Soplaba un viento suave.

Mientras atravesaba la verja del instituto, se sujetó el pelo, que se le movía con el viento. Estaba un poco ansiosa; decir lo contrario sería mentir. Sin embargo, aquel día había emprendido el rumbo a sus clases con la cabeza bien alta.

Oyó una voz frente a ella.

—Hola.

Con los ojos entrecerrados contra el viento, Kokoro miró en dirección a la voz. Los pétalos caídos dejaron de girar en el viento y su campo de visión empezó a despejarse.

Vio a un chico montado en bicicleta que miraba en su dirección. Iba vestido con el uniforme masculino del Instituto de Secundaria n.º 5 de Yukishina y la insignia del centro se le veía claramente en el pecho.

La etiqueta con el apellido bordado rezaba «Mizumori».

Siento como si… conociera ese apellido, pensó Kokoro. Los ojos se le abrieron de par en par.

Porque, a veces, tenía un sueño.

Un sueño sobre un estudiante que se había trasladado.

Y de entre todos sus muchos compañeros, él se fijaba en ella mientras una sonrisa tan resplandeciente como el sol se extendía por su rostro.

—Buenos días —dijo el chico.

Y sonrió.

EPÍLOGO

Tan pronto como la muchacha entró en la habitación, lo supo: *Por fin ha llegado el momento.*

No estaba segura de por qué tenía esa certeza, pero el corazón le temblaba y le susurraba: *Has estado esperando este momento mucho mucho tiempo.*

Volvió a sentir el dolor que la asaltaba tan a menudo, aquella sensación de que le estaban tirando del brazo.

Akiko Kitajima era miembro de la organización sin ánimo de lucro llamada *Kokoro no kyoshitsu.* Además de ser consejera para varios centros escolares locales, había estado involucrada en aquella escuela alternativa desde su creación.

Como muchos de los niños que iban allí, ella también había asistido al Instituto de Secundaria n.º 5 de Yukishina. Hubo un tiempo, en sus años de secundaria, en el que había dejado de concurrir a clase.

Había sido en el otoño de su tercer curso, durante el funeral de su abuela, cuando había conocido a la señora Samejima.

Samejima-sensei. Yuriko Samejima-sensei.

Vivía en el vecindario, cerca de la abuela de Akiko, desde que ella era muy pequeña, y había ayudado a su abuela con la compra y otros recados. La señora Samejima era una mujer bastante intensa y en el funeral se había lamentado mucho más que cualquiera de los familiares de la fallecida. Akiko y su familia se habían sorprendido, dado que la abuela jamás había mencionado a aquella amiga. Cuando la mujer se había acercado a ella y le había preguntado: «¿Eres Akiko-chan?», se había llevado una sorpresa aún mayor.

Tal vez ellos nunca hubiesen oído hablar a la abuela de la señora Samejima, pero, desde luego, ella lo sabía todo sobre Akiko.

Le había tomado de la mano y le había mirado con mucha atención.

—He oído que has dejado el instituto —había dicho, estrechándole la mano todavía más—. Pobre niña —había añadido, lagrimeando. La señora Samejima no había visto antes a la madre de Akiko, pero no había dudado en decirle lo que pensaba—. Nunca le has prestado atención.

La madre de Akiko había palidecido y la había mirado fijamente.

—¿Quién se cree usted que es? —había replicado—. ¿Qué le da derecho a hablarme de ese modo?

La respuesta de la mujer no podría haber sido más descarada.

—Soy una amiga de la abuela de esta chica. Esa soy yo. Akiko, tu abuela siempre estaba preocupada por ti y me pidió que te ayudara si alguna vez le pasaba algo. Esa fue su última voluntad, y por eso estoy diciendo lo que estoy diciendo.

La señora Samejima dirigía una pequeña escuela para jóvenes que tenían problemas para seguir el ritmo y que estaban empezando a dejar de ir a clase, en la que cobraban una cuota mensual muy pequeña. Había instado a Akiko a que la visitara, pero ella se había negado, pensando que aquella mujer mayor era una entrometida.

Sin embargo, la señora Samejima no se había dado por vencida tan fácilmente. Había llevado a Akiko al instituto al que había dejado de asistir y había convencido a los profesores para que le permitiesen repetir un curso.

—Dejad que se esfuerce en estudiar un año más —les había dicho—. Entonces, podrá decidir si quiere continuar en una preparatoria o si prefiere hacer otra cosa. Yo la supervisaré en todo el proceso.

Y, con aquello, el asunto había quedado zanjado. Repetiría el último curso.

Aun así, le había seguido pareciendo una mujer de mediana edad entrometida que se inmiscuía allí donde no la querían. Había estado segura de que, aunque repitiese un año, todo acabaría igual, ya que no había tenido ningún interés en volver a clase.

Al menos, esa había sido su actitud hasta abril, cuando había comenzado el curso adicional. Al fin, al iniciar noveno curso por segunda vez, había decidido permitir que la señora Samejima la ayudase.

Había sido consciente de que tenía problemas. No había podido seguir el ritmo de las tareas escolares y ni siquiera había sido consciente de qué era lo que no sabía. Sencillamente, había pensado que aquel era el momento de pedir ayuda.

Y había empezado a querer estudiar de nuevo.

Había creído que no había nadie que pudiera ayudarla, pero se había dado cuenta de que la señora Samejima le estaba tendiendo una mano. Se había dado cuenta de repente.

Había sido entonces cuando había comenzado a sentir un dolor agudo que le recorría el brazo, como si alguien estuviera tirando de él con fuerza.

Así que Akiko se había graduado de secundaria con un año de retraso, había continuado en la preparatoria y, durante ese año, había cumplido su antiguo deseo: entrar en el departamento de educación de una universidad. La señora Samejima se había puesto en contacto con ella, anunciándole que iba a dirigir una organización sin ánimo de lucro. Había planeado alquilar un edificio más grande que el que había utilizado para su pequeña academia y crear una escuela libre y alternativa a la que pudieran ir los estudiantes que no podían o no querían asistir a un centro ordinario.

Había llamado a la escuela libre *Kokoro no kyoshitsu*, «Aula para el corazón».

Había invitado a Akiko a que le ayudase.

—Me encantaría —había contestado ella.

Se había sentido entusiasmada por el hecho de que la señora Samejima la necesitase y, dado que ella misma había pensado en ser profesora, la experiencia que iba a lograr allí podría serle muy útil.

Había conocido al doctor Kitajima en 1998, unos años después de haber empezado a colaborar en la escuela. Por aquel entonces, Akiko era una estudiante de tercer año en la universidad.

El doctor Kitajima era asistente social en un hospital cercano y había oído hablar de la escuela alternativa, por lo que se había puesto en contacto con ellos. Su esperanza había sido poder llevar a los niños ingresados en el hospital que se quedaban rezagados. También les había dicho que estaría muy agradecido si algunos de los profesores pudieran pasarse por el hospital.

Cuando Akiko se había sentido atraída por su sonrisa tranquila y sus modales amables, había tenido una premonición.

Puede que acabe casándome con él.

Kitajima… Se había repetido aquel apellido a sí misma y, cada vez que lo había hecho, la sensación que había sentido en el interior se había vuelto más fuerte.

Un día, Akiko se había reunido en el hospital con una chica joven que el doctor Kitajima había llevado al patio exterior.

Era una niña diminuta con una personalidad vivaracha. Akiko había descubierto que era una estudiante de primer año de secundaria, a pesar de que parecía mucho más joven. Su mirada, sin embargo, era muy adulta. La medicación que estaba tomando había hecho que se le cayera el pelo y, en aquel momento, llevaba un gorro. Oficialmente, había entrado al Instituto de Secundaria n.º 5 de Yukishina, aunque todavía no había asistido ni un solo día.

Su nombre era Mio Mizumori.

Akiko jamás había olvidado aquel encuentro.

Aquel año, Akiko y Mio habían empezado a dar clase una vez a la semana.

—Akiko-sensei, tengo muchas ganas.

La muchacha era un manojo de entusiasmo, un pozo de curiosidad. Cada vez que los ojos de Mio la observaban, Akiko se enderezaba como un rayo y sentía cómo se le erizaba todo la piel. Deseaba seguir pasando tiempo con aquella chica, enseñándole, mientras siguiera llamándola «Akiko-sensei». Había deseado ser una profesora de la que su joven alumna pudiera estar orgullosa.

Así que hay niños como ella en este mundo, había pensado.

Haber conocido a Mio tuvo un gran impacto en ella.

Mio no había querido nada más que ir al instituto, pero no había podido. No se había mostrado pesimista o sombría en absoluto, sino que había estado ansiosa por absorber y aprender todo lo que pudiera. En más de una ocasión, su voluntad férrea había estimulado a Akiko, le había hecho sentir que era ella la que estaba siendo rescatada.

Aquella experiencia le había conmovido inmensamente.

Siempre había creído que entendía los sentimientos de los niños que no podían asistir a clase, que no lo lograban, que no encajaban… aquellos que sobresalían. Pero no había sido así. Mientras se encaminaba hacia su objetivo de convertirse en profesora y ayudaba en la escuela alternativa, muy en el fondo, había estado muy segura de ello. Pero se había equivocado.

Sus propias circunstancias durante la época de secundaria y las situaciones de cada uno de los niños con los que trataba eran únicas. Ninguna era igual a las otras.

Mientras Akiko cursaba el último año de la universidad, Mio había muerto.

El día de su funeral, había caído una lluvia ligera de primavera, y Akiko se había quedado junto a la tumba, confusa y llorando. En aquel momento, había mirado al hermano pequeño de Mio y, al verle allí de pie, apenas había podido respirar. El corazón se le había estremecido al recordar la voz de la niña llamándola «Akiko-sensei» y había comprendido lo valioso que había sido el tiempo que había pasado con ella.

Tal vez, aquello a lo que había querido dedicarse fuese un poco diferente al típico papel de una profesora de un centro público.

Había deseado mantener su relación con la escuela alternativa lo máximo posible y ser el tipo de persona que conectaba con todos los niños para satisfacer sus circunstancias y necesidades individuales.

Había terminado el posgraduado, se había casado y se había cambiado el apellido. Mientras seguía trabajando con la escuela alternativa, antes de darse cuenta, se le había ocurrido algo: *Ahora es mi turno.*

No sabía por qué se había sentido así, pero, desde hacía mucho tiempo, siempre había tenido una escena grabada en la mente y un dolor fuerte y agudo en el brazo.

Era el recuerdo de alguien tirando de ella con fuerza.

Me rescataron. En algún lugar, hay unos chicos que, temblando y poniendo en riesgo sus propias vidas, tiraron de mí por el brazo y me trajeron de vuelta a este mundo.

«No pasa nada, Aki».

«Crece hasta ser una adulta».

«Estoy en el futuro, en el que tú también estás».

Los chicos que me dijeron eso me mantuvieron atada al mundo, me dieron la oportunidad de crecer.

Sus rostros estaban borrosos, pero, de algún modo, siempre veía la imagen de Mio superpuesta a la de ellos, aunque no sabía por qué. Sin embargo, cada vez que volvía a sentir el dolor punzante en el brazo, se le venía a la cabeza este pensamiento:

Ahora, me gustaría ser yo la que tirase del brazo de esos chicos.

Kokoro Anzai camina lentamente hacia la habitación con los labios pálidos y los ojos mirando rápidamente alrededor con nerviosismo.

Cuando Aki la ve, lo sabe de inmediato. Por fin ha llegado el momento. ¿Por qué? No lo sabe.

Le parece que lleva toda la vida esperando ese instante.

El dolor agudo del brazo que le resulta tan familiar regresa, como si estuvieran tirando de él con fuerza.

¿A qué tipo de trauma han expuesto a esta chica? ¿Qué clase de problemas ha tenido que enfrentar? Akiko no lo sabe, pero, aun así, el corazón se le hincha al pensarlo.

—Así que, Kokoro, tengo entendido que eres estudiante del Instituto de Secundaria n.º 5 de Yukishina, ¿verdad?

—Sí.

—Yo también fui allí.

Te he estado esperando, dice una voz en su interior. *No pasa nada, crece hasta ser una adulta.*

Colgado en la pared de la escuela libre, un espejo pequeño y rectangular refleja a la mujer joven y a la chica. Una rayo de sol alcanza el marco y hay un pequeño destello con los colores del arcoíris. ¿*Eh?*, piensa Aki, y tiene la sensación de que, en el espejo, allí sentadas, están la chica y ella, tal como solían ser cuando iban a secundaria.

Una fresca brisa primaveral que transporta el olor de la hierba verde sopla suavemente y acaricia la superficie del espejo, disolviendo la luz con los colores del arcoíris. Lenta y suavemente, la luz las envuelve a ambas, Kokoro y Aki, mientras están allí sentadas, frente a frente.

NOTA DEL EDITOR

De acuerdo a un informe reciente de Unicef los niños japoneses ocuparon el penúltimo lugar en una encuesta internacional que evaluaba la salud mental infantil en treinta y ocho países desarrollados y emergentes. Si bien los niños japoneses obtuvieron el primer lugar en salud física y, a menudo, viven en circunstancias económicas relativamente acomodadas, los casos de acoso escolar, así como las relaciones difíciles con miembros de la familia, provocan una falta de bienestar psicológico.

La popularidad de *El castillo a través del espejo* en Japón, donde obtuvo dos premios y se ha convertido en un superventas, es testimonio de su poder para sanar y abrir debates.

MIZUKI TSUJIMURA es la ganadora del Japan Booksellers' Award y el premio Naoki, dos premios muy influyentes en Japón. Su novela *El castillo a través del espejo* fue un superventas n.º 1 en Japón y ha vendido más de medio millón de copias. Es autora de varias novelas de misterio. Vive en Tokio, Japón.